중심에 선 경계인

중심에 선 경계인

필립 로스의 소설로 읽는
유대계 미국인의 삶

⋮

장정훈 지음

도서출판 동인

깊은 애정과 인내심을 갖고
항상 곁을 지켜준 사랑하는 아내 선경희
예쁘고 소중한 세 딸 지혜, 지은, 지원에게
이 책을 바칩니다.

유대 전통에 대한 반항아 필립 로스(Philip Roth, 1933~)는 유대인의 정체성 문제, 즉 이산한 유대인으로서 한 개인이 갖는 주체성의 문제를 가정, 사회, 국가 그리고 이념의 문제와 관련하여 제시한다. 달리 말하면 로스는 더 이상 축소될 수 없고 양보될 수 없는 개인적인 자아가 역사와 접촉한 상황, 개인이 갖는 도덕적 의무, 그리고 미국에서 유대인으로서의 문화적 정체성의 문제를 보다 강도 있게 다룬다는 것이다. 로스 소설들에서 주인공들은 유대인이라는 거부할 수 없는 존재론적 상황, 즉 경제적 부의 축적으로 미국 사회의 중심을 차지했지만 보이지 않는 차별과 배제 속에 삶을 영위해야만 하는 "중심에 선 경계인"의 모습으로 좌절과 내적 분열을 경험한다. 하지만 로스의 소설 주인공들은 회피하고 싶은 모순적인 현실 속에서도 자아를 확립하고 재현하고자 하는 강한 욕구를 갖는다.

로스는 「미국 소설쓰기」("Writing American Fiction")라는 에세이에서 미국의 현실이 작가를 마비시키고 구토증을 느끼게 하며 분노케 하고, 급기야 작가 스스로 상상력이 너무 빈약하다는 곤혹스러움을 느끼게 만들어 버린다고 말한다. 로스로서는 결코 이런 현실을 간과할 수 없었다. 그렇다고 해서 그는 작가로서 사회 개혁을 주장하는 선동적인 입장을 취할 수도 없었다. 로스는 어두운 현실을 극복하기 위해 작가가 할 수 있는 것은 소설 창작을 통해 사회 부패, 야비함, 배신행위에 상상적 공격을 가하는 것이라고 믿었다. 그래서 그는 자신의 체험을 바탕으로 상상력을 발휘해 부모, 종교, 사회, 그리고 국가가 개인을 탄압하는 상황을 설정하고, 그 상황 속의 피해자인 주인공들을 묘사하면서, 그들의 구체적 삶의 현실, 성에 대한 깊은 관심, 그리고 고통과 갈등으로 소용돌이치는 내면세계를 놀라울 만큼 정확히 그려낸다.

솔 벨로우(Saul Bellow, 1915~), 버너드 맬러머드(Bernard Malamud, 1914~1988)가 유대인의 수난을 묘사하면서 유대적 전통의 고수와 유대적 지혜를 전수해 주려고 했다면, 로스는 민족적으로는 유대인이지만 미국문화에 완전히 동화한 유대인 2, 3세들이 부친의 편협한 유대주의, 유대적 전통, 유대적 미덕에 반항하는 모습을 그린다. 로스는 '미국의 꿈'(American Dream)이 단순한 물질주의로 물들어 타락해 가는 것처럼, 유대인의 전통과 관습도 그 의미를 잃어가는 것을 보면서 유대적 유산이 갖는 가능성과 그 정신적 필요성에 회의를 느낀다. 로스는 전통적인 유대인의 모습보다는 현대 사회에서 갈등하는 유대인을 그린다. 로스는 현대 미국 중류사회를 배경으로 지금까지 유대인 선민주의(Jewish exceptionalism)의 타성에 젖어 있는 많은 유대인들에게 새로운 경종을 울리고, 유대인의 부정적 측면을 보여 줌으로써 유대인들의 자성과 현 시대에 맞는 새로운 가치관의 확립을 촉구한다. 로스는 결코 유대인의 입장을 변명하고 옹호하는 자리에 서지 않고, 유대 사회와 와스프(WASP, White Anglo-Saxon Protestant) 사회의 부정적인 면과 긍정적인 면을 냉철하고 사실적으로 묘사하면서, 때로는 도덕적인 진

지성과 아울러 풍자적인 시각을 보여준다.

　유대 사회와 와스프 사회를 객관적으로 본다는 점은 로스가 유대 민족의 전통 문화에 대한 복원과 인종적 유대를 강조하는 민족주의적 입장을 취하지 않는다는 사실을 반증한다. 로스는 극단적 민족주의자들의 이데올로기가 권력과 결합되었을 때 야기될 수 있는 황폐화된 상황에 대해 너무나 잘 인식하고 있었다. 로스는 유대 민족 수난의 역사는 나치즘과 파시즘, 그리고 그 이데올로기에 사로잡힌 일부 정치가들의 권력 남용으로 인해 파생된 것이라고 인식한다. 다인종적·다문화적 미국 사회에서 생물학적 요소를 근거로 특정한 인종의 우월성을 주장하고, 그들이 갖는 전통과 문화만을 최고의 것으로 생각하는 자문화 중심주의는 인종차별의 심화와 배타적인 정책들의 양산이라는 악순환을 가져올 뿐이다. 로스는 다양한 인종과 문화가 혼재하는 미국사회에서 상호 존중과 공존의 필요성을 역설한다. 로스는 지극히 문학적인 차원에서 가상의 억압적 상황을 설정하고, 그 상황 속에서 삶을 영위하는 한 개인으로서의 애환의 삶을 조명한다. 로스는 개인의 자유와 행복을 가로막는 일련의 사고와 행위는 개인의 삶을 짓누르는 억압 기제라는 사실을 분명히 한다.

　현대 미국은 여러 인종이 이민이라는 수단을 통해 하나의 국가를 형성한 산업 자본주의 사회이다. 여전히 피부색에 근거한 인종 차별의 잔재가 남아 있고, 이 잔재가 남아 있는 한 언제 폭발할지 모르는 시한폭탄이 내재되어 있는 사회이다. 이러한 맥락에서 로스가 묘사하는 미국사회는 치열한 생존경쟁에 따르는 인간성 상실, 도덕적 타락, 그리고 각 개인이 인격자로서보다는 디지털 코드로 간단히 처리되는 기계화된 사회이다. 이 사회에서 생존을 도모해야 되는 개인은 인종에 상관없이 삶의 부조리와 모순을 겪지 않을 수 없다.

하지만 로스는 서로 사랑하고 구성원들의 인격을 존중하는 가정, 인간의 기본권이 보장되는 사회, 그리고 일부 지배계층에 의한 국가권력의 남용이 없는 사회라 한다면, 개인이 삶의 부조리와 모순을 극복할 여지를 가질 수 있다고 확신한다. 그는 이데올로기에 종속된 배타적인 삶이 아니라 타인에 대한 상호 이해와 존중이라는 도덕적 미덕을 주장한다. 요컨대, 유대인이면서 미국작가인 로스는 자신의 소설에서 미국의 정치적·경제적 현실을 직시하고 통찰하면서, 단지 유대인의 생활방식과 사고만이 아니라 역사 속에서 삶을 영위하는 한 인간으로서의 삶의 진실을 추구한다. 로스는 자신의 작품을 통해 스스로 반성하고 새 도덕성을 찾아 폐쇄가 아닌 열린 삶으로, 고립이 아닌 공존의 삶으로 나아갈 수 있는 생활철학을 제시한다.

이 책은 필립 로스의 대표적인 작품들에 대한 필자의 연구 결과물을 "중심에 선 경계인"이라는 제목으로 모아 엮는 논문들로 구성되어 있다. 일부는 국내 전문 학술지에 출판한 것도 있고 그렇지 않은 것도 있다. 국내 출판 논문의 경우, 일부 내용을 수정하거나 형식을 바꿔 수정 보완했다. 유대 문학의 대표주자 격인 벨로우, 맬러머드에 대한 국내 연구서는 비교적 많은 반면, 필립 로스에 대한 단행본 연구서는 국내에는 전무하다. 그 이유는 물론 로스가 유대 문학의 계보를 잇는 후속 주자라는 시기적 또는 시간적 차원도 있겠지만, 벨로우, 맬러머드와는 달리 로스가 지나친 성적 묘사를 한다거나 반항아적인 모습의 주인공을 등장시킨다는 사실들이 우리의 유교적 정서에 맞지 않는 측면도 없지 않아 있다. 하지만 로스는 그 어떤 현대 미국 작가보다 인간의 내면세계에 대한 묘사가 뛰어나고 미국 사회를 포함한 인간 생존 여건에 대한 면밀한 분석을 시도한다는 측면에서, 그리고 지난 역사 속의 유대인의 삶이 아니라 현대 미국에서 살고 있는 생생한 유대인의 삶을 조명한다는 측면에서 재평가와 지적 연구가 절대 필요한 작가이다. 로스에 대한 연구에 있어, 국외 연구에 비해 국내 연구가 비교적 저조한 상황에서 필립 로스 연구자의 한 사람으로서 일종의 책임감으로 이 책을 출판하게 되었다는 점을 밝히고 싶다. 비록 일천한 작업일지라도 이 책이 필립 로스에 대한 국내 연구의 밑거름이 되기를 희망해 본다.

필자는 이 책을 집필하고 출판하는 과정에서 여러 사람들의 큰 도움을 받았다. 원고를 읽고 논리 전개의 문제점을 지적해주고 어색한 표현들을 고쳐준 전남대학교 영어영문학과의 나희경 교수와 철학과의 노양진 교수, 그리고 결코 쉽지만은 않은 학자의 길을 가도록 격려해주신, 정년퇴임한 고지문 교수님께 깊은 감사의 말씀을 올린다. 또한 학문적, 문학적 토론 과정에서 깊고 날카로운 견해를 피력해주신 전남대학교 영어영문학과의 여러 교수님들께도 감사한다. 이 책이 완성될 때까지 깊은 애정과 인내심을 보여준 아내와 아이들, 부모님과 형제들, 그리고 장인, 장모님을 비롯한 처갓집 식구들에게도 깊은 감사의 마음을 전한다. 끝으로 어려운 상황 속에서도 이 책의 출판을 결정해주신 도서출판 동인의 이성모 사장님과 실질적인 업무를 담당해주신 직원 분들께도 감사드린다.

2011년 7월
유난히도 무더웠던 여름날
용봉골에서

제1장

권력에 대한 풍자: 『우리 패거리』

1_정치권력의 남용

필립 로스(Philip Roth, 1933~)는 『우리 패거리』(*Our Gang*, 1971)에서 리처드 닉슨(Richard Nixon) 행정부의 도덕적 타락, 재집권을 향한 야욕, 국민에 대한 정치인의 거짓과 기만, 전쟁마저도 자기들의 권력유지 수단이 되고 있는 현실, 집권자의 언론 조작, 그리고 정치권력이 국민 개개인의 삶을 억압하고 생존마저 위협하고 있는 현실 등을 풍자한다. 스티픈 웨이드(Stephen Wade)는 "『우리 패거리』는 미국의 정치적 현실에 대한 토론과 논쟁이 들어 있는 에피소드로 구성되어 있으며, 로스는 왜곡, 법석 떠는 희극적 상황, 환상, 그리고 패러디(Parody)적인 방법을 동원하여 미국의 현실 그 자체에 접근하고 있다"[1]고 논평한다. 존스와 낸시(Jones and Nance)도 "패러디, 익살, 그리고 다른 코믹한 장치들은 미국인의 경험 [현실 상황]에 대

---

[1] Stephen Wade, *The Imagination in Transit* (Sheffield: Sheffield Academic Press, 1996), 72-73.

한 로스의 아주 진지한 공격의 수단이 되고 있다."²)고 주장한다. 비평가들의 지적처럼, 『우리 패거리』는 외부세계, 즉 60년대 후반과 70년대 초반 미국의 정치적·사회적 현실에 대한 로스의 생각이 잘 드러난 작품이다. 따라서 『우리 패거리』는 미국에서는 대단히 높은 평가를 받고 있다. 드와이트 맥도널드(Dwight MacDonald)는 "『우리 패거리』는 마크 트웨인(Mark Twain), 링 라드너(Ring Lardner), 그리고 나사니엘 웨스트(Nathaniel West)의 작품들과 격을 같이하는 걸작"³)이라고 말한다. 피터 프레스코트(Peter S. Prescott)도 "『동물농장』(*Animal Farm*, 1945) 이후 가장 재미있고 가장 복잡한 정치적 풍자가 『우리 패거리』에서 이루어진다"⁴)고 주장한다.

그렇지만 『우리 패거리』에 대한 국내 연구는 거의 없었다고 해도 과언이 아니다. 이는 이 작품이 매우 민감한 문제, 즉 대통령과 그의 각료들을 풍자하고 있다는 점 때문일 것이다. 또한 로스에 대한 학계의 일반적인 평가, 즉 로스의 주요 작품들은 현대 미국에서 정체성의 위기를 겪고 있는 유대인의 내면의 갈등을 다룬다는 점으로부터 이 작품이 벗어나 있기 때문이다. 이런 측면에서 이 작품이 평가절하된 것도 사실이다. 따라서 『우리 패거리』에 대한 새로운 평가가 요구된다. 로스가 『우리 패거리』에서 60~70년대 미국의 급격한 사회 변동과 혼란, 그리고 정치적 억압의 상황을 풍자함으로써 무엇인가 개선되고 변화하지 않으면 안 된다는 삶의 변화 욕구를 피력하고 있다는 점은 높이 평가할 만하다.

『우리 패거리』 이전의 로스 소설이 주로 유대 가정을 중심으로 고통과 갈등으로 소용돌이치는 [소설 주인공의] 내면세계에 대한 묘사라 한다면,

---

2) Judith P. Jones, & Guinevera A. Nance, *Philip Roth* (New York: Ungar, 1981), 131.
3) Dwight MacDonald, "Our Gang" in *Critical Essays on Philip Roth*, ed. Sanford Pinsker, (Boston, Mass.: Hall, 1982), 61-6e.
4) Peter S Prescott, "Joking in the Square," *Newsweek* (November 8, 1971), 110.

『우리 패거리』는 사회 현실과 정치권력, 그리고 언론에 대한 풍자이다. 『해방됨』(*Letting Go*, 1962)에서 로스는 유대교를 신봉하는 아버지와 당황하고 좌절한 아들과의 관계를 탐색하고, 『그녀가 좋았을 때』(*When She Was Good*, 1967)에서는 술주정뱅이이고 욕설을 일삼는 아버지와 순종적이지만 지나치게 도덕만을 강조하는 기독교를 믿는 딸과의 관계에 초점을 맞춘다. 로스는 『포트노이의 불평』(*Portnoy's Complaint*, 1969)에서 아들과 어머니의 관계를 그린다. 『포트노이의 불평』에서 알렉스 포트노이(Alex Portnoy)는 철저한 유대교 전통의 신봉자인 어머니 소피(Sophie)에 반항하며 사춘기에는 자위행위에 몰두하고 성인이 되었을 때는 이교도 백인여자에 대한 병적인 성적 욕망을 드러낸다. 로스는 『포트노이의 불평』에서 엄격한 유대교의 계율에 고뇌하는 한 인간의 육체적 불능을 취급하면서, 자신이 속한 사회에 적응하지 못하고 반항하며 지나칠 정도로 내향적인 인간의 성적 신경증을 적나라하게 표현한다. 『우리 패거리』는 미국의 유명한 야구팀의 흥망을 그리면서 물질주의로 가득 찬 미국의 사회 현실을 풍자한 『위대한 미국소설』(*The Great American Novel*, 1973)과 맥을 같이 한다.

그러면 먼저 닉슨 행정부의 도덕적 타락과 온갖 비행이 풍자소설의 대상이 되기까지의 미국의 정치적, 경제적, 사회적 배경을 간략히 살펴보기로 하겠다. 제2차 세계대전 이후 유럽 주도의 세계 질서가 붕괴되고, 미국과 소련이 초강대국으로 부상하여 세계 패권을 겨루는 새로운 국제질서가 성립하게 된다. 미국으로 대표되는 자본주의와 소련으로 대표되는 사회주의 진영 간의 정치, 외교, 이념상의 갈등이 심화되고 군사적 긴장이 존재한다. 로스는 제2차 세계대전 중에 고교시절을 보내고, 제2차 세계대전 이후 냉전, 한국 전쟁, 매카시즘(McCarthyism)으로 이어지는 혼돈의 시대에 대학을 다녔으며, 그 후에도 베트남(Vietnam) 전쟁을 지켜본다.

존 에프 케네디(John F. Kennedy), 린든 비 존슨(Lyndon B. Johnson) 및 닉슨 정권 시대의 약 10년 동안에 일어난 미국사회의 커다란 변동, 그 중에서도 "백악관의 아더왕"(the President of Camelot)[5])으로 국민의 기대를 모았던 케네디의 무참한 죽음은 미국 국민에게 커다란 충격과 실망을 안겨 주었다. 또한 케네디 암살은 환멸의 시대의 도래와 미국 이상주의의 붕괴를 의미하는 한 사건이었다. 더구나 케네디 암살 후 다시 마틴 루터 킹(Martin Luther King), 말콤 엑스(Malcolm X), 그리고 자유의 기수로서 등장한 로버트 에프 케네디(Robert F. Kennedy)의 암살이 잇달았다.

경제적으로 미국은 달러화의 과잉유출로 말미암아 만성적인 국제수지 적자에 시달리게 되었고, 서유럽 및 일본이 전후 복구를 완성하고 눈부신 경제발전을 거듭하자 자국 경제가 상대적으로 약화되었고, 국제무역, 통화 등의 분야에서 서로 갈등을 빚게 되었다. 또한 베트남 전쟁으로 인한 재정 적자의 누적, 치솟는 인플레이션, 그리고 실업률의 증가에 시달리고 있었다. 사회적으로는 명분 없는 전쟁에서의 미국 젊은이들의 무고한 희생을 반대하는 반전데모가 격하게 일어났고, 닉슨 행정부에 대한 불신과 의혹의 소리가 높아졌다. 이러한 사회적 상황 속에서 삶을 영위해야만 하는 평범한 시민은 자기존재에 대한 불안과 동요를 느끼기 시작했고, 로스도 불모지와 같은 미국 상황에서 벗어날 탈출구가 없다는 것을 통감한다.

로스에게 60년대 후반과 70년대 초반 미국의 상황은 유대인에 대한 "대학살"(Holocaust)을 상기시키는 것이었다. 나치정권이 서슴지 않고 자행한 6백만 명의 유대인 학살은 "암흑 속에 감추어진 채 아무 말도 못하고 [가장 지독한] 고통을 당해야만 했으므로 어디에서나 느낄 수 있으나 실제로는 어디에서도 볼 수 없는 숨겨진 상처"[6])였다. 로스도 이 아프고 쓰라린 상처의

---

5) Roth, *Reading Myself and Others*, 88.

악몽에서 벗어날 수 없었다. 그래서 그는 미국의 사회적 상황을 바탕으로 『우리 패거리』에서 정치적·사회적 억압이 개인의 삶을 규제하고 통제하는 상황을 풍자했던 것이다.

로스는 정치권력에 대한 풍자를 하면서도 체제의 전복이나 사회참여를 유도하는 선동적인 입장에는 서지 않는다. 다시 말해 인간을 탄압하고 인권을 유린하는 정권에 대항해서 싸우거나 반항하는 행위 자체를 자기 소설의 핵심 주제로 다루지 않는다. 오히려 그는 억압적 현실이 변화되고 개선되지 않으면 안 된다는 도덕적 당위성을 피력한다. 기존의 권력에 대한 논쟁적이거나 모독적인 공격은 로스의 작품에서 "하나의 지상목표라기보다 하나의 주제 구실을 해 주는 수단"[7]이다. 로스는 "소설가로서 오랜 기간 동안 참여했었을 진지한 반항행위들은 세계를 지배하기 위해 싸우는 정권들에 대한 싸움이 아니라, 내 스스로의 상상력을 억제하는 표현체계와 타성에 젖은 습관에 대한 반항이었다"[8]고 주장한다. 로스는 소설가로서의 자기사명은 정권 타도나 사회개혁, 또는 체제의 전복에 있지 않고, 오로지 상상력의 확장을 통해서 도덕적 의식을 고취시키는 데에 있다고 믿는다. 그는 지극히 문학적인 시도로서의 자기반성과 각성, 그리고 또 다른 표현의 가능성을 시도한다 할 수 있다.

2_억압에 대한 대응으로서의 풍자

로스는 정치적·사회적 억압에 대한 하나의 대응으로서 작가가 취할

---

6) Mark Shechner, *After the Revolution: Studies in the Contemporary Jewish American Imagination* (Bloomington, Ind.: Indiana UP, 1987), 240.
7) Roth, *Reading Myself and Others*, 8.
8) 같은 책, 13.

수 있는 것은 풍자라고 본다. 그리고 작가는 풍자라는 문학적 기교를 사용함으로써 자신의 도덕적 양심을 피력해 볼 수 있고 삶의 변화 욕구를 가져볼 수 있다고 본다. 로스는 한 인터뷰에서 『우리 패거리』와 같은 풍자소설을 써서 어떤 것을 기대하느냐는 질문에 대해 이렇게 말한다.

내가 세상을 바꾸기를 원하느냐고? 천만에 …… 작가가 제아무리 개혁적이고 혁명적인 정열을 가졌다 하더라도 풍자적인 글을 쓴다는 것은 문학적 행동이지 정치적 행동은 아니다. 풍자는 도덕적 분노를 희극적 예술품으로 변형한 것이다. 그것은 마치 엘레지(elegy)가 시 예술로 변형된 슬픔인 것과 마찬가지이다. 엘레지를 가지고 우리가 이 세상에서 무엇인가를 성취하기를 기대하는가? 아니다. 이것은 격하고 당혹스런 감정을 조직화하고 표현하는 수단에 불과하다.

애초에 주먹으로 우리의 적을 쳐 죽이고 싶은 욕망―주로 그 결과가 가져올 것을 염려한 나머지―이 욕설과 모욕으로 그를 죽이려는 욕망으로 바뀌는데, 그것이 철저하게 승화되고 사회화되는 것이 풍자라는 예술이다. 풍자는 누군가의 머리를 부수고 싶은 원시적 충동이 상상력을 통해 개화한 것이다.[9]

Do I expect the world to change? Hardly ... Writing satire is a literary, not a political act, however volcanic the reformist or even revolutionary passion in the author. Satire is moral rage transformed into comic art―as an elegy is grief transformed into poetic art. Does an elegy expect to accomplish anything in the world? No, it's a means of organizing and expressing a harsh, perplexing emotion.

What begins as the desire to murder your enemy with blows, and is converted (largely out of fear of the consequences) into the attempt to

9) Alan Lelchuk, "On Satirizing Presidents," in *Conversations with Philip Roth*, ed. George J. Searles (Jackson and London: Mississippi UP, 1992), 51.

murder him with invective and insult, is most thoroughly sublimated, or socialized, in the art of satire. It's the imaginative flowering of the primitive urge to knock somebody's block off.

풍자는 고약하고 악취미적이며, 공격 대상의 위선적인 면을 들추어내는 태도나 묘사 방법이다. 풍자는 사실을 있는 그대로 묘사하여 전달하려고 하는 것이 아니라, 있는 사실을 뒤틀고 과장하여 독자로 하여금 새로운 시각으로 그 사실을 바라 볼 수 있도록 만드는 것이다. 로스도 "충격적이고 신랄한 풍자의 독특한 특성은 고도의 왜곡에 있음"10)을 지적한다. 닉슨은 "백악관의 경호원들에게『학생 황태자』(*The Student Prince*)에 나오는 융커즈(Junkers)들이 입은 것과 같은 장엄한 제복을 입히게 할 정도로 위엄 있는 권위를 자아내는 도구의 필요성을 누구보다 잘 이해하고 있었다."11) 로스는 그러한 닉슨을 핫바지를 입고 출연하는 희극배우로 등장시키려고 했다. 그래서 보통사람들의 기준에서 보면 풍자적 작품은 분명 충격적인 것이다. 풍자가는 바로 이 점을 노린다. 즉 독자의 사고를 헝클어뜨리고 낯익은 사물을 본인이 원치 않는 관점 또는 낯익지 않는 관점에서 보도록 만든다.

로스는 어떤 이유에서 현직 대통령에 대한 풍자소설을 쓰게 되었는가라는 물음에 "윤리도 없고 비열한 꾀를 꾸미는 기회주의자이며 사기꾼인 닉슨 때문"12)이라고 언급한다. 로스는 닉슨을 정치권력에 편집광적 욕망을 품고 있는 특이한 인물로 포착한다. 대통령 선거전의 일환으로 행해진 케네디와 닉슨의 TV 토론을 보고서, 로스는 "닉슨의 행위를 허무맹랑하고도 기분 나쁜 것으로 그 인상을 표현한다."13) 심지어 로스는 "물론 미국정치에

10) 같은 책, 47.
11) 같은 책, 46.
12) 같은 책, 49.
13) Roth, "Writing American Fiction," 120.

는 돈으로 좌우되고 무법자적인 다른 사람들도 있지만 매카시마저도 닉슨에 비하면 한층 더 인간적"[14]이라고 주장한다. 로스는『우리 패거리』에서 국민을 기만하고 권력에 집착하는 닉슨의 행적을 묘사한다. 닉슨 행정부의 도덕적 타락은 국민의 삶을 제약하고 억압하는 권력이 된다. 로스는 이러한 불합리성을 풍자한다.

『우리 패거리』에서 닉슨(Nixon)은 트릭 이 딕슨(Trick E. Dixon, 책략, 속임수에 능한 교활하고 간사한 인물)[15]으로 희화된다.『우리 패거리』에는 딕슨과 그의 각료들의 사회적·정치적 행적에 대한 언급이 이루어지면서, 겉으로는 이성적으로 보이지만 부조리하고 이치에 맞지 않은 그들의 논리가 전개된다. 딕슨과 그의 각료들은 민주주의의 수호와 국민의 복지와 안녕, 세계 평화를 위한다고 하면서도 사실은 그 모든 것을 자기들의 정권 유지의 한 수단으로 악용한다. 그들은 "사실을 명백하게 밝혀 주기보다는 혼돈을 일으키는 언어의 속임수, 언어의 남용"[16]을 보여준다. 딕슨과 그의 각료들에게 언어는 하나의 통치와 지배의 수단이 된다. 권력을 가진 자의 언

---

14) Roth, *Reading Myself and Others*, 12.
15) 로스는 개성이나 특징을 나타낼 수 있는 단어들을 그대로 사용하거나 변형하여 등장인물들의 이름으로 차용한다. 이것은 독자로 하여금 작품 속에 등장하는 인물이 실제로 어떤 인물인가 그리고 어떤 말과 행동을 하게 될 것인가를 예측 가능하게 해준다. 그 예로는 다음과 같다. 국방장관 멜빈 라드(Defense Secretary Melvin Lard, 돼지기름. 돼지처럼 탐욕스런 인물), 법무장관 맬리시우스(Attorney General Malicious, 악의 있고 심술궂고 부당한 체포를 자행하는 사람), 국회의원 프라드(Congressman Fraud, 기만을 상징하는 인물), 코져 비서 (Secretary Codger, 괴팍한 사람), 피클 비서(Secretary Fickle, 사람을 속이기 위해 변덕을 심하게 부리는 사람), 백악관의 대변인 빌지(Bilge Secretary, 허튼소리), FBI의 국장은 히호씨(Mr. Heehaw of the FBI, 당나귀우는 소리. 바보, 멍청이)이고, 경찰국장은 쇄클(Police Force Chief Shackles, 족쇄, 수갑, 쇠사슬을 상징) 등등이다. 또 로스는 커트 플로드(Curt Flood)나 캘리(Calley) 중위, 제인 폰다(Jane Fonda), 조앤 바에즈(Joan Baez) 등과 같은 실제 존재했던 인물을 포함시킴으로써 이 작품의 사건이 언제 일어났는가를 간접적으로 나타내 주기도 한다.
16) Jones and Nance, 134.

어는 힘을 갖게 되고, 그 힘은 개인의 행동과 사고를 제한한다.

로스가 정치권력과 관련된 언어에 관심을 가지고 있다는 점은 『우리 패거리』의 두 개의 제사(題詞)에도 잘 드러나 있다. 첫 번째 제사는 조나단 스위프트(Jonathan Swift)의 『걸리버 여행기』(Gulliver's Travels, 1726)에서 「후이늠 족으로의 여행」("A Voyage to the Houyhnhnms")의 네 번째 장에서 인용된 부분이다. 기만과 인간의 보편적이라고까지 기술할 수 있는 '거짓말 하는 능력'(faculty of lying)에 대한 언급이다.

이 나라 외에 세계 여러 곳의 인간성에 관해서 주인과 자주 논의한 일이 있었는데, 주인은 다른 일에 있어서는 판단력이 매우 날카로움에도 불구하고 거짓말, 또는 허위적 표현 같은 말을 할 때는 그 뜻을 좀처럼 이해하지 못했다는 사실이 지금도 생각난다. 그의 주장은 이와 같다. 즉, 말을 사용한다는 것은 우리를 서로 이해시키고, 사실에 관한 정보를 얻기 위한 것이다. 그런데 만약 누군가가 그렇지 않은 것을 말한다면, 이런 목적은 좌절된다. 왜냐하면 나는 그의 말을 제대로 이해했다고 할 수 없고, 내가 정보를 얻기는커녕 차라리 모르는 것보다도 못하게 된다. 그 이유는, 사실은 흰데 검다고 믿게 되고, 사실은 긴 물건을 짧다고 믿게 되기 때문이다. 인간들 사이에서는 너무나 잘 알려져 있고, 너무나 널리 일반적으로 행해지고 있는 거짓말 하는 능력에 대해서 주인이 가지고 있는 생각은 오로지 이것밖에 없다.[17]

And I remember in frequent Discourses with my Master concerning the Nature of Manhood, in other Parts of the World; having Occasion to talk of *lying*, and *false Representation*, it was with much Difficulty that he comprehended what I meant; although he had otherwise a most acute Judgment. For he argued thus; That the Use of Speech was to make us

---

17) Jonathan Swift, *Gulliver's Travels*, ed. Robert A. Greenberg (New York: Norton, 1970), 207.

understand one another, and to receive Information of Facts; now if any one said *the Thing which was not*, these Ends were defeated; because I cannot properly be said to understand him; and I am so far from receiving Information, that he leaves me worse than in Ignorance; for I am led to believe a Thing *Black* when it is *White*, and *Short* when it is *Long*. And these were all the Notions he had concerning that Faculty of *Lying*, so perfectly well understood, and so universally practised among human Creatures.

부와 권력에 대한 탐욕, 시기심, 호색성 등으로 표현되는 야후(Yahoo)와는 달리 이성적인 측면만 있는 후이늠족은 거짓말이나 허위적 표현을 이해하지 못한다. 후이늠족의 사회에서는 모든 것의 의미가 자명하고 투명하다. 그래서 거짓이란 있을 수 없는 것이 된다. 후이늠족은 인간들 사이에 너무나 잘 알려져 있고 너무나 일반적으로 행해지고 있는 거짓말하는 능력을 이해하지 못하고 있다. 언어란 인간 상호간의 의사소통과 정보를 얻기 위한 수단이며, 당연히 그런 역할을 수행해야만 하는 것이다. 그런데 현실은 이와 달라 사람들[정치가들]은 자기목적에 맞게 거짓말을 자행함으로써 타인에게 흰 것을 검게 믿게 하고 긴 물건을 짧게 믿게 하고 있다. 로스는 이와 같은 의사소통의 단절, 진실의 왜곡, 그리고 정치적 부패를 주시한다.

두 번째 제사는, 조지 오웰(George Orwell, 1903~1950)의 에세이 「정치와 영어」("Politics and the English Language")이다. 언어를 정치적 도구로 사용하는 일이 바로 언어의 파괴를 가져온다고 오웰은 생각한다. 오웰은 언어와 인간의 사고는 밀접한 관련이 있으며, 조잡한 언어는 어둔한 사고를 형성하고, 정치적 언어는 정치적 상황을 반영하기 때문에 언어 사용에 주의해야 함을 「정치와 영어」에서 역설한다.

사람들은 현재의 정치적 혼돈이 언어의 파괴와 연관이 있고, 언어적 차원에서 [정치적 혼돈의] 개선이 가능함을 인식해야만 한다. …… 정치적 언어는－보수적인 정당이든 무정부주의자이든 상관없이 모든 정치 정당에서 이루어진다－거짓말이 진실처럼 들리도록 만들고 살인을 존경할 만한 것으로 만들기 위해, 그리고 순수한 바람에 입체성을 주기 위해 고안된 것이다.18)

One ought to recognize that the present political chaos is connected with the decay of language, and that one can probably bring about some improvement by starting at the verbal end ... Political language－and with variations this is true of all political parties, from Conservative to Anarchists－is designed to make lies sound truthful and murder respectable, and to give an appearance of solidity to pure wind.

오웰은 현재의 정치적 혼돈은 언어의 파괴와 밀접한 관련이 있다고 본다. 로스가 제사로 오웰의 에세이를 인용한 것은 바로 닉슨의 국민을 기만하는 말재주, 그리고 그 정치적 거짓말로 인한 정치적 혼돈을 나타내려 했다고 할 수 있다.

두 개의 제사에 잘 드러나고 있는 것처럼, 로스는 닉슨의 정치가로서의 능수능란한 임기응변과 거짓말에 대한 천부적 능력에 관심을 갖는다. 『우리 패거리』에서도 대통령, 딕슨은 언어에 뛰어난 재주를 보이며, 그 언어는 자신의 입장을 합리화시키고 정당화시키기 위한 수단으로 큰 역할을 수행하게 된다. 웨이드(Wade)는 [목적은 다르지만] "딕슨의 생존에 도구가 되는 것은 시저(Caesar)의 시체 옆에서 로마의 군중을 향한 마크 안토니(Mark Antony)의 연설을 연상시키는 수사적 언변술에 있다"19)고 본다. 딕슨은 파

---

18) George Orwell, "Politics and the English language," *20th Century Literary Criticism*, ed. David Lodge (London: Longman, 1972), 369.

괴의 무기인 미사일의 이름을 '평화의 수호자'(peace keeper)나 '애국자' (patriot)로 명명한다. 딕슨은 세계평화라거나 국가의 안보를 위해서, 심지어 는 종교의 궁극적인 목적인 인간의 구원을 위해서라는 명분으로 아무런 양 심의 가책도 느끼지 않고 파괴와 살상을 자행한다. 딕슨은 "자신이 언제나 그랬던 것처럼 모든 것을 명확하게 밝히기를 원한다"20)(97)고 하면서, 사실 은 모든 것을 숨기고 거짓말로 일관하며, 계속 자신은 평화주의자요, 인도 주의자며, 가장 진실된 애국자임을 역설한다.

3_언어의 메카니즘

로스는 『우리 패거리』에서 "풍자의 전술을 취하면서도 각각의 등장인 물들이 자신의 입에서 흘러나오는 말에 의해서 그들 스스로의 모순과 그들 행동의 유죄를 드러내는 방식을 택하고 있다"21)고 할 수 있다. 이 점을 좀 더 자세히 밝혀 보자. 로스는 『우리 패거리』에서 대통령 닉슨이 1971년 4 월 3일 샌 크레멘트(San Clemente)의 별장에서 인명존중의 입장에서 낙태 에 반대한다는 성명서를 게재한다.

> 개인적 또는 종교적 믿음 때문에 저는 낙태를 인구조절 수단으로 받아 들일 수 없습니다. 더구나 저는 아직 태어나지 않은 태아를 포함해 모든 인간의 생명은 신성하다는 확고한 믿음을 갖고 있기 때문에, 무제한적인 낙태정책이나 낙태에 대한 요구를 반대합니다. 왜냐하면 아직 태어나지 낳 은 태아도 법률에 그리고 미국인들이 합의한 근본원칙에 명시된 법적 권리

---

19) Stephen Wade, 74.
20) Roth, *Our Gang* (New York: Random House, 1971), 97. 이하 이 작품에서의 인용문은 괄호 안에 쪽수만 표시함.
21) Murray Baumgarten and Barbara Gottfried, *Understanding Philip Roth* (Columbia: South Carolina UP, 1990), 111.

를 갖는다고 확신하기 때문입니다.

리처드 닉슨

샌 크레멘트 1971년 4월 3일

FROM PERSONAL AND RELIGIOUS BELIEFS I CONSIDER
ABORTIONS AN UNACCEPTABLE FORM OF POPULATION CONTROL.
FURTHERMORE, UNRESTRICTED ABORTION POLICIES, OR
ABORTION ON DEMAND, I CANNOT SQUARE WITH MY PERSONAL
BELIEF IN THE SANCTITY OF HUMAN LIFE - INCLUDING THE
LIFE OF THE YET UNBORN. FOR, SURELY, THE UNBORN HAVE
RIGHTS ALSO, RECOGNIZED IN LAW, RECOGNIZED EVEN IN
PRINCIPLES EXPOUNDED BY THE UNITED NATIONS.

RICHARD NIXON

SAN CLEMENTE, APRIL 3, 1971

닉슨의 낙태 반대 연설은 『우리 패거리』에서 딕슨의 캘리(Calley) 중위를 처벌해서는 안 된다는 "인간 생명의 존엄성"(Sanctity of human life)(9)에 대한 주장으로 바뀐다. 딕슨도 상기한 성명서에서처럼, 태아 생명의 신성함과 권리를 주장한다. 대통령의 이러한 주장에 대해 혼돈을 일으키고 있는 한 시민이 그와의 대담에서, 베트남 전쟁시 미 라이(My Lai)에서 22명의 베트남 남녀 주민을 살해한 캘리 중위와 관계된 사건은 단순한 낙태 문제가 아니라 살인에 관한 문제가 아니냐고 반문한다. 시민은 캘리 중위를 살인자로서 처벌을 원하고 있는 것이다. 그러나 딕슨은 계속 낙태 문제로 대화를 이끌어가 본질을 왜곡시킨다. 그러자 시민은 캘리 중위가 죽인 여성들 중 한 명이라도 임신을 했다면, 그 경우엔 낙태가 이루어진 것이 때문에, 캘리 중위를 처벌해야 되지 않겠느냐고 주장한다.

시민: 만약 캘리 중위가 그녀[죽은 여성들 중 한명]의 요구도 없이 또는 낙
　　태를 해달라고 하지도 않았고 심지어 원하지도 않았는데 그녀에게
　　낙태를 해줬다고 가정하면 어떻게 됩니까?

딕슨: 명백한 인구조절의 한 방법으로 이루어졌다는 것을 의미하죠?

시민: 글쎄요 저는 명백한 살인으로 생각합니다.

딕슨(명상하며): 글쎄요 물론 그 문제는 아주 불확실하고 미묘한 문제입니
　　다. …… 우리가 처음부터 미 라이 도랑에 임신한 여자가 있다고
　　가정한 것은 아닌지 기억해 보십시오. 그 도랑에 임신한 여자는 없
　　었다고도 생각해 보십시오. 사실 이것들은 정황으로 미루어보아
　　모두 가능합니다. 그렇게 되면 우리는 학술적인 토론에 관여하게
　　됩니다.

시민: 예, 그렇게 되면 그렇죠. (8)

CITIZEN: What if Lieutenant Calley gave her an abortion without her
　　demanding one, or even asking for one—or even wanting one?

TRICKY: As an outright form of population control, you mean?

CITIZEN: Well, I was thinking more along the lines of an outright form of
　　murder.

TRICKY(reflecting): Well, of course, that is a very iffy question, isn't it?
　　... If you will remember, we are only supposing there to have been
　　a pregnant woman in that ditch at My Lai to begin with. Suppose
　　there wasn't a pregnant woman in that ditch—which, in fact,
　　seems from all evidence to have been the case. We are then
　　involved in a totally academic discussion.

CITIZEN: Yes, sir. If so, we are.

　　캘리 중위를 처벌하라는 시민의 요구에 딕슨은 미 라이 도랑에 [어린애
들은 있었지만] 임신한 임산부는 없었을 가능성을 제기하며, 확실한 물증이
없는 상황에서 지금 당장 캘리 중위를 소환해 처벌할 수 없음을 선언한다.

딕슨은 감미로운 말로 시민을 설득하며, 법률적인 논리에 의해서 캘리 중위의 죄에 대해서 묻겠다고 한다. 딕슨은 "인간 생명의 신성함에 위배되는 어떤 증거를 캘리 중위에게서 찾는다면 나는 스스로 자격을 박탈하고 모든 문제를 부통령에게 일임하겠노라"(8-9)고 시민에게 말하는데, 이 말은 아이러니컬하게도 상당한 설득력을 갖게 된다. 로스는 딕슨이 악 이용하는 언어의 메카니즘, 즉 무고한 베트남 주민들에 대한 살인혐의에 대해서는 용서하고, 낙태문제에 대해서는 강조함으로써 본질을 흐리는 딕슨의 말재간을 통해 미국 정치의 부조리한 한 측면을 지적한다.

정치권력을 쥐고 있는 자는 자신들의 권력 내지 정권을 유지하기 위해 제일 먼저 하는 일은 법을 뜯어고치는 일이다. 자신에게 유리한 선거구와 투표 관리 체계는 자신들에게 재집권의 야욕을 충족시켜 줄 것이기 때문이다. 딕슨은 한 기자회견에서 "미국에서 정부에 대한 대표자나 발언권이 없이 가장 소외되고 부당한 대우를 받고 있는 계층은 흑인이나 푸에르토리코인(Puerto Rican), 그리고 히피족이 아니라 바로 태반 속에 있는 태아"(11-12)라고 주장하며, 태아들에게 선거권을 인정해야 한다고 역설한다.

태아에게 선거권을 주어야 한다는 딕슨의 주장은 딕슨이 재집권을 위해 새로운 계층에 투표권을 인정하여, 자신에게 유리한 선거가 될 수 있도록 하기 위함이다. 더군다나 태아에게 선거권 부여를 주장함으로써 인간생명 존중과 인권의 중요성을 자신의 당은 가장 크게 생각하고 있다는 인상을 자아내어 투표권자들을 우호적으로 만들려는 속셈이다. 그는 기자회견에서 마틴 루터 킹(Martin Luther King) 목사는 훌륭한 인간이지만 이미 죽은 인물이고, 킹 목사는 미국 헌법 바깥에서 한 종족[흑인]을 위해 일했을 뿐이라고 얘기한다. 또 로버트 에프. 카리스마(Robert F. Charisma, 재능을 가지고 있고 일반 대중을 사로잡는 인물. 케네디)도 득도 없는 멕시코계 미국인

(Chicanos)과 푸에르토리코인을 위해서 일했을 뿐이라고 얘기한다. 하지만 딕슨 자신은 미국에서 가장 불리한 위치에 있는 태아를 위해서 일하고 있고, 자신은 미국의 대통령으로서 헌법에 의해 부여받은 권력에 의해 헌법 안에서 일을 하고 있다고 주장한다. 어떻게 아직 태어나지도 않았고 발달된 신경 시스템이나 팔다리도 없는 어린아이가 투표용지를 던질 수 있겠냐고 한 기자가 질문하자, 딕슨은 장애인도 투표권을 가지고 있음을 상기시킨다. 물론 기자들이 그렇게 설명한 대로 기사를 쓰지는 않겠지만 그는 그렇게 주장한다.

권력을 가진 자들은 국민의 순진무구함, 좀 더 직설적으로 말한다면 일반대중들의 우매함을 원한다. 딕슨도 "그들[국민]의 순진무구함이 바로 이 나라[미국]에서 절대적으로 필요로 하는 것"(22)이라고 주장한다. 국민들이 우매해야 자신들의 권력을 행사하기가 편하기 때문이다. 그래서 권력을 가진 자들은 국민 개개인의 사고와 옳은 판단력을 지배하고 통제하기 위해 세련된 문화정책이라는 가면을 쓰고 국민의 마음을 조작하여 왜곡된 역사에 길들이는 우민화 교육도 일삼는다. 이 우민화 교육은 국민 개개인이 진실한 역사와 자아를 망각하도록 유도하고, 거대한 국가 권력 앞에 국민의 저항과 개인의 힘을 무력화시키고 현실에 안주하도록 강요한다.

태아에게도 선거권을 부여해야 한다고 주장하는 딕슨에 대해 보이스카우트(Boy Scout)는 그가 성교의 자유와 간통을 장려하고 있다고 데모를 하게 된다. 딕슨은 그 위기를 자기의 참모진들의 도움으로 이겨내려 한다. 딕슨은 당면한 국내 문제를 해결하기 위해 자신의 참모진과 비밀 모임을 갖는데, 그것은 "해골 회의"(Skull Session)(24)이다. "해골 회의"에 모인 딕슨의 참모진들의 모습은 희극적으로 묘사된다. 그들은 축구 유니폼을 입고 대통령 전용 락커룸(Locker Room)에서 그들의 총체적인 문제를 토론한다. 딕슨은 축구 복장을 하고서 상상의 축구경기를 하면서 보이스카우트의 시위에 대한 분노를 진정시킨다. 축구복은 딕슨에게 힘을 되찾아 주는 역할을 한다.

> 그는 …… 마치 프리저(Prissier) 대학의 "전통적인 라이벌"과 싸웠던 "큰 게임"을 대비하듯 축구 복장을 착용한다. 그리고 변화 없이 캄보디아 침투나 켄트주립대학의 살인사건이 일어났던 때와 마찬가지로, 그는 단지 어깨 보호대, 클리트(cleats), 헬멧(helmet)을 착용하고, 축구복 바지를 가죽으로 된 받침대까지 잡아당기고, 그리고 등을 거울이 있는 쪽으로 돌려 그의 큰 어깨너머 보이는 숫자를 보는 것만으로도 수백만 명의 미국인을 대신해서 자신이 취하게 될 행동에 자신감을 회복하기에 충분했다. (24-25)

> He ... "suits up," as though for "the big game" against Prissier's "traditional rival." And invariably, as during the Cambodian incursion and the Kent State killings, simply to don shoulder guards, cleats and helmet, to draw the snug football pants up over his leather athletic supporter and then to turn his back to the mirror and catch a peek over his big shoulders at the number on his back, is enough to restore his faith in the course of action he has taken in behalf of two hundred million Americans.

해골 회의에 참석한 딕슨과 그의 참모진들은 어떻게 하면 그들이 간통을 옹호하고 있다는 보이스카우트의 항의를 무마시킬 수 있을까 하여 열띤 토론을 벌인다. 딕슨은 간통에 전혀 간여한 적이 없고 그의 자녀들은 입양된 것이며, 사실 그는 동성연애자(homosexual)라고 텔레비전에서 발표해야 된다는 제안도 이루어진다. 그러나 그는 그의 참모진 중의 한사람인 종교담당 고문(SPIRITUAL COACH, 신부: 주로 사상적인 측면을 다룸)이 동성연애자도 또한 성교를 한다고 말하자 그러한 생각을 취소해버린다. 군사담당 고문(MILITARY COACH, 군인: 공격적이고 폭력적인 행동을 제안함)은 보이스카우트를 총으로 사살해 버리자고 제안을 하기도 하지만, 딕슨은 그러한 방법은 최후의 방법이고 자신의 이미지와는 맞지 않으며, 보다 고도의 방법이 있을 것이라고 하면서 이를 거절한다. 작전담당 고문(HIGHBROW COACH, 지식인: 책략가)은 사회질서를 파괴하는 데 책임을 질만한 사람을 찾아내어 그 사람을 희생양으로 삼아 이 위기를 극복해 보자고 제안하게 되는데, 이 의견에 모든 이가 동의하게 된다. 작전담당 고문은 그 희생양이 될 만한 사람의 목록을 만들게 되고 마침내 그들의 희생양으로 커트 플러드(Curt Flood)를 정하게 된다. 이 장면은 "정부의 정책과 방침이 얼마나 많이 정치적 편의주의에 의해서 이루어지고, 불합리하게 결정되고 있는가에 대한 패러디"22)라 할 수 있다.

플러드는 1968년 세인트루이스 카디널스(St. Louis Cardinals)의 중견수(Center Field)로 활약했던 흑인 야구선수였는데, 그는 필라델피아 필리즈(Philadelphia Phillies) 팀으로 이적되는 것을 거절했던 실존 인물이다. 그는 선수는 구단주의 노예가 아니라고 주장하면서 이적되는 것을 거부했었다. 딕슨은 텔레비전 방송을 통해서 플러드가 "우리가 알고 있는 것처럼 야구 경기를 파괴시켜 버렸다"(95)고 하면서 플러드를 프로야구위원회 총재(Commissioner of Baseball)에게 고발한다. 딕슨은 플러드가 흑인이기 때문에 그가 무시무시한 일을 할 수 있다고 사람들이 믿을 것이고, 국민들의 야구에 대한 열정이 크기 때문에 표면상 야구의 질서를 파괴한 플러드를 잘 이용하면 자신들의 책임을 회피할 수 있을 것으로 생각하게 된다. 딕슨은 플러드가 베트남 그리고 캄보디아 전쟁 때에 사회질서를 파괴한 선동자들 중의 한명이고 워싱턴의 반전운동 데모의 지도자라고 주장한다. 나아가 보

---

22) Jones and Nance, 138.

이스카우트와 같은 애국적 집단들의 도덕과 인간적 가치를 파멸시킨 인물이라고 매도하게 된다.

여기에서 아이러니는 배가된다. 플러드가 필라델피아 필리즈로 이적되는 것을 거부하는 것은 극히 개인적인 행위로, 정부를 부정하고 반항하는 행위는 결코 아니지만, 야구는 미국을 상징하는 것 중에 하나이기 때문에 야구의 질서를 거부하는 플러드의 행위가 정치적, 사회적 불안과 반전운동의 주도적 행위로 여겨진다. 딕슨 행정부가 플러드라는 인물을 희생양으로 내세운 점은 조지 오웰의 『1984년』에서 당이 임마누엘 골드스타인(Emmanuel Goldstein) 같은 존재하지 않는 가상의 적을 조작해 통제의 목적을 달성하려 한 점과 유사성을 갖는다.

『우리 패거리』에서 플러드는 국가권력에 의한 희생자라는 점에서 사코와 반제티(Sacco and Vanzetti)[23] 그리고 유대계 미국인인 로젠버그(Rosenberg) 부부[24]와 같은 부류에 속한다. 딕슨은 자신의 부도덕으로 인해

---

23) 무정부주의자인 사코와 반제티(Sacco and Vanzetti)는 무장 강도로 기소당해 1927년에 처형당한다.

24) 유대계 미국인인 로젠버그(Rosenberg) 부부는 2차 세계대전 직후 소련 스파이에게 원자탄 제조에 관한 비밀문서를 넘겨준 혐의로 체포되어 1951년 재판에서 유죄가 확정된 후 1953년 8월 19일에 싱싱(Sing Sing) 교도소에서 사형을 당한다. 로젠버그 부부에 대한 재판은 전 미국의 이목이 집중된 역사적 사건이었다. 또한 이 부부는 "인간과 정치, 개인과 국가, 그리고 판결과 사면 사이에 빚는 갈등의 상징"(Fiedler 52)이었다. 이 엘 닥터로우(E. L. Doctorow, 1931-   )도 이 사건을 소재로 『다니엘의 자서전』(The Book of Daniel, 1971)을 쓴다. 이 소설은 로젠버그 부부에 대한 재판과 그와 관련된 일련의 사건들을 풍자한 소설이다. 닥터로우는 이 소설에서 로젠버그 부부의 사건과 상징 그리고 딸과 아들의 사고와 행동을 현재의 무질서와 그 극복의 입장에서 창조적으로 재조명한다. 닥터로우는 역사적 사건과 인물들을 단지 허구적으로 재구성한 것이 아니라 "실제 사건이 담화적 사건으로 변형되는 과정"(Trenner 61)을 제시한다. 『다니엘의 자서전』은 "미국정치에 대한 고찰, 다시 말하면, 세대차를 메우고 신좌파의 급진주의를 과거와 재연결시켜 보려는 급진주의운동에 대한 창조적 재해석"(Levine, 38)의 시도이다. 닥터로우는 신좌익과 구좌익의 급진주의 사상과 운동을 규명하고 미국사회에 존재

파생된 모든 사회의 부패와 타락을 책임질 사코와 반제티, 그리고 로젠버그 부부와 같은 희생양을 찾아, 그 희생양에게 모든 책임을 뒤집어씌우고 있다. 딕슨은 기막힌 정치적 술수와 언어의 남용을 통해서, 자신의 책임을 회피하고 자신의 입장을 옹호하고 국민을 기만한다.

딕슨은 현재의 사회 불안을 야기한 플러드에게 피난처를 제공했던 덴마크(Denmark)를 공격해야만 하는 필연성을 전 국민에게 호소한다. 플러드는 1971년 4월 27일, 보이스카우트의 데모가 있기 일주일 전에 덴마크로 은신하는데, 딕슨은 이 점을 이용하여, 덴마크의 정부와 전혀 상관이 없는 플러드의 반환을 요구하며, 덴마크 정부가 국제법의 위반과 미국 정부의 권위에 저항하고 있다고 주장한다. 딕슨은 덴마크는 포르노 정부(pro-pornography government)가 있는 나라라는 점을 상기시키면서 이 나라는 반드시 파괴되어야 한다고 국민들에게 역설한다.

> 친애하는 [미국]국민 여러분 (여기에서 딕슨은 자신의 의자에서 일어나 책상 가장자리에 앉는다). 덴마크는 부패 했습니다—결코 간과해서는 안 됩니다. 그리고 만약 덴마크 젊은이들이 참여하여 근절시킬 수 없는 부패를 미국 젊은이들로 하여금 청산하도록 한다면 그들은 결코 주저하지 않을 것입니다. (주먹을 쥔다) 왜냐하면 우리는 한때 햄릿의 고향이었던 곳이 타락하는 것을 더 이상 지켜만 보고 있을 수 없기 때문입니다. (아래를 내려다본다) 대신에 정의라는 대의명분으로 우리가 모을 수 있는 모든 힘을 다해, (빠르게 천정을 올려다본다) 우리는 신의 도움으로 덴마크의 부패를 지금 당장 그리고 영원히 척결할 것입니다. (133)

> My fellow American (*here Tricky rises from his chair to sit on the edge of his desk*), something is rotten in Denmark—let there be no mistake

---

하는 이상과 현실의 괴리를 부각시킨다.

about it. And if it has now fallen to American boys to step in and eradicate the rottenness that Danish boys are unable to step in and eradicate, I know they will not hesitate to do so. (*Makes fist*) Because we will not watch as the once-great homeland of Hamlet slips down the drain of depravity. (*Looks down*) Instead, with all the might that we can summon in our righteous cause, we shall (*quick friendly glance at ceiling*), with God's help, purge Denmark of corruption, now and for all time.

딕슨은 한때 위대했던 "햄릿의 성"(Hamlet's Castle)(91)이자 고향으로 알려진 엘시노어(Elsinore)를 "이방인의 지배"(yoke of foreign domination)(93)로부터 해방시키고 덴마크의 역사를 바로잡아 영어를 말하는 사람들의 나라로 다시 만들자고 주장한다. 딕슨은 다른 나라의 내정에 간섭하고 싶지는 않지만, 포르노 정부가 덴마크 사람들을 세뇌시켜, 국민의 정신을 황폐화시키고 있다고 주장한다.

또 그는 "세련되고 이상적인 DAR들"(decent and idealistic men of Danish Anti-Pornography Resistance)(95)이 민주적 방법으로 정치적 사무실을 코펜하겐에 설치하는 것이 허용되기를 양심적으로 지켜보는 입장을 취해 왔지만, 포르노 정부의 탄압으로 DAR은 단 하나의 표도 얻지 못해 "소위 민주선거"(96)가 이루어지지 않고 있어, 이러한 비민주적인 실정을 묵인할 수만 없다고 주장한다. 미국은 코펜하겐에 올바른 정부, 다시 말하면 "폭력 대신에 이성에 반응하는 정부"(96)를 세우는 데 폭력을 사용하지 않을 수 없음을 역설한다. 다시 말해 딕슨은 덴마크가 부패되어 가는 것을 볼 수 없고, 덴마크에서 정의를 실현시키자고 주장한다. 더 나아가 딕슨은 덴마크의 공격이 그의 선임자 존 에프. 카리스마가 소련의 핵미사일이 쿠바(Cuba)와 서반구에 유입되는 것을 막았던 행동과 같은 것임을 역설한다. 딕슨의 말은 니키타 흐루시초프(Nikita Khrushchev)와 피델 카스트로(Fidel

Castro)에 대한 케네디의 단호한 조치를 말한 것이다.

"코펜하겐(Copenhagen)의 포르노 정부에 대한 딕슨의 공격은 베트남의 공산정권에 대한 미국의 공격을 말하는 것"[25]으로 이해가 가능하다. 미국이 베트남에 직접 개입한 것은 1954년부터 1975년까지이고 베트남에서의 전투는 1963년에 시작돼 1973년에 끝난다. 초기에는 비교적 제한된 역할만을 담당하는 것처럼 보였던 미국의 베트남전 개입은 전쟁이 고조되어감에 따라서 점점 더 규모가 커졌으며, 막대한 비용을 치르지 않으면 안 되었다. 그 결과 베트남전의 개입은 미국의 행동의 자유를 제약하게 되었고 미국 내 경제와 사회에 심각한 긴장을 초래하게 되었다.[26] 점차 베트콩에 대한 폭격을 중지하고 베트남에서 철수하라는 대중들의 요구가 높아진다. 미국의 지나친 해외개입을 자제하고 국내 문제, 즉 경제적으로는 인플레이션과 실업률을 억제하고 국제수지를 개선할 것과 사회적으로는 보다 나은 복지 향상의 일환으로 공해, 위생, 주택, 교육 문제 등의 개선에 주력하라는 반전 시위가 더욱 격렬해진다. 1970년 5월 4일 오하이오주 켄트주립대생 4명을 시위를 진압하는 경찰이 사살한 사건은 미국사회의 히스테리 증세 및 혼란을 상징한 것이었다.

사회 혼란과 지배층에 도전하려는 세력이 있었을 때, 정권을 쥐고 있는 자가 취할 수 있고 국민의 관심을 딴 곳으로 돌려놓은 가장 좋은 방법은 전쟁이라 할 수 있다. 전쟁 때문에 국민은 불안과 공포와 생존의 위협을 받게 되지만 전쟁 덕분에 지배계층은 오히려 자신의 권력이 박탈될 위험이 없는 역설적인 평화를 누릴 수 있기 때문이다. 국가는 언제나 전쟁의 위험이 있고 전쟁에 대비하지 않으면 혼란에 빠지고 평화는 깨지고 행복은 요원해진

---

25) Jones and Nance, 139
26) Zibgniew Brzezinski, "How the Cold War Was Played," *Foreign Affairs* 51. 1 (October 1972), 195-96.

다는 의식을 모든 국민이 갖도록 지배층은 강요한다. 다수의 행복과 국가의 평화를 유지하기 위해 소수의 이탈자들을 희생시키는 것은 불가피한 것으로 인식되어야 한다.

이러한 통제를 위해서는 정치적 음모, 압력, 고문, 술책, 전쟁에 대한 공포의식의 조장, 실질적인 전쟁 행위 등이 정당화된다. 전쟁은 하나의 국가적 위기로 평화와 자유를 확보하기 위해서는 반드시 승리해야만 한다. 곧 그것은 전쟁을 이끌기 위해서는 모든 수단과 방법이 정당화될 수 있음을 나타낸다. 결국 권력을 쥐고 있는 지배계층이 어떤 논리를 전개한다 하더라도 전쟁을 승리로 이끌기 위해서는 국민은 이를 이유 없이 수용하고 따라야 한다. 그렇지 않는 행위는 평화를 위협하고 국민의 행복을 저해하는 것이므로 이는 마땅히 제재를 받아야 한다. 지배계층은 자신들의 상황 조작에 국민이 이의를 제기하게 되면 대의명분으로 국민을 통제하려고 한다. 물론 이것은 모든 권력이 갖는 기본속성이라 할 수 있지만 독재 권력인 경우 그 정도는 더욱 심하다고 할 수 있다. 『우리 패거리』에서도 딕슨은 간통을 옹호하고 있다고 비난하는 보이스카우트의 데모로 자신이 위기에 처하자, 희생양으로 플러드를 내세우고 플러드가 피신해 있는 덴마크를 공격하여 전쟁을 일으켜 국민에게 위기의식을 조장함으로써 정권유지라는 자신의 목적을 달성하려고 한다.

4_부패한 권력자, 닉슨 대통령

국민을 기만했던 닉슨 대통령에 대한 분노와 미국의 정치적 현실이 변화해야만 된다는 로스의 의지는 『우리 패거리』에서 딕슨이 누군가에 의해 죽임을 당하는 것으로 표현된다. 딕슨은 코펜하겐(Copenhagen)의 포르노 정부에 대한 공격을 성공으로 이끌지만, 「트리키의 암살」(The Assassination of Tricky) 장에서 죽임을 당한다. 그의 시체는 "왈터 리드 육군병원(Walter Reed Army Hospital)의 분만실의 바닥에서 물이 가득 든 주머니 속의 태아의 자세로 쑤셔 넣어진 채 발견된다"(154). 이 모습은 마치 그가 그렇게도 열을 올려 그 권리를 주장하고 옹호한 태아를 닮고 있다. 딕슨이 물이 가득 든 주머니 속에서 최후를 맞이한다는 것은 "풍자적 인과응보이고, '시적 정의'(poetic justice)가 이루어진 것"[27]으로 볼 수 있다.

로스는 「트리키의 암살」 장에서 닉슨과 그의 패거리들을 조롱할 뿐만 아니라 대중매체의 맹목성 및 언론 조작을 문제 삼는다. 로스는 "현실에 대한 공적 견해의 전파자로서 대중매체는 그들이 표방하는 정치비판에도 불구하고 잘못하면 쟁점을 흐리게 하고 여론을 오도할 수 있음"[28]을 지적한다. 이 점은 딕슨의 죽음이 발표된 후 대중매체들의 경쟁적인 보도에 잘 나타난다. 딕슨의 죽음에 사람들은 웃으며 마치 아무런 일도 일어나지 않은 것처럼 일상적인 일을 하고 있을 뿐인데, 방송은 그들이 지도자를 잃은 슬픔을 억제하기 위해 그리고 눈물을 숨기기 위해 웃고 있다고 보도한다. 심지어 브래드 베이서스(Brad Bathos, 돈강법, 장중한 어조를 갑자기 익살스럽게 떨어뜨리는 수사법에 능한 기자)라는 기자는 사실은 기뻐서 딕슨의 죽음을 확인하기 위해 몰려든 수만 명의 사람들을 대통령의 죽음을 애도하기 위해 워싱톤으로 몰려들었다고 보도한다. 심지어 모여든 사람들 중 몇 명은 너무 슬퍼 자신들이 딕슨을 암살했다고 주장하고 있다 한다. 텔레비전의 해설자들도 이렇게 운집한 군중을 마치 케네디 대통령이—작품 중에서는 카리스마 대통령이라는 이름으로 등장한다—살해된 뒤에 그 죽음을 애도했던

---

27) Sanford Pinsker, *The Comedy that "Hoits"* (Columbia, Mo.: Missouri UP, 1975), 77.
28) Lelchuk, 53.

군중처럼 묘사한다.

허버트 알철(Herbert Altschull)는 『권력의 대행인』(Agents of Power)에서 지배권력에 의한 언론 조작 가능성을 언급한다.29) 정부는 언론이 기존의 정치, 사회체제를 유지하는 한도 내에서 사회적 책임을 수행하도록 요구한다. 어느 체제를 막론하고 모든 국가의 지배권력은 언론을 조작하고 통제하고 언론의 활동을 용납될 수 있는 범위로 국한시켜 기존의 사회질서가 계속 유지되도록 한다. 일반대중의 판단을 언론을 통해서 조작할 가능성은 항상 존재한다. 언론에 대한 조작은 어떤 면에서 보면 사회통제 양식이다. 국가의 지배권력은 사회 전체를 보호하고 언론이 사회적 책임을 완수하도록 지도한다는 명분 아래 언론을 통제함으로써 궁극적으로는 자기 목적을 달성하려 한다. 실제로 닉슨도 자신의 정권을 유지하기 위해, 그리고 정부 정책의 대의명분을 위해 언론 조작을 시도했다. 닉슨 행정부의 도덕성이 문제시 되었을 때 닉슨의 반대 정치세력도 언론을 조작해 자신들의 목적을 성취한다. 언론은 대중의 의견보다는 정치 엘리트의 의견을 반영하는 정치 홍보매체로 전락될 수 있는 것이다.

지배권력에 의한 언론 조작은 『우리 패거리』에서 대통령의 죽음을 놓고 전개되는 상황에 보다 잘 나타나 있다. 다소 장황한 면이 없지 않지만, 정부의 공식발표와 기자회견, 그리고 TV 방송 등이 번갈아가면서 전개되는 상황을 따라가 보자. 처음에 미국의 대통령이 월터 리드 육군병원에서 자신의 엉덩이에 있는 땀샘 제거 수술을 지난밤에 비밀리에 받다가 죽었다는 소식이 알려진다. 백악관의 대변인인 빌지(Bilge Secretary, 허튼소리)는 대통령의 죽음은 전혀 사실무근이며, 그것을 증명이라도 하듯 다음날 대통령의 스

---

29) Herbert Altschull, *Agents of Power; The Media and Public Policy* (London: Longman, 1995), 155.

케줄을 발표한다. 부통령 홧스 히스 네임(What's his-name, Spiro Agnew)도 대통령의 죽음을 극구 부인한다. 왈터 리드 육군병원의 확인되지 않은 소식통으로부터 대통령이 아침 7시에 사망했고 그 원인은 명확하지는 않으나 엉덩이에 있는 땀샘을 제거하는 수술을 받은 후에 죽은 것으로 추정된다는 보도가 또다시 나오게 된다. 백악관은 이번에도 역시 이를 부인하고 딕슨이 죽었는지 살았는지에 관한 정보는 차단한다.

백악관 대변인 빌지는 다시 성명을 발표한다. 이제는 대통령이 병원에 입원한 사실은 인정한다. 하지만 엉덩이(hip)가 아니라 윗입술(upper lip)의 땀샘임을 강조한다. 그리고 대통령은 국민의 믿음과 신용을 얻기 위해, 미국인에 대한 애정을 가지고 최선을 다하고 있음을 강조한다. 윗입술에 땀을 흘리는 사람은 거짓말쟁이가 아니며 그리고 윗입술 주변에 땀을 많이 흘리는 사람은 뛰어난 시민이며, 그들이 해야 할 의무가 많기 때문에 윗입술에 땀을 많이 흘리게 된다는 말도 안 되는 주장을 하게 된다. 빌지는 기자들의 질문에 능숙하게 대처하면서 대통령은 "편안하게 쉬고 있고"(149), 담당 의사들은 대통령이 "가능한 한 가장 정직하게"(150) 보이도록 최선을 다하고 있다 한다.

미국대통령이 사망했다는 공식 보도가 나온 후, 대통령의 사망의 원인을 규명하는 자리에서 빌지는 계속해서 [대통령의 병이 발병 한곳이] '엉덩이'(hip)가 아니라 '입술'(lip)임을 주장한다. 그는 대통령의 왼쪽 엉덩이를 찍은 엑스레이 사진을 의사까지 동원하여 보여 주면서 자신의 주장을 과학적으로 증명한다. 부통령도 현재의 상황에 대해 기자회견을 갖는다. 그에게 NBC와 CBS 등의 방송 기자들은 "대통령이 죽었다는 사실을 알고 있으면서 왜 계속 대통령이 살아 있음을 주장하는 이유가 혹시 당신이 자격이 없기 때문에 내각에서 당신이 대통령이 되는 것을 허락하지 않을 수도 있다는 사실과 국민의 폭력적인 혁명을 일으킬 수 있다는 사실 때문인가"(181)라는 질문을 한다. 이에 부통령은 자기 나름대로 "Blah blah blah"(181)라는 말로 현재 상황을 설명하고, 오히려 언론의 잘못된 보도를 공격한다. 그는 국민의 알 권리를 부정한 자신의 잘못은 인정하지 않으면서도, 일부 언론의 권력 비판적 성향으로 말미암아 미국의 국익이 침해받고 있으며 기존의 사회질서가 위협당하고 있다고 주장한다.

딕슨의 죽음을 둘러싸고 전개되는 상황에서 알 수 있는 것처럼, 로스는 진실이 왜곡된 언론보도와 거짓말로 일관하는 정부와 국가 권력에 의한 언론 조작에 주목한다. 언론은 객관적 사실에 대한 공정한 보도를 함으로써 국민의 알 권리를 충족시켜 주고, 국민의 뜻을 대변해 행정부의 정책 수립이나 또는 정책 실행의 과정에서 국민의 의사가 반영될 수 있도록 해야 한다. 즉 언론은 정치·경제·사회·문화적 환경에서 의연히 독립하여 그것을 감시하거나 그러한 환경에 독자적인 영향력을 행사하는 자율적인 힘의 실체로서 존재해야 한다는 것이다. 단순한 경쟁적 허위보도는 국민의 지적 판단을 흐리게 하고 사회를 혼란케 할 위험이 있다. 특히 언론과 정치권력의 결탁 또는 정치권력의 언론에 대한 탄압은 국민의 사고를 통제하는 억압의 기제로써 작용할 위험이 있다. 언론인들의 도덕적 양심과 용기가 요구되며, 또한 언론인들의 공명정대한 보도가 이루어질 수 있는 사회적·정치적 분위기가 요구됨을 로스는 피력하고 있다.

딕슨의 도덕적 타락은 『우리 패거리』의 후반부에서 극에 달한다. 딕슨은 지옥을 통제하기 위한 마왕의 자리를 놓고 사탄과 함께 선거연설을 한다. 자신의 정치적 영향력, 그리고 동남아시아에 대한 미국의 간섭 등이 딕슨 연설의 서두가 된다. 그는 미국 대통령으로 근무했던 자신이 마왕의 자리에 사탄보다 자신이 더 적합함을 역설한다. 그리고 미국 군대의 도움으로

"자신은 지구의 대부분을 지옥과 같은 상태로 만들어버렸다."(200)고 자부한다. 딕슨은 이제 악을 통한 정치적 번영을 언급하면서 자신이 언제나 그랬던 것처럼 자신의 속마음은 드러내 놓지 않고 언제나 기만과 능변으로 연설을 마치고 있다.

이제 평화의 신에게 아첨하고 간청하는 일을 그만 둘 때가 되었습니다. 우리의 행동을 과감하게 실행할 때가 도래했고, 사람들의 마음과 영원에 공격을 시작 할 때가 되었습니다. …… 오늘밤 제가 여러분에게 말하려고 하는 바는 역사는 우리 편이고, 그 역사를 계속 우리 편으로 만들겠다는 것입니다. 왜냐하면 우리는 정의의 편에 서있고 그것은 바로 악의 편입니다. 결코 이 점을 간과하지 마십시오. 제가 마왕으로 선출된다면 악이 승리하도록 하겠습니다. 저는 우리의 자손과 그들의 후손들이 결코 정의와 평화의 끔직한 근원을 알지 못하도록 하겠습니다. 감사합니다. (207)

And that is why I say the time has come to stop appeasing the God of Peace. That is why I say the time has come to step up our own activities, and launch a new offensive in this battle for the minds and hearts and souls of men. ... What I am trying to indicate to you tonight is that the tide of history is on our side, and that we can keep it on our side, because we're on the right side, and that's the side of Evil. And let there be no mistake about it: if I am elected Devil, I intend to see Evil triumph in the end; I intend to see that our children, and our children's children, need never know the terrible scourge of Righteousness and Peace. Thank you.

우리의 후손으로 하여금 결단코 정의와 평화에 대해서는 모르도록 하자는 딕슨의 말은 마치 하늘의 분노를 사는 것처럼 묘사된다. 왜냐하면 로스는 "하늘에서 천사가 내려와 악마를 구덩이 속으로 내던져 그 구덩이를 메우면서 그개[딕슨] 더 이상 이 나라를 속이지 못하게 하겠다."(208)라는 말로『우리 패거리』를 끝내고 있기 때문이다. 물론 여기서 악마는 직접적으로는 딕슨이지만, 국민을 속이고 자신의 이익만을 챙기는 권력자들을 상징한다고 볼 수 있다. 로스는 이런 부패한 권력자와 그들로 인한 사회의 억압적인 상황에 분노한다.

『우리 패거리』는 미국 현실에 대한 로스의 관심의 표명이다. 로스는 『우리 패거리』에서 타락한 정치인은 권모술수와 언론 조작을 통해 국민의 삶을 억압하고 사회의 혼란과 위기를 야기할 수 있음을 풍자한다. 다시 말해, 로스는 일부 도덕적으로 타락한 소수의 지배계층에 의해 국가권력이 남용되는 상황을 직시하여, 지도층의 도덕적 각성을 촉구하고 암울하고 고통스런 현실의 극복 가능성을 상상력을 통한 소설 창작을 통해 타진해 보고 있다 하겠다. 남용된 정치권력에 무조건적으로 대항하면 감금과 구속을 당할 수 있고 급기야 생명을 빼앗길 수 있다. 그래서 로스는 사회 혁명가가 아닌 작가로서 풍자를 택한다. 로스는 남용된 정치권력에 풍자를 통해 상상적 공격을 가하고, 국민의 자유와 행복이 무시되고 생활이 피폐해질 수밖에 없는 상황을 제시해 삶과 현실의 변화가 궁극적으로 이루어져야 함을 주장한다.

『우리 패거리』와 같은 정치적 풍자소설은 풍자가 적용되는 적기의 순간적 상황에 의존하기 때문에 특정시기의 특정한 사건에 대한 동일한 경험을 갖지 못한 독자는 그 당시의 독자가 느꼈던 것과 동일한 즐거움이나 분노를 경험할 가능성은 어느 정도 상실된다. 하지만 이러한 풍자소설의 한계점을 인정한다 하더라도 우리는 어둡고, 억압적인 정치, 사회적 현실을 극복하려고 하는 작가의 욕구, 기지, 재치 그리고 풍부한 상상력에 대한 묘미는 절대 놓칠 수 없는 것이다. 요컨대,『우리 패거리』는 익살, 패러디, 과장, 왜곡 등의 풍자적 기법에 대한 로스의 뛰어난 재능이 잘 나타난 작품이고, 그의 위트와 문학적 상상력이 잘 표현된 작품이다.

제2장

도전과 반항: 『포트노이의 불평』

1_성적 반항

로스의 『포트노이의 불평』(*Portnoy's Complaint*, 1969)은 주인공 포트노이의 어린 시절에 대한 회상과 성인이 되는 과정에서의 사회 적응 문제, 성, 그리고 가정의 유대민족성에 기인하는 억압적 상황에 대한 포트노이의 대응이 잘 드러나 있다. 그리고 그 대응은 성적 반항으로 일관된다. 다시 말해 포트노이는 유대인의 정신적 유산의 상속을 강요하는 부모의 구속감과 와스프(WASP)사회에서 느끼는 소외감에서 벗어나려는 돌파구로서 성에 대한 지나친 관심과 집착을 갖게 된다. 그에게 "성욕 발산은 자유와 자아실현의 유일한 장"[1])이 된다. 그의 성적 편력은 자유를 향한 몸부림이며, 생명력이고, 자신의 존재가치와 의의를 찾는 한 방법이 된다. 하지만 포트노이의 성적 반항은 근본적으로 그의 본능적인 충동과 욕망에 연결되어 있기 때문에 분명히 한계를 갖는다. 그것은 작품 속에서 포트노이가 발기불능이 되버

---

1) Murray Baumgarten and Barbara Gottfried, 195.

리는 것으로 상징화된다. 이 글의 목적은 포트노이의 성적 반항의 양상을 살펴보면서 그 근본 원인들을 규명해 보고 또한 포트노이에게 있어 성적 반항은 자신의 자아를 찾으려고 하는 노력이었지만 한계를 가질 수밖에 없음을 지적해 보는 데 있다.

『포트노이의 불평』은 비난과 찬사를 동시에 받았던 작품이고, 로스로 하여금 그의 작가적 지위를 확립하게 해 주었으며, 동시에 베스트셀러의 행운도 안겨준 작품이다. 『포트노이의 불평』을 비난했던 사람들은 눈에 띄게 자주 나타나는 유대인에 대한 부정적 묘사와 외설적 문구 등을 문제 삼는다. 마야 만네스(Marya Mannes)는 이 소설이 "짜증, 정액, 그리고 방종의 혼합물"2)이라고 평했으며 로스의 작품에 대해 일관되게 혹평을 해 온 어빙 하우(Irving Howe)는 "『포트노이의 불평』으로 할 수 있는 가장 잔혹한 일은 이 소설을 두 번 읽는 것"3)이라고 비난했다. 반면에 그랜빌 힉스(Granville Hicks)는 이 소설을 "걸작에 매우 근접한 소설"4)이라고 평했으며 버나드 로저스(Bernard F. Rodgers)는 "대부분의 비평가들이 이 소설이 10년 동안 [60년대]의 문화적 이정표 중 하나라는 것에 동의할 것"5)이라고 격찬했다. 『포트노이의 불평』은 로스 자신의 분신이라고도 할 수 있는 주인공 포트노이를 통해, 한 전형적 유대 가정의 촉망받는 아들과 유대 부모와의 관계에서 생긴 유대 이민 후세대들의 대표적 외상적 경험을 보여 줄 뿐만 아니라, 작가 자신이 겪었던 유대적 어린 시절의 모든 경험을 잘 보여 준다. 이런 측면에서 『포트노이의 불평』은 로스의 소설에 있어서 정점을 이루며 그 주

---

2) Marya Mannes, "A Dissent from Marya Mannes," *Saturday Review* 52 (February 22, 1969), 39.

3) Howe Irving, "Philip Roth Reconsidered," *Critical Essays on Philip Roth*, ed. Sanford Pinsker (Boston, Mass.: G. K. Hall, 1982), 239.

4) Granville Hicks, "Literary Horizons," *Saturday Review* 52 (February 22, 1969), 39.

5) Benard F. Rodgers Jr., *Philip Roth* (Boston, Mass.: G. K. Hall, 1978), 80.

제를 대변하고 총괄하고 있다"6)고 할 수 있다.

로스 소설의 대부분의 주인공들은 편협되고 일방적인 종교적 교리와 금기로 가득한 가정과 유대사회를 벗어나 미국이라는 사회 환경에 적응하는데 어려움을 겪게 되고, 소속감과 확고한 도덕의식이 없으므로 자아의식의 갈등에 시달린다. 존 맥다니엘(John McDaniel)은 로스의 소설 주인공들을 "역사적 배경과 문화 또는 도덕적 기반이 없는 심리학적 껍질"7)일 뿐이라고 평가한다. 로스의 소설 주인공들은 대부분 유대 젊은이들로서 유대적 가정에서 조상이나 부모에게서 물려받은 유대적 의식과 자유분방한 현대사회에서 살아가기 위해서 습득한 미국적 의식 사이에서 갈등을 겪는다. 다시말해, 전통적인 유대교적 규범과 가치관은 젊은이들의 사고와 행동을 제약하며, 미국사회에 대한 적응을 힘들게 만들어 그들이 방황하게 되는 주 원인이 되기도 한다.

포트노이는 자신이 속해 있는 가정과 종교에 반항하여, 그것으로부터 소외된 현대 젊은이의 전형이다. 유대인들에게 전통적 유대교 계율을 지키는 것은 법률적 보호가 없는 그들의 생활에 질서를 부여하는 것이다. 신앙과 계율은 이교도에 둘러싸인 환경 속에서 견고한 장벽의 역할을 하는 것이다. 그러나 미국사회에서 생활을 해야 하는 현대 유대인들은 다소의 차이는 있겠지만 그 계율을 지키는 것에 커다란 의문을 갖게 된다. 전통 유대교에서 파생된 규범들은 『포트노이의 불평』의 포트노이에게 단지 행동의 제약이 되고 심리적 압박감으로 작용하게 된다. 유대인의 정신적 유산은 포트노이의 삶에서 떼어 낼 수 없는 조건으로 그의 의식을 항상 지배하고 있고 또한 억압으로 작용한다. 그래서 포트노이는 자신의 정신 상태를 "머리끝에

---

6) Judith P. Jones, & Guinevera A Nance, 82.

7) John N. McDaniel, *The Fiction of Philip Roth* (Haddenfield), N.J.: Haddenfield House, 1974), 31.

서 발끝까지 온갖 억압적인 규제로 가득 차 있어 마치 복잡한 지도와 같다"8)고 말하고 있다. 포트노이가 강한 성욕에 사로잡힌 원인은 가정에서 지나친 금기와 규제에 휩싸여 정신적 균형을 지탱할 수 있는 여유를 상실한 데 있다. 로스는『포트노이의 불평』에서 엄격한 유대교의 계율에 고뇌하는 한 인간의 육체적 불능을 취급하면서, 자신이 속한 사회에 적응하지 못하고 반항하며 지나칠 정도로 내향적인 인간의 성적 신경증을 적나라하게 표현하고 있다.

2_성 정체성과 민족 정체성

『포트노이의 불평』의 주인공, 알렉스 포트노이(Alex Portnoy)는 33세의 유대인 사나이로, 컬럼비아(Columbia)대학에서 법학을 전공한 후, 25세때 미국 의회 가정분과(House Subcommittee of United States Congress)의 특별고문이 되었고 계속 출세하여, 현재 소수민족의 권익을 위해 일하는 뉴욕시 시민인권 옹호국 부국장(Assistant Commissioner of Human Opportunity)이 되었지만, 지금 섹스 노이로제에 걸려 있다. 그는 자기의 성불능을 치료하기 위해서, 환자의 의자에 누워서 현재의 고난의 원인이 된 과거의 사실들을 정신분석 의사인 스필보겔 박사(Dr. Spielvogel)에게 솔직하게 이야기한다. 그것은 조리 있는 이야기가 아니며 생각나는 대로, 시간적 순서 없이 내적 독백으로 일관된다.

로스가 독백기법을 사용하는 이유를 버너드 로저스(Bernard Rodgers)는 다음과 같이 세 가지로 나열하고 있다. "첫 번째는 포트노이의 심리상태에 현실적인 정당성을 부여해 줄 수 있다는 것이고, 두 번째는 일반 문장에서

---

8) Philip Roth, *Portnoy's Complaint* (New York: Bantam Books, 1969). 139. 이하 이 작품에서의 인용문은 괄호 안에 쪽수만 표시함.

용납될 수 없는 언어와 이미지들을 마음대로 사용할 수 있다는 것이며, 세 번째는 성적 기억을 서술하기에 용이하다"9)는 것이다. 즉, 독백기법은 포트노이의 혼란된 내면과 그의 끊임없는 갈등을 의사에게 '툭 털어' 고백하는 내용에 꼭 맞는 형식이라는 것이다. 이 기법에 관해서 로스 자신도 이렇게 언급하고 있다.

그 작품 속의 아이디어의 일부는 내가 창작을 시작한 초기부터 내 머릿속에 있었다. 특히 문체나 서술에 관한 아이디어 말이다. 예컨대 이 책은 그것을 쓰는 동안에 내가 "의식의 덩어리"라고 생각하기 시작한 덩어리들을 연결하는 방식으로 진행되었는데, 그것은 각기 다른 형체와 크기의 소재 덩어리를 연대순보다는 연상에 의해 연결시켜 누적시키는 방식이었다. 막연하게나마 이와 유사한 방식을 나는 『해방됨』에서 시도한 바 있었고, 그때 이후로 이 방식을 써서 얘기를 완성하는―아니 이 방식으로 얘기를 분할하는―법을 재차 시도해보고 싶었다.10)

Some of the ideas that went into the book have been in my mind ever since I began writing. I mean particularly ideas about style and narration. For instance, the book proceeds by means of what I began to think of while writing as "blocks of consciousness," chunks of material of varying shapes and sizes piled stop one another and held together by association rather than chronology. 1 tried something vaguely like this in *Letting Go*, and have wanted to come at a narrative in this way again―or break down a narrative this way―ever since.

이처럼 『포트노이의 불평』은 연대기적인 서술이나 유기적 연관을 갖는 내용 전개라기보다는 의식의 단편을 사용해서 자유연상에 의한 서술이라고

---

9) Bernard Rodgers, 87.
10) Roth. *Reading Myself and Others* (New York: Farrar, Straus and Giroux, 1975), 15.

로스는 주장한다. 외면상 이 작품은 주인공 포트노이의 독백으로 되어 있고, 포트노이의 독백의 청취자가 스필보겔 박사라는 정신과 의사이지만, 독자들도 또 다른 청취자가 될 수 있고, 내면의 억압과 갈등을 겪고 있는 포트노이 자신일 수 있음을 시사한다.

"포트노이의 불평"(Portnoy's Complaint)이라는 정신병은 성적 욕망과 도덕적 의무감 사이의 갈등으로 인한 죄책감과 비정상적인 성애(性愛)가 증상인 병이요, 또 포트노이가 의사에게 자신의 현재 삶에 대해 퍼붓는 불평이다. "포트노이의 불평"이라는 정신병의 근본적인 원인은 억압이고, 그 억압 때문에 진정한 자아와 소속처를 찾지 못하는 포트노이의 정체성 혼란이 그 결과라 할 수 있다. 작중인물 스필보겔 박사가 파악하고 있는 것처럼 그 억압은 어머니-자녀 관계에서, 다시 말해 가정에서 생긴다. 제퍼슨 체이스(Jefferson Chase)도 "가정에서의 갈등이 젊은 유대계 미국인[포트노이]의 성적, 사회적 좌절의 원인이 된다."11)고 말한다. 어머니의 유대적 전통을 바탕으로 한 지나친 삶의 규율과 자식에 대한 애정은 포트노이가 한 남자로서 올바른 사회적 성장과 적응을 하는 데 장애요소로 작용하며, 정신적 혼란의 큰 원인이 된다.

포트노이는 어린 시절과 사춘기에 겪게 되는 정신적 방황 때문에 진정한 성인 남자가 되지 못함으로써 성 정체성(gender identity)의 혼란을 갖는다. 그리고 포트노이는 미국 내의 유대인 이민 3세대로서, 유대인의 전통을 강조하는 가족과 미국인으로 동화하려고 하는 개인 욕구 사이에서 생기는 갈등으로 민족 정체성(ethnic identity)의 혼란을 겪고 있다. 성 정체성과 민족 정체성은 동떨어진 것이 아니라 포트노이의 유년, 사춘기, 청년 시절을

---

11) Jefferson Chase, "Two Sons of 'Jewish Wit': Philip Roth and Rafael Seligmann," *Comparative Literature* 53. 1 (2001), 42.

통해 밀접하게 연관되어 있다. 피셔(Fischer)는 "민족성은 단순히 전대에서 후대로 세습되는 것만이 아니고, 각 개인에 따라 또 세대에 따라 재창조되고 재해석될 수 있는 것이며 역동적인 것이다"[12]라고 주장한다. 그리고 바움가르텐과 갓프리드(Baumgarten and Gottfried)는 "성 정체성과 민족정체성은 둘 다 출생과 함께 정해진 것이 아니라 사회적으로 결정되는 것"[13]이라고 역설한다. 그렇기 때문에 우리는 포트노이로 하여금 이 두 가지 정체성의 혼란을 일으키게 한 사회적 배경, 그중에서도 특히 그의 가정에 주목할 필요가 있다.

포트노이의 부모는 미국 내 유대인 이민 2세대로서 국적은 미국이지만 미국에 동화되기를 거부하고 전통적이고 보수적인 유대성을 고수하는 사람들이다. 미국에서 전형적 유대인들이 거의 상식처럼 가지고 있는 유대의식이나 생활방식은 자식들의 자유로운 성장에 대한 속박으로 작용한다. 자식들이 이러한 속박으로부터 탈주하려는 데서 그 갈등이 파생된다. 호튼(Horton)과 에드워즈(Edwards)는 유대 가정에서 부모와 자식 간의 갈등을 일으키는 요소를 다음과 같이 열거한다.

가정 안에 많은 갈등의 요소들이 존재 한다: 딸보다는 아들을 더 선호하는 점; 어머니의 지배적인 위치와 "유대 가정"을 유지하려고 하는 노력, 자녀들에게 물질적 성공을 거둬야만 한다고 압박하는 점, 아들이든 딸이든 이교도에 대한 지나친 관심을 억제하는 것, 그리고 가족과 사업상의 유대 관계를 위해 "종족간의 결혼"을 해야만 한다는 점 등.[14]

---

12) Michael J. Fisher, "Ethnicity and the Postmodern Arts of Memory," *Writing Culture*. ed. George Marcus and James E. Clifford (Berkeley, Cal.: California UP, 1986), 195.
13) Baumgarten and Gottfried, 84.
14) Rod Horton and Herbert Edwards, *Backgrounds of American Literary Thought*. 3rd ed. (Upper Saddle River, N.J.: Prentice Hall, 1974), 574.

Within the home there are many sources of conflict: the generally favored position of the sons over the daughters; the dominance of the mother, and her efforts to keep a "Jewish" home; the pressure upon the children to achieve material success; the discouraging of any serious interest in Gentile by either sons or daughters: and the marrying "within the clan" 'to strengthen family and business relationships.

포트노이의 집처럼 어머니가 주도적이면서도 남아 선호적인 가정 분위기는 현대 유대소설의 매우 뚜렷한 특징이다. 원래 유대인들 사이에는 남아 선호와 남성우위 사상이 지배적이어서 유대교회에서조차 남녀를 엄격히 구별하여 차별대우를 했다. 이것은 아직도 여전히 유대문화에서 잔존하고 있지만, 가족의 부양자이며 가정의 대표자로서 아버지의 역할은 디아스포라(Diaspora, 유대인의 이산)이후 점차 감소되고 왜곡되어 왔다. 반면에 전통적으로 남자의 유순한 동반자로서 어머니는 박해를 이겨낼 수 있도록 자식들을 기르고 가르치는 데 있어서 열성적일 뿐만 아니라, 박해로 인해 상처받고 소외되어 무력해져 가는 남편을 대신하여 가정에서 주도적 역할을 하게 되었다. 마일즈 도날드(Miles Donald)도 "유대 가정에서의 역전된 어머니의 주도적 역할은 미국 유대계 소설의 첫 번째 양상이 되고 있다"15)고 지적한다.

로스도 「컬럼버스여, 안녕」("Goodbye, Columbus," 1959)의 글라디스(Gladys) 숙모를 시작으로 그의 작품 속에서 전형적인 유대인 어머니 상을 그려내고 있다. 그런데 로스가 그리는 어머니상은 자녀에 대한 애정이 강하여 잔소리가 많고, 자녀교육에 적극적이지만 신경질적인 성격을 가진 모습이다. 『포트노이의 불평』에서도 어머니 소피(Sophie)는 이런 모습의 어머니

---

15) Miles Donald, *The American Novel in the Twentieth Century* (New York: Harper and Row, 1978), 161.

로 등장한다. 어린 시절 포트노이에게 어머니의 존재는 전능자에 가까울 정
도였고 포트노이에게 가장 많은 영향을 미친다. 존스와 낸시는 "포트노이의
어머니 소피는 포트노이의 유년기에 환상적 인물이고 성인이 된 포트노이
의 성적 모험에도 중심적 인물이 될 뿐 아니라 선과 도덕의 결정자로 역할
을 수행한다."16)고 주장한다. 포트노이는 어머니가 그의 의식 가운데 너무
나 깊이 뿌리를 박고 있어서 학교 선생들은 어머니가 변장하고 있는 것으
로 생각했으며, 자신이 어머니에 의해 살해될지도 모른다는 막연한 공포감
마저 가졌다고 회고한다.

> 그녀는 나의 의식 속에 너무나 깊게 남아 있었어. 내가 처음으로 학교
> 에 다니게 됐을 때 나는 모든 학교 선생님들이 어머니로 위장하고 있다고
> 생각했다. 수업 종료를 알리는 종이 울리자마자 나는 집을 향해 달렸다. 그
> 녀가 자신의 모습을 바꾸기 전에 아파트에 내가 먼저 도착하기 위해서이
> 다. 내가 집에 도착하면 그녀는 변함없이 부엌에 있었고 나에게 줄 우유와
> 과자를 준비하고 있었다. …… 그리고 그녀가 변하는 모습을 보지 않게 되
> 서 다행이다. …… 그녀 모르게 그녀를 배반한다는 것은 5살 먹은 나로서
> 는 도저히 상상할 수 없는 것이었다. 내가 만약 그녀가 학교에서 날아와
> 침실창문을 통해 집안으로 들어오는 것을 본다든지 또는 그녀의 팔다리가
> 천천히 나타나면서 그녀가 앞치마를 두른 모습으로 변화되는 과정을 보기
> 라도 한다면 나는 살해당할지도 모른다는 공포감마저 들었다. (1-2)

> She was so deeply imbedded in my consciousness that for the first year
> of school I seem to have believed that each of my teachers was my mother
> in disguise. As soon as the last bell had sounded, 1 would rush off for
> home, wondering as I ran if I could possibly make it to our apartment
> before she had succeeded in transforming herself. Invariably she was

---

16) Jones and Nance, 73.

already in the kitchen by the time I arrived, and setting out my milk and
cookies. ... And then it was always a relief not to have caught her between
incarnations anyway ... the burden of betrayal that I imagined would fall to
me if I ever came upon her unawares was more than I wanted to bear at
the age of five. 1 think I even feared that I might have to be done away
with were I to catch sight of her flying in from school through the
bedroom window, or making herself emerge, limb by limb, out of an
invisible state and into her apron.

엄격한 유대교의 계율을 지키라고 강요하는 모친, 소피에 대한 공포는
포트노이 병의 직접적인 한 원인이 되고 있다. 외아들인 탓도 있겠지만 어
머니의 과도한 관심과 사랑은 그를 질식시킬 정도였다. 어머니는 그의 누나
한나(Hannah)를 천재성이 없다고 생각해서 그녀에게 많은 것을 기대하지도
않지만, 아들인 포트노이는 우수한 두뇌를 가지고 있다고 여겨서 모든 기대
를 건다. 어머니는 그가 학교를 포함한 모든 영역에서 아인슈타인(Einstein)
조차 두 번째로 밀어내고 "A"를 차지하기를 원하며 또 그것을 당연한 것으
로 생각한다. 어머니는 포트노이로 하여금 무조건 "착한 유대인 소년"(40)
이 되기를 갈망한다.
　가정에서 선과 도덕성을 판단하고 집행하는 권위적인 유대 어머니로서
소피는 포트노이의 유대적 자아(Jewish Self)의 형성에 절대적인 영향을 미
친다. 그녀의 가르침은 무의식 중에 포트노이의 모든 윤리의 규준을 형성하
게 된다. 모친 소피는 포트노이를 완벽한 인간으로 기르기 위해서, 또 모든
세균에서 벗어나게 하기 위해 포트노이의 몸 전체를 조사하고, 귓속의 때를
벗기기 위해 발포성의 소독액을 넣어서 아주 깊은 곳에 있는 가스를 뽑아
낼 정도로 결벽성을 가지고 있다. 자식을 소유물로 여겼던 소피는 소년기의
포트노이가 친구들과 어울려 유대인 음식 규율(Kosher)에 어긋나는 햄버거,

프렌치 포테이토를 먹는 등 반항적으로 되자 더욱더 지배적이고 신경질적이 된다. 그래서 포트노이가 순종하지 않거나 식사때 음식 먹기를 거부하면 문밖으로 내쫓거나 빵 자르는 칼로 위협한다. 포트노이가 무엇을 하든지 간에 어머니의 목소리는 그의 의식을 지배하고 있다. 포트노이는 어머니에 의해 설립된 사회적 책임감과 의무감에서 벗어날 수가 없었다. 소피의 지나친 애정은 포트노이에게는 하나의 억압이 되었고, 소피로 비롯되는 통제와 규제들은 포트노이로 하여금 언제나 불안과 공포로 떨게 만들고 원만한 인격 성장에 크나 큰 장애 요인이 되었다.

그러나 아버지 제이크 포트노이(Jake Portnoy)는 너무나 초라하고 별 볼일 없는 인물이다. 어린 시절, 변비로 고생하고, 일에 시달리는 아버지의 위축된 모습은 포트노이로 하여금 사춘기가 되어서도 남성다움을 확립하지 못하고 소심한 성격을 형성케 하는 한 원인이 된다. 제이크는 남들이 다 꺼려하는 취약지구인 흑인 빈민지역을 맡아서 불평 없이 최선을 다하는 보험 판매원이다. 제이크는 직장에서 열심히 일했지만 유대인은 승진에 한계가 있음을 알게 된다. 미국의 중심세력에 입성하지 못한 아버지는 '미국의 꿈'의 실패자라고 할 수 있다. 제이크는 자신은 성공하지 못했지만 자기 자식은 사회적 부와 명성을 획득하여 자신의 꿈을 대신 이루어주기를 바라는 전형적인 아버지로서 가족을 위해 희생하는 가장이다.

제이크는 어린 아들 포트노이에게 한 가족을 부양하고 보호해야 하는 가장의 의무와 가정의 중요성에 대해 자주 언급한다. 아버지는 비오는 날 가족을 보호해 줄 우산을 준비해 두듯이, 남자는 가족을 위해 최선을 다해야한다고 역설한다. 또 아들이 성인이 된 후에도 그는 뉴욕의 하숙집으로 찾아와서는 가족의 중요성을 역설하며, 그도 가정을 이루어 성실한 유대가장으로서의 역할을 수행할 것을 당부한다. 하지만 집단보다는 개인의 삶을 중시여기는 포트노이는 유대 가정의 전통적 가장과 아버지로서 져야 할 고통스러운 짐을 거부한다. 포트노이에게 아버지의 고통은, "제발 좀 봐주세요. 당신의 고통스러운 전통은 당신의 엉덩이에다 처넣어 놓으시고"(84)라고 할 정도로 경멸의 대상이며, 끝가지 벗어버리려 하는 저주스런 짐이다. 따라서 그는 33살이 되어서도 여자를 바꾸어 가며 성적 탐닉에 몰두할 뿐, 부모의 간절한 호소에도 불구하고 결혼을 하지 않는다. 그는 한 여자에게 얽매여 한 남편과 아버지로서 역할을 한다는 것을 견딜 수 없는 고통이며 구속으로 생각한다. 이렇게, 가장의 역할을 거부하는 것은 아버지 제이크처럼 자신의 삶의 고통스런 부분을 수용하고 인내와 희생으로서 살아가는 전통적 유대인 아버지로서의 의식을 거부함을 의미한다.

포트노이에게 모친을 포함한 전통적 유대인들이 갖고 있는 유대성에 대한 비판의 눈을 싹트게 한두 가지 사건이 발생한다. 그 하나는 로널드 님킨 (Ronald Nimkin)의 자살 사건이다. 유순하고 착한 15세의 소년 님킨은 부모의 강요에 못 이겨 피아니스트가 되기 위한 강한 훈련을 받고 있다. 그런데 그는 어느 날 정신적 중압감을 이겨내지 못하고 갑자기 자살해 버린다. 죽는 순간에도 어머니의 친구에게서 온 전화 내용을 외출한 어머니에게 전하기 위해 목을 매어 단 밧줄 위에 메모지를 꽂아 두었다는 이야기는 눈물과 웃음을 동시에 자아내는 에피소드이다.

또 하나의 사건은 포트노이가 10세 때 그의 우상과 같은 존재였던 육상선수 허쉬 해롤드(Hershie Harold)와 이방인 여인인 앨리스 뎀포스키(Alice Demposky)와의 비련이다. 뉴억(Newark)의 유대인 밀집지역에 사는 큰아버지 하이미(Hymie)는 "유대인은 반드시 유대인 속에서 살아야 하며 특히 이성간의 교제는 유대인끼리 이루어져야 한다"(57)고 역설한다. 그러므로 그는 아들 해롤드가 백인 소녀 앨리스와 교제하는 것을 극구 반대한다. 그의 아버지는 해롤드가 앨리스와의 교제를 막기 위해 랍비를 불러들여 설득하지만, 그것이 실패하자 몰래 앨리스를 만나서 해롤드가 결혼할 수 없는 불치의 병에 걸렸다고 속이고 돈까지 주어 그를 단념케 한다. 이 사건으로 해서 포트노이의 사촌형 해롤드는 부모와의 갈등을 이겨내지 못하고, 일부러 군에 지원하여 전쟁에 나가 죽고 만다. 해롤드가 전사 했을 때, 주민들은 "당신의 아들은 백인의 며느리를 남기지는 않았잖아요. 적어도 이교도 자식은 남기지도 않았네요"(66)라고 그의 부모를 위로한다. 즉 최소한 백인 며느리와 손자를 갖지 않게 되어 다행이라는 것이다. 유대적이 아닌 것에 대해서는 매우 배타적이고, 자라는 자녀들에게 유대인의 우월성을 불어넣으려는 가정과 주변 지역사회의 노력은 개인의 열망을 질식시키는 유대인의 정신적 유산이다.

상기한 두 사건은 유대인의 이민족에 대한 편견과 폐쇄성, 그리고 부모가 자식의 천성과 의지 등을 무시하고 무리하게 부모의 주형 속으로 틀어넣으려는 그 편집성에서 발생했다는 점을 포트노이는 깨닫게 되고 차츰 전통적 유대성에 반항하기에 이른다. 포트노이는 부모들과 유대사회의 배타적 태도와 우월적 편견을 강력히 비판하고 이를 부정한다. 포트노이와 같은 로스의 소설 주인공들은 그들이 자란 유대적 사회로부터 벗어나려 하면서도 미국적 사회 속에서 완전히 동화되지 못하는 "정체 상태에 놓인 주인공"17)들이다. 그러므로 이들의 심리적 갈등, 그리고 그 갈등으로 인한 반항은 집단이나 장소에 대한 거부감이라는 형태로 나타난다. 다시 말해 유대 가정과 사회에 대한 거부의 형태로 나타난다. 그들의 유대성은 단지 자신이 유대적 집단의 일원이라는 것을 거부하느냐 수용하느냐하는 막연한 심리적

---

17) E. Bestler & J. Uebbing, eds., *Philip Roth: Modern Critical Views* (New York: Chelsa House, 1986), 13.

태도 사이에서 나타날 뿐, 유대적 가치에 대한 구체적 옹호나 그것의 도덕적 행동으로의 발전은 나타나지 않는다.

포트노이는 종교 자체마저도 부정함으로써 유대교회 예배에 참석하기를 거부한다. 그는 신을 믿지 않기 때문에 단 15분도 유대교회에 들어가 있을 수 없다고 고백한다. 또 부모들이 유대교 신년제(Rosh Hashanah) 만이라도 예배 보러 가자고 간청하는데도, 부모가 믿는다고 그 종교를 자기에게 강요하지 말라고 반발한다.

> 죄송해요 …… 하지만 그것은 당신의 종교이지 저의 종교는 아닙니다. …… 저에게는 종교가 없어요 …… 저는 신을 믿지 않습니다. 그리고 저는 유대교—아니 어떤 종교—이든지 믿음이 없어요. 그것들은 모두 거짓말이에요. …… 신 같은 존재는 과거에도 없었고 현재에도 없어요. 죄송해요. 하지만 저의 관점에서 그것은 거짓말이에요. …… 차라리 밖으로 나가 들고양이나 나무들을 위해서 옷을 갈아입으라고 하세요—왜냐하면 그것들은 최소한 존재하니까요. (66-68)

> 1 am sorry ... but just because it's your religion doesn't mean it's mine. ... I don't have a religion ... "Look, 1 don't believe in God and I don't believe in the Jewish religion—or in any religion. They're all lies ... There is no such thing as God, and there never was, and I'm sorry, but in my vocabulary that's a lie. ... Why don't you tell me to go outside and change my clothes for some alley cat or some tree—because at least they exist!

그는 종교적으로 자신이 유대인이라는 것도 거부하고, 심지어 신앙심이 두터운 랍비(rabbi)에 대해서도 노골적인 반감을 표시한다. 그는 랍비 워쇼(Warshaw)는 실존적 고뇌에 처한 인간들에게 아무런 도움을 줄 수 없으면서 그것을 구실로 생계를 유지하는 "직업적인 사기꾼"(81)이라고 랍비를 매도한다.

포트노이는 유대인이기를 거부하고 탈피하려는 노력을 보인다. 사춘기 때 포트노이는 자신의 유대인적 외모와 이름 때문에 열등의식을 느낀다. 맬러머드의 『수선공』(The Fixer, 1966)에서 야코브(Yakov)가 직장을 갖기 위해 이름을 바꾼 것처럼, 포트노이도 "백인소녀와 사귀기 위해 자신의 이름을 바꾸려는 시도"(184)를 한다. 포트노이는 부모와 갈등의 분출구로 이교도 소녀와의 교제를 꿈꾸지만 자신이 유대인이라는 사실에서 파생된 열등의식에 감히 데이트 신청을 하지 못한다. 이에 친구 스몰카(Smolka)는 만델(Mandel)과 포트노이에게 힐사이드(Hillside) 고등학교에서 퇴학당한 이교도 여고생 버블즈 지아르디(Bubbles Girardi)를 소개한다. 스몰카의 주선으로 버블즈는 포트노이에게 손으로 성적 절정에 도달할 수 있도록 특별한 서비스를 하게 된다. 하지만 포트노이는 황홀한 기쁨은커녕 오히려 아픔만 느낀다. 결국 포트노이는 자신의 손으로 직접 절정에 도달하게 되는데 정액이 소파에 묻게 된다. 버블즈는 이것을 보고 자신의 소파를 망쳐놓았다고 하면서 "야, 이 유대인 개새끼야"(203)라고 욕을 한다. 포트노이는 이런 어릴 적 경험으로 유대인에 대한 인종적 차별이 백인들에게 아니 미국사회 전반에 엄존함을 실감한다.

버블즈와의 일이 있고 난 뒤 포트노이는 더욱더 이교도 소녀를 열망한다. 포트노이는 버블즈의 손에 의해 자신이 절정에 도달하지 못한 것은 자신의 지나친 두려움 때문이라 생각한다. 표면상 그 두려움은 버블즈의 오빠와 아빠에 대한 두려움이었지만, 근본적으로는 자신의 부모로부터, 그리고 유대사회로부터 이교도 여인과 관계하면 매독에 걸려 자식도 갖지 못할 것이고, 영원히 장님이 된다는 교육에서 온 것이었다. 포트노이는 욕구불만의 해소와 대리만족을 얻기 위해 더욱더 자위행위에 탐닉한다.

자위행위는 포트노이의 반항의 일부분이 된다. 사춘기의 포트노이가 그 모든 억압으로부터 벗어나서 자아를 주장할 수 있는 유일한 도피는 자위행위를 통한 순간적인 쾌락에 몰입하는 일이다. 자위행위는 정신적으로 그를 완전히 지배하고 있는 부모의 간섭과 너무나 많은 것을 금지하고 있는 유대교식의 식이요법과 금기사항에 대한 반항이다. 포트노이는 부모에 반발하여 자신의 욕구를 발산할 수 있는 비밀 영역을 확보하려 한다. 그것이 바로 목욕탕이나 은밀한 곳에서의 자위행위와 성적 탐닉으로 나타난다. 시얼스(Searles)도 포트노이의 자위행위는 어릴 적에 형성된 너무 제약적인 도덕의식에 대한 반항이고 부모의 바람에서 해방되려는 시도이며, 또한 성인으로서의 성적 탐닉도 이러한 어린 시절 강박관념의 연장에 불과하다고 말한다.

섹스는 포트노이에게 있어 성장 과정에서 배워 온 너무나 제한적인 윤리 체계를 파괴하려고 하는 악이자 수단이 된다. "착한 유대 소년"이 되라는 엄격한 요구로부터 자신을 해방시키기 위해 그가 최초로 선택한 것은 자위행위에 몰입하는 것이었다. …… 하지만 불행히도 포트노이에게 있어 성인으로서의 성적 탐닉은 어린 시절의 성적 충동의 연장일 뿐이다.18)

Sex becomes in Portnoy's mind an evil and a means to subvert what he perceives as a too-restrictive ethical system inculcated during his upbringing. In his attempt to free himself from demanding rigors of the role of "nice Jewish boy," he turns first to excessive masturbation. ... Unfortunately for Portnoy, however, adult sexuality becomes simply an extension of this childhood compulsion.

---

18) Geroge J. Searles, ed., *The Fiction of Philip Roth and John Updike* (Carbondale, Ill.: Southern Illinois UP, 1985), 17.

억압적인 현실에 대한 하나의 반항으로서 포트노이의 성적 편력은 계속된다. 훔쳐온 누이의 브래지어, 응어리를 뺀 사과, 지하실에 있는 빈 우유병 등으로 페티시즘(fetishism)에 빠지기도 하고 더욱더 자위행위에 몰입한다. 뉴저지행 버스를 탔을 때 그의 옆자리에 앉은 젊은 여자를 포함해 승객이 모두 졸고 있을 때, 그는 남몰래 자위행위를 한다. 포트노이가 성적 탐닉으로 빠져 외설적 경향을 갖는 것에 대해 로저스는 "포트노이는 외설을 오래된 사회관습과 금기에서 해방될 수 있는 유일한 분출구로 여기고 있으며, 포트노이에게 있어 외설은 하나의 무기이자 성취이다"[19]고 논평한다. 포트노이는 그 나름대로 부모의 간섭과 통제 아래에서 자위행위로 억눌린 감정을 풀려고 한다.

성적 욕망과 부모에 대해서 느끼는 저항과 모순된 감정들 사이에서 포트노이는 혼란을 느끼게 된다. 특히 자신의 성적 탐닉에 대해 죄의식을 느끼게 된다. 이런 갈등과 죄의식은 포트노이가 사춘기 시절 그의 정신적 상태에서 더 이상 성장을 하지 못하는 원인으로 작용한다. 외면상으로는 어느 정도 사회적으로 성공 했지만, 정신적 특히 도덕적인 면에서 포트노이의 성장은 이미 사춘기 때 멈추고 만 것이다. 포트노이는 자신이 성적 탐닉에 몰두하는 15세 소년의 모습에서 커지지도 작아지지도 않은 그대로의 상태라고 스스로 고백한다. 포트노이는 자신이 성적으로 성숙한 인간이 되지 못한 것은 전적으로 유대인 부모 때문이라고 생각한다.

> 세상에. 부모가 살아 있는 유대인 성인은 15세의 소년에 불과하고, 부모가 죽기 전까지는 15세의 소년으로 남아 있게 될 것이다. …… 소피는 내 손을 잡고 …… 말한다. "우리들에게 너는 아직 어린애에 불과하다." …… "미안하다고 사과해라. 그에게[아버지] 키스해라. 너의 키스는 세상

---

19) Benard F. Rogers, 94.

을 바꾸게 될 것이다!" 부모가 살아 있는 유대인 성인은 아직도 무기력한 어린애에 불과하다!. 들어보세요. 제발 저 좀 도와주세요. 그것도 빨리. 유대인식 농담 속에서 질식할 것 같은 아들로서의 역할로부터 저를 빼내주세요! (124)

Good Christ, a Jewish man with parents alive is a fifteen-year-old boy, and will remain a fifteen-year-old boy *till they die*! ... Sophie has by this time taken my hand ... then speaks: "But to us, to us you're still a baby, daring." ... "Tell him you're sorry. Give him a kiss. A kiss from you *would change the world*!." ... A Jewish man with his parents alive is half the time a helpless *infant*! Listen, come to my aid, will you—and quick! Spring me from this role I play of the smothered son in the Jewish joke!

포트노이는 자신의 혼란된 현재 모습이 부모의 잘못된 가치관에 의해 자신이 길러졌기 때문이라고 생각한다. 그는 부모나 전통적인 유대인식 가치관의 입장에서 보면 금기사항이었던 일들을 하고, 또 그것을 즐기는 길을 택한다. 그리고 그는 "나쁘게 되고 나쁘게 된 것을 즐기는 것이 자신을 소년에서 어른으로 만드는 길"(138-39)이라고 생각한다. 이렇게 그는 반항적으로 생각하나 소설의 종결에서 나타나는 반항의 결과는 결국 이스라엘(Israel)에서 그의 성적 무능으로 드러난다.

3_여성 편력

포트노이의 반항은 사춘기에는 주로 자위행위로, 그리고 성인이 되었을 때는 신교도 아가씨의 정복으로 이루어진다. 성인이 되어서도 어머니 소피는 여전히 잔소리를 하여 포트노이를 분노와 좌절 속에 몰아넣고 포트노이는 어머니에 대한 반항과 미국 내의 동화라는 두 가지 욕구를 이교도 여자와의 연애를 통해 추구하게 된다. 다시 말해 그가 백인 신교도 아가씨를 동경한 것도 부모의 세계로부터 벗어나려는 욕망에서 비롯된다고 할 수 있으며, 그에게 백인 신교도 여성은 미국의 꿈이자 상징이자 자유의 환상이다. 부드러운 금발의 백인 신교도 소녀는 유대인 사회에서는 금기의 여성이었기에 그의 호기심을 더욱 자극했고, 부모의 간섭에서 벗어나 그의 자유를 은밀히 누릴 수 있는 유일한 대상이라고 그는 생각한다. 포트노이는 사춘기 때 호숫가 스케이트장에서 스케이트를 타는 이교도 소녀들을 선망하며 이렇게 외친다.

> 오 미국, 미국이여! 나의 조부모님에게는 길에 깔린 황금이었고 내 부모님에게는 각각의 그릇에 담긴 닭이었다. 하지만 앤 러더퍼드(Ann Rutherford)와 앨리스 페이(Alice Faye)의 영화에 대한 추억을 가지고 있는 나에게는 미국은 팔에 안겨 사랑을 속삭이는 이교도 처녀의 나라이다. (164-65)

> O America! America! it may have been gold in the streets to my grandparents, it may have been a chicken in every pot to my father and mother, but to me, a child whose earliest movie memories are of Ann Rutherford and Alice Faye, America is a shikse nesting under your arm whispering love love love love love!

어린 시절부터 TV나 라디오 등의 대중매체를 통해 미국의 문화를 공유한 포트노이는 유대성을 고집했던 전 세대와는 달리 동화를 원했다. 유대인 이민 1, 2세대에게 미국은 "길에 깔린 황금"과 "각각의 그릇에 담긴 닭"으로 대표되는, 기회와 물질로 풍부한 생활을 제공해 주는 나라였다면, 이민 3세대인 포트노이에게 미국은 이교도 처녀(shikse)로 대표되는 나라였으며, 이교도 처녀를 포트노이는 미국에 동화하기 위한 한 방법으로 생각한다. 즉 포트노이는 이교도 처녀들을 정복함으로써 미국을 재발견 할 수 있고, 미국의 한 부분을 얻을 수 있다고 생각한다.

박사님, 제가 하고 싶은 말은 제가 단지 여자들의 배경에 집착해 여자들을 성기로 찌르고 있는 것만이 아니라는 점입니다. 그 여자들과의 성관계를 통해서 저는 미국을 발견할 것입니다. 미국을 정복하라―그 이상입니다. 컬럼버스(Columbus), 스미스 함장(Captain Smith), 주지사 윈슬롭(Governor Winthrop), 워싱턴 장군(General Washington)―지금은 포트노이. 저의 명백한 운명은 48개주의 여자들을 유혹하는 것입니다. (265)

What I'm saying, Doctor, is that I don't seem to stick my dick up these girls, as much as I stick it up their backgrounds―as though through fucking I will discover America. Conquer America―maybe that's more like it. Columbus, Captain Smith, Governor Winthrop, General Washington ―now Portnoy. As though my manifest destiny is to seduce a girl from each of the forty-eight states.

포트노이에게 이교도 여자를 사귀고 정복하는 것은 미국에 동화하는 것이고 미국을 정복하는 것이라는 하나의 등식관계로 작용하게 된다. 구트만(Guttmann)은 "포트노이의 성적 모험은 방탕과 성적 탐닉이라는 개인의 도덕적 차원을 넘어서, [포트노이가 자신의 성적 모험을 미국사회로의 동화와 미국 사회에 대한 정복의 수단으로 생각하기 때문에] 사회적 의미로 가득차 있다"[20]고 본다. 존스와 낸시도 다음과 같이 말한다.

그는 백인여자들의 "품위 있는 아버지들" 그리고 "침착한 어머니들"

---

20) Allen Guttmann, *The Jewish Writer in America: Assimilation and the Crisis of Identity* (New York: Oxford UP, 1971), 81.

그리고 그들의 조화로운 가정생활을 부러워한다. 동시에 그는 그들이 진정한 미국인이라는 점과 이 사실이 그 자신의 문화적 합법성의 측면에서 갖게 되는 의미 때문에 그들을 증오했다. 이런 갈등과 양면성 때문에, 몇몇 백인여자들과 갖게 되는 포트노이의 성적 경험은 단지 그의 욕망의 충족, 그 이상을 나타내는 것이다. 지배적 백인 문화의 금발과 파란 눈을 가진 딸들과의 성행위는 그에게는 접근 불가능한 미국의 꿈에 대한 일종의 복수이다. 마침내 그가 인정하고 있듯이, 백인 여자와의 성행위는 미국을 정복하기 위한 시도였다.21)

He envies these gentile girls their "grammatical fathers" and "composed mothers" and their harmonious family life. At the same time, he hates them for being the "real" Americans and for what this authenticity implies about his own cultural legitimacy. As a result of these conflicts and ambivalences, Portnoy's sexual experiences with several gentile girls represent more than the simple gratification of his lust. His sexual acts with the blond, blue-eyed daughters of the dominant culture are a kind of vengeance against the image of the American Dream whose reality is inaccessible to him; they are, as he finally admits, attempts to "*conquer* America."

포트노이의 억압된 의식은 그의 여성관계에서 자기중심적인 이기적 욕망과 자기보존 본능으로 나타난다. 포트노이는 백인여자들을 하나의 인격체로서 보지 않고 미국의 각 지방 문화를 대표하는 별명22)으로 부르면서 그들을 비인격적인 대상으로 취급하고 있다. 이들은 비유대인으로 미국 각

---

21) Jones and Nance, 78.
22) 포트노이는 그가 대학 때 사귄 중서부 출신인 케이 캠벨(Kay Campbell)은 펌프킨(The Pumpkin)으로, 대학 졸업 후 만난 뉴잉글랜드(New England) 출신의 새라 애버트 모울스비(Sarah Abbot Maulsby)은 순례자(The Pilgrim)로, 32세 때 만난 웨스트버지니아(West Virginia) 출신의 메리 제인 리드(Mary Jane Reed)는 멍키(Monkey)라는 별명을 붙여준다.

주의 대표적 유형들일 뿐 그들 자신의 개성은 그에게 중요한 것이 아니다. 이들은 다만 성적 정복의 대상이며 동시에 미국 정복의 수단으로 이용될 뿐이다.

그가 대학 때 사귄 케이 캠벨(Kay Campbell)은 농사를 많이 짓는 중서부 출신 아가씨인데, 포트노이는 그녀를 펌프킨(The Pumpkin)이라고 불렀다. 포트노이는 아이오와(Iowa)주 대븐포트(Davenport)에 있는 캠벨의 집에 놀러가기도 한다. 그녀는 사회주의적 성향을 가진 놀랄 정도로 현명하고 이해심이 강한 전형적 미국 중서부 이교도 여인으로서 진정으로 그를 사랑한다. 처음에 포트노이는 그녀가 유대인이 아닌 백인 신교도였기 때문에 마음이 끌렸다. 그리고 점차 그녀와의 관계가 깊어져 가는데 포트노이는 이상하게도 캠벨에게 유대교로 개종하지 않겠느냐고 물어보게 된다. 그녀는 "왜 내가 그와 같은 일을 원하겠느냐?"(260)라고 대답한다. 이 말에 포트노이는 화가 났고 그 얼마 후에 그녀와 이별한다.

포트노이는 자신이 유대인이라는 것에 수치심과 거부감을 가지고 있으면서도 캠벨에게 유대교로 개종을 요구한 것은 포트노이 내면의식 속에 유대교 전통이 뿌리 박혀 있고 그를 지배하고 있기 때문이다. 포트노이에게는 부모에 의해서 자신도 모르게 뿌리박힌 가치관이 너무나 강력하게 자신의 의식을 결정지어 주었기 때문에, 고향을 떠나서 그가 사물을 판단하는 관점이 부모의 관점과 거의 어긋나지 않는다. 포트노이는 자신도 의식하지 못한 종교적 긍지 때문에 펌프킨을 거절해 버리고 만다. 그는 그녀가 유대인이 아닌 WASP 집안의 딸이라는 것 때문에 그녀에게 이끌리지만 또 같은 이유 때문에 그녀를 거부한다. 이러한 생각은 그에게 너무나 자연스런 것이라서 다른 일에 있어서도 유사한 양상으로 나타난다고 시얼스는 말한다.

하지만 그녀가 유대교로 개종하라는 포트노이의 제안을 거절하자 그녀와 포트노이의 관계는 파괴된다. 이런 생각이 그에게 자연스럽게 일어난다는 사실은 그의 본질적인 혼돈을 드러낸 것이다. 그는 처음에 캠벨이 유대인이 아니다는 사실 때문에 그녀에게 매력을 느끼지만, 똑같은 이유 때문에 그는 그녀를 거절한다. 다른 사람과의 애정 행각에서도 역시 이런 양상은 지속되어 하나의 패턴이 형성된다.[23]

But the relationship disintegrates after she dismisses Portnoy's suggestion that she convert to Judaism. That such an idea occurs to him so naturally reveals his basic confusion. He is at first attracted to Kay because she is not Jewish, but he ultimately rejects her for the same reason. This establishes a pattern that will remain constant in his other affairs, as well.

대학 졸업 후 만난 여성이 뉴잉글랜드(New England) 출신의 새라 애버트 모울스비(Sarah Abbot Maulsby)인데 포트노이는 그녀를 순례자(The Pilgrim)라고 부른다. 새라도 역시 밧사르(Vassar) 여대를 막 졸업한 WASP의 명문출신인 이교도 여인이다. 그녀와의 관계가 깊어지자 포트노이는 그녀에게 구강성교(fellatio)를 요구하지만 그녀는 그것을 거절한다. 그는 이것을 유대인에 대한 차별대우라고 해석하며, 이것은 바로 아버지가 백인인 린다버리(Lindabury) 사장에게서 받았던 부당한 대우와 같은 것으로 간주한다. 그는 자신이 백인이라면 그녀가 기꺼이 응해 주었을 것이라고 생각한다. 그리고 그녀가 결국 그의 요구에 응하자 "유대인이 성기로 백인여자를 제압했도다!"(271)라며 쾌재를 부른다. 그는 바로 이것이 백인에 의해 고통받았던 "아버지를 위해서 자식이 해줄 수 있는 하나의 복수"(272)라고 생각한다. 그것은 유대인이기 때문에 이교도에게 당했던 모멸에 대한 복수인 셈이다.

---

23) Searles, 15.

결국 포트노이는 새라와 헤어지게 되고 세 번째로 32세 때 메리 제인 리드(Mary Jane Reed)라는 여자를 만나게 된다. 그리고 포트노이는 그녀에게 멍키(Monkey)라는 별명을 붙여준다. 메리는 웨스트버지니아(West Virginia) 광부의 딸로 단순하고 무식한 이혼녀이다. 포트노이는 육체적 향락에만 몰두하는 멍키를 경멸하면서도 그녀와의 성적 탐닉을 즐긴다. 반 문맹이며 남자와의 관계에서 생의 의미를 찾는 멍키이지만, 오히려 사회적 지위도 있고 영리한 포트노이보다는 정직하고 솔직하다. 멍키는 무식하고 성적 욕망이 강한 여자이지만 포트노이의 진짜 모습, 즉 "미성숙한 내면" (239)을 통찰할 수 있었고 포트노이에게 진정한 애정을 느끼고 있다. 포트노이는 멍키와 한 달 정도의 유럽 여행을 떠난다. 이탈리아의 로마에 도착하자 포트노이는 매춘부를 고용해 호텔에서 3인 섹스 파티를 갖는다. 포트노이의 성적 모험은 여기에서 최고조를 이루나 결국은 파경의 전조가 된다. 멍키는 삼각 섹스 파티에 대해 죄책감을 느끼고 포트노이를 원망한다. 아테네에서 결혼하지 않으면 자살하겠다고 위협하는 멍키를 홀로 내버려두고 포트노이는 이스라엘로 떠나버린다. 사실상 그녀는 포트노이가 사춘기 때부터 그렸던 성적 환상이 실체화된 여성이다. 그는 그녀와 즐기면 즐길수록 한편으로 남에게 발각되어 자신의 사회적 지위가 위태로울 수 있다는 두려움 속에 빠지게 된다. 이러한 두려움은 칼을 휘두르는 어머니에게서 느꼈던 불안과 같은 것이었다.

포트노이가 이처럼 여성관계가 실패로 끝나게 된 원인은 어디에 있을까? 우선 이기적 욕망으로 인한 그의 인격적인 미성숙함을 들 수 있다. 포트노이는 자기가 결혼해서 한 여성에 묶이면, 백인 신교도 여성들을 정복하면서 얻는 성의 신비스런 환상을 누릴 수 없다고 생각한다. 포트노이의 이런 모습은 돈 후안(Don Juan)이 무수한 여성을 거치면서 삶의 보람을 되찾으려 한 시도와 비슷하다고 할 수 있다. 포트노이는 신이 나서 이러한 돈 후안식의 논리를 펼친다.

적어도 30대 초반인 나는 육체적으로 매력이 거의 사라져버린 어떤 좋은 사람과의 결혼생활이라는 틀에 갇혀 있는 것은 아니다. 적어도 나는 욕망 대신에 의무감으로 성관계를 가져야만 되는 사람과 매일 밤, 잠자리 가질 필요는 없다. …… 단지 왜 그렇게 되어야만 하는가? 아버지와 어머니를 기쁘게 해드리고 싶어서? 정상적인 일을 하기 위해서? …… 도대체 범죄가 무엇인가? 성적인 자유? …… 나는 왜 부르주아지에 굴복해야만 하는가? …… 사랑을 위해서? 무슨 사랑? 그것이 우리가 알고 있는 모든 부부들―스스로 묶이는 것을 허용하지 않는 부부마저도―을 묶어 주는 것일까? 그것은 연약함, 그 이상의 것은 아니지 않는가? 그것은 단지 편리함, 무관심, 그리고 죄가 아닌가? …… 부디, 우리들에게 사랑이나 사랑의 지속이라는 허튼 소리를 하지 말도록 해 달라. (114-17)

Look, at least I don't find myself still in my early thirties locked into a marriage with some nice person whose body has ceased to be of any genuine interest to me―at least I don't have to get into bed every night with somebody who by and large I fuck out of obligation instead of lust. ... Only why should it end! To please a father and mother? To conform to the norm? ... So what's the crime? Sexual freedom? ... Why should I bend to the bourgeoisie? ... For Love? What love? Is that what binds all these couples we know together―the ones who even bother to let themselves be bound? Isn't it something more like weakness? Isn't it rather convenience and apathy and guilt? ... Please, let us not bullshit one another about "love" and its duration.

포트노이의 여성관계가 실패로 끝나게 된 또 다른 하나의 원인은 포트노이에게 어린 시절의 유대 가정과 사회를 통해 전수되어 앙금처럼 남아 있는 민족적 의식 때문이다. 포트노이의 내면세계에는 이교도들에 의한 박해의 오랜 역사를 통해 응어리진 유대인의 민족적 감정이 아직도 내재해 있다. 포트노이에게 유대적 의식과 전통은 하나의 심리적 억압을 형성하고 있는 것이다. 다시 말해 사춘기 때의 자위행위, 성년기의 여성 편력, 그리고 그가 내뱉고 있는 음탕한 말들은 기성세대의 가치관을 깨뜨리려는 심리적 반항에서 나왔지만, 동시에 '착한 유대 소년'으로서의 의무, 더 나아가 자신이 유대인에 대한 민족적 의식과 감정을 저버렸다는 죄의식에서 벗어날 수 없었다는 것이다. 그래서 기존 질서에 대한 반항의 상징이자 자아 탐구의 상징이던 성 편력은 결국 그가 바라던 자유의 길을 터주지 못했고, 자기의 가정과 문화로부터 소외되고 죄책감에 빠진 자의식의 포로가 되고 만 것이다.

포트노이의 심리적 억압의 상태는 '착한 유대 소년'이 되라는 도덕적인 질책과, 은밀하고 개인적인 성적 탐닉이라는 이중성에서 온다. 따라서 포트노이의 자기 반항과 탐닉의 상징으로서 성기는 그가 자유에의 길을 찾아가는 데 도움이 되기는커녕, 가족적·문화적 양상으로부터 자신을 소외시켜서 자신의 양심 속에 그를 가두어 버린다. 이처럼 그의 성적 탐닉은 그를 해방시키지 못하고 죄의식에 짓눌린 자아 속에 감금시켜 버린다. 포트노이는 자신도 유대인의 영웅처럼 촉망을 받던 그 '착한 유대 소년'이 풍만한 여체에 사로잡혀 있는 현재의 자신에 대한 혐오감을 다음과 같이 나타낸다.

헌신적인 아들, 사랑스런 동생, 명예로운 학생, 그리고 신문을 탐독했던 12살의 소년이 위쿼빅 고등학교(Weequabic High School)에 들어가게 됐다. 그 소년의 지능지수는 158이나 되었다. 158이나 …… 소위, 그 건방진 여자―아니 뻔뻔스러운 여자―는 단지 내 성기를 자극해 주는 커다란 깃털이었다. 그리고 그것만이 그녀의 진정한 의미였다. 알렉산더 포트노이! 너

의 약속은 어떻게 된 것이야! 혐오스럽다. 사랑이라고? 욕망이라고 써라! 자아라고 해라! (228-29)

devoted son, loving brother, fantastic honor student, avid newspaper reader, entered Weequabic High School this boy at the age of twelve, and I. Q. on him of 158, *one-hundred and-a fif-a-ty eight-a*, and now, ... The saucy girl, so-called—I'll bet saucy!—was big fat feather in your prick, and *that alone is her total meaning, Alexander Portnoy!* What you did with your promise! Disgusting! Love? Spelled *I-u-s-t*! Spelled *s-e-l-f*!

성적 탐닉은 포트노이로 하여금 어느새 자기 자신에 대한 환멸과 비판으로 이끌게 된다. 포트노이는 어린 시절에 가졌던 순수함이 사라지고, 인생의 목표마저 상실해버린 자기의 현실, 집과 가정도 없는 자신의 외로운 처지, 그리고 오로지 감각적인 성에만 몰입하고 있는 자신에 대한 회의 때문에 괴로워한다.

내가 아홉 살, 열 살, 열한 살까지 품어 온 그 건전한 계획이 어째서 이 모양이 되어 버렸는가? 어째서 나는 이렇게까지 자신을 저주하고 자신을 증오하게 되어 버렸는가? 그리고 어째서 나는 이렇게까지 외로운가? 외톨이인가? 나밖에 없지 않는가? 내 안에 스스로 갇혀 있는 것은 아닌가? 그렇다. 나는 스스로에게 물어야 한다. …… 나의 건전한 목적, 근사하고 가치 있던 인생의 목적은 어디로 사라져 버렸는가? 집? 나에게는 없다. 가족, 역시 없다. 단지 손가락으로 잡아채면 얻을 수 있었던 것들 …… 왜 그때 그것들을 잡아 나의 인생을 살지 못했는가? …… 도대체 왜 나는 단지 감각적인 섹스에만 관심을 갖게 되었단 말인가? (280)

What happened to the good sense I had at nine, ten, eleven years of age? How have I come to be such an enemy and flayer of myself? And so alone! Oh, so alone! ¡Nothing but self! Locked up in me! Yes, I have to ask myself ... what has become of my purposes, those decent and worthwhile goals? Home? I have none. Family? No! Things I could own just by snapping my fingers ... so why not snap them then, and get on with my life? ... What the hell do I care about sensational sex?

포트노이는 아무 갈등과 혼란 없이 완전한 자유를 누릴 수 있었던 과거의 경험을 회상한다. 그 경험은 아버지와 함께 목욕탕에 갔던 경우와 소년 시절 야구장에서 중견수로 활약했던 때이다. 아버지와 함께 갔던 목욕탕은 어머니의 간섭과 잔소리에서 벗어나 유일하게 남자로서 정신적 휴식을 취할 수 있는 공간이었다. 또 포트노이는 연식 야구팀에서 중견수로 활약했는데 그는 중견수의 위치에서 간접적인 동화의식을 느꼈다. 유대계 미국인으로서 국적과 민족성이 확연히 분리된 상태에서 혼란과 불안을 느끼는 포트노이에게 "내 볼이야"(76)라고 외칠 수 있는 야구장은 소속감과 안식을 가져다주었다. 포트노이가 야구장의 경험을 통해 느낀 자유는 전통적인 미국의 주인공들이 한결같이 염원하는 꿈이었다. 그러나 이러한 경험은 이미 흘러간 어린 시절의 추억일 뿐이다. 야구할 때의 즐거움과 현재 그 자신이 처해 있는 상황이 대조를 이룬다.

포트노이가 방황과 혼돈 속에서 마지막으로 찾은 곳은 바로 유대인의 땅 이스라엘이다. 포트노이 자신은 미국생활[이교도 세계의 생활]에 겁먹고, 방어적이며, 거세되고 부패되어버린 인간이라는 자기 증오와 연민에 휩싸이게 된다. 포트노이는 억압적인 삶의 탈출구로 여러 여성들을 섭렵했지만 결국은 병적인 자기 회의에 빠져버린다. 그리고 자신의 모습을 찾기 위해 조국으로 귀향을 하게 된다. 사회적 지위가 꽤 높은 유력한 미국 시민이면서도 유대인이라는 혈통 때문에 본의 아니게 진정한 미국인이 되지 못했던 포트노이는 유대인들의 본향인 이스라엘에서 자신의 민족성을 확인하고 싶었다. 그는 일시적이지만 유적지 방문 중 자신이 유대인의 역사에 동화하고 그것을 이해할 수 있다고 생각한다.

> 나는 침대에서 지도를 살펴보았다. 그리고 역사책과 고고학에 관련된 서적을 사서 식사를 하면서 읽었다. 이 끔직스러운 더운 날씨에 [여행을 위해] 가이드를 고용했고 차도 대여를 했다. 나는 내가 할 수 있는 모든 곳, 즉 무덤, 유태교의 예배당, 조그만 성들, 사원들, 신전, 항구, 폐허들, 새롭거나 오래된 곳 등을 찾아 구경을 했다. …… 그 모든 것을 구경하면서 나는 내가 동화될 수 있고 이해할 수 있다고 생각했다. 그것은 역사였고, 자연이었으며 예술이었다. (285)

> I studied maps in my bed, bought historical and archeological texts and read them with my meals, hired guides, rented cars—doggedly in that sweltering heat. I searched out and saw everything I could: tombs, synagogues, fortresses, mosques, shrines, harbors, ruins, the new ones, the old. ... And everything I saw, I found I could assimilate and understand. It was history, it was nature, It was art.

그는 드디어 민족성의 회복이라는 꿈이 실현되리라고 믿는다. 이렇게 잠시나마 이스라엘에서 포트노이가 평안을 느끼고 소속의지를 갖는다는 점에서 헬리오(Halio)는 포트노이가 "민족 정체성을 회복한다"[24]고 보고 있다.

하지만 필자의 생각으로는 포트노이가 민족 정체성을 완전히 확립하고 있다고 보기에는 조금 무리가 있는 것 같다. 포트노이는 이스라엘에서 자기는 단지 이방인으로 밖에 인정받지 못한다는 것을 나오미(Naomi)와의 관계

---

24) Jay L. Halio, *Philip Roth Revisited* (New York: Twayne, 1992), 76.

에서 깨닫고 있기 때문이다. 나오미는 유대인 군대의 중위 아가씨로, 건전하고 완고한 붉은 머리의 살찐 여자이다. 그녀의 양친은 시온주의자(Zionist)인데 그녀도 역시 양친처럼 혁명적 의식이 왕성한 편으로 병역을 마치자 이스라엘 태생 청년들로 조직된 단체(Commune)에 참가하고 있다. 포트노이는 그녀의 관능적인 모습에 매혹되고 그녀를 유혹하기에 이른다. 포트노이는 나오미를 자신의 구원자로 인식하게 되고 그녀와 결혼해 이스라엘에 정착할 꿈을 꾸게 된다. 하지만 나오미는 포트노이의 청혼을 거절하게 되고, 또 나오미와 강제로 관계를 갖으려 하나 발기불능으로 실패하게 된다. 만약 포트노이가 민족 정체성을 완전히 확립했다고 한다면, 그는 나오미와 행복한 결합을 이루고 이스라엘에서 정착을 했을 것이다.

나오미는 포트노이에게 그는 그녀가 만난 사람 중 가장 불행한 사람으로 자신의 인생을 시인하고 삶을 개선하려고도 하지 않으며, 그의 모든 말은 왜곡되고 우스꽝스러우며 자학적이라고 힐책한다. 그리고 그녀는 "디아스포라 이후의 유대인 생활에서 그와 같이 나약해진 유대남자들이 그들의 민족을 가스실로 보냈다"(299)고 혹평한다. 이러한 나오미의 비판에 대해 그는 자신을 이교도세계에서 생활하다 타락하게 됐다고 다음과 같이 자학하면서도, 자신을 "슐레미일"(Schlemiel)(300)이라고 부르는 그녀의 도도함과 자기모멸에 대한 반발로 그녀를 더럽힘으로써 이 유대민족의 미래를 바꾸어 놓겠다는 결의로 그녀를 강제 겁탈하려 한다.

응 그래, 나오미. 나는 오염 됐어. 오, 나는 순수하지 못해—그리고 무수히 성관계도 가졌지. 선택받은 민족이 되기에는 결코 착하지 못한 인물이야! …… 유대인 처녀여, 나는 강제로 너를 정복하겠어. …… 애국심을 나타내는 그 반바지를 내려 봐. 나의 피가 흘러들어갈 수 있도록 입구를 벌려 봐. 요새와도 같은 그 넓적다리를 펴봐. 구세주의 유대인 구멍을 넓게 열어봐! 준비해, 나오미. 나는 너의 재생산기관을 더럽혀 버리겠어! 유대인 종의 미래를 바꿔 버리겠어. (300-03)

Yes, Naomi, I am soiled, Oh, I am impure—and also pretty fucking tired, my dear, of never quite good enough for The Chosen People! ... Oh, I am going to fuck you, Jew girl ... Down, down with these patriotic khaki shorts, spread your chops, blood of my blood, unlock your fortressy thighs, open wide that messianic Jewish hole! Make ready, Naomi, I am about to poison your organs of reproduction! I am about to change the future of the race.

그러나 그녀의 반항이 점차 약해지는데도 그는 발기불능을 느끼게 된다. 성적 방탕을 일삼던 포트노이가 약속의 땅 이스라엘에 와서 성불능 상태가 되어 버린 것이다.

도대체 어떤 이유로 포트노이는 성불능에 빠졌는가? 우선 아테네에 버려 두고 온 멍키에 대한 양심의 가책을 들 수 있다. 포트노이는 멍키와 유럽 여행 때 매춘부를 고용해 호텔에서 3인 섹스 파티를 갖는다. 멍키는 그 섹스 파티에 대해 죄책감을 느끼고 포트노이를 원망한다. 포트노이에게 진정한 애정을 느끼고 있는 멍키는 당장 아테네에서 결혼하지 않으면 자살하겠다고 위협한다. 사실 그녀는 포트노이가 사춘기 때부터 그렸던 성적 환상이 실체화된 여성이다. 그는 그녀와 즐기면 즐길수록 한편으로 남에게 발각되어 자신의 사회적 지위가 위태로울 수 있다는 두려움 속에 빠지게 된다. 이러한 두려움은 칼을 휘두르는 어머니에게서 느꼈던 불안과 같은 것이었다. 그래서 포트노이는 멍키를 홀로 내버려두고 이스라엘로 와버렸던 것이다. 또 하나의 원인으로, 포트노이는 나오미에게서 자신의 어머니를 떠올리게 된다는 점이다. 그의 어머니로 대표되는 출생과 환경이 그에게 강요한 여러 유대적 강박관념 때문이라 할 수 있다. 몸매, 피부색, 체격, 기질마저 포트노이의 모친인 소피와 비슷한 나오미는 또 한 사람의 소피라 해도 과언이 아니다. 포트노이는 자신이 철저하게 말살하려고 노력했고, 또 성공했다고 일시적으로 믿었던 어머니에 대한 이미지를 나오미에게서 보게 된 것이다.

그렇다면 이스라엘에서의 이 발기불능은 무엇을 상징하는가? 이것은 바로 이곳 유대인들의 그에 대한 거부를 상징한다. 포트노이는 펌프킨이나 멍키가 유대여자가 아니기 때문에 이들을 받아들일 수 없듯이, 이곳 유대인들은 이미 유대성을 배반하고 비유대적 경향에 탐닉한 포트노이를 거부하고 있다. 즉 포트노이와 멍키와의 관계는 이곳 유대인들과 포트노이와의 관계와 같다고 할 수 있다. 그에게 멍키가 그랬듯이, 유대인들에게는 그가 방종하며 유치하고 쾌락을 추구하는 이교도에 지나지 않았던 것이며, 그들은 그가 근접할 수 없는 '유대인'이었던 것이다.

나오미는 패배하여 누워 있는 포트노이를 내려다보며 "당신은 고향으로 돌아가야 해요"(303)라고 말한다. 이것은 그녀가 순수한 유대종족을 대변하여 타락한 그에게 보내는 마지막 충고이다. 포트노이 자신은 여기가 그의 고향이라고 느끼고 있지만, 이미 그는 비유대적 성향에 물들어 있어서 이곳 사람들에게는 미국인으로 전향한 하나의 이방인이다. 포트노이는 어느 사회에도 소속될 수 없는 인물로 밝혀진 것이다. 포트노이는 이스라엘에서도 자신이 이방인일 수밖에 없다는 것을 깨닫는다. 그는 자기 자신을 "이상한 나라의 알렉스"(Alex in Wonderland) (289)로 칭한다. 미국에서 WASP을 경멸하는 한편 그 부류에 속하려고 WASP계층의 여자를 이용하기까지 한 포트노이가 이스라엘에 와서는 유대인으로 대접받지 못하고 오히려 이방인 취급을 받는 것은 참으로 아이러니가 아닐 수 없다.

4_정체성 회복 욕구

포트노이가 자학과 심적 갈등을 겪고 있다는 점에서 자신의 내면세계를 탐색함으로써 자유를 찾으려 한다는 사실은 부인할 수 없다. 그러나 포트노이는 규율과 형식만을 강조하는 전통과 가정의 지나친 억압 때문에 사물의 본질과 핵심을 볼 수 있는 시각과 본능과 이성을 조절할 수 있는 균형감각을 상실하게 된다. 그래서 내면에 분열된 욕망으로 외부세계에 대한 인식은 물론 자신의 실체도 제대로 파악하지 못하는 비극에 빠지고 만다. 포트노이가 백인 신교도 여성들을 통해 얻지 못한 내면적 자유를 찾아 그의 정신적 고향이라 할 수 있는 이스라엘에 갔을 때 만난 여성이 나오미이다. 그러나 포트노이는 자신이 벗어나려 한 부패한 사회 가치에 이미 오염되어 있음을 나오미의 비판을 통해 깨닫게 되고 더욱더 혼란에 빠진다.

포트노이가 자신의 본 모습을 찾지 못하는 것에 대해 토니 태너(Tony Tanner)는 "포트노이는 다른 소설의 유대인 주인공들처럼 어떤 사회에 소속되지도 못하고 또 그 사회로부터 완전히 벗어나지도 못한 '과도기적 인물'(transitional figure)"25)이라고 언급한다. 이런 주장에다, 포트노이의 이런 실패는 현대 사회가 그에게 지어 준 운명이라고 보는 견해도 있다. 로저스는 포트노이를 『모히칸족의 최후』(The Last of the Mochicans, 1826)의 호크아이(Hawkeye), 『허클베리핀의 모험』(The Adventures of Hucklebury Finn, 1884)의 허크(Huck)과 비교하면서 현대 사회에서 주인공이 처한 운명에 대해 설명한다.

호크아이(Hawkeye), 립(Rip), 그리고 허크(Huck) ─ 다른 시대의 영웅들

---

25) Tony Tanner, *City of Words* (New York: Harper & Row, 1971), 315.

−는 그들의 영역으로부터 도망칠 수 있었다. 그래서 그들은 문명의 구속에서 일시적으로나마 벗어날 수 있었다. 하지만 홀든(Holden)과 알렉스(Alex)와 같은 현대적 영웅들은 도망칠 수 있는 광활한 대자연이 없었기에, 광란의 내부세계로 몰입 할 수밖에 없었다. …… 홀든과 알렉스에게는 문명에 대한 불만이 이미 내면화되었기 때문에, 물리적 도피를 통해 문명에 대한 불만으로부터 도망칠 수 없었다. 그는 토니 태너가 미국의 영웅들의 최대의 악몽으로 규정한 '조건지어짐'의 희생물이다. 그리고 그는 외설과 정신과의사의 의자를 제외하고 그 어떠한 탈출구를 찾을 수 없었다. 심지어 그는 그곳에서도 [외설과 정신과의사의 의자] 자유롭지 못했다.26)

Where Hawkeye, Rip, and Huck−heroes of another century−could "light out for the territory" and thereby temporarily elude civilization's grasp, for contemporary heroes like Holden and Alex there is no longer any unspoiled frontier to light out for−except, perhaps, the internal frontier of madness. ... Like Holden, Alex cannot escape his civilization's discontents through physical flight because he has already internalized them. He is a victim of what Tony Tanner has characterized as the American hero's worst nightmare−conditioning. And he can find no escape from it except obscenity and the psychiatrist's couch−and even there he is not really free.

호크아이가 살던 시대에는 광활한 대자연이 미개척지로 남아 있어서 소설의 주인공들은 외부 세계의 탐험과 개척을 통해 그들의 의지를 시험하고 문명의 삭막함에서 벗어날 수 있었다. 즉 호크아이가 살던 시대에는 인간이 외형적 경험을 통해 진정한 자유를 찾을 수 있는 영역이 있었다는 것이다. 하지만 급변하는 사회에서 삶을 영위해야 되는 현대인에게는 상황이 다르다. 다시 말해 자유를 향한 외적 탈출구가 거의 없는 상황에서 혼란과 심적

---

26) Rodgers, 91.

갈등을 느끼기가 쉽다는 것이다.

현대 사회의 주인공 중의 한 명이라 할 수 있는 포트노이는 유대교적 전통과 가치, 가정의 지나친 금기와 규제로 미국 생활에 적응하기 힘들다. 이런 상황에서 포트노이는 자신의 삶의 탈출구로 자위행위와 백인여자에 대한 성적 탐닉을 택하게 된 것이다. 포트노이는 허크처럼 문명에 오염되지 않은 청순한 정신을 지니고 외부 환경을 거부한 주인공은 아니다. 오히려 억눌린 자아와 내면의 분열된 욕망으로 억압적인 가정, 규범, 그리고 종교의 규제와 통제에 반항하는 인물이다. 포트노이는 뚜렷한 구원의 길을 찾지 못하는 암울한 이 시대의 주인공이자 바로 보통 사람으로서 우리의 모습이다. 즉 포트노이가 처한 상황을 확대하면, 더 이상의 절대적 세계나 진리가 존재하지 않는 상황에서 물질적 추구와 성적 쾌락만을 쫓는 현대인인 우리의 상황과 동일하다는 것이다.

『포트노이의 불평』은 포트노이가 나오미에게 버림받은 후 판사 앞에서 그 동안의 성적 편력에 대한 재판을 받는 상상으로 끝난다. 유대종족의 고향에서마저 홀로 버려진 포트노이는 이제 버리고 온 멍키에 대한 양심의 가책 때문에 인간 모독죄로 법정에서 "발기 불능"(307)이라는 판사의 판결을 받는 자신을 상상하고 이에 대한 항변도 해보지만, 결국 경찰에게 포위되어 셋을 셀 때까지 손을 들고 나와야 한다는 강박관념에 사로잡혀 있다. 이러한 그의 독백은 "경찰이다. 당신은 포위됐습니다, 포트노이씨. 빨리 나와서 사회에 진 빚을 갚으세요"(309)라는 말로 끝난다. 경찰에 포위되어 셋을 셀 때까지 손들고 나와서 사회에 빚을 갚으라는 경고에서 '둘'까지 헤아려진 절박한 소설의 마지막 상황은 그가 어떤 결정적 행동을 취하지 않으면 안 되는 그의 강박관념을 대변해 준다. 이 상황은 적어도 그가 유대적 자아에 의도적으로 반항하지 않을 것이라는 확신을 주며, 의사의 마지막 단한마디 "이제 당신은 예라는 말을 시작할 수 있을 것이오"(309)라는 진단은 이제 새로운 생을 시작할 수 있음을 암시해 준다고 하겠다.

요컨대, 포트노이는 너무나 억압적이고 규율만을 주장하는 어머니로 대표되는 유대문화의 희생자라 할 수 있다. 그는 자위행위와 뭇 여성과의 성 편력으로 억압에 거부의 몸짓을 해보지만, 자신은 결국 정신적으로 안주할 대상과 장소를 찾지 못하게 된다. 그래서 그의 성적 반항은 억압에 대한 진정한 대응은 될 수 없었고 한계를 지닐 수밖에 없다. 하지만 우리가 결코 간과 할 수 없는 점은 그가 자신의 혼란을 극복하고 삶의 의미를 찾기 위해 정신과 의사인 스필보겔 박사를 찾아간다는 사실이다. 그에게 자신의 정체성을 찾으려는 욕구가 없었다면 스필보겔 박사마저도 찾지 않았을 것이기 때문이다. 이런 측면에서 포트노이가 새로운 삶을 도모할 수 있는 가능성은 여전히 존재한다 하겠다.

제3장

이상과 현실의 괴리:
『책임 있는 주커만: 삼부작과 끝맺는 글』

1_억압에 대한 자아 방어

로스는 『책임 있는 주커만: 삼부작과 끝맺는 글』(*Zuckerman Bound: A Trilogy and Epilogue*, 1985)[1])에서 부모의 편협한 사고와 자식에 대한 규제,

---

1) 이 작품은 삼부작이다. 로스는 『유령 작가』(*The Ghost Writer*, 1979), 『무책임한 주커만』 (*Zuckerman Unbound*, 1981), 그리고 『해부학 수업』(*The Anatomy Lesson*, 1984)에 중편 소설 『프라하의 야단법석』(*The Prague Orgy*, 1985)을 끝맺는 글(에필로그)로 첨가하여 『책임 있는 주커만: 삼부작과 끝맺는 글』로 출판한다. 필자는 *Zuckerman Unbound* 또는 *Zuckerman Bound*를 『무책임한 주커만』 또는 『책임 있는 주커만』으로 번역했다. 물론 *Zuckerman Unbound*의 경우, 『사슬이 풀린 주커만』, 『해방된 주커만』으로 번역이 가능 하겠지만, 작품의 내용을 보면 결코 주커만이 해방되었다고 할 수 없다. 이 작품의 말미 에서 동생 헨리가 주커만에게 가족의 고통을 모르는 무책임한 사람이라고 공격한다는 점을 상기하면, 『무책임한 주커만』으로 번역하는 것이 타당하다. 그리고 *Zuckerman Bound*의 경우도, 『주커만 연작 소설』로 번역 가능 하겠지만, 기타 주커만이 등장하는 일 련의 다른 소설들과 차별성이 없다. 이 작품에서 주커만이 유대인 출신 미국 작가로서 정체성을 추구 할 뿐만 아니라, 유대 출신 작가로서의 자신의 책무를 깨닫고 있다는 점 에서, 그리고 *Zuckerman Unbound*와 대조되는 의미로 『책임 있는 주커만』으로 번역했다.

편견과 아집으로 가득 찬 종교적 교리, 자신의 권력 유지에 혈안이 된 정치가들의 횡포에서 파생된 정치적 혼돈의 사회 등등 개인의 삶을 억압하는 현실과 그 현실을 극복하려고 하는 인간 의지를 소설화했다. 로스는 사회현실에 대해서 민감한 반응을 보였으며, 자아도피적인 태도에서 벗어나 객관적 시야를 가지고 인간의 처지에 대한 탐색과 나와 타인의 관계 속에서 새로운 자아를 발견할 가능성을 모색한다.

로스는 소설 창작의 깊은 뿌리를 자기를 억압했던 가정, 종교, 그리고 사회에 두고 있다. 그는 가정, 종교, 그리고 사회에 대해서 일정한 거리를 두고 바라보면서 냉철한 비판의식을 갖고 주어진 상황을 개선하려는 의지를 보인다. 로스의 소설 창작의 근원에 대해 아론 애플필드(Aharon Appelfeld)는 "로스[의] …… 근원은 그의 가족과 친척들이 함께 살았던 뉴억에 있다. …… 그는 …… 환경의 굴레에 얽매이지 않고 벗어났다. 로스의 그 근원에 대한 깊은 애착과 애정이 소설가로서의 상상력의 비상과 성공을 가능하게 했다"[2]고 주장한다. 또한 핀킬크라우트(Finkielkraut)와의 인터뷰에서 로스는 "미국은 자신에게 소설을 창작할 수 있는 자유와 자신의 소설을 읽어줄 독자를 제공해 주었고 사상적 배경이 된다"[3]고 고백한다. 그래서 로스는 자신의 작품들을 통해 미국의 현실, 유대인들의 생활방식, 그리고 현대 조류에 물들은 미국 유대이민 2～3세들의 의식구조와 갈등을 적나라하게 제시함으로써 미국에서 삶을 영위하는 한 인간으로서의 그리고 한 유대인으로서의 가치관을 재확립하고 새로운 실존적 도덕성을 정립할 수 있는 방도를 제시한다.

---

2) Aharon Appelfeld, "The Artist as a Jewish Writer" in *Reading Philip Roth*, ed. Asher Z. Milbauer and Donald G. Watson (New York: St. Martin's, 1988), 16.
3) Alain Finkielkraut, "The Ghosts of Roth: An Interview with Philip Roth," *Esquire* (September 1981), 97.

로스는 유대계 미국인이기 때문에, 그의 소설 주인공 거의가 유대인이다. 그의 유대인에 대한 묘사는 철저하게 사실적이고 직설적이다. 유대인의 미덕이나 좋은 관습과 전통보다는 유대인의 도덕적 타락과 추한 모습 그리고 미국에서 살아가는 유대인 2, 3세대에게 유대적 관습과 전통이 오히려 억압과 규제로 받아들여지는 상황을 묘사한다. 이런 묘사 때문에 로스는 유대인 배척주의자이고 자기혐오주의자라는 신랄한 비난과 공격을 받기도 한다. 또 어떤 독자는 나치에 의한 6백만 명의 학살에 이른 역사를 경험한 유대인의 고뇌에서 볼 때 유대인의 생활을 비판하는 것은 모욕이며, 또 유대인의 생활을 고의로 들추어 낼 필요가 어디에 있느냐하고 로스의 창작 태도를 힐책하며 나아가 유대인에 대한 로스의 비판은 비유대인들에게 그들의 태도를 정당화시켜 버리는 결과가 된다고 매도한다. 이러한 빗발치는 비난의 소리에 대해서 로스는 독자들이 작품에 나타난 표면적인 것밖에 보지 못하고 그 본질은 알려고 노력조차 하지 않는다고 하면서 이렇게 반박한다.

전혀 불가능한 것은 아니지만, 내가 대부분 비방하고 있다고 주장하는 사람들에게 전혀 그렇지 않다고 설명하기는 어렵다. 언제나 그런 것은 아니지만 빈번하게, 독자들이 내가 유대인들의 삶을 반대하는 것으로 받아들이는 근거는 나의 탓이라기보다는 그들 자신의 도덕적 시각에 더 관계가 있는 것처럼 보인다. 내 자신이 에너지나 용기, 그리고 자발적 행동으로 보는 것을 그들은 종종 사악함으로 본다. 부끄러워 할 필요가 없는데도 그들은 내가 본 것을 부끄러워한다. 방어할 이유가 없는데도 그들은 방어적인 입장을 취한다.4)

It is difficult, if not impossible, to explain to some of the people

4) Philip Roth, *Reading Myself and Others* (New York: Farrar, Straus and Giroux, 1975), 150.

claiming to have felt my teeth sinking in that in many instances they haven't been bitten at all. Not always, but frequently, what readers have taken to be my disapproval of the lives lived by Jews seems to have to do more with their own moral perspective than with the one they would ascribe to me: at times they see wickedness where I myself had seen energy or courage or spontaneity: they are ashamed of what I see no reason to be ashamed of, and defensive where there is no cause for defense.

독자들의 비난에 대해 로스는 소설의 생명력은 소설 주인공에 대한 정직한 묘사와 진실에 바탕을 둔 작가의 통찰력에 있을 뿐이라고 하면서, "나는 유대인을 대변하는 소설가가 아니다. 나는 유대인 가정 출신 작가이다. 내 삶의 가장 중요한 관심과 열정은 소설을 쓰는 일이지, [모든 유대인이 칭찬하고 좋아하는] 유대인이 되는 것이 아니다"5)라고 주장한다. 로스 자신은 유대인의 입장을 변명하고 옹호하는 위치에 있는 것이 아니라, 자신의 관심은 오로지 현재를 살아가는 인간의 진솔한 모습과 삶의 의의를 생각해 볼 수 있는 소설 창작에 있음을 설득하고 있다.

로스는 유대인에 대한 비판적 시각을 가지고 현대 미국 유대인 생활을 기술하고 있다. 맬라머드는 미국의 현재생활 속에서 유대적 뿌리의식을 잃고 방황하는 유대인들에게 비록 종교적 교리나 의식은 잊혀졌지만 민족적 의식으로 침전되어 온 유대교의 근본정신을 반영시켜, 온갖 고난에도 불구하고 민족적 정체성을 유지하게끔 한다. 한마디로 맬라머드는 유대교의 근본정신의 보존, 특히 그 도덕성의 구현을 주안점으로 한다. 반면에 로스의 소설에 등장하는 유대인은 전통에 대한 부정적, 반항적 관점으로 채색된다.

---

5) Roth, "Second Dialogue in Israel," *Congress Bi-Weekly* 30. 16 (September 1963), 76. Symposium.

맬컴 브레드버리(Malcolm Bradbury)는 "맬러머드의 문학은 유대인의 도덕과 예술적 유산의 회복 가능성을 다룬 반면에 로스의 문학은 그 붕괴 과정을 다룬다"[6]고 주장한다.

로스는 그의 소설 속에서 현대 미국 중류사회를 배경으로 지금까지 유대인 선민주의(Jewish exceptionalism)의 타성에 젖어 있는 많은 유대인들에게 새로운 경종을 울리고, 유대인의 부정적 측면을 보여 줌으로써 유대인들의 자성과 현 시대에 맞는 새로운 가치관의 확립을 촉구하고 있다. 로스는 '미국의 꿈'이 단순한 물질주의로 물들어 타락해 가는 것처럼, 유대인의 전통과 관습도 그 의미를 잃어가는 것을 보면서 유대적 유산이 갖는 가능성과 그 정신적 필요성에 회의를 느낀다. 맬러머드가 유대적 지혜를 전수해 주려고 했다면, 로스는 그러한 유대적 유산을 버린 유대인들이나 전통을 고수하는 유대인 모두가 다른 모든 인간처럼 타락할 수 있음을 보여 준다고 하겠다. 그런 의미에서 로스는 "'모든 인간은 유대인'(All men are Jews)이 아니라 '모든 유대인은 인간'"(All Jews are men)[7]임을 보여 주려고 한다.

로스는 자신이 유대적 전통뿐만 아니라 미국의 정치적, 문화적 과거로부터 다 같이 영향을 받았기 때문에, 그는 미국적 생활방식과 유대적 생활방식에 뚜렷한 차이를 볼 수 없었다. 로스는 "유대의 과거가 자신의 정신과 상상력을 풍부하게 했듯이 미국의 정치적, 문화적 과거도 자신에게 똑같이 영향을 미쳤다"[8]고 고백한다. 그래서 로스는 유대인 사회와 미국 사회의 부정적인 면과 긍정적인 면을 여과 없이 사실적으로 냉철하게 묘사한다.

책임과 의무로 개인을 옭아매는 하나의 사회적 제도로 가정, 사람들의

---

6) Malcolm Bradbury, *The Modern American Novel* (Oxford: Oxford UP, 1984), 142.

7) Glenn Meeter, *Bernard Malamud and Philip Roth: A Critical Essay* (Grand Rapids, MI: Eerdsmans, 1968), 9.

8) Roth, "Jewishness and Younger Intellectuals," *Commentary* 31. 4 (1961), 350-51.

무지와 편견 그리고 인습적인 도덕과 종교가 팽배한 사회, 그리고 개인의 사유와 행동을 제약하는 국가 권력은 『책임 있는 주커만: 삼부작과 끝맺는 글』에서의 네이션 주커만(Nathan Zuckerman)이 시련과 고통을 당하는 원인이 된다. 주커만은 시련과 마음의 상처로 말미암아 때로는 실의, 좌절, 그리고 절망감에 사로잡히기도 한다. 하지만 주커만은 절대로 삶을 포기하거나 자멸하지는 않았다. 그는 작가로서 자아를 방어하면서 언제나 소설을 읽고 씀으로써 주체적 자아를 탐구한다. 그래서 『책임 있는 주커만: 삼부작과 끝맺는 글』은 작가로서 주커만이 겪게 되는 삶의 구체적 현실과의 갈등의 표현이며, 자아를 찾기 위한 고뇌의 기록이다.

로스의 소설에 네이션 주커만이 등장하고 있는 것은 1974에 발표된 『남자로서의 내 인생』(*My Life as a Man*)에서부터이다. 이 작품의 주인공은 결혼생활에 실패한 트라노폴(Tranopol)이라는 작가인데, 그의 단편소설의 주인공으로 주커만이 등장한다. 이 작품에서 주커만은 본격적인 화자이자 주인공으로 등장하여 부모와의 갈등, 사회의 냉대, 그리고 주변 사람들의 편협한 사고로부터 심한 중압감을 느끼고, 작가로서 자신이 겪는 소설쓰기의 고뇌를 피력한다. 주커만은 현실세계와 개인적 경험을 문학 작품 속에서 조화시켜 의미를 부여하는 문제, 실재와 상상의 세계에서 생겨나는 괴리감, 순수문학과 일상경험과의 거리 등의 문제를 탐색한다. 이러한 문제들과 더불어 중심적인 관심사가 되고 있는 주제는 독일 시인 라이너 마리아 릴케(Rainer Maria Rike, 1875~1926)의 시 구절, "너의 삶을 변화시켜야 한다"(You must change your life)[9]라는 명제다.

---

9) 원래 릴케의 시 「아폴로의 고대 흉상」("Archaic Torso of Apollo," 1908)에 나오는 구절이다. 또 로스의 다른 작품, 즉 뉴욕주립대학의 문학 교수인 데이비드 케페쉬(David Kepesh)가 길이 6피트, 무게 155파운드나 되는 여자의 유방으로 변신한 내용을 담고 있는 『유방』(*The Breast*, 1972)의 마지막 부분에서도 이 구절이 나온다. 『유방』은 어느 날

로스는 억압적인 사회와 자유를 추구하는 개인과의 갈등 속에서, 스스로를 변화시키려고 하는 개인의 욕구를 가장 중요시한다. 슈나이더만 (Schneiderman)은 "로스 소설의 주인공들은 자유로운 영혼의 소유자들이고 자기 자신들에게 진실하고자 하는 욕구를 지닌다"[10]고 논평한다. 『책임 있는 주커만: 삼부작과 끝맺는 글』에서 주커만은 스스로 주체적이고 독립적인 인간이 되기 위해, 그리고 자기 정체를 찾기 위해 억압적인 현실과 끊임없이 싸운다. 주커만은 인간은 어떤 환경과 삶의 여건 속에서도 자아탐구와 자기의 잠재력과 가능성을 확대하려고 최선을 다하지 않으면 안 된다는 철학을 가지고 있다. 주커만은 자신의 폐쇄된 삶을 극복하기 위해, 열린 가능성을 위해 싸운다.

유대인이며 현재 미국에서 살고 있는 작가로서 자신을 찾으려고 하는 주커만의 삶의 여정이 그려져 있는 『책임 있는 주커만』은 각 작품마다 시점의 변화를 보인다. 시점의 변화를 통해 로스는 억압적인 현실과 그 현실에 대한 주커만의 대응을 보다 효과적으로 독자들에게 보여 준다. 『유령 작가』는 일인칭 시점으로, 『무책임한 주커만』과 『해부학 수업』은 삼인칭 시점으로, 『프라하의 야단법석』은 다시 일인칭 시점으로 서술된다. 일인칭 시점으로 씌어진 『유령 작가』에서 '나'인 네이선은 1956년에 스물세 살의 문학청년으로서 가정의 무지에 반항하여 독자적인 삶의 목적과 야망을 천명한다. 삼인칭 시점으로 씌어진 『무책임한 주커만』과 『해부학 수업』에서 네이선은 자기 소설이 가져다준 명성과 그 소설에 대한 혹평, 그리고 가정의 편견과 사회의 횡포 때문에 혹독한 시련을 겪는다. 『프라하의 야단법석』은

갑자기 여자의 유방으로 변신된, 있을 수 없는 사건에 대한 주인공 케페쉬의 놀람과 원인 규명, 그리고 그의 자기 자신에 대한 존재 증명이 다루어진다.

10) Leo Schneiderman, "Philip Roth: The Exploration of the Self and the Writing of Fiction," *Imagination, Cognition and Personality* 11. 4 (1991-92), 328.

그가 1976년 1월 11일 뉴욕과 2월 4, 5일 프라하에서 만났던 사람들과 그 만남에서 일어난 사건들을 일인칭 시점으로 기록하면서 독재정치권력의 횡포를 고발한 회상기이다. 로스도 주커만이 자기 자신에 대해 똑같은 방식으로 이야기함은 적절하지 않음을 지적한다. 로스는 『책임 있는 주커만』에서 시점의 전환은 자신의 의식적이거나 무의식적인 행위의 산물이 아니고 이야기의 효과적 기술을 위한 것이며, 어쩌면 자연발생적인 것이라고 이렇게 설명한다.

나[로스]는 주커만이 자기 자신에 대해 똑같은 방식으로 이야기함은 적절치 않다는 사실을 자유롭게 지적할 수 있다. 반어나 희극성이 일인칭 시점에서는 사라질 수도 있을 것이다. 나는 그로부터 나온 앞뒤가 맞지 않는 중요한 비망록을 소개할 수 있다. 한 이야기 안에서 시점을 바꿈은 독자의 도덕관이 어떻게 결정되는가의 문제이다. 우리에 대해 말하면서 부정대명사 "누구인가"를 사용할 때, 우리 모두가 일상의 대화에서 바라는 것이 바로 이와 같은 것이다. "누구인가"의 사용은 언급하는 자아와 당신의 의견을 산만한 관계로 전락시킨다. 자! 때로는 그가 스스로 말하도록 하는 것이 더 효과적이다. 이따금은 그에 대해 이야기함이 더 효과적이다. 때때로 완곡히 이야기함이 더 효과적이지만, 그렇지 않을 때도 있다. 『유령 작가』는 일인칭 시점으로 씌어지는데, 기술되고 있는 것이 주로 주커만이 외부에서 발견했던 세계, 즉 젊은 탐험가의 소설임이 아마 그 이유일 것이다. 더 나이가 들고 더 많은 마음의 상처를 입을수록, 그는 더욱더 내면세계에 관심을 쏟으므로, 나는 더욱더 외부로 나가지 않으면 안 된다. 그가 『해부학 수업』에서 겪게 되는 유아론이 초래하는 위기는 약간 거리를 두고 보았을 때 훨씬 더 잘 드러난다.11)

I [Roth] free myself to say about Zuckerman what it would be

---

11) Hermione Lee, "The Act of Fiction LXXXIV: Philip Roth." *Conversations with Philip Roth*, ed. Geroge J. Searles (Jackson, Miss.: Mississippi UP, 1992), 182-83.

inappropriate for him to say about himself in quite the same way. The irony would be lost in the first person, or the comedy; I can introduce a note of gravity that might be jarring coming from him. The shifting within a single narrative from the one voice to the other is how a reader's moral perspective is determined. It's something like this that we all want to do in ordinary conversation when we employ the indefinite pronoun "one" in speaking of ourselves. Using "one" places your observation in a looser relationship to the self that's uttering it. Look, sometimes it's more telling to let him speak for himself, sometimes it's more telling to speak about him ; sometimes it's more telling to narrate obliquely, sometimes not. *The Ghost Writer* is narrated in the first person, probably because what's being described is largely a world Zuckerman's discovered outside of himself, the book of a young explorer. The older and more scarred he gets, the more inward-looking he gets, the further out I have to get. The crisis of solipsism he suffers in *The Anatomy Lesson* is better seen from a bit of a distance.

이처럼 다양한 시점으로 서술되고 있는 『책임 있는 주커만: 삼부작과 끝맺는 글』은 한마디로 주인공 주커만의 자아와 현실과의 갈등이며, 그 극복 과정의 서술이라고 할 수 있다.

『유령 작가』에서 주커만의 아버지는 주커만의 단편소설, 「고등교육」("Higher Education")이 유대인의 전통과 가치관에 위배되는 것이고 유대인에 대한 공격의 실마리를 제공해 줄 수 있는 아주 해로운 소설로 규정한다. 레오폴드 와프터(Leopold Wapter) 판사도 고착된 도덕관에 사로잡혀 자기 인생철학[출세지향적인 삶]만을 주커만에게 강요한다. 아버지와 주변 사람들과의 극심한 갈등으로 정신적 방황을 하다가 주커만은 현재 미국에서 삶을 영위하고 있는 작가로서 자신의 삶을 변화시킬 수 있는 문학의 힘을 열망한다. 이 열망은 주커만이 자신의 소설을 이해해줄 수 있는 정신적 아버지, 즉 이 엘 로노프(E. L. Lonoff)를 찾는 것으로 나타난다. 주커만은 로노프의 집에서 만난 에이미를 안네 프랑크로 둔갑시켜 상상 속의 결혼 이야기를 꾸밈으로써 부모와의 갈등을 해소하려 하고 주변 사람들에게서 유대인의 수난의 역사를 무시하는 작가라는 비난을 벗어나려한다. 젊은 작가로서 외부의 억압적 상황에 대응할 수 있는 주커만의 무기는 작가적 상상력이다.

『무책임한 주커만』에서 주커만은 30대 중반에 성의 해방을 주장하는 『카노프스키』(Carnovsky)를 출판하여 엄청난 부를 획득하지만 격렬한 비난을 동시에 받게 된다. 주커만은 단지 성은 인간이 향유할 수 있는 유일한 자유라는 자신의 철학을 소설화했고, 유대인 등장인물들의 간음, 노출증, 자위행위, 동성연애, 성도착, 그리고 매춘을 있는 그대로 묘사했을 뿐인데, 독자에게 성적 본능을 자극하기 위해 그리고 유대인을 모독하기 위해 썼다는 비난을 받는다. 아버지는 물론이고 동생과 어머니로부터도 버림을 받은 주커만이 동시에 사회로부터 비난과 질타를 받게 되자 자신이 어떻게 살아야 할지 모르게 된다. 그는 자신의 사상과 정신세계를 마비시키려는 생존 여건에 내던져지게 된다. 이런 측면에서 『무책임한 주커만』은 물질적 성공에 따른 주변 사람들의 비난과 간섭으로 주커만이 겪게 되는 난처한 상황이 잘 드러난 작품이라 할 수 있다.

『해부학 수업』은 현실 세계 속에서 난처한 입장에 처한 작가의 한계성과 그 절망감을 해부하고 있는 작품이다. 마치 17세기 로버트 버튼(Robert Burton, 1577~1640)이 『우울증의 해부』(Anatomy of Melancholy, 1621)에서 인간의 우울한 심리를 파헤친 것처럼, 10여 년 동안 독자들의 인기를 한 몸에 받아 오던 중년 작가 주커만이 돌연 절필하는 과정을 통해 작가의 글쓰기에 대한 고뇌와 그 심리상태를 다루고 있다. 주커만은 자기 삶의 전부인 자신의 소설을 제대로 이해해 주고 평가해 주리라고 믿었던 비평가 밀턴 애플(Milton Appel)로부터 혹독한 비판을 듣게 된다. 실의와 절망에 빠진 주커만은 자기 자신에 대해 환멸마저도 느끼게 된다. 주커만은 자신의 삶을 무겁게 짓누르고 있던 부모가 세상을 떠났고 자신의 소설이 성공하여 물질적 풍요를 가져다주었지만, 결국은 무엇으로도 채울 수 없는 깊은 정신적 공허감을 느낀다.

그가 겪게 되는 육체적 고통은 그의 정신상태의 외적 표현이라 할 수 있다. 박해받은 유대인 작가로서의 휴식처 그것은 바로 예술이다. 과거의 기억이 너무 고통스러울 때 그는 예술의 세계로 도피함으로써 작품 속에서 그 자신의 진리를 창조하려 한다. 그러나 그는 이제 그의 기억이나 뒤지면서 지나간 과거를 먹고사는 일에 진력이 났고, 그가 원하는 것은 "실제적인 것, 생경한 그대로의 실제, 글쓰기의 소재로서가 아닌 실제적인 것"12)이라고 토로한다. 그는 이제부터 남의 삶이 아닌 자신의 삶을 변화시킬 수 있음을 예견하게 된다.

국가체제에 의한 정치권력의 억압의 상황이 잘 드러난 작품은 『프라하의 야단법석』이다. 『프라하의 야단법석』에서도 로스는 주인공 주커만으로 하여금 사상과 표현의 자유가 유린당하고 공산주의 사회제도가 강요하는 억압의 생활을 체코에서 경험케 한다. 주커만은 사회적 규제와 통제를 실감한다. 공산주의 국가에서 개인은 오로지 사회적인 목적을 위해 존재하는 역할 수행자에 불과하다. 개인은 항상 다른 사람, 사회, 당, 그리고 이데올로기를 위해 자신을 희생하지 않으면 안 된다. 공산주의 국가에서 개인은 자아를 철저히 거부당하고, 집단 속에서 사회를 위한 전체적인 사고와 행동을

---

12) Philip Roth, *Zuckerman Bound: A Trilogy & Epilogue* (New York: Farrar, Straus, and Giroux, 1985), 610. 이하 이 작품에서의 인용문은 괄호 안에 쪽수만 표시함.

강요당한다. 주커만은 철저한 감시와 통제가 이루어지는 사회에서 구체적 삶을 영위해야 하는 개인은 절망적인 삶을 영위할 수밖에 없고 개인이 가질 수 있는 유일한 자유는 성행위이고 그 행위자체가 하나의 정치적 행위가 될 수 있음을 실감한다.

로스는 사랑과 이해가 아니라 책임과 의무로 개인을 얽매는 가정, 편협한 사고와 지나친 형식주의에 치우친 종교, 그리고 그 종교에서 파생된 사회의 부조리와 횡포, 억압적인 정치권력 등의 억압적인 현실에 대한 단순한 묘사만이 아니라 인간이 그 억압적 현실을 극복할 가능성을 자신의 작품을 통해 모색해 본다. 그래서 그는 억압적인 현실에 도전하면서 자신들의 삶을 개선하려고 노력하는 주인공을 창조한다. 인간은 결코 억압적인 현실 자체를 무시할 수도 없고 또 무조건 도피할 수도 없다. 인간의 진정한 가치는 그 억압적 현실을 극복하는 데 있기 때문이다. 극도의 육체적 고통을 겪고 난 뒤 주커만이 그랬던 것처럼 인간은 오히려 억압적인 현실과 불확실성의 삶을 통해 내면의 세계로 회귀하여 그리고 명상을 통해 자신의 삶을 좀 더 여유로움을 가지고 볼 수 있는 것이다.

로스는 인간은 자신의 삶이 어떤 사상이나 교리, 편견, 혹은 제도에 얽매여 버리기 전에 스스로 언제나 자신의 삶을 변화시키려고 최선을 다해야 한다고 생각한다. 로스는 한 개인이 참된 자기정체를 찾는 가장 타당하고 올바른 길은 추상적인 것이 아니라 직접적이고도 의식적인 삶을 살아가는 데 있음을 간파한다. 맥다니엘(McDaniel)은 로스는 "'인간 조건'의 사실적 검증을 토대로 하여 독자의 사회적 그리고 도덕적 의식을 정화하여 해방, 승화시키겠다는 목적을 지니고 있다"[13]고 설파한다. 억압적인 사회에 대한 불만과 증오심만으로는 사회를 변화시키고, 개선시킬 수는 없다. 로스는 억

---

13) John N. McDaniel, *The Fiction of Philip Roth* (Haddenfield, N.J.: Haddenfield House, 1974), 206-07.

압적인 현실을 극복하기 위해 냉철한 현실직시와 자신의 삶을 개선하려고 하는 인간 의지가 필요함을 역설한다.

2_젊은 예술가의 고뇌: 『유령 작가』

『유령 작가』에서 주커만은 독창적인 예술세계의 창조 과정에서 부모님을 비롯하여 주위 사람들과 끊임없는 갈등과 대립을 빚는다. 그 갈등과 대립은 하나의 억압으로 작용해 주커만으로 하여금 심리적 고통과 작가로서의 위기를 느끼게 한다. 특히 아버지와의 갈등은 주커만을 극도의 혼란에 빠뜨리게 한다. 『포트노이 불평』에서는 주로 유대교적 전통규범을 대표하는 어머니와의 갈등이 첨예하게 나타나지만 『유령 작가』에서는 권위적이고 주변 사람들의 시선만을 중시하는 아버지와의 갈등이 심하게 드러난다. 주커만이 시골에서 창작생활에만 몰두하고 있는 유대계 대소설가 로노프를 찾아간 이유는 표면상 로노프의 초대에 의한 것이지만, 아버지를 비롯한 주변 사람들이 편협한 사고에 사로잡혀 그의 소설을 비난했기 때문이다. 그래서 주커만은 1956년 12월의 어느 해질녘 "소설가로서의 자기야망과 정체를 수립하기 위해,"[14] 그리고 정신적 아버지를 찾기 위해 로노프를 찾아간다. 포트노이가 "자신의 정신적 압박감과 고통에서 벗어나 정신적 위안을 찾기 위해 스필보겔 박사를 찾아간 것처럼 주커만도 로노프를 찾아간다"[15]고 할 수 있다.

제임스 조이스(James Joyce, 1882~1941)의 『젊은 예술가의 초상』(*A Portrait of the Artist as a Young Man*, 1916)에서 부친의 사회적 · 경제적

---

14) Judith P. Jones & Guinevera A. Nance, *Philip Roth* (New York: Ungar, 1981), 123.
15) Murray Baumgarten and Barbara Gottfried, *Understanding Philip Roth* (Columbia, S.C.: South Carolina UP, 1990), 171-72.

몰락이 스티븐(Stephen)에게 구속과 환멸의 환경만을 제공하자 예술가적 부성(artistic fatherhood)을 찾아 나선 것처럼 『유령 작가』에서 스물세 살의 주커만도 정신적 아버지를 찾는다.

『유령 작가』의 주 내용은 저녁부터 다음날 오전까지 일어난 사건들이며, 주커만이 이야기하는 형식으로 되어 있다. 주커만의 로노프에 대한 첫인상은 허만 멜빌과 나사니엘 호손이후 미국에서 가장 독창적인 소설가라기보다는 시골 초등학교의 교장처럼 보인다. 로노프는 예의 바르게 방문객 주커만을 접대하기 위해 자신의 서재에서 나오는데, 그는 하얀 셔츠에 푸른 넥타이와 아무런 장식이 없는 은제 넥타이핀을 하고 있다. 그리고 개버딘 천의 양복을 입고 성직자들의 검정구두를 신고 있다. 주커만은 로노프를 자신의 정신적 아버지로 모시고 싶어 한다.

> 내가 위대한 소설가를 만나러 그의 은신처에 도착한 때는 20여 년 전한 12월 오후의 해질녘이었다. 그때 나는 스물세 살이었고, 첫 단편집을 출판했으며, 내 앞의 많은 성장소설 주인공처럼 이미 나 자신의 성장소설의 집필을 숙고 중이었다. 널빤지로 지은 농가는 버크셔 숲에서 위쪽으로 1,200피트 뻗은 비포장도로의 끝에 자리 잡고 있었다. 그러나 예의바른 방문객 접대를 위해 서재에서 나온 대가는 하얀 셔츠에 아무런 장식 없는 은제 핀으로 고정된 뜨개질한 푸른 넥타이와, 개버딘 천의 양복을 입고, 예술의 높은 제단이라기보다는 오히려 구두 닦는 곳에서 방금 내려왔다고 생각되게 하는 성직자들의 잘 닦여진 검정구두를 신고 있었다. 나는 침착성을 회복하여, 그의 턱이 올려진 위압적이고 독재적인 각도나, 착석 전에 옷의 구겨짐을 피하는 당당하며 매우 신중하고 심지어는 멋들어진 조심성을 눈치 채기 전에─불가사의하게도 나의 비문학적 출신으로부터 그를 만나러 여기에 왔다는 것 말고 그 어떤 것도 알아차리기 전에─나의 첫 인상은 이엘 로노프가 멜빌과 호손 이후 미국의 가장 독창적인 소설가로보다는 시골 초등학교의 교장처럼 보였다는 것이다. (3-4)

It was the last daylight hour of a December afternoon more than twenty years ago—I was twenty-three, writing and publishing my first short stories, and like many a Bildungsroman hero before me, already contemplating my own massive Bildungsroman—when I arrived at his hideaway to meet the great man. The clapboard farmhouse was at the end of an unpaved road twelve hundred feet up in the Berkshires, yet the figure who emerged from the study to bestow a ceremonious greeting wore a gabardine suit, a knitted blue tie clipped to a white shirt by an unadorned silver clasp, and well-brushed ministerial black shoes that made me think of him stepping down from a shoeshine stand rather than from the high altar of art. ... my impression was that E. I. Lonoff looked more like the local superintendent of schools than the region's most original storyteller since Melville and Hawthorne.

주커만 집안사람들은 무엇보다도 먼저 유대인들이다. 그들은 자기 나름 대로의 문화와 전통에 대한 긍지를 가지고 현재 미국에서 살고 있다. 이민 2세대인 주커만은 유대인에 대한 "대학살"이라는 역사적 수난과 치욕을 경험한 아버지와는 달리 아버지의 사고방식과 삶의 태도는 단순히 세대차이의 문제로 인식할 뿐이다. 오히려 아버지는 유대교 문화와 전통에 대해 편집증적인 애착을 가지고 있다고 생각할 뿐이다. 주커만의 아버지에 대해 카알(Karl)은 "카프카의 아버지처럼, 그는 주커만에게 있어 폐쇄적인 유대적 권위를 대변한다. 반면에 방대한 버크셔 숲속의 로노프는 주커만에게 열린 가능성, 에머슨의 지혜를 상징한다"16)고 말한다. 한 세대의 경험과 그 경험으로부터 파생되는 정서가 다음 세대에게 반드시 반영되거나 답습되지는 않는다. 주커만은 아버지가 닫으라고 해도 열고 싶어 한다. 그래서 주커만과 그의 아버지의 갈등은 어쩌면 당연한 것처럼 보인다.

---

16) Frederic R. Karl, *American Fictions: 1940-1980* (New York: Harper & Row, 1983), 541.

주커만은 버크셔 숲속의 로노프를 찾아감으로써 작가로서 당면하게 되는 많은 것을 보고 느끼게 된다. 그린버그(Greenberg)는 "로노프를 본능과 충동 대신에 절제와 신중함, 디오니소스적인 삶이라기보다는 아폴론적인 삶, 죄보다는 양심을 나타내는 인물"17)로 본다. 주커만은 모든 것을 버리고 오로지 문학에 전념하고 있는 로노프에게서 문학에 대한 열정과 인내의 삶을 배운다. 또한 주커만은 로노프의 아내 호프(Hope)가 했던 말, 즉 "[일상적인] 삶을 거부하는 것이 그[로노프]의 예술신조이다. 그[로노프]의 아름다운 소설이 나오게 된 것은 [일상적인] 삶의 부정에서부터다"(174-75)라는 말로부터 작가로서 로노프의 고독과 자신의 고독을 더욱 실감한다.

젊은 작가 주커만에게 삶의 고독과 투쟁은 여기저기 산재해 있으며 마치 당연한 것처럼 보인다. 주커만은 이미 몇 편의 단편을 쓸 정도로 문학에 대한 열정을 가지고 있고 작가로서의 자신의 직업에 애착을 가지고 있다. 하지만 현재 작가로서 갈등과 정신적 위기를 느끼고 있다. 주커만은 자신이 속한 유대사회의 실상을 자신의 소설에서 진실하게 그려내야 될 작가로서의 책임과 유대사회의 아들로서 삶의 실상을 여과없이 그려낸 것에 대한 결과에 직면해야만 한다. 삶의 실상을 있는 그대로 그려낸 것에 대한 결과는 부모님과 주위 사람들의 차가운 시선과 비난이다. 주커만은 자신이 쓴 단편소설 때문에 부모님과의 사이가 소원해지고 유대사회의 지도자인 레오폴드 와프터 판사와도 심한 갈등을 겪는다. 주커만은 "진실을 얘기하려는 작가는 주변 사람들의 냉대와 멸시를 어쩌면 벗어날 수 없다는 사실을 인지하면서도 그는 문학적 열정을 포기할 수 없음"18)을 실감한다.

---

17) Robert M. Greenberg, "Transgression in the Fiction of Philip Roth," *Twentieth Century Literature* 43. 4 (1997), 494.
18) Charles Berryman, "Philip Roth and Nathan Zuckerman: A Portrait of the Artist As a Young Prometheus," *Contemporary Literature* 31. 2 (Summer 1990), 184.

주커만은 로노프의 서재에서 아버지와 뉴억을 회상한다. 주커만은 자기가 쓴 단편소설「고등교육」때문에 빚어진 아버지와의 격심한 불화로 삶의 의미를 상실한다. 의사인 주커만의 아버지는 아들의 단편소설이 유대인을 모독하고, 자신의 아들이 유대인으로서 삶의 상식과 이성을 완전히 잃어버렸다고 속단하여 아주 크게 화를 내게 된다. 아버지는 자신의 정신적 지도자인 와프터 판사만이 이런 아들을 바르게 깨우쳐줄 수 있다고 믿고, 그에게 황급히 달려가 아들에게 올바른 인생철학을 가르쳐달라고 간청한다. 하지만 주커만은 와프터 판사에게서 가식적인 위선만을 발견할 뿐이다. 그래서 주커만은 정신적 아버지를 찾아 나선 것이며 정신적 아버지로부터 도덕적 지원과 자신의 입장에 대한 옹호 그리고 보호를 얻으려고 한다.

당신이 알다시피, 나는 이 엘 로노프의 정신적 아들이 되려고 한다는 점을 절실히 호소하여, 그의 도덕적 지원을 간청하고, 가능하다면 그의 옹호와 사랑의 마술적 보호를 얻으려고 왔다. 물론 나에게도 언제나 문안을 드리며 정을 나누는 사랑하는 아버지가 계신다. 그러나 나의 아버지는 사람의 발을 전문으로 치료하는 의사이지 예술가가 아니어서, 요즘 우리는 나의 새 단편소설 때문에 심한 가정불화를 겪고 있다. 그는 나의 단편소설로 너무나 당황한 나머지 그의 정신적 지도자인 리어폴드 와프터 판사에게 허겁지겁 달려가, 아들의 계몽을 호소했다. 따라서 우리는 20여 년 동안의 애정에 넘친 대화에도 불구하고, 지금은 거의 5주 동안 말도 건네지 않고 있다. 그러므로 나는 외부에서 가부장적인 인정을 받으려고 고심 중이었다. (9-10)

For I had come, you see, to submit myself for candidacy as nothing less than E. L. Lonoff's spiritual son, to petition for his moral sponsorship and to win, if I could, the magical protection of his advocacy and his love. Of course, I had a loving father of my own, whom I could ask the world of any day of the week, but my father was a foot doctor and not an artist, and lately we had been having serious trouble in the family because of a new story of mine. He was so bewildered by what I had written that he had gone running to his moral mentor, a certain Judge Leopold Wapter, to get the judge to get his son to see the light. As a result, after two decades of a more or less unbroken amiable conversation, we had not been speaking for nearly five weeks now, and I was off and away seeking patriarchal validation elsewhere.

주커만은 마침내 자연을 지극히 사랑하면서 세속적인 욕망과 인연을 단호하게 끊고 56년 생애의 25년 동안을 상상적인 소설 창작에만 몰두하고 있는 이 로노프의 안내를 받아 그의 서재로 들어가게 된다. 그의 서재는 깨끗하고 아늑해 보인다. 둥그런 양탄자, 편안한 의자, 낡은 소파, 책들, 피아노, 축음기 그리고 학술지와 잡지로 쌓여 있는 책상 등이 있다. 벽에는 오래된 농장을 계절적으로 그려놓은 아마추어의 수채화가 그려져 있고 창 너머로는 앙상한 가지만 남은 단풍나무와 눈으로 덮여 있는 들판을 볼 수 있다. 청결함, 고요함, 단순함, 격리 등등이 결합하여 독창성과 초월적인 분위기를 만들어내고 있다. 로노프의 서재를 보고 주커만은 "자신이 살아가야 될 미래 삶"(5)임을 다짐한다.

주커만은 로노프의 원고에서 "너는 네 삶을 변화시키지 않으면 안 된다"(27)는 문장을 읽고 깊은 감명을 받는다. 주커만은 로노프의 부인이 남편에게 했던 말―"당신의 자아는 반드시 존재합니다. 당신의 자아는 존재할 절대적 권리를 가지고 있습니다"(41)―을 전적으로 긍정, 수용하고 싶어한다. 더욱이 주인공은 서재의 벽에 씌어 있는 그의 창작철학, 즉 "우리는 암흑 속에서 집필한다―우리는 쓸 수 있는 것을 쓴다―우리는 우리의 생각을 발표한다. 우리의 회의가 우리의 정열이고, 그 정열이 우리의 사명이다.

그 나머지는 예술의 광란일 뿐이다"(77)에 깊은 감명을 받는다. 여기서 언급된 '예술의 광란'에는 "두 가지 의미가 있다. 첫 번째 의미는 소설가는 미친듯이 소설 창작에 몰두한다는 주장이다. 두 번째 의미는 소설이 독자들의 정신을 승화시키거나 착란시킨다"19)는 것이다.

주인공은 로노프의 구체적인 소설 집필 철학과 그 방법을 경청한다. 로노프는 지금까지 자기 작품 속에서 주로 기술되었던 도덕관, 사상, 종교, 예술, 그리고 사회적, 문화적, 혹은 정치적 변화의 흐름에 대한 자신의 철학을 주장하지도 표현하지도 않았다고 역설한다. 자신의 소설은 오로지 자신이 쓰고 다듬은 문장들의 결합체일 뿐이라고 주장한다. 자신의 소설 창작은 한 문장을 쓰는 것으로 시작하여, 그 문장을 퇴고(推敲)하고, 또 다른 문장의 완성과 퇴고로 계속 이어지다가 드디어 완성된다고 주장한다. 그는 소설 창작은 이렇게 문장들의 완성과 퇴고라는 기계적인 작업에서 생기는 권태와의 싸움이라고 언급한다.

> 그 사이에, 그는 내게 이런 말을 해 주었다. "나는 문장들을 추고한다. 이것이 나의 삶이다. 나는 한 문장을 쓰고는 그 문장을 추고한다. 그리고 그 문장을 다시 읽고 또 추고한다. 점심식사 후에, 서재로 돌아와 또 한 문장을 쓴다. 차를 마시며 그 문장을 추고한다. 이번에는 두 문장을 정독하고 추고한다. 그러다가 소파에 누워서 생각한다. 한참 있다가, 일어나 두 문장을 던져버리고 처음부터 다시 시작한다. 하루 종일 이처럼 판에 박힌 일을 하고 있으면, 권태와 쓸데없는 일을 하고 있다는 생각에 미칠 지경이다." (17-18)

Meanwhile, he was saying to me, "I turn sentences around. That's my life. I write a sentence and then I turn it around. Then I look at it and I

---

19) 고지문, 『최근 미국 소설론과 작품세계』 (서울: 신아사, 2000), 93.

turn it around again. Then I have lunch. Then I come back in and write another sentence. Then I have tea and turn the new sentence around. Then I read the two sentences over and turn them both around. Then I lie down on my sofa and think. Then I get up and throw them out and start from the beginning. And if I knock off from this routine for as long as a day, I'm frantic with boredom and a sense of waste."

로노프의 이런 소설 창작에도 불구하고, 주커만은 그의 소설을 읽고 자신이 유대 가정의 자손임을 가장 절실하게 느꼈다고 고백한다. 주커만에게 있어 로노프의 소설은 자신을 길러준 부모 세대들의 삶을 억압했던 추방과 감금에 대한 대응처럼 보인다. 주커만은 로노프가 자신의 소설에서 하나의 예술적 모델로서 현대 유대인의 고립을 잘 그려내고 있다고 생각한다. 주커만은 로노프의 글쓰는 스타일은 동정과 무자비함이 잘 조화된 것으로 본다. 주커만은 로노프의 작품과 삶에서 자신의 소설이 반유대적이라는 비난에 대응하는 방법을 찾을 수 있기를 희망한다. 하지만 로노프와는 달리 주커만은 20세기의 잔인한 역사로부터 자신은 후퇴할 수 없다고 느낀다. 주커만은 문명이 갖는 어두운 측면과 밝은 측면 모두를 항해하려고 한다.

주커만은 자기 작품이 반유대주의라는 비난에 대응하는 방식을 로노프의 작품과 삶에서 찾을 있기를 희망한다. 하지만 로노프와는 달리 네이선은 20세기의 잔인한 역사에 대한 대면으로부터 벗어날 수 없다고 느낀다. 네이선은 로노프의 문학 작품들이 비록 알레고리컬한 진보의 측면이 있지만, 협소하고 제한적이 측면이 있다고 생각한다. 로노프의 작품과는 대조적으로, 주커만의 문학 작품들은 어둠의 핵심과 문명의 빛에 대한 하나의 항해이다. 그것은 영웅적이면서도 동시에 유쾌한 것이다. 웃음과 슬픔의 항해에서 주커만이 직면해야 하는 것은 이 황량한 사건이 조명되는 빛 속에서의 어둠이다.[20]

Zuckerman hopes to find in Lonoff's work and life a way of responding to the accusation that his stories are anti-Semitic. Unlike Lonoff, however, Nathan feels he cannot retreat in the face of the cruel history of the twentieth century. Lonoff's literary project, Nathan implies, despite its allegorical sweep, is narrow and confined. By contrast, Zuckerman's enterprise is a voyage into both the heart of darkness and the light of civilization: it is simultaneously heroic and hilarious. What Zuckerman must encounter in this odyssey of laughter and sorrow is the darkness in the light by which this wintry scene is illuminated.

아버지와 주위 사람들에게 "주커만은 사악한 아들이요, 희랍신화에서 아버지 다이달로스(Daedalus)의 경고를 무시하고 태양에 너무 가까이 날아갔기 때문에 날개의 밀랍이 녹아 바다에 추락한 이카루스(Icarus)였다"[21]고 할 수 있다. 주커만은 문학이라는 날개를 달고 하늘 높이 솟아오르기를 갈망했으나 자신은 유대 사회의 고정관념과 몰이해 때문에 떨어질 수밖에 없다는 현실의 벽을 실감한다. 유대 가정의 자손이라는 깨달음과 긍지를 갖고 살아온 주인공은 단편소설 「고등교육」을 쓰기 전까지는 집안의 가장 큰 자랑거리였다. 그의 부모는 모든 사람들에게 아들이 대학에서 우수한 성적을 내고 있고, 창작활동을 하고 있으며, 창작에 대한 호평도 받고 있음을 자랑스러워하기도 한다. 그런데 이 단편소설이 화근이 되어, 그는 부모로부터 욕설, 증오, 그리고 저주의 대상이 된다.

주커만은 대고모 일가의 불화를 소재로 하여 「고등교육」을 썼다. 이 가정불화는 돈 문제 때문에 야기되어 법정에서 끝난다. 그의 대고모는 악착같이 모은 큰 재산을 아버지를 일찍 여윈 두 손자의 대학교육비로 쓰라는 유

---

20) Baumgarten and Gottfried, 161.
21) 같은 책, 164.

언을 남긴다. 대고모의 며느리이자 두 아들의 어머니 에시(Essie)는 이 유산으로 아들들의 대학교육비뿐만 아니라 의과대학교육비까지 충당하려고 한다. 그러나 시드니(Sidney)가 자기 형수의 이런 의도에 이의를 제기하여, 소송을 일으켰다. 그가 승소하여 그 유산을 가져간다. 그러나 에시의 강한 집념은 두 아들을 의대 졸업생으로 만든다. 따라서 주인공은 이 단편소설에서 그녀의 이런 불굴의 집념과 어떤 희생도 감수하는 모성애를 찬미한다.

그러나 「고등교육」은 그의 아버지에게 극도의 분노와 착란을 가져온다. 우선 무엇보다도 아버지는 예술세계와 실제 삶을 구별할 능력이 없고, 작품 속에 드러난 유대인에 대한 묘사에 강한 반발을 한다. 아버지는 이 단편소설 가운데에 묘사된 유대인은 친절, 애정, 그리고 근면이라는 유대정신의 계승자이고 실천자가 아닌 탐욕에 가득 찬 괴짜라고 주장한다. 게다가, 아버지는 대부분의 유대인이나 이방인들은 소설을 예술로서 이해하지 못하고 등장인물들의 인격과 성격을 액면 그대로 받아들이는 경향이 있기 때문에, 작품 속의 추잡한 유대인의 모습은 필연적으로 유대인 배척주의를 선동, 조장할 구실을 만들어낼 수 있음을 주장한다. 더 나아가 이 작품은 유대인의 생존을 극도로 위협, 유린할 소지가 있다고 생각한다. 따라서 아버지는 아들에게 이 단편소설이 야기할지도 모르는 유대인에 대한 나쁜 인상과 악감정을 생각해본 적이 있느냐고 아들을 이렇게 공박한다.

이교도들이 이런 단편소설을 읽고 어떻게 생각할지 모르는 것은 네 잘못이 아니다. 그러나 나는 네게 말해 줄 수 있다. 그들은 이 단편소설들이 얼마나 위대한 작품인가는 생각해보지 않는다. 그들은 소설을 모른다. 아마 나 자신도 소설을 모른다. 아마 우리 가족 중 누구도 소설이나 네 소설 기법을 알지 못한다. 그러나 이것이 나의 요지다. 사람들은 소설을 읽지 않고, 그 안의 사람들을 읽는다. 그들은 등장인물들을 그런 인간이려니 판단해 버린다. 사람들이 네 단편소설의 등장인물들을 어떻게 판단하여 어떤 결론을 내릴 거라고 생각하느냐? 너는 이런 문제에 대해 한 번이라도 생각 해보았느냐? (92)

It's not your fault that you don't know what Gentiles think when they read something like this. But I can tell you. They don't think about how it's a great work of art. They don't know about art. Maybe I don't know about art myself. Maybe none of our family does, not the way that you do. But that's my point. People don't read art—they read about people. And they judge them as such. And how do you think they will judge the people in your story, what conclusions do you think they will reach? Have you thought about that?

주커만의 아버지가 아들의 문제를 부탁한 와프터 판사도 자기체험을 바탕으로 주인공을 비난한다. 와프터는 인간의 기본권을 유린하는 빈곤과 사회적 불평등을 극복하기 위해 판사가 된다. 그의 삶을 지배해 온 정신적 지주는 어렸을 때의 쓰라린 체험이다. 그는 이런 고통스러운 체험을 되풀이하지 않기 위해 출세를 지향해 왔으며, 이런 출세야말로 자신과 가족, 그리고 유대인들에게 명예와 희열을 가져다 줄 수 있다고 역설한다. 와프터 판사는 주커만에게 다음과 같은 편지도 써서, 자신은 주커만의 우수한 학교 성적과 창작활동 때문에 그에게 믿음과 큰 기대를 걸고 있다고 얘기한다.

너도 물론 알듯이, 내가 네 훌륭한 집안과 친숙해진 것은 20세기 초에 프린스가(街)에서 살 때이다. 우리는 이민 온 새로운 땅에서 생활필수품, 사회적 권리와 시민권, 그리고 정신적 존엄성을 위해 투쟁하는 가난한 사람들이었다. 나는 아직도 너를 뉴억공립학교의 우수한 유대인 졸업생들 중의 한사람으로 기억한다. 나는 네 아버지로부터 네 대학 성적도 이곳 고등학교에서처럼 우수하고, 단편소설 창작에서도 벌써 인정받기 시작했다는 말을 듣고 매우 흐뭇했다. 판사란 때때로 옳음을 가장 좋아하는 탓에, 나는 네가 고등학교 3학년이었을 때 네게 품었던 신뢰가 이미 더 큰 세계에서 실현되었음을 알고 기뻤다. 나는 너의 가문과 사회가 가까운 장래에 너에게서 큰 업적을 기대할 수 있기를 바란다. (100)

My familiarity with your fine family goes back, as you must know, to the turn of the century on Prince Street, where we were all poor people in a new land, struggling for our basic needs, our social and civil rights, and our spiritual dignity. I still remember you as one of the outstanding Jewish graduates of our Newark public-school system. I was most pleased to hear from your father that your college record was at the same high level of achievement that you had maintained throughout your school career here, and that you are already beginning to gain recognition in the field of short-story writing. Since there is nothing a judge likes better than to be right from time to time, I was delighted to know that my confidence in you as a high-school senior has already been substantiated in the larger world. I expect that your family and your community can look forward to great achievements from you in the not too distant future.

와프터 판사는 「고등교육」을 읽고 주커만에게 깊은 실망과 배신감을 느낀다. 그는 주커만에게 『안네 프랑크의 일기』(The Diary of Anne Frank)의 브로드웨이(Broadway)공연을 보면 느낄 수 있는, 도저히 잊어버릴 수 없는 과거의 뼈아픈 민족의 역사적 체험에서 유대인의 삶과 긍지를 배우라고 충고한다.

와프터 판사는 주커만에게 10문항의 질문서를 작성한다. 10문항의 질문 중 눈에 띄는 몇 개를 인용 해보자. "네가 1930년대에 나치 독일에서 살았 더라면, 이런 단편소설을 쓸 수 있었을까? 왜 유대인이 등장하는 소설에서 결혼한 유대인 남자와 결혼하지 않은 기독교 여인 사이에 육체적 관계에 대한 묘사가 이루어지고 있고, 왜 이 단편소설에 간음, 돈 문제에 따른 격심한 가정불화, 그리고 전반적으로 비뚤어진 인간행위 등등이 있어야만 하느냐? 전국적으로 판매되는 잡지에 이 단편소설을 발표함으로써 네가 얻게 되는 경제적인 이득을 제외하고, 너는 네 가정, 네 지역사회, 유대종교, 그리고 유대인들의 행복과 번영에 어떤 도움과 이익을 가져다줄 것이라고 생각하느냐? 네 단편소설에는 율리우스 스트라이허(Julius Streicher)와 요제프 괴벨스(Joseph Goebbels)와 같은 유대인 배척주의자의 마음을 흐뭇하게 해줄 수 있는 어떤 것도 없다고 너는 정직하게 말할 수 있느냐?"(102-04). 이렇게 와프터 판사는 마치 범인을 심문하는 경찰관처럼 주커만에게 답변을 강요한다.

어머니도 주커만에게 전화를 해서 울먹이며 판사에게 빨리 답장을 쓸 것을 애원한다. 어머니는 그가 답장을 쓰지 않아서 식사도 할 수 없고, 잠도 잘 수 없다고 그에게 하소연한다. 어머니는 판사와 같은 거물을 무시하는 것은 어리석은 일이며, 네 겸손은 어디 갔느냐고 아들의 자만을 꾸짖는다. 그러나 주인공은 우리는 지금 유럽이 아닌 미국 땅에, 생존이 제일의 목표가 되었던 과거가 아닌 평화스러운 현재에 살고 있다고 항변한다.

> "오, 네이선, 네 겸손, 겸양, 네가 언제나 지닌 예의는 어디 있느냐?"
> "내 아버지의 두뇌는 어디 있어요!"
> "아버지는 너를 구하고 싶어 할 뿐이다."
> "무엇으로부터요?"
> "실수들로부터."
> "어머니, 너무 늦었어요. 어머니는 [와프터 판사가] 네이선 주커만에게 퍼부은 열 가지 질문을 읽지 않으셨어요?"
> "애야, 나는 읽었다. 판사는 우리에게 그 질문의 복사본과 편지를 보냈다."

"어머니, 세 괴물들! 스트라이허, 괴벨스, 그리고 당신의 아들! 판사의 겸손은요? 그의 겸양은 어디 있어요?"

"판사는 오직 유대인들에게 일어난 비극을 의미했을 뿐이다."

"유럽에서요 – 뉴억에서는 아니에요! 우리는 벨젠의 비참한 유대인들이 아니에요! 우리는 그 학살의 피해자들이 아니었어요!"

"그러나 우리는 피해자들이었을 수 있다 – 그들 대신에 우리가 피해자들이었을 수 있다. 네이선, 폭력이 유대인들에게는 전혀 새로운 것이 아님을 너도 잘 알지 않니?" (106)

"Oh, Nathan, where's your humility, where's your modesty – where's the courtesy you have always had?"

"Where are my father's *brains*!"

"He only wants to *save* you."

"From what?"

"*Mistakes.*" ...

"The Big Three, Mama! Streicher, Goebbels, and your son! What about the *judge*'s humility? Where's *his* modesty?"

"He only meant that what happened to the Jews –"

"In Europe – not in Newark! We are not the wretched of Belsen! We were not the victims of that crime!"

"But we *could* be – in their place we *would* be. Nathan, violence is nothing new to Jews, you *know* that!"

주커만은 제발 가족과 친지들이 자기가 하는 일에 간섭하지 말아주기를 바랄 뿐이다. 주커만은 자신의 순수한 동기를 아버지에게 설명해 보려고 궁리하나, 그에 대한 분노만 터진다. 고착된 도덕관에 사로잡혀 다른 사람에게 자기 인생철학만을 강요하는 판사를 떠올리면서, 그는 겸손하게 살아야 할 사람은 자기가 아닌 판사라고 생각한다. 주커만은 마치 스티븐이 자신을 묶고 있던 아일랜드 중산층의 편협성과 일상성에서 벗어나야만 했듯이 편협되고 스스로의 사고에 갇혀 있는 사람들의 예술에 대한 정치적, 도구적 정의를 극복해야만 했다. 로스는 주커만으로 하여금 유대인이며 미국인이고 그리고 남성작가로서 자신의 의미를 탐색케 하고 그 과정에서 경험하게 되는 심리적 압박감과 고통을 작품화한다. 동시에 로스는 자기 자신과 포트노이를 똑같이 생각한 독자들처럼 소설가와 그의 창작 주인공을 동일시하는 편협한 독자를 조롱한다.

> 네이선은 …… 유대 사회의 명예를 훼손한 자이고, 단지 반유대주의자에 불과하다는 비방에 답을 해야만 했다. …… 예술에 대한 정치적·도구적 정의에 직면한 미국 유대 작가의 문제를 작품화함으로써, 로스는 주커만으로 하여금 유대 출신의 미국 남성 작가로서의 자신의 역할의 의미가 무엇인가를 탐구하도록 하고 있다. 동시에 로스는 자신과 알렉산더 포트노이를 동일하게 생각하는 많은 독자들처럼, 예술가와 그 예술가가 창조한 인물을 동일시하는 편협한 독자들을 간접적으로 조롱한다.22)

> Nathan ... must also answer the charge that he is a slanderer of the Jewish community and nothing but an anti-Semitic Jew. ... Dramatizing the problems facing the American Jewish writer as he confronts the political and instrumental definition of art, Roth makes Zuckerman explore the meaning of his own role as a Jewish, American, and male writer. At the same time Roth indirectly pokes fun at those naive readers who insist upon identifying the artist with his fictional creations, as many of his own readers did in assuming he was Alexander Portnoy.

주커만은 로노프 집에서도 아버지와 어머니 그리고 와프터 판사에 대한 생각을 떨쳐 버릴 수가 없다. 하지만 주커만은 자신의 문제를 해결할 실마

---

22) 같은 책, 166.

리를 찾는다. 로노프의 집에서 주커만은 에이미 벨레트(Amy Bellette)라는 한 아가씨를 소개받는다. 그녀는 가족과 함께 벨젠(Belsen)으로 끌려갔다가 구사일생으로 혼자만 살아남아 미국으로 건너온 로노프의 과거 제자인데 며칠 이곳에 머물면서 그의 원고를 정리해 주고 있다. 그녀는 매혹적이고 외국어 억양이 강한 영어를 구사하고 그녀의 몸에 비해 비교적 큰 머리를 가지고 있다. 벨젠과 아우슈비츠(Auschwitz)의 지독한 인간의 학살을 운 좋게 피하고 그 악몽을 극복하는 과정에서 그녀의 머리가 몸에 비해 커지게 됐다고 주커만은 생각한다.

주커만의 눈에 에이미는 나치에 의한 유대인 학살이라는 인류의 부재와 도덕의 공백을 나타내는 살아 있는 상징물로 보인다. 주커만은 자기를 질식시키고 있는 현실에서 해방되고 싶은 강한 욕구 때문에 그리고 주커만의 예술적 충동이 발휘되어 환상의 세계로 빠져 들어가게 되는데 마침내 주커만은 에이미를 벨젠의 집단학살에서 살아남은 안네 프랑크로 둔갑시킨다. 주커만의 환상은 다음과 같다. 우연히 「타임」(Time)지를 읽게 된 안네 프랑크는 자신의 아버지가 살아 있다는 사실과 자신의 일기가 출판되어 인기를 누리고 있다는 사실을 알게 된다. 하지만 만약 그녀가 살아 있다는 사실이 드러나면 그녀의 증언은 훼손될 것이고 그녀의 책은 의미를 상실하게 될 것이기 때문에 그녀는 아버지를 찾지 않는다. 그녀는 『안네 프랑크의 일기』의 브로드웨이 공연을 보고 감동하여 우는 관중들 틈 사이에서 자신이 위대한 유대인 작가가 되기 위해서는 늙으신 아버지에게도 죽은 걸로 되어 있어야만 한다고 생각한다.

알렌 쿠퍼(Alan Cooper)는 "안네가 위대한 작가로서 인정을 받기 위해서는 자신이 죽은 것으로 돼 있어야만 한다는 점은 아이러니가 아닐 수 없으며 주커만은 그러한 상황을 설정하고 있다"[23)]고 주장한다. 더 나아가 주커만은 안네 프랑크와의 결혼도 결심하게 된다. 만약 안네 프랑크와 결혼을 하게 되면 어느 누가 주커만을 반유대주의적이라 할 수 있겠는가라고 상상한다.

주커만은 안네 프랑크인 에이미가 자신의 청혼을 받아들여 자신의 유대성에 대한 애착을 증명해 자신을 구원해 줄 것이라 상상한다. 그리고 안네 프랑크인 에이미를 자신의 부모, 친구들, 그리고 친척들에게 소개하리라고 결심한다. 또한 그는 자기를 비난하고 저주했던 부모와 와프터 판사 부부에게 자랑스럽게 자기는 안네 프랑크와 결혼한다고 말한다.

> 아침식사 내내, 아버지와 어머니 그리고 판사와 와프터 여사에 대한 생각이 전혀 내 머리를 떠나지 않았다. 나는 지난밤에 한잠도 자지 못한 탓에, 그들이나 나 자신 혹은 에이미에 대해 똑바로 생각해 볼 수 없었다. 나는 계속 뉴저지로 돌아가, 나의 가족에게 이렇게 말하고 있는 환상에 빠졌다. "나는 뉴잉글랜드에 있을 때, 아주 멋진 아가씨를 만났어요. 나는 그녀를 사랑하며, 그녀도 나를 사랑해요. 우리는 결혼하려고 해요." "결혼하다니. 그렇게 빨리? 네이선, 그녀는 유대인이냐?" "예, 그래요." "도대체 그 여자가 누구니?" "안네 프랑크요." (157-58)

> Throughout breakfast, my father, my mother, the judge and Mrs. Wapter were never out of my thoughts. I'd gone the whole night without sleep, and now I couldn't think straight about them or myself, or about Amy, as she was called. I kept seeing myself coming back to New Jersey and saying to my family, "I met a marvelous young woman while I was up in New England. I love her and she loves me. We are going to be married." "Married. But so fast? Nathan, is she Jewish?" "Yes, she is." "But who is she?" "Anne Frank."

---

23) Alan Cooper, *Philip Roth and the Jews* (Albany: State University of New York, 1996), 184.

주커만의 아버지는 아들이 결혼하겠다는 여자가 정말 안네 프랑크냐고 묻더니, "나는 얼마나 내 아들을 오해했는가! 우리는 얼마나 잘못했는가?" (159)라고 말하면서 좋아한다. 주커만은 이제 터무니없는 욕설과 비난을 받지 않게 되었다고 안도의 한숨을 쉰다. 주커만은 안네 프랑크와의 환상적인 결혼을 통해, 자신은 이제 더 이상 반유대주의적 작가라는 비난에서 벗어날 수 있고, 아버지와도 화해를 할 수 있다고 생각한다.

로스가 유대사회와 비평가들로부터 반유대주의자라고 비난 받음으로써 유대작가로서의 당면한 문제를 주커만에게 투영시키듯이, 주커만은 자신의 욕망을 안네에게 투사하여 자기 자신과 안네를 동일시한다. 안네가 예술을 위해 아버지와의 유대를 희생시킨 작가이기 때문에, 주커만은 자기 자신과 안네를 동일하게 생각한다. 안네와 자기 자신은 예술을 위해 개인적 행복을 버린 작가들이라고 생각하기 때문이다.

> 마치 로스가 자신의 문제를 의도적으로 네이선에게 투사한 것처럼, 네이선은 자신의 소망과 정체성을 안네/에이미에게 투영시킨다. 네이선은 자신의 아버지와 화해하기 위해 에이미가 안네이어야 한다고 상상한다. 하지만 그는 안네가 기꺼이 예술을 위해 자신의 아버지와의 유대를 희생시킨 예술가이기 때문에 자신과 안네를 동일시한다. 그래서 에이미는 예술의 신성한 재단에서 유대적 고통과 좌절의 전형이다. 그녀는 예술가이자 성인이다. …… 환상적인 차원에서 네이선과 안네는 자신의 예술을 위해 개인적인 행복을 희생한 예술가이다. 다만 안네의 예술은 그의 사회에서 신성한 것으로 여겨지고, 그의 예술은 신성모독적인 것으로 간주된다는 점이 차이점이다.[24]

---

24) Hana Wirth-Nesher, "From Newark to Prague: Roth's Place in the American-Jewish Literary Tradition," in *Reading Philip Roth*. ed. Asher Z. Milbauer & Donald G. Watson (New York: St. Martin's, 1988), 26.

Just as Roth has deliberately projected his own problems onto Nathan, Nathan has projected his own wishes and identity onto Anne/Amy. Nathan imagines that Amy is Anne in order to be reconciled with his own father. But he also identifies with Anne for she is an artist who has willingly sacrificed her own bond with her father for the sake of her art. Thus, Amy is the paragon of both Jewish suffering and of renunciation at the holy altar of art. She is both artist and Jewish saint. ... Both Nathan and Anne, in his fantasy, are artists sacrificing personal happiness for their art, except that Anne's art is seen as holy in his community and his as profane.

주커만은 안네처럼 유대인에 대한 글을 자유롭게 쓰기 위해 스스로 유령 작가가 되기를 선택한다. 『유령 작가』에서 유령의 의미는 이중적이다. 유령은 작가로서의 네이션 주커만과 살해당한 유대인들의 혼령을 의미한다. 즉 주커만이 순수한 문학적 열정으로 이름 없는 작가가 되어 유대인의 역사적 사건을 다루면서 유대인에 관한 글을 쓰는 것과 또 유대작가로서 자신의 작품을 통해 아우슈비츠, 벨젠 등의 수용소에서 살해당한 유대인들의 혼령의 목소리를 대변하는 것으로 이해될 수 있다.

주커만은 유대집안 출신의 작가이면서 현재 미국에서 살고 있는 작가이기 때문에 유대인의 슬픈 과거와 현재 미국에서의 삶, 그 유기적 연관관계를 자신의 소설에서 탐색해야만 한다. 현실 세계를 허구의 세계로 재구성할 때 작가가 취하는 태도에 따라 그 작품의 형식과 주제는 달라지기 마련이다. 유대인에 대한 "대학살"을 직접 경험하지 못한 주커만에게는 유대인 과거보다는 현재 자신의 삶이 보다 중요하게 생각된다. 주커만의 이러한 생각 그리고 이러한 사고에서 비롯된 그의 작품 경향은 아버지를 비롯한 주변 사람들에게는 유대인에 대한 배반으로 받아들여진다. 그래서 주커만은 부모세대들이 유대인으로서 박해받았던 슬픈 과거의 기억과 현대를 살아가는 유대인 젊은 작가로서 심리적 갈등을 느끼지 않을 수 없다. 주커만은 부모 세대들의 유대인으로서 박해받은 과거의 기억에 사로잡힌 삶이 아니라, 현재 미국에서 주체적이고 역동적인 삶, 그 삶을 이끌 수 있는 문학의 힘을 열망한다.

주커만의 안네 프랑크와의 결혼은 "과거 유대인의 대학살의 역사를 자신의 작품에서 다룸"25)으로 부모님과 주변 사람들에게 받아들여진다. 그래서 주커만에게 유대인 수난의 역사를 상징하는 안네 프랑크와의 결혼은 예술과 현실과의 갈등이라는 자신의 난점을 해결할 수 있는 실마리가 된다. 주커만은 상상속의 결혼을 꾸며 부모님과 주변 사람들의 기대에 부응하면서, 자신은 유령 작가로서 남아 문학적 열정을 불태울 수 있게 된다. 스티븐의 "E. C."는 자기몰입과 방종의 대상이지만 주커만에게 안네 프랑크는 자기를 돌이켜볼 수 있는 계기가 된다.

안네 프랑크와 결혼하고 그녀를 마을에 있는 집으로 데리고 들어온다는 네이선의 웅대한 공상은 그가 오랜 시간 동안 예술과 배반의 딜레마에 사로잡혀 있었다는 것을 나타낸다. 에이미 벨레트가 안네 프랑크라는 상상은 주커만의 세계나, 예술이 독자적인 차원에서 이루어지고 이야기는 사람들에 관한 것이라는 주장을 펼치는 신중한 비평가들, 모두에게 보다 깊은 메시지를 전달한다. 스티븐의 "E. C."는 자기몰입의 경우이지만, 주커만에게 안네 프랑크는 자신을 보다 정밀하게 생각해 볼 수 있는 가상의 거울이다.26)

Nathan's grandiose daydream of marrying Anne Frank and taking her home to the folks suggests that he is a long way from coming to grips

---

25) Baumgarten and Gottfried, 161.
26) Joseph C. Volker, "Dedalin Schades: Philip Roth's *The Ghost Writer*," in *Critical Essays on Philip Roth*, ed. Sanford Pinsker (Boston, Mass.: G. K. Hall, 1982), 94.

with the dilemma of art and betrayal. ... The fiction that Amy Bellette is Anne Frank carries a more deeply pondered message to the world's Doc Zuckermans, to those judicious critics who yet insist that art operates on no alternate planet, that stories are about people. ... Stephen's "E. C." is an occasion for self-indulgence, but Nathan's Anne Frank is fictional mirror for himself, one that rewards scrutiny.

주커만은 에이미를 안네 프랑크로 둔갑시키고 자기 자신을 안네 프랑크와 동일시함으로써 현대미국에서 유대작가로서 자신의 의미를 탐색해보는 기회를 갖는다. 주커만은 억압적인 현실과 그에 따른 실의의 삶에서 차지하는 상상력의 중요성을 절감하면서, "내가 상상할 수 있는 것 말고 나는 무엇을 안다고 할 수 있을까?"(180)라고 말한다.

마침내 주커만이 로노프의 집을 떠나 상상력을 가장 중요시하는 작가로서 새로운 삶을 시작할 때가 도래한다. 『유령 작가』의 끝부분에서 에이미와 호프는 눈보라 속에서 로노프의 집을 떠난다. 에이미는 한때 로노프에게 구애를 한 적이 있었는데, 로노프가 에이미를 단지 애인이나 여자로서가 아니라 단지 딸처럼 생각했기 때문에 그녀의 구애를 받아들일 수 없다. 로노프의 아내 호프는 자신은 문학을 하는 남편을 위해 그녀의 머리가 희도록 봉사했는데 아무런 인정이나 감사도 받지 못해 더 이상 로노프와의 결혼생활을 유지할 수 없어 떠날 수밖에 없음을 피력한다. 눈보라 속에서 로노프는 그녀들의 뒤를 쫓는다. 작가로서 한 남자로서 삶의 고통을 공감한 주커만이 로노프에게 도움을 제공하려 하자 로노프는 주커만에게 "너는 써야 할 것이 있지 않느냐"(179)하면서 주커만의 도움을 거절한다. 그러면서 로노프는 주커만에게 지금과는 매우 다른 소설을 쓸 장래가 매우 촉망되는 작가라는 고무적인 예언을 한다.

내[로노프] 책상 위에 종이가 있다. …… "내[로노프]는 우리가 훗날 어떻게 될 것인지 궁금하다. 그것은 재미있는 이야기일 수도 있다. 네[주커만]는 소설 창작에서 그다지 세련되고 고상하지 않다. 너는 완전히 다른 사람이다."

"그래요?"

"나는 그렇게 희망할 수밖에 없다." 그러더니, 그는 마치 나의 재능을 인정하는 의식을 마치듯, 정중하게 나와 악수를 나누었다. (179-80)

"There's paper on my desk." ... "I'll be curious to see how we all come out someday. It could be an interesting story. You're not so nice and polite in your fiction," he said. "You're a different person."

"Am I?"

"I should hope so." Then, as though having concluded administering my rites of confirmation, he gravely shook my hand.

주커만은 로노프의 격려와 칭찬이 그의 가족과 주변 사람들과의 불화와 갈등, 그리고 그 불화와 갈등에서 파생되는 자신의 정신적 위기를 극복할 수 있게 해 줄 것이라 생각하고 로노프의 집을 떠난다. 『유령 작가』의 마지막 부분은 주커만의 창작 여행이 시작되고 있다는 사실을 암시하고, 과연 주커만이 어떤 작품을 쓰는 작가가 될 것인가에 대한 호기심을 자극하고 있다고 할 수 있다.

3_사회의 비난과 질책: 『무책임한 주커만』

로스는 삼인칭 시점으로 『무책임한 주커만』에서 로노프의 예언대로 주인공이 13년 후에 「고등교육」과는 전혀 다른 소설 세계를 창조한 작품, 『카노프스키』를 출판함과 거기에 따른 사건들을 기술하고 있다. 로스의 초기

소설들의 대부분처럼, "『무책임한 주커만』은 유대계 미국인의 아들이며 작가라는 상황, 이기주의와 책임, 소설과 소설가의 지위, 소설가와 그의 작품 그리고 그의 유대인 사회나 미국사회와의 관계에 대한 문제들을 제기"[27]한다. 『무책임한 주커만』에서 주커만은 이제 자기주변의 작은 세계가 아닌 광범위한 사회 속에 살면서 더 많은 시련을 겪는다. 그는 현재 어느 정도 가정의 굴레에서 벗어나 생활하고 있다. 주커만을 적대시하는 아버지는 지리적으로 멀리 떨어진 플로리다(Florida)주로 옮겨가 살다가 타계했기 때문에, 아버지가 물리적으로 주커만을 가족과 사회에 대한 의무감으로 구속하는 일은 불가능하다. 주커만은 아버지라는 무거운 짐이 자신을 압박하지 않으므로 자유로이 자신의 글을 쓸 수 있을 것이라 생각한다.

그러나 그는 여전히 집단적으로 허위적인 도덕의식만을 강조하는 사회와 경직된 사고의 갇혀진 울타리 안에서 살지 않으면 안 된다는 엄연한 사실을 깨닫는다. 다시 말해, 주커만은 억압적인 사회, 즉 경직되고 편협한 사고가 팽배해 있고, 개체성을 무시하며, 허위적인 도덕의식으로 가득한 사회와 직접적으로 대면하지 않으면 안 되는 상황에 놓여 있다. 주커만은 외부세계, 즉 사회의 부조리하고 억압적인 환경에 의해 자아 주체성의 위협을 느낀다.

30대 중반인 주커만은 『무책임한 주커만』에서 성의 해방을 주창하는 소설 『카노프스키』를 출판한다. 그는 이 소설에서 지금까지 금기시되어 왔던 성문제를 매우 대담하고 노골적으로 표현한다. 그는 이 선정적인 소설에서 유대인 등장인물들의 간음, 노출증, 자위행위, 동성연애, 성도착, 그리고 매춘을 있는 사실 그대로 묘사한다. 그는 인간의 성적 본능을 자극하기 위해, 유대인을 모독하기 위해, 그리고 저명인사나 백만장자가 되기 위해서

---

27) Baumgarten and Gottfried, 174.

『카노프스키』를 쓰지는 않았다. 그는 단지 성이란 인간이 아직까지는 어떤 생존 여건 속에서도 향유할 수 있는 유일한 자유라는 자신의 철학을 소설화했을 뿐이다. 하지만 이 소설은 논란의 대상의 되고 그 중심에 주커만이 놓이게 된다.

반어적으로 『카노프스키』에 대한 논란이 가중됨에 따라 이 작품은 더욱 더 잘 팔려, 주커만은 하루아침에 전국적인 저명인사이자 백만장자가 된다. 로스가 『포트노이의 불평』으로 독자와 비평가로부터 비난과 찬사를 동시에 받았던 것처럼 주커만도 『카노프스키』라는 소설 때문에 비난과 찬사를 동시에 듣게 된다. 그는 "우리의 마셀 프루스트(Marcel Proust)와 같은 대소설가"(193)라거나 "미국뿐만 아니라 전세계의 가장 중요한 생존 작가들 중의 한 사람"(251)이라는 찬사를 듣는다. 『카노프스키』는 "해학, 연민, 우리의 가장 깊은 욕망의 이해, 그리고 …… 인간희극"(192)의 가장 탁월한 소설이라는 절찬을 받는다. 반면에, 그는 "유대인의 적"(238)이라는 협박과 공격도 받는다.

주커만은 『카노프스키』라는 소설 때문에 부모와 친지들의 이전 간섭에는 비교가 안 될 더욱더 많은 세상사람들의 주목의 대상이 된다. 그가 시내버스를 타면 소설 하나로 백만장자가 되었으니 헬리콥터나 타고 다녀야 할 사람이 버스 앞자리에 앉아 있다고 소곤거리는 소리도 듣는다. 찰스 베리만(Charles Berryman)은 논란의 대상이 되었던 『카노프스키』에 의한 주커만의 경제적 성공과 작가와 등장인물을 구별하지 못하는 일반 대중으로부터 받게 되는 주커만의 난처한 상황이 『무책임한 주커만』의 내용이라고 다음과 같이 주장한다.

『무책임한 주커만』은 주인공 주커만이 자신의 외설적인 책의 성공으로 받게 된 보상과 위험을 경험하면서 시작된다. 로스 소설에 제현 된 일반대중들은 네이선 주커만과 소설 속 주인공을 구별할 능력을 갖지 못한다. 그는 자신의 소설 속 등장인물의 취급을 받지 않고서는 결코 뉴욕의 시내버스를 탈 수가 없었다. 분명 로스는 일반 대중, 그리고 작가와 소설 속 다른 자아를 구별하지 못하는 독자들의 전형적인 혼돈을 조롱한다.[28]

Zuckerman Unbound, starts when the title character is experiencing the rewards and dangers that come with the success of his scandalous book. The public represented in Roth's novel is unable to distinguish between Nathan Zuckerman and the hero of his fiction. He cannot ride a bus in New York City without being addressed as his own character. Roth is clearly having fun at the expense of own public and their typical confusion of the real author and his alter ego in fiction.

성공한다는 것이 무엇을 의미하는지 잘 몰랐던 주커만은 예상치 못한 현실에 아연실색한다. 그는 자신이 새로운 아파트로 이사하면서 책장이 텅 비어 있음에도 불구하고 아직까지도 81박스나 되는 책을 정리하기는커녕 박스 자체도 풀지 못한 상태이다. 우편물마저도 처리하기가 힘들다. 유대인의 적이라고 비난하는 편지가 하루에 9통에서 10통이나 된다. 그는 지금까지 돈벌이를 걱정하던 자기가 갑자기 돈을 어디에 투자해야할까라는 문제로 고심하는 자신의 모습에 무척 놀라기도 한다. 그는 소설 창작과 달리 돈 문제에는 지나치게 보수적이라는 핀잔과 돈 문제에 관한 한 아무것도 모른다는 비난도 동시에 들어야 한다. 또한 노골적으로 돈을 요구하는 협박전화도 걸려온다.

베트남 전쟁과 그 전쟁을 반대하는 반전시위로 사회가 폭력적인 분위기로 치닫고 있기 때문에 주커만은 혹시 『카노프스키』를 싫어하는 누군가가 자기를 공격하지 않을까라는 두려움에 휩싸이기도 한다. 실제로 주커만에

---

28) Charles Berryman, 184-85.

게 신체적으로 해를 끼친 사람은 없었으나 『카노프스키』를 보는 관점에서 주커만에게 접근을 시도하거나 말을 걸기도 한다. 커피숍에서 어떤 여자는 그에게 다가와 자신은 주커만의 소설을 읽음으로써 해방될 수 있다고 자랑스럽게 말한다. 록펠러 프라자(Rockerfeller Plaza)의 머리가 긴 경비원은 주커만의 코트를 만져볼 수 있겠느냐고 물어보기도 한다. 커피숍의 어떤 여자나 경비원과는 달리 주커만을 경멸하는 사람들도 있다. 『카노프스키』를 읽었던 한 젊은 여자는 그에게 "당신에게는 사랑이 필요하다. 당신은 언제나 사랑을 필요로 한다. 나는 당신을 몹시 동정한다"(189)고 말하면서 그를 힐난한다. 공공도서관에서 나이든 신사가 그의 어깨를 건드리면서 강한 액센트로 주커만의 부모님이 얼마나 불쌍한가라고 말을 하기도 한다. 주커만은 일상생활에 치를 떨고 예상치 못한 현실에 압도당한다. 주커만은 "자신의 삶에 환멸을 느끼고 작가로서 문학적으로 올바른 평가를 받지 못한 채 단순한 상업적인 성공만을 이루었다"29)고 생각한다.

주커만은 우연히 앨빈 페플러(Alvin Pepler)라는 사람을 만나게 된다. 페플러는 주커만에게 자신은 미국 해병대에 근무했고 유대인이며, 유대인 민족의 참모습을 전국에 알리기 위해 노력하고 있다고 말한다. 그리고 그는 주커만을 포함해 뉴역 출신의 몇 명의 성공한 사람들을 예로 들면서 그들을 자랑스럽게 생각한다고 말한다. 그리고 그들의 업적이 뉴역을 중요한 문화의 중심지로 만들었다고 주장한다. 이 주장에 주커만은 페플러에 대해 호감을 갖는다.

페플러는 계속해서 자신은 유대인으로서 존경할 만한 모든 자질, 다시 말해 영리하고 생각의 기민함 등을 자신이 소유하고 있다고 말한다. 자신은 1940년 이후 팝송의 제목을 모두 외우고 있고 텔레비전 퀴즈쇼에도 참가했

---

29) Greenberg, 496.

다 한다. 페플러는 부와 명성을 얻기 위해 퀴즈쇼에 참가했지만 오히려 텔레비전 제작자의 부정직함과 반유대주의 때문에 자신이 텔레비전 퀴즈쇼에서 많은 돈을 잃게 되었다고 말한다. 쇼 제작자가 페플러의 상대자인 휴렛 링컨(Hewlett Lincoln)에게 정답을 흘려주었기 때문에 자신은 질 수밖에 없었다는 것이다. 페플러는 텔레비전의 극히 저속하고 상업적인 쇼에서 일어났던 사건으로부터 자신이 배운 것은 "예술은 통제 당한다. 예술은 조종당한다. 예술은 언제나 속임수의 산물이다. 예술은 이런 본질 때문에 인간의 마음을 사로잡는다"(218)는 사실이었다고 말한다.

페플러는 계속해서 소설은 자서전이 아니지만 그 바탕은 자서전에 있음을 강조한다. 왜냐하면 소설은 우리의 체험의 산물인데, 체험이란 우리의 행위와 상상력의 총체이기 때문이라는 것이다. 작가가 지나치게 자신의 체험에만 집착하면, 자아도취에 빠지거나 자기 사고를 독자들에게 합리화시키려고 안달하게 된다. 반면에, 작가가 자신의 체험을 지나치게 멀리하면, 그 체험은 독자에게는 너무 희미한데 작가에게는 극도로 과장된다는 것이다. 그는 다음과 같은 소설론을 펼친다. 주커만은 이 사람의 주장에 깊은 관심을 갖는다.

소설은 자서전이 아니라 어디까지나 소설이다. 그러나 나는 실제 사건들과의 관련이 희미하거나 심지어는 부재하더라도, 소설은 어떤 의미에서는 자서전에 그 뿌리를 둔다고 확신한다. 우리는 결국 우리 체험들의 총체이고, 체험은 우리의 사실상 행동 뿐 아니라 은밀한 상상까지도 포함한다. 작가는 자기가 모르는 것에 대해서는 쓸 수 없으므로, 독자는 그의 소재를 인정해 주어야만 한다. 그러나 자신의 직접적 체험에 지나치게 의존하여 작품을 쓸 때는 많은 위험이 있다. 아마도 객관성 결여, 자기탐닉의 경향, 그리고 작가의 인생관을 독자에게 정당화하려는 충동 등등. 반면에, 체험과의 지나친 거리감은 체험을 희미하게 하거나 과장시킨다. [이런 경우에]

우리 대부분에게 체험은 지나치게 희미해진다. [그러나] 체험이 소화되기 전의 누설은 피하겠다는 자제력을 가진 작가들에게는, 체험이 과장된다. (330)

Fiction is not autobiography, yet all fiction, I am convinced, is in some sense rooted in autobiography, though the connection to actual events may be tenuous indeed, even nonexistent. We are, after all, the total of our experiences, and experience includes not only what we in fact do but what we privately imagine. An author cannot write about what he does not know and the reader must grant him his material, yet there are dangers in writing so closely on the heels of one's own immediate experience: a lack of toughness, perhaps; a tendency to indulgence; an urge to justify the author's ways to men. Distance, on the other hand, either blurs experience or heightens it. For most of us it is mercifully blurred; but for writers, if they can be restrained from spilling the beans before they are digested, it is heightened.

페플러가 처음에 유대인의 참모습을 알리려고 노력하고 있고 텔레비전. 제작자의 부정직함과 유대인에 대한 인종차별 때문에 자신의 인생에서 실패하게 됐다고 말 했을 때, 주커만은 페플러에 대해 동정과 호감을 갖는다. 하지만 주커만은 점차 페플러와의 만남을 자신의 사생활에 대한 위협으로 느낀다. 주커만은 페플러의 접근을 경계한다. 페플러가 주커만에게 "사랑하는 아들과 함께 외출한 아버지처럼"(221) 가게에 들어가 아이스크림을 사주라고 졸라대자 주커만은 기회를 잡아 도망친다. 페플러는 해병대로서 그리고 유대인으로서 자신의 영예를 되찾기를 희망한다. 그는 자신의 전쟁 참전 경험을 기초로 해서 책을 쓰고 그리고 브로드웨이에 아는 사람이 있기에 그 책을 뮤지컬로 만들어 성공하기를 희망한다. 그는 브로드웨이의 제작자가 주커만으로 하여금 뮤지컬의 대본을 써줄 것을 제안할 것 같다고 말한다. 하지만 주커만은 페플러에 관한 이야기를 소재로 해서 작품을 쓰는 것을 거절한다.

페플러는 갑자기 공격적인 자세를 취한다. 페플러는 주커만에게 자신의 모든 실패의 원인을 주커만에게 돌린다. 『카노프스키』도 자신의 아이디어를 주커만이 훔친 것이라고 힐난한다. 주커만이 빌려주었던 손수건으로 자위행위를 해 그 냄새나는 손수건을 주커만의 우편함에다 집어넣기도 한다. 심지어 주커만에게 전화를 해 돈을 주지 않으면 어머니를 납치해 버리겠다고 협박한 사람이 바로 페플러였다. 위협을 느낀 주커만은 자신의 아파트로 되돌아와 전화번호부에 자신의 이름을 지우고 자동응답기도 제거한다. 다른 사람들에게서 그가 받게 되는 관심은 주커만을 두려움에 쌓이게 만든다. 주커만의 개인적 삶 자체가 모든 사람들의 지대한 관심사가 된다. 사회의 간섭과 횡포 때문에 주커만은 극심한 고통을 느끼지 않을 수 없다.

주커만이 주변 사람들로부터 당하는 고통과 유명인사로서 당하는 난처함은 계속된다. 이제 주커만은 저명인사로 많은 모임에 참석한다. 주커만은 맨하탄(Manhattan) 파티에서 아일랜드(Ireland)출신의 세계적인 여배우 세자라 오쉐이(Caesara O'Shea)를 유명한 비평가 엘만(Ellmann) 교수에게서 소개받는다. 주커만과 세자라 오쉐이는 서로 이야기를 주고받는다. 그녀는 열아홉 살에 게이트(Gate)극장에서 공연된 『안네 프랑크의 일기』에서 안네 프랑크역을 맡아 더블린(Dublin) 시민의 절반을 울렸던 여성이다. 지금 그녀는 "영화계의 가장 다정하고 매혹적인 연기의 요정"(256)이다. 무대 위에서 많은 역할을 할 수 있는 이 여성은 주커만으로 하여금 자기인생을 다르게 볼 수 있도록 해 준다. 그녀는 자기의 이름에 매우 민감한 여성이며, 모든 사람이 손수건으로 입을 닦을 때에도 자신의 이름이 그들의 입술에 오르내린다는 사실을 알고 있다. 그러한 유명세는 주커만의 것과 다를 바가 없다. 그래서 주커만은 그 여배우가 느끼고 있는 인생의 위기와 자신의 일생에서 느끼는 위기가 같은 것임을 인식한다.

주커만은 피델 카스트로의 애인인 여배우, 세자라 오쉐이와 하룻밤을 보내게 된다. 그녀는 키에르케고르의 『여배우 일생의 위기』라는 책을 읽고 있었고, 다음과 같은 문단에 표시를 해두고 있었다. "단지 민감한 여성만이 그럴 수 있는 것처럼 그녀는 자신의 이름에 대해 대단히 민감하게 반응을 한다. 그녀는 모든 사람이 손수건으로 입을 닦을 때에도 자신의 이름이 그들의 입술에 오르내린다는 사실을 알고 있다." 이런 유명세는 주커만의 것과 비슷하다. 그의 이름은 모든 사람들이 손수건으로 입을 닦을 때에도 그의 이름은 거론된다. 실제로 페플러가 주커만의 샌드위치를 다 먹어치우고 그의 손수건으로 입을 닦을 때에도 그러했다. …… 『카노프스키』의 출판으로 주커만은 대중들의 관심의 대상이 되었고, [이것을] 그는 헛소문이나 사생활의 침해로 생각했다. 왜냐하면 사람들은 그의 책을 분노나 즉각적인 반응을 일으킬 수 있는 고백이나 하나의 선언으로 받아들였기 때문이다.30)

Zuckerman enjoys a one-night stand with the actress Caesara O'Shea(Who is also being wooed by Fidel Castro), who is reading Kierkegaard's *The Crisis in the Life of an Actress*, in which she has marked this passage: "And she, who as a woman is sensitive regarding her name—as only a woman is sensitive—she knows that her name is on everyone's lips, even when they wipe their mouths with their handkerchiefs." Such fame resembles Zuckerman's own, his name on everyone's lips even as they wipe their mouths with their handkerchiefs, with, indeed, his handkerchief, as Pepler does after finishing Zuckerman's

---

30) Mark Shechner, *After the Revolution: Studies in the Contemporary Jewish American Imagination* (Bloomington, Ind.: Indiana UP, 1987), 231.

sandwich. ... With *Carnovsky*, Zuckerman has been thrust into such public
attention, which he experiences as gossip and invasion, since people take
his books for confessions or declarations which demand angry or intimate
responses.

주커만은 세자라 오쉐이와의 관계에 대한 터무니없는 보도 때문에 어이
없는 일들을 경험한다. 사실 주커만과 세자라 오쉐이의 관계는 결코 깊거나
오래 지속될 수 있는 그런 관계는 아니었다. 주커만은 세자라 오쉐이에게
호감을 갖게 되어 사랑에 빠진다. 하지만 세자라 오쉐이는 주커만과 사랑을
나눈 뒤, 어느날 갑자기 아무 말 없이 감쪽같이 사라져 버린다. 세자라 오쉐
이는 피델 카스트로(Fidel Castro)의 애인이며 혁명 동지였고, 그녀는 주커
만과의 사랑보다 혁명을 위해 아무 미련 없이 주커만을 버리고 하바나
(Havana)로 떠난다. 신문에는 그가 전혀 생각하지도 않았던 두 사람의 다정
스러운 모습을 담은 사진이 실린다. 라디오와 텔레비전은 그가 그녀와 함께
아일랜드로 떠난다는 뉴스를 방송한다. 주커만은 대중들의 지나친 관심의
대상이 되고 사생활을 침해 받는다는 것이 얼마나 고통스러운가를 실감한다.

일반 대중들의 관심을 받고, 사생활마저 침해받은 주커만은 또다시 부
모와의 관계도 소원해진다. 주커만의 부모는 마이애미(Miami)에서 옹색치
않는 은퇴생활을 즐기고 있다. 그래서 사실과 전혀 다른 보도를 들은 주커
만의 어머니는 아들에게 당장이라도 쫓아오고 싶었지만, 우선 아들에게 전
화를 해서 작별인사도 없이 떠나려고 하느냐고 거세게 꾸짖는다. 그러면서
그녀는 그 유명한 여배우[세자라 오쉐이]가 네 친구인지 몰랐다고 비꼰다.

"그리고 너희들은 아주 다정스럽게 보였다. 너는 『포스트지』를 보았
니?"

…… 그날 늦게 그의 어머니는 이것[주커만과 세자라 오쉐이가 함께
있는 사진]이 또한 방송에도 나왔음을 말하려고 전화했다. 사실, 그녀는 작
별인사도 없이 비행기로 아일랜드에 가버렸다는 것이 사실일 수 있는지 알
아보려고 했다.

"물론 전화했어야 했지요"라고 그는 그녀를 확신시켰다.

"그러면 너는 안 가는구나."

"안 갑니다."

"바로 일분 전에 텔레비전에서 보았다고 비 워스가 내게 전화했다. 네
이선 주커만이 세자라 오쉐이의 웅장한 시골 별장에 머물기 위해 아일랜드
로 떠난다고, 버지니어 그레이엄이 보도했다더라. 나는 그 여배우가 네 친
구인 줄은 몰랐다." (283-84)

"And you looked so charming together. Have you seen the *Post*?" …

Later that day his mother phoned to tell him that it had been on the air
as well; in fact, she was phoning to find out if it could possibly be true
that he had flown to Ireland, without even calling her to say goodbye.

"Of course I would have called," he assured her.

"Then you're not going."

"No."

"Bea Wirth phoned me just a minute ago to say that she heard it on the
television. Nathan Zuckerman is off to Ireland to stay at the palatial
country estate of Caesara O'Shea. It was on Virginia Graham. I didn't
even know she was a friend of yours."

주커만의 어머니는 주커만이 말썽 많은 소설을 쓰면서 자멸의 길로 치
닫고 있다고 걱정한다. 그녀는 아들이 유대인 출신의 작가로서 삶의 목적과
방향을 상실해버렸다고 크게 실망한다. 미로위츠(Milowitz)는 "주커만이 아
버지의 비웃음에 의해서 억압을 당하고 있는 것처럼 어머니의 사랑에 의해
서도 억압당한다. …… 아들에 대한 어머니의 힘의 행사는 아버지보다 미

묘하고 은밀하며 조용하게 이루어진다"31)라고 언급한다. 어머니는 분명 사랑과 따뜻함의 상징이다. 하지만 『포트노이의 불평』에서도 알 수 있었던 것처럼 어머니의 사랑도 때로는 자식을 질식시킬 수 있는 법이다. 어머니는 주커만에게 소설세계와 사실세계를 구별하지 못한 주변 사람들이 자기를 바로 그 소설 주인공의 어머니와 같은 못된 여자로 간주해 버리니 창피해서 못살겠다고 하소연한다. 어머니는 주변 사람들에게 주커만이 쓴 소설은 사실이 아니고 하나의 이야기일 뿐이라고 설명해 보지만, 주변 사람들은 무턱대고 그 소설이 사실이 아니라면 어떻게 아들인 주커만이 그런 이야기를 쓸 수 있느냐고 거칠게 반박한다. 주커만은 어머니에게 그런 사람들의 비난에 아무 대꾸도 않는 것이 최선의 길일 것 같다고 말한다. 어머니는 주변 사람들에게 아무런 대꾸도 하지 않으면 그들은 그 이야기를 더욱더 사실로 인정할 것이라고 주커만을 반박한다. 그러자 주커만은 어머니는 모성애의 본보기이자 훌륭한 아내이지, 카노프스키 부인이 아님을 어머니 자신이나 아들도 믿고 있다고 어머니를 위로한다.

> "어머니, 침묵을 지키세요. 아무 말씀도 마세요."
> "그러나 네이선, 그럴 수는 없다. 아무 말을 하지 않으면, 아무런 효과가 없다. 그러면, 그들은 자기들이 옳다고 믿어버린다."
> "그러면, 그들에게 아들이 미쳤다고 하세요. 아들 머리에 떠오르는 일들에 대해서는 아무런 책임이 없다고 말씀하세요. 아들이 더 못된 것들을 쓰지 않아 다행이라고 하세요. 그것이 사실 아닌가요. 어머니는 어디까지나 어머니 자신이지 카노프스키 부인이 아님을 잘 알고 계십니다. 저도 어머니는 어머니지 카노프스키 부인이 아님을 믿습니다. 우리는 30년 전에 그렇다는 것을 알았습니다. (249)

---

31) Steven Milowitz, *Philip Roth Considered: The Concentrationary Universe of the American Writer* (New York: Garland, 2000), 26.

"Silence, Ma. Don't say anything."

"But you can't, Nathan. If you say nothing, it doesn't work. Then they're sure they're right."

"Then tell them your boy is a madman. Tell them you're not responsible for the things that come into his head. Tell them you're lucky he doesn't make up things even worse. That's not far from the truth. Mother, you know you are yourself and not Mrs. Carnovsky, and I know you are yourself and not Mrs. Carnovsky. You and I know that it was very nearly heaven thirty years ago."

어머니와의 관계뿐만 아니라 아버지와의 관계도 나빠진다. 주커만의 아버지는 뇌졸중으로 두 번이나 쓰러졌다. 그는 아버지가 위독하다는 연락을 받고, 마이애미행 비행기를 타고 가면서 20년 전의 여름을 회상해 본다. 그때 그는 방충망이 붙어 있는 뒤편 현관에서 3,000쪽이나 되는 토머스 울프(Thomas Wolfe)의 소설을 독파했다. 아버지와 날씨 때문에 질식할 것 같은 8월이다. 주커만은 자신의 독자적인 예술세계를 창조할 수 있기를 갈망한다. 그러나 그의 이런 꿈은 아버지의 몰이해 때문에 무산된다. 주커만은 자신을 질식시키는 좁은 뉴저지(New Jersey)와 천박한 촌뜨기들을 떠나 울프와 같은 대소설가가 되고 싶다는 꿈이 그의 삶의 전부가 된다.

비행기가 착륙할 때, 주커만은 바로 20년 전의 여름, 그러니까 대학 입학 전의 8월을 회상하고 있었다. 그해 여름, 그는 질식시키는 그의 집의 방충망이 붙은 뒤편 현관에서 토머스 울프의 3,000쪽 소설을 독파했다. 아버지와 날씨 때문에, 질식해버릴 것 같은 8월이었다. "그는 자신이 이처럼 삶의 중심에 있다고, 산들이 세계의 심장을 빙 두르고 있다고, 삶의 총계에 더해지려고 냉혹한 순간에 사건의 모든 무질서로부터 피할 수 없는 사건이 다가오고 있다고 믿었다." 피할 수 없고, 냉혹한. …… 열여섯 살 때의 그가[네이션이] 원했던 모든 것은 토머스 울프와 같은 낭만적 천재가 되어 예술의 심오한 해방 세계를 향해 좁은 뉴저지와 그 곳의 천박한 촌뜨기들을 떠나는 일이었다. [그러나] 입증된 것처럼, 그는 그들을 받아들였다. (360)

In the plane flying down, Zuckerman had been remembering the summer just twenty years ago, that August before he'd left for college, when he read three thousand pages of Thomas Wolfe straight through on the screened-in back porch of his family's stifling home—stifling that August as much because of the father as of the weather. "He believed himself thus at the center of life; he believed the mountains rimmed the heart of the world; he believed that from all the chaos of accident the inevitable event came at the inexorable moment to add to the sum of his life." Inevitable. Inexorable. ... All he wanted at sixteen was to become a romantic genius like Thomas Wolfe and leave little New Jersey and all the shallow provincials therein for the deep emancipating world of Art. As it turned out, he had taken them all with him.

주커만에게 예술은 그의 삶이고 그의 삶은 바로 예술이다. 하지만 주커만은 예술과 삶의 현실 가운데서 갈등을 겪고 있다. 그 갈등은 미학적 원칙에 경험을 부과하는 데서 생기는 것이다. 예술 속에서 현실을 재현하려고 하는 데에서 생기는 개인적 갈등이다. 그는 시카고대학교에서 배운 아리스토텔레스의 예술철학, 즉 예술은 현실의 모방에 의한 창조이며 그 창조된 예술의 세계는 있는 그대로 주어진 현실과는 다르다는 예술철학을 믿고 싶어 한다.

하지만 그의 가족과 가까이 지내고 있는 주변 사람들은 그를 더 이상 믿지 않고 일반 독자들도 『카노프스키』의 등장인물과 주커만 자신의 삶을 동일하게 여겨 주커만의 창작 의도를 무시하고 우선 비난하는 데 급급해

한다. 그래서 주커만은 예술과 고통스러운 현실의 혼동에서 벗어나기 위해 과거로 회귀한다. 『무책임한 주커만』의 끝부분에서 모든 것을 상실한 주커만이 자신의 고향인 뉴억으로 되돌아오는 것도 이런 맥락에서 이해가 가능하다. 또한 『포트노이의 불평』에서 포트노이가 자신의 본 모습을 찾기 위해 이스라엘로 되돌아가는 장면도 마찬가지이다. 주커만은 자기의 예술을 통해서 현실의 접근을 시도하고 있고 궁극적으로 예술 그 자체를 추구하고 있다고 에스텔레 노박(Estelle G. Novak)은 이렇게 말한다.

예술과 삶의 갈등은 미학적 원칙에 경험을 부과하는 것과 예술에 실제를 복사하려고 하는 욕망과 의도하는 창조가 불가능하다는 인식 사이에 존재하는 개인적 갈등의 산물이다. …… 하지만 그의 죽어가는 아버지, 앨빈 페플러, 그리고 그의 아내 여자 친구인 로즈머리는 그를 믿지 않을 것이다. 등장인물 카노프스키를 주커만과 그의 삶으로 인식하는 일반 대중들도 마찬가지다. 통속적인 현실은 아리스토텔레스가 비록 많은 것을 안다할지라도 그가 틀렸다는 것을 말해 줄 것이다.

그[주커만]의 과거로의 도피는 예술적 현실, 그리고 그의 가족, 추종자, 비평가들이 있는 고통스러운 현실 사이의 대혼란으로부터의 탈출이다. 자신의 예술에서의 현실에 접근하기 위해, 궁극적으로 그는 예술 그 자체를 추구한다.[32]

The conflict between art and life is a product both of the imposition of experience upon aesthetic principle and his personal conflict between the desire to replicate the real in art and his knowledge that such a willed creation is impossible. ... But his dying father, Alvin Pepler, and his wife Laura's girl friend, Rosemary, will not believe him, nor will his public that

---

32) Estelle G. Novak, "Strangers in a Strange Land: The Homelessness of Roth's Protagonists," in *Reading Philip Roth*, ed. Asher Z. Milbauer and Donald G. Watson (New York: St. Martin's, 1988), 67.

reads the character of Carnovsky as Zuckerman and his life. Vulgar reality tells him that Aristotle is wrong even though he knows better.

His flight into the past is an attempt to escape the confusion between artistic reality and the painful world of his family, his admirers, and his critics. In order to approach reality in his art, ultimately he looks for reality in art itself.

마침내 주커만의 아버지는 죽게 되는데 주커만은 장례식에서 유대교회 목사가 아버지의 삶을 극구 찬양하는 추도사를 듣는다. 목사는 아버지가 평생 동안 모든 인간의 행복을 증진하는 미국 민주주의의 수호자였고, 세계 도처의 이스라엘 민족의 안전과 평화에 누구보다도 신경을 썼고 그리고 베트남에서의 인간을 살육하는 전쟁에 적극적으로 반대하는 삶을 살았다고 아버지를 찬양하고 애도한다. 그러나 주커만은 이런 찬양과 애도가 그 목사에게는 출판되어서는 안 될 소설, 『카노프스키』를 쓴 자신을 침묵시키는 비난이라고 생각한다. 주커만은 소멸이라는 단어가 떠오를 뿐이다. 아버지의 죽음이 주커만에게는 억압적인 설교와 도덕, 불필요한 금지들, 엄청난 오해 등의 소멸로 보인다. 그래서 그는 마치 친구 아버지의 장례식에 와 있는 것 같은 착각에 빠진다.

유대교회의 목사는 그를 단순히 아버지, 남편, 그리고 가장으로 뿐 아니라 "평생 동안 인류의 고통에 고뇌한 정치가"로 찬양했다. 그가 주커만 의사가 구독하여 탐독했던 많은 잡지와 신문들, 고심 끝에 쓴 무수한 항의 서간들, 미국 민주주의에 대한 열의, 이스라엘의 국가 안전에 대한 열정, 베트남에서 자행된 대량학살에 대한 혐오, 그리고 소련에 거주하는 유대인들에 대한 염려 등등을 열거하는 동안, 주커만은 '소멸'이라는 단어만을 생각하고 있었다. 그 존경할만한 도덕관, 그 억압적인 설교, 그 불필요한 금지들, 그 열렬한 신앙심, 그 돋보이는 정직성, 그리고 그 엄청난 오해가 소멸되었다.

이상하다. 정반대가 일어났어야 했는데. 그러나 그는 지금처럼 아버지의 삶을 정감 없이 묵상해 본 적이 없었다. 마치 어떤 다른 아들들의 아버지의 장례를 치르고 있는 것 같았다. (376)

The rabbi praised him not simply as father, husband, and family man, but as "a political being engaged by all of life and anguished by the suffering of mankind." He spoke of the many magazines and newspapers Dr. Zuckerman had subscribed to and studied, the countless letters of protest he had painstakingly composed, he spoke of his enthusiasm for American democracy, his passion for Israel's survival, his revulsion against the carnage in Vietnam, his fears for the Jews in the Soviet Union, and meanwhile all Zuckerman was thinking was the word "extinguished." All that respectable moralizing, all that repressive sermonizing, all those superfluous prohibitions that furnace of pieties, that Lucifer of rectitude, that Hercules of misunderstanding, extinguished.

Strange. It was supposed to be just the opposite. But never had he contemplated his father's life with less sentiment. It was as though they were burying the father of some other sons.

주커만은 아버지가 죽기 전에 멀리 떨어진 곳에 살고 있었고, 연로했기 때문에 『카노프스키』란 소설에 대해서는 아무것도 모르고 있을 것이라고 생각한다. 하지만 그의 아버지는 숨을 거둘 때, 주커만에게 희미하게 "개자식 같은 놈"이라는 말을 한다. 주커만은 그것이 무슨 뜻일까 곰곰이 생각해 본다. 임종할 때 아버지의 그 말은 자식에 대한 실망과 너무 아프고 괴로웠던 아버지의 심정을 직설적으로 나타내는 말이다. 사실 주커만은 그의 소설뿐만 아니라 두 번의 이혼 때문에, 아버지를 극도로 실망시켰다. 주커만이 아내를 버릴 때마다, 아버지는 극도의 슬픔과 낙담에 잠긴 채 한밤중에 아들을 대신해서 '그 불쌍한 여자'에게 사죄하는 전화를 걸기도 했다. 주커만의 아버지가 이런 전화를 걸 때마다 주커만의 집안에는 울부짖는 소란이 일어나곤 했다.

『무책임한 주커만』에서 주커만의 아버지의 임종 장면은 아버지와 주커만의 갈등과 긴장 관계를 잘 드러내 주고 있다. 주커만을 가장 놀라게 한 것은 혹시 아버지의 죽음이 외설적이라고 비난받고 있는 자신의 『카노프스키』 때문은 아닌가라는 의구심이다. 자신의 소설이 아버지의 죽음의 한 원인은 아닐 것이라고 부정하면서도 주커만은 아버지에 대한 죄의식을 떨쳐 버릴 수 없다. 베리만은 주커만의 아버지에 대한 죄의식과 그 죄의식에서 파생된 고통은 이후 그의 의식과 생활을 지배하게 되며, 주커만은 더 이상 소설을 쓸 수 없는 상태가 되어 버린다고 아래와 같이 말한다.

> 『무책임한 주커만』의 절정은 네이선 아버지의 임종 장면이다. 로스의 그 어떤 작품보다도 아버지와 아들의 관계에 있어 긴장, 즉 죄, 사랑, 자부심, 반항이 잘 나타난 곳은 없다. 네이선이 자신의 아버지 입술로부터 들었던 마지막 말은 "개자식 같은 놈"이라는 말이었다. 젊은 작가는 작가로서의 경력을 시작할 때부터 유대인에 대한 자신의 풍자가 얼마나 아버지를 화나게 했을 것인가를 알고 있었다. …… 일련의 다음 소설은 아들이 죄의식과 고통이 너무 심해 더 이상 글을 쓸 수 없는 상황에 처하게 된다는 사실을 보여 줄 것이다. 네이선은 자신의 등에 『해부학 수업』을 펼쳐 놓고 [더 이상 글을 쓰지 못하고] 많은 시간을 소비한다. 그의 머리는 "너는 나의 모든 신념을 가져가 버렸다—아버지로부터"라고 적힌 어휘 사전에 머물러 있다.33)

The climax of *Zuckerman Unbound* is the deathbed scene of Nathan's father. Nothing in Roth's work is more charged with tension—guilt, love,

---

33) Berryman, 185.

pride, and defiance—than the relationship of fathers and sons. The last word that Nathan hears from his father's lips is "bastard." The young author has known since the beginning of his career just how upset his father could become by any satire of Jewish characters. ... The next book in the series will show the son unable to write because guilt and pain weigh so heavily upon him. Nathan spends much of his time in *The Anatomy Lesson* stretched out flat on his back while his head rests on a thesaurus with the inscription "From Dad—you have my every confidence."

주커만과는 달리 주인공의 동생 헨리(Henry)는 치과의사로서 유복하고 단란한 가정생활을 즐기고 있다. 원래 헨리는 연극배우였다. 하지만 헨리는 배우라는 직업을 선택함으로써 예술가로서 실패할지도 모르는 위험을 감수하지 않았다. 헨리는 아버지의 뜻에 따라 그리고 "지각 있는 중산층으로서 현실과 타협하여 치과의사라는 적당한 직업을 선택했다."34) 그래서 헨리는 부모 친구들로부터 인정을 받고 칭찬을 듣고 있다. 부모의 눈에도 헨리야말로 유대정신의 실천가이자 계승자이며, 헨리 자신도 그렇게 자부한다. 헨리는 주커만에게 삶의 성실성, 책임감, 그리고 자제심은 어디로 가버렸으며, 유대 도덕, 유대 인내심, 유대 지혜, 그리고 유대 가정은 하나의 장난감에 불과한 것이냐고 따진다. 형은 자신의 작품을 위해서는 그 어떠한 행동도 할 수 있는 사람이고 아주 기본적인 인간의 의무감도 모르는 무책임한 사람이라고 공격한다. 더욱이, 헨리는 아버지의 장례식을 치른 후 서로 헤어질 때, 주커만이 쓴 『카노프스키』 때문에 아버지가 두 번이나 쓰러졌으며 결국은 아버지가 빨리 돌아가시게 된 근본적인 원인이 됐다고 주장한다. 헨리는 형은 아버지를 죽인 "개자식 같은 놈"이며 양심도 없는 철면피라고 공박한다.

---

34) Alan Cooper, *Philip Roth and the Jews* (Albany, N.Y.: SUNY Press, 1996, 191.)

형은 정말 개자식이오. 무정하고 양심도 없는 개자식. 성실, 책임, 그리고 자제는 형에게 무엇을 의미하나요-도대체 무엇이오? 형에게는 모든 것이 마음대로 할 수 있는 일이오! 모든 것이 노출할 만한 일이오! 유대 도덕관, 유대 인내심, 유대 지혜, 유대 가정들-이 모든 것이 형의 놀이기계를 위한 제분용 곡물이오. 형의 여자들마저도 형의 기호를 더 이상 만족시키지 못할 때는 무용지물로 전락해 버려요. 사랑, 결혼, 아이들, 형은 도대체 무슨 관심을 갖소? 형에게 이런 것은 전부 재미고 속임수요. 그러나 그것이 우리에게는 그렇지 않아요. 최악의 사태란 우리가 어떻게 해서든 형이 참으로 자신이 누구인가를 보지 못하게 보호하고 있는 현실이에요! 형은 무엇을 했었는지! 네이선, 형은 그(아버지)를 돌아가시게 했어요. 어느 누구도 형에게 말하지 못할 거예요-그들은 형을 너무나 무서워하는 까닭에 말할 수 없어요. 그들은 형이 너무 유명하므로 비난할 수 없다고-형은 이제 보통 사람들의 힘에서는 너무나도 멀리 벗어났다고-생각해요. 그러나 네이선, 형이 그를 돌아가시게 했어요. 그 소설로. 물론 그는 '개자식'이라고 했어요. 그는 그 소설을 읽었어요. 그는 형이 그 소설에서 자기와 어머니에게 어떤 해를 끼쳤는지 보았어요! (397)

You *are* a bastard. A heartless conscienceless bastard. What does loyalty mean to you? What does responsibility mean to you? What does self-denial mean, *restraint*-anything at all? To you everything is disposable! Everything is exposable! Jewish morality, Jewish endurance, Jewish wisdom, Jewish families-everything is grist for your fun-machine. Even your shiksas go down the drain when they don't tickle your fancy anymore. Love, marriage, children, what the hell do you care? To you it's all fun and games. *But that isn't the way it is to the rest of us.* And the worst is how we protect you from knowing what you really are! And what you've done! You killed him, Nathan. ... With that book. *Of course* he said 'Bastard.' He'd seen it! He'd seen what you had done to him and Mother in that book!

주커만은 『카노프스키』의 출판을 아버지는 모르고 있었고 자신은 그 사실이 기뻤다고 동생을 반박한다. 동생은 아버지는 이미 알고 있었고 다른 사람에게 그 소설을 읽어달라는 부탁까지 했다고 형을 재반박한다. 그러면서 그는 형에게 소설 가운데에 묘사된 등장인물들이 가족과 주위 사람들에게 어떤 나쁜 결과를 초래할지를 생각해본 적이 있느냐고 따진다. 그런 묘사가 형에게는 재미있고 의미가 있는 것이고, 다른 사람들에게도 큰 흥미를 일으킬지 모르나, 우리 가족에게는 큰 실망이고 저주였다고 비난한다. 형 같은 지독한 이기주의자는 사랑이 무엇인지 알지 못하며, 앞으로도 결코 영원히 알지 못할 것이라고 힐난한다.

메츠씨, 바보이면서도 호인인 메츠씨. 아버지는 그에게 그 소설을 가져오게 했어요. 아버지는 그에게 거기 앉아서 소설을 소리 내어 읽으라고 했어요. 형은 내 말을 믿지 않지요? 형은 사람들에 대해 형이 쓴 것이 실제적인 사건들을 초래한다는 것을 믿을 수 없겠지요. 형에게 이것은 아마 재미일 테지요─형의 독자들은 이 이야기를 들으면 웃으면서 죽을 거예요. 그러나 아버지는 웃으며 눈을 감지 않으셨어요. 그는 비참하고 가장 무서운 실망감에 빠져 돌아가셨어요. 빌어먹을, 형의 상상력을 형의 본능에 맡기는 것과 형 자신의 가족에게 맡기는 것은 전혀 다른 문제요! 불쌍한 어머니! 이것을 형에게 말하지 말라고 우리 모두에게 간청하셨는데! 우리 어머니는 형 때문에 사로잡힌 울분을 삭히고 계셔요─울분 속에서 웃고 계세요! 아직도 형이 저질렀던 일의 진실로부터 형을 보호하고 계세요. (398)

Mr. Metz. Stupid, well-meaning Mr. Metz. Daddy made him bring it to him. Made him sit there and read it aloud. You don't believe me, do you? You can't believe that what you write about people has real consequences. To you this is probably funny too─your readers will die laughing when they hear this one ! *But Dad didn't die laughing.* He died in misery. He died in the most terrible disappointment. It's one thing, God damn you, to entrust your imagination to your instincts, it's another, Nathan, to entrust your own family! Poor Mother! Begging us all not to tell you! Our mother, taking the shit she's taking down there because of you—and smiling through it! And still protecting you from the truth of what you've done!

주커만은 아버지의 장례식 때 동생 헨리의 비난을 듣고 정신이 나간 상태에서 뉴억 공항에 도착한다. 그곳에서 그는 택시 운전수에게 자기의 옛날 이웃들에게 데려다 달라고 말한다. 그가 성장한 아파트는 이제 강철 울타리(chain-link fence)로 둘러싸여 있고 그가 전혀 알지 못하는 흑인들이 살고 있다. 주커만은 머리를 완전히 삭발하고 독일산 양치는 개를 데리고 있는 흑인 젊은이와 마주친다. 그 젊은이는 퉁명스럽게 "당신은 누구요?"(404)라고 주커만에게 묻는다. 주커만은 스스로 자신에 대해서 이제 어떤 남자의 아들도, 어떤 여자의 남편도, 어떤 동생의 형도 아니라고 생각한다.

"저는 아무도 아닙니다"라도 주커만은 대답한다. 그것이 사물의 끝이다. 이제 너[주커만]는 어떤 남자의 아들도, 좋은 여인의 남편도, 동생의 형도 아니고, 그리고 이제 더 이상 어떤 곳의 출신도 아니다. 그들[흑인과 개]은 초등학교와 운동장, 그리고 핫도그 판매대를 지나 뉴욕 시내를 향한다. 그들은 그가 13살 때까지 헤브루어 레슨을 받았던 파크웨이 유대교 예배당을 지나간다. 현재 이곳은 흑인들의 감리교 교회가 들어선 곳이다. (404-05)

"No one," replied Zuckerman, and that was the end of that. You are no longer any man's son, you are no longer some good woman's husband, you are no longer your brother's brother, and you don't come from anywhere anymore, either. They skipped the grade school and the playground and the hot-dog joint and headed back to New York, passing on the way out to the Parkway the synagogue where he'd taken Hebrew

lessons after school until he was thirteen. It was now an African Methodist
Episcopal Church.

주커만은 이제 자기가 어떤 가정에서 태어났는지도, 앞으로 어떻게 삶을 영위해 나가야 할지 모르는 존재로 전락되어 있음을 깨닫는다. 웨이드는 "『무책임한 주커만』의 끝부분에는 뿌리의 상실로 삶의 안정감을 잃어버린 주커만의 고독이 나타나 있다"[35]고 논평한다. 베리만도 "주커만은 인류에게 불과 예술을 가져다 줘 처벌을 받은 프로메테우스(Prometheus)이다. …… 주커만은 자신의 예술적 재능과 열정을 죽이지 못한 것에 대한 죄의 대가로 고통에 휩싸여 거의 마비 상태에 놓여 있다"[36]고 주장한다. 주커만은 지금 어디로 가야 할지 전혀 모르고 있으며, 자신의 정신이 마비됨을 느끼지 않을 수 없다. 주커만의 이런 곤경이 『무책임한 주커만』의 끝이 된다.

주커만은 『카노프스키』의 성공으로 경제적 부를 획득함으로써 경제적 압박감으로부터는 벗어나지만 아버지를 비롯한 가족과 주변 사람들의 힐난으로 극심한 정신적 혼돈과 위기를 경험한다. 이러한 정신적 혼돈과 위기가 형태를 바꾸어 주커만의 몸에 재현된 것이 『해부학 수업』이다. 『포트노이의 불평』에서 스필보겔 박사가 포트노이에게 다시 새로운 삶을 시작할 수 있다고 말했듯이, 무책임한 주커만의 절망적인 결말은 주커만의 재생을 위한 약속이라 할 수 있다. "아무도 아니다"(405)는 말은 다른 누군가가 될 수 있음을 암시하기 때문에, 주커만은 새로운 시작을 위해 그리고 자기 삶의 새로운 의미를 부여하기 위해 투쟁할 것이다.

---

35) Stephen Wade, *The Imagination in Transit* (Sheffield: Sheffield Academic Press, 1996), 101.
36) Berryman, 186.

4_작가로서의 한계와 절망: 『해부학 수업』

『무책임한 주커만』의 끝부분에서 주커만은 아버지의 죽음 원인이 자신의 『카노프스키』 출판과 관계가 있을지도 모른다는 죄의식과 가족에 대한 배려와 사랑은 전혀 가지고 있지 않다는 동생의 비난 그리고 소설세계와 사실세계를 구별할 수 없는 주변 사람들로 인한 정신적 억압과 질식 등등으로 정신적 고통을 당했다. 『해부학 수업』에서는 주커만은 어머니의 사망으로 상실감과 극심한 육체적 고통으로 더 이상 글을 쓰지 못하는 좌절감마저 느낀다. 노박은 유대인으로서 그리고 현대 미국에서 생활하고 있는 로스의 소설 주인공 대부분이 느끼는 감정인 "상실감과 좌절감은 주인공의 자기 증오, 자기 파괴적인 측면으로 나타나지만 또한 로스의 소설 주인공들이 자기를 발견할 수 있는 역설적인 유일한 계기가 되기도 한다"[37]고 역설한다. 주커만은 두 세계, 다시 말해 소설 세계와 억압적인 현실 세계에서 자신을 찾는 투쟁을 시작한다.

주커만은 현재 팔, 어깨, 목, 등이 아프다. 더 이상 자신의 인생이라고 생각하고 있는 글을 쓰지 못하고 있다. 쿠퍼는 "로스가 고립과 소외의 메타포(metaphor)로서 자신의 작품에 육체적 질병을 사용한다"[38]는 점을 지적한다. 주커만은 누군가가 자기 어깨를 짓누르고 있는 것 같은 아픔과 고통을 느낀다. 그는 이 의사 저 의사를 찾아다니며 도움을 받으려고 하지만 의사들은 그의 육체의 아픔과 고통의 원인을 규명하고 치료해 주지 못한다. 그는 고통을 느끼지 않기 위해 엄청난 양의 술을 마시며, 이 고통 때문에 창작활동을 할 수 없어서 절망감에 사로잡힌다. 그의 아픔과 딱한 처지는 다음에 잘 묘사되어 있다.

---

37) Novak, 71.
38) Cooper, 192.

아플 때면, 모든 인간이 어머니를 찾는다. 어머니가 없으면, 다른 여자들이 어머니 노릇을 해 주어야만 한다. 주커만은 네 명의 여자로 어머니를 대신하고 있었다. 그는 한꺼번에 그렇게 많은 여자나 의사들을 가져본 적도, 그처럼 많은 양의 보드카를 마셔본 적도, 그렇게 일을 안 한 적도, 그렇게 미칠 것 같은 절망감을 느껴본 적도 없었다. 그런데, 그는 심각하게 받아들여질 수 있는 질병에 걸린 것처럼 보이지도 않았다. 조금만 걸음도, 한 장소에 좀 오래 서 있음도 어렵게 하는 목, 팔, 그리고 어깨의 통증이 있을 뿐이었다. 목, 팔, 그리고 어깨를 가진 것이 마치 다른 사람을 떠받치고 있는 것 같았다. …… 몸을 굽혀 잠자리를 만드는 것도 고통스러웠다. 주걱처럼 가벼운 것을 들고 서서 요리용 스토브에서 계란이 후라이되기를 기다리는 것도 고통스러웠다. 그는 창문을 열 수도, 약간의 힘을 요하는 어떤 일도 할 수 없었다. (409-10)

When he is sick, every man wants his mother; if she's not around, other women must do. Zuckerman was making do with four other women. He'd never had so many women at one time, or so many doctors, or drunk so much vodka, or done so little work, or known despair of such wild proportions. Yet he didn't seem to have a disease that anybody could take seriously. Only the pain—in his neck, arms, and shoulders, pain that made it difficult to walk for more than a few city blocks or even to stand very long in one place. Just having a neck, arms, and shoulders was like carrying another person around. ... It was painful to bend over and make his bed. To stand at the stove was painful, holding nothing heavier than a spatula and waiting for an egg to fry. He couldn't throw open a window, not one that required any strength.

『해부학 수업』에서 주커만이 육체적 병에 시달리고 있다는 점은 큰 의미를 갖는다. 주커만의 육체적 고통은 삶의 활력의 상실이요 극도의 절망을 상징한다. 『무책임한 주커만』의 끝부분에서의 정신적 황량함의 외적 표현이라고도 볼 수 있을 것이다. 주커만은 자신의 병을 치료받기 위해 의사들에게 의존하지 않으면 안 되는 상황이고 움직임 자체가 고통스럽기 때문에, 네 명의 여자들에게 도움을 받아야만 하는 상황이다. 네 여자는 다이애너 (Diana), 제니(Jenny), 쟈가(Jaga), 글로리아(Gloria)이다. 다이애너는 그의 비서로 그의 말을 받아써 주기도 하고 그녀의 학대받은 어린 시절과 그녀가 싫어하는 남자친구에 대해서도 주커만에게 얘기하기도 한다. 막역한 친구이며 화가인 제니는 그에게 책을 읽어주기도 하고 빵도 구워 주기도 한다. 쟈가는 그의 모발을 관리해 주는 의사의 조수로, 폴란드(Poland)에서 망명하여 고달픈 삶을 영위하고 있다. 글로리아는 가정부인데, 자기남편의 성적 에너지의 부족을 서슴없이 불평하면서도 주커만을 위해 채소류를 사주기도 하고 식사도 마련해 준다.

주커만은 이 네 명의 여자들과 함께 잠시나마 고통을 잊기 위해 성관계를 갖는다. 진정제를 먹거나 마리화나를 흡연하고 술을 폭음하면서, 네 여자와 성을 즐긴다. 그들은 누워 있어야만 하는 주인공을 성적으로 만족시켜 주기 위해 그의 필요와 요구대로 그들의 몸을 숙인다. 그러나 그들은 그와의 성관계에서 자기만족을 만끽하지 못할 때는 그를 버린 채 서슴없이 떠나버린다. 오직 자기 욕망의 굴레에 사로잡힌 삶을 사는 그들은 그를 진정으로 보살피기보다는 이용하고 있다. 주커만은 자율적인 삶이 아니라 타율적인 삶을 살아야만 하고 다른 사람들의 지배와 횡포의 대상이 될 수밖에 없는 상황이다. 과거 집단수용소나 집단학살의 현장을 상기시키는 상황이라 아니 할 수 없다.

다시 있어서는 안 될 집단학살을 고발하기 위해, 로스는 주커만의 어머니로 하여금 그녀의 이름을 쓰라고 의사가 건네준 종이쪽지에 "셀머"(Selma)라는 이름 대신에 "대학살"(Holocaust)를 쓰게 한다. 주커만의 어머니는 자신의 뇌 속에 레몬만한 크기의 종양이 있어 자신이 죽어야만 된다는 사실에도 두려움을 갖지 않는다. 오히려 그녀는 저녁에는 뜨개질을 하고 다음날 해야만 될 잡일들을 계획하는 조용하고 평범한 여성이다. 그녀는 남편을 존경하고 자식을 사랑하는 그런 여성이다. 하지만 주커만이 어머니가 뇌종양으로 숨을 거둔 직후에 그녀의 신경외과의사가 건네주는 하얀 종이쪽지를 받아보니, 거기에는 어머니가 쓴 "대학살"이라는 단어가 똑똑히 적혀 있다.

그가 그녀의 병실에 들렀을 때 그녀는 자신의 신경과 의사를 알아볼 수 있었다. 하지만 그가 종잇조각에 자신의 이름을 써보라고 했을 때, 그녀는 그에게서 펜을 받아들고 "셀머" 대신에 "대학살"이라는 단어를 완벽하게 쓴다. 요리법에 관한 목록 카드, 수많은 감사의 인사말, 그리고 뜨개질에 대한 상당히 많은 안내서로 구성되어 있어야 할 한 여성의 글에 이 단어가 씌어진 것은 1970년 마이애미 해변에 있었던 일이다. 주커만은 그날 아침이 되기 전 그녀는 그 단어를 결코 큰소리로 말 할 수 없었다는 것을 확신했다. (447)

She was able to recognize her neurologist when he came by the room, but when he asked if she would write her name for him on a piece of paper, she took the pen from his hand and instead of "Selma" wrote the word "Holocaust," perfectly spelled. This was in Miami Beach in 1970, inscribed by a woman whose writings otherwise consisted of recipes on index cards, several thousand thank-you notes, and a voluminous file of knitting instructions. Zuckerman was pretty sure that before that morning she'd never even spoken the word aloud.

어머니를 치료한 그 의사는 "대학살"이라고 씌어진 쪽지를 도저히 던져버릴 수 없어서 주커만에게 주는데, 주커만도 역시 던져버릴 수 없다. 이 종이쪽지는 주커만에게 유대인 과거역사가 그랬던 것처럼, 인도주의적 정신이 없는 인간들과 무자비한 사회조직이 개인의 삶을 가차 없이 유린하고 말살시킬 수 있다는 점을 상기시켜 준다. 하나 워쓰-네서(Hana Wirth-Nesher)는 주인공이 이 쪽지를 보관하는 행위는 로스의 유대전통과의 관계를 나타내는 것이며 유대 미국문학의 심오한 의의를 상징하는 것으로 본다. 하나 워쓰-네서는 로스의 최근 주요 작품은 "대학살"을 경험하지 못한 유대인 세대들이 현재 미국에서 살아가면서 겪게 되는 고통이라고 이렇게 주장한다.

> 네이선 주커만은 …… "대학살"이라는 단어가 씌어진 종잇조각이라는 어머니의 유산에 의해 더욱 작가로서의 벽을 실감하는 코믹한 작가이다. 유대 출신 미국 작가와 유대 역사의 관계를 상징적으로 나타내는 것으로 그것은 작가의 의식을 사로잡는다. 이 작가 의식은 작가의 삶에서 빈약한 존재로 전락해 적절하지 못한 것이 되어 버렸다. 종잇조각에 적힌 한 단어는 주커만을 더욱 마비시킬 수 있을 정도로 죄의식과 불안을 불러 일으켰다. …… 로스의 작품은 자신의 유대성의 결과로 고통을 당하지 않는 미국 유대인의 불편함을 다룬다는 특징을 갖는다. 그의 관점에서 본다면 그의 작품은 고통으로 특징지어지는 전통을 상속 받는 것이다.[39)]

> Nathan Zuckerman ... is a comic author experiencing writer's block, exacerbated by his mother's legacy to him, the scrap of paper with the word "Holocaust" on it. Symptomatic of the relation of the Jewish-American writer to recent Jewish history, it has a grip on the writer's consciousness disproportionate to its meagre presence in his own life. One word on a scrap of paper invokes guilt and anxiety powerful enough to further paralyse Zuckerman. ... Roth's work is marked by the discomfort of the American Jew who has never suffered as a result of his Jewishness, but is heir to a tradition that, from his point of view, is characterized by suffering.

---

39) Hana Wirth-Nesher, 23.

『무책임한 주커만』에서 아버지의 죽음이 하나의 절정을 이루는 것처럼 『해부학 수업』의 주된 사건 중의 하나는 어머니의 죽음이다. 어머니의 죽음은 주커만에게 큰 충격이고 뿌리의 상실이다. 베리만은 "『젊은 예술가의 초상』에서 스티븐이 어머니의 죽음을 한탄하며 더블린 시내를 배회한 것처럼 주커만도 슬픔과 상실감으로 자기의 중심을 잡지 못한다"40)고 논평한다. 주커만은 이제 어머니의 따뜻한 가슴 속으로 도피할 수도 없는 상황에 처하게 된 것이다.

『무책임한 주커만』에서 주커만의 아버지는 임종 순간에 "개자식 같은 놈"이라고 주커만에게 욕을 하고, 동생 헨리는 아버지의 사망 원인이 주커만의 소설 때문이라 비난한다. 이제 어머니마저 주커만을 떠나게 된다. 주커만에게 죄가 있다면 그 죄는 오로지 주커만이 진실과 예술 그리고 작가로서의 창작 열의를 가족이나 유대교적 전통보다 더 우위에 놓으려고 한 것이라 할 수 있다. 주커만은 예술을 통해서 현실에 접근하려고 한다. 이상하게도 "주커만은 어머니의 죽음과 아버지의 숨 막히는 엄격한 원칙과 편협한 사고 그리고 아버지의 죽음에 책임을 묻는 동생 헨리의 비난이 없었다면 어떻게 자신이 진정한 작가가 될 수 있었을까"(446)를 생각한다.

로스는 주커만으로 하여금 자기고통의 의미를 발견케 함으로써 그 고통을 극복하도록 만든다. 주커만은 지금까지 자기가 쓴 소설과 지금 고통을 당하고 있는 육체를 바탕으로 삶을 변화시키지 않으면 안 된다. 로스는 무자비한 인간과 사회조직이 개인의 삶을 억압하고 유린하는 비극적 상황을 피하는 길은 모든 인간의 주체적 자아탐구와 그 탐구를 바탕으로 쓴 소설에 있다고 생각한다. 주커만은 현재 자신의 육체적 고통 때문에 더 이상 글을 쓰지 못하고 있다. 그는 스스로 자기 삶에 어떤 변화가 필요함을 절실히

---

40) Berryman, 188.

느낀다. 도대체 무엇이 나의 회복을 방해하고, 이 고통의 의미는 무엇이며, 나는 무엇을 하고 있고, 어떤 일을 하지 않고 있는가라고 자문한다. 주커만은 자기 존재의 유일한 동기는 잃어버린 의미에 대한 끊임없는 탐구이고 자신이 꼭 써야 할 말은 자기 자신에 대한 것이라고 생각한다. 주커만은 자기 삶의 변화를 초래하기 위해 회의하고 반성하며 주체적으로 자아를 탐구한다.

고통이 너무나 지속되어 그는 더 이상 글을 쓸 수 없었다. 매트 위에서 크든 작든 다른 모든 곤경은 생각할 수 없었다. 고통에 처한 인물 이외에 다른 인물을 상상할 수 없었다. 나의 회복을 막고 있는 것은 무엇인가? 나는 무엇을 하고 있는가? 그렇지 않으면 무엇을 하지 않고 있는가? 어쨌든 이 질병이 나에게 원하는 것은 무엇인가? 그렇지 않으면 그 질병으로부터 무언가를 원하고 있는 것은 나인가? 이런 물음은 유용한 목적이 없으며, 다만 그 물음이 존재하는 유일한 동기는 잃어버린 의미를 끊임없이 찾는 것이다. 만약 그가 고통의 일기장을 간직하고 있다 한다면 유일한 해결책은 단지 한 단어, 즉 '내 자신'이다. (638)

Then the pain, so persistent as to estrange him even from the writing. On the playmat every other predicament, large or small, was inconceivable: no character imaginable other than the one in pain. What prevents my recovery, what I do or what I don't do? What does this illness want with me anyway? Or is it I who want something from it? The interrogation had no useful purpose, yet the sole motif of his existence was this hourly search for the missing meaning. Had he kept a pain diary, the only entry would have been one word: Myself.

지난 18개월 동안 그의 고통에 대해 서로 다른 의사들은 각각 서로 다른 진단과 치료 방법을 제안한다. 주커만은 이 기간 동안에 세 명의 정형외과의사, 두 명의 신경외과의사, 물리치료사, 류머티스학자, 방사선과의사, 정골요법사, 비타민의사, 침술사의 진단과 치료를 받아 왔다. 그는 이 의사 저 의사의 각자 방식에 따른 치료를 받았으나 아무런 효험도 느끼지 못한다. 많은 의사들에 있어 주커만은 장난감 같은 하찮은 존재이다. 그가 겪는 육체적 고통은 현실의 절망을 상징한다. 하지만 그는 자신의 육체적 고통을 벗어나기 위해 몸부림친다. 이 점은 그가 자신을 육체적으로 보존하고, 자신의 진정한 모습을 찾으려고 하는 의지로 보인다.

주커만은 의사의 도움을 받을 수 없음을 알아차리자, 어린이 용품점에 가서 어린이 놀이용 깔개(매트)를 산다. 그는 앉아 있는 것이 고통스러울 때마다 책상과 안락의자 사이에 펴놓은 그 깔개 위에 눕는다. 그는 하루의 거의 모든 일과를 이 깔개 위에 누워서 처리한다. 주커만은 육체적 고통뿐만 아니라 그가 진정한 고향을 잃은 것 같은 정신적 황량함마저 느껴 자아의 붕괴 위기를 느낀다. 주커만은 자신이 글을 쓸 수 있는 편안한 자세를 잡을 수가 없다. 그의 고통이 지속되고 점점 심해지는데도 불구하고 주커만은 변비로 시달리고 있던 포트노이의 아버지나 발기불능이 되어버렸던 포트노이와는 달리 끊임없이 치료 방법을 찾으려고 한다.

> 그의 불편함은 지속적인 것이다. 하지만 주커만은 변비에 걸린 포트노이의 아버지나 발기불능이 되어버렸던 포트노이와는 달리 치료 방법을 찾는다. 주커만은 결코 마음이 편할 수 없었다. 왜냐하면 그의 불편함은 단지 [육체의]의 고통만이 아니라 그가 살고 있는 이 세계에 집이 없다는 느낌에서 비롯된 것이기 때문이다. 그는 '이중으로 된 창'으로 자신을 단절시키고 있었고 여전히 글을 쓸 수 없었다. 그는 육체적으로나 정신적으로 자아가 붕괴되어 있었다.[41]

---

41) Novak, 69.

His discomfort is constant, but like Portnoy's father who is constipated('bound') and like Portnoy himself in his impotence, Zuckerman looks for cure. Zuckerman cannot be comfortable because Zuckerman's discomfort is not only his pain, but his feeling of homelessness in the world he inhabits. He insulates himself with 'double glazed windows' but he still can't write. He is torn apart by the self, both physical and mental.

주커만이 찾을 수 없는 것은 자신의 현재의 육체적 고통의 원인을 모른다는 점이다. 부득불 그는 정신분석학자를 찾아간다. 정신분석학자는 이 병의 결정적 요소는 자아를 깨닫지 못하고, 자기주장을 갖지 못하는 미성년자, 속죄하는 고해자, 그리고 죄책감에 사로잡힌 반항인의 의식에서 비롯됐다고 주장한다. 또 그 정신분석학자는 주커만의 육체적 고통의 원인은 『카노프스키』의 저자로서 돌아가신 부모님에게 갖는 양심의 가책일 것이라고 단정한다. 이에 주커만은 자신의 병은 고통을 통한 속죄냐 그리고 그 고통은 주커만 자신과 『카노프스키』에 대한 심판이냐고 묻는다. 이에 그 정신분석학자는 확신이 없는 것처럼 "그것일까"(430)라고 반문한다. 이에 주커만은 속죄나 심판은 결코 아니라고 하면서 3주간이나 지속된 정신분석학자와의 치료를 그만둔다.

삶의 의욕과 자신감을 상실한 주커만에게 친구들은 고통은 스트레스와 긴장의 결과일 뿐이며, 그는 긴장을 푸는 방법만 배우면 된다고 위로한다. 그들은 또 주커만이 현재 겪고 있는 고통은 그가 항상 "불행해지는 새로운 방법"(439)만을 찾기 때문에 스스로 자신에게 부과한 고통이라고 주장한다. 다시 말해 친구들은 주커만의 고통은 정신분석학자의 진단대로 자학이라는 것이다. 더 나아가 친구들은 주커만의 현재의 고통은 『카노프스키』의 인기에 대한 속죄이고 하루아침에 백만장자가 된 응보라고 진단하면서 그를 위로한다. 하지만 주커만은 무의식적으로 삶의 전부를 두려워한다. 그는 "성공과 실패, 유명해짐과 잊혀짐, [작품의]기괴함과 평범함, 존경과 멸시에 대한 두려움"(440-41)을 가졌고, 『카노프스키』의 출판 후 자기 자신에 대한 확신이 없었으며, 앞으로 자신이 쓰게 될 작품과 그 작품이 미치게 될 영향을 생각하지 않을 수 없었다.

따라서 그는 이제 더 이상 소설을 쓸 수 없다. 그는 소재도, 소설을 쓸 의욕과 자신감도 모두 잃어버린다. 그의 출생지인 아름답던 뉴억(Newark)시는 인종 폭동으로 파괴되고, 그를 지탱해 줄 부모, 그 친척과 친구들도 유명을 달리한다. 그가 이렇게 뿌리를 상실한 인간으로 전락되자, 삶의 활력마저도 사라져 버린다. 그는 이제 삶에서 주장하고, 탐구하며, 확장하여 창조할 어떤 소재, 긴장, 희열도 발견할 수 없다.

> 주커만은 그의 주제를 상실해 버렸다. 그의 건강, 머리카락, 그리고 주제를 잃어버렸다. 거기다가, 그는 창작 태도도 발견할 수 없었다. 그가 소설을 창작해 온 소재가 사라져 버렸다―그의 출생지는 인종폭동으로 전소되어 버린 폐허이고, 그에게 거물이었던 사람들은 고인이 되었다. …… 새로운 뉴억은 주커만을 위해 재건되지 않았고, 처음의 뉴억처럼 보이지 않았다. 금기로 가득 찬 개척자적인 유대 아버지들과 같은 아버지, 그들의 아들들처럼 유혹에 현혹된 아들, 성실성, 야심, 반항, 항복, 그리고 충돌이 다시는 그처럼 격심하지 않았다. 그렇게 부드러운 감정과 도피하고 싶은 욕망이 다시는 느껴지지 않는다. 아버지, 어머니, 그리고 조국이 없으므로, 그는 더 이상 소설가가 아니었다. 더 이상 아들도 작가도 아니었다. (445-46)

> Zuckerman had lost his subject. His health, his hair, and his subject. Just as well he couldn't find a posture for writing. What he'd made his fiction from was gone―his birthplace the burnt-out landscape of a racial war and the people who'd been giants to him dead. ... No new Newark

was going to spring up again for Zuckerman, not like the first one: no fathers like those pioneering Jewish fathers bursting with taboos, no sons like their sons boiling with temptations, no loyalties, no ambitions, no rebellions, no capitulations, no clashes quite so convulsive again. Never again to feel such tender emotion and such a desire to escape. Without a father and a mother and a homeland, he was no longer a novelist. No longer a son, no longer a writer.

설상가상으로, 주커만은 저명한 비평가 밀턴 애플의 신랄한 공격을 받았다. 이 비평가는 주커만의 처녀작 「고등교육」을 "참신하고, 진실하며, 정확한"(474) 표현의 단편집이라고 격찬했었다. 게다가, 애플은 주커만을 천재적인 작가라고 칭찬했다. 그러면서 애플은 주커만이 젊은 작가이기 때문에 자신이 체험한 세계를 작가의 상상력으로 완벽하게 소설화하기는 조금 무리가 있었지만, 이 단편집은 사회적 기록이 들어 있는 훌륭한 예술작품이라고 부언했다. 애플의 이런 격찬과 칭찬이 스물여섯 살의 주커만을 매우 흥분시켰다. 주커만은 애플을 등장인물과 작가, 소설 세계와 현실을 충분히 구별할 수 있는 인물이고, 매우 탁월한 소설론의 소유자라고 믿고 존경해 왔다. 주커만은 애플이 유럽 모더니즘의 대가이자 유대비평가들 중 제 일인 자로서 까뮈(Camus), 퀘슬러(Koestler), 멜빌(Melville), 휘트먼(Whitman), 그리고 드라이저(Dreiser)에 관한 무수한 논문들을 발표했음을 익히 알고 있다. 게다가, 애플은 이디시어로 써진 소설을 영어로 번역하여 이디시소설선집을 출판해서 절찬을 받는다. 주커만은 이 선집이 기존 유대문학과 기존 문학 연구에 일대 도전이었음을 깨닫고 애플을 더욱더 흠모한다.

애플의 이디시어 문학선집 편찬의 첫 동기는 아마 그의 아버지의 조잡한 언어로부터는 추측해 낼 수 없었던 언어의 광범위한 구사력을 발견하는 절대적 흥분이었을 테지만, 조심스러운 자극적 의도 또한 있었던 것으로 받아들여진다. 방탕한 아들이 교회에 돌아오는 것 같은 위안이 되고 믿겨지지 않는 어떤 것을 보여 주기는커녕, 그것은 사실상 [이런 일들에] 반대처럼 보였다. 다른 누구에게는 아니었더라도, 주커만에게는 그것은 동화주의자들의 숨겨진 수치, 유대향수병자들의 왜곡, 신흥중산층의 진부하고 냉담한 생활철학, 그리고 무엇보다도 영문학과들의 속물근성적 오만에 대한 힘찬 반항으로 보였다. 이런 영문학과들의 완벽한 기독교문학 교과과정을 뒤섞인 언어구사와 거친 억양을 핑계로 바로 어제까지도 유대작가를 분명히 배제해 왔다. (480-81)

Though Appel's initial motive for compiling his Yiddish anthology was, more than likely, the sheer excitement of discovering a language whose range he could never have guessed from the coarseness of his father's speech, there seemed a deliberately provocative intention too. Far from signaling anything so comforting and inauthentic as a prodigal son's return to the fold, it seemed, in fact, a stand against : to Zuckerman, if to no one else, a stand against the secret shame of the assimilationists, against the distortions of the Jewish nostalgists, against the boring, bloodless faith of the prospering new suburbs—best of all, an exhilarating stand against the snobbish condescension of those famous departments of English literature from whose impeccable Christian ranks the literary Jew, with his mongrelized speech and caterwauling inflections, had until just yesterday been pointedly excluded.

그러나 주커만이 『카노프스키』로 대성공을 거두자, 애플은 주커만의 작품들을 싸잡아 혹평한다. 애플은 주커만의 소설은 사회 현실과 사실주의 소설의 철학을 무시한 제멋대로의 천박한 상상력에 의한 왜곡이고, 주커만의 소설에 등장하는 인물들은 만화 속에서나 존재할 인물들로 정상적인 사람이라 할 수가 없다고 한다. 와프터 판사가 주커만에게 『안네 프랑크의 일기』

의 공연을 보고 주커만은 도저히 잊어버릴 수 없는 뼈아픈 민족의 과거를 인식해야 한다고 한 것처럼 애플은 유대인 작가는 이스라엘을 방어하는 입장에 서야 한다고 주장한다. 애플은『카노프스키』의 유대인에 대한 추악한 묘사가 증명해 주듯이 주커만은 노골적인 반유대주의자는 아닐지라도, 주커만은 확실히 유대인들의 친구는 아니라고 주장한다.

　　애플은 스스로 주커만 "사례"라고 일컬었던 것을 재고했다: 정확한 사회 현실과 사실주의소설의 철학을 무시한 제멋대로의 천박한 상상력에 의한 왜곡 때문에「고등교육」에 표현된 유대인들은 오늘날 정상인으로 인정될 수 없다. ⋯⋯ 그 첫 단편집은 저의로 찬 잡동사니, 즉 만연되고 초점 없는 증오심의 부산물이다. 그 뒤로 출판된 3편의 소설도 단편들을 보상할 어떤 내용도 담지 않았다―복잡한 감정의 심각성을 경멸적으로 배제한 초라하고 재미없는 건방진 소설들이다. 주커만의 등장인물들과 같은 유대인들은 만화 속에나 존재할 뿐이다. 3편의 소설 중 어느 것도 성인들의 관심을 유발할 수 있는 문학작품으로서의 가치를 지닌다고 할 수 없으며, 새로 "해방된" 중산층, 즉 진지한 독자들과는 상이한 "독자"를 위한 일종의 가짜문학으로 창작되었다. 아마 노골적인 반유대주의자는 아닐지라도, 주커만은 확실히 유대인들의 친구가 아니었다.『카노프스키』의 추악한 증오가 이를 입증했다. (475)

　　Appel reconsidered what he called Zuckerman's "case": now the Jews represented in *Higher Education* had been twisted out of human recognition by a willful vulgar imagination largely indifferent to social accuracy and the tenets of realistic fiction. ... that first collection was tendentious junk, the byproduct of a pervasive and unfocused hostility. The three books that followed had nothing to redeem them at all—mean, joyless, patronizing little novels, contemptuously dismissive of the complex depths. No Jews like Zuckerman's had ever existed other than as caricature; as literature that could interest grown people, none of the books could be said to exist at all, but were contrived as a species of sub-literature for the newly "liberated" middle class, for an "audience," as distinguished from serious readers. Though probably himself not an outright anti-Semite, Zuckerman was certainly no friend of the Jews: Carnovsky's ugly animus proved that.

주커만은 자기 삶의 전부라고 확신하는 소설을 제대로 이해해 주리라고 믿었던 대비평가, 애플로부터 받은 배신감과 상처 때문에, 엄청난 실의와 절망감에 빠진다. 또한 그는 애플에 대한 극도의 분노와 환멸을 느낀다. 그는 애플이 인식하지 못하고 있는 것은 자신이 모순과 다양한 가능성으로 가득 찬 현대생활에서 스스로를 중요하고 나아가 반성하면서 다른 사람이 단지 회피하고 도외시한 현실을 있는 그대로 작품 속에 표현하려 하고 그리고 그 표현을 통해 어두운 현실의 극복 가능성을 타진해 보고 있는 점이라 생각한다. 노박은 "애플이 주커만은 유대적 애국주의가 부족하다고 비난하고 있지만 어쩌면 주커만은 진정한 유대인"이라고 주장한다. 노박은 물론 주커만이 유대인을 찬양하는 글을 쓰지는 않았기 때문에 애국주의적이라고 할 수는 없지만, 유대인의 현실에 대한 진실을 말해 주는 텍스트를 창출해 내려는 충동을 갖고 있다고 본다. 또한 그 충동은 로스의 충동이라고 다음과 같이 논평한다.

예술가인 주커만이 하고자 한 것은 자신의 예술 속으로 숨는 것이고, 애플과 같은 사람들이 한 것은 유대적 애국주의가 부족하다고 그를 비난하는 것이다. 하지만 사실, 주커만이 진정한 유대인 일지도 모른다. 왜냐하면 세속적인 예술가로서의 주커만은, 비록 자신의 텍스트가 애국적이지 않다 하더라도, 유대인의 현실을 말하는 텍스트를 창조해 내고자하는 [유대 작가로서] 상속 받은 충동을 가지고 있기 때문이다.

자아에 중심을 맞춘 진실한 얘기를 하고자 하는 주커만의 충동은 또한 로스의 자신의 충동이다. 주커만의 고독과 상실감은 로스 소설의 모든 등장인물들이 공유한다. 이 감정 때문에 그는 예술 속에서도 안정을 찾지 못하고, 그의 예술과 행동이 오해받는 세계에도 속하지 못한 채 현실로부터 초월해 있다.[42]

What Zuckerman the artist is trying to do is to go into hiding in his art and what people like Appel do is accuse him of lacking in Jewish patriotism. But, in fact, Zuckerman may be the truest of Jews because he, the secular artist, has inherited the compulsion to produce the text that tells the truth about Jewish reality even if the text is unpatriotic.

Zuckerman's compulsion to tell the true story, the story that is central to the self, is also Roth's compulsion. His feelings of homelessness and loss are shared with all of Roth's characters. This is what finally gives Zuckerman his surreality; he is neither at home in his art, nor in the world where his art and his actions are misunderstood.

주커만은 자신의 글은 "자기 증오의 결과"(501)일 뿐이라고 애플에게 항변해 본다. 다시 말해 주커만은 유대인이 처한 현실을 있는 그대로 자신의 소설에서 묘사함으로써 하나의 반성의 계기를 갖고자 한다. 주커만은 애플의 혹독한 비평에 대해 지금까지 그가 겪었던 어떤 정신적·육체적 고통보다 훨씬 더 큰 아픔과 환멸을 느낀다. 주커만은 아무것도 할 수 없는 좌절감과 무력감에 사로잡히게 된다. 하지만 주커만은 여기서 주저앉지 않는다. 주커만은 애플이 자기를 공격하듯이 애플의 이름을 욕보인다. 시카고(Chicago)로 돌아가는 비행기의 옆자리에 앉았던 사람과 리무진(limousine) 운전수에게 자신이 밀턴 애플임을 위장한다. 주커만은 그들에게 자신은 포르노 잡지인 『리케티 스플리트』(*Lickety Split*)의 출판업자인 밀턴 애플이라

---

42) Novak, 70.

소개하고 거의 신과 같은 존재라고 자랑한다. 애플에게 직접적인 공격을 할 수 없던 주커만은 자신이 직접 밀턴 애플로 위장하여 주변 사람들에게 애플의 위선과 교만을 보여 주려 한다.

작가로서 자기존립의 극한상황에서 주커만은 쟈가와 이별을 하게 되는데 쟈가는 이별의 아픔을 참아내면서 자신의 삶을 의미 있게 만들겠다고 공언한다. 쟈가는 자신은 선하며, 열성적이고, 긍정적인데 어떻게 주커만과 같은 부정적이고 자기혐오에 빠진 남자가 2주만에 자신을 버릴 수 있냐며 슬픔을 토로한다. 하지만 그녀는 슬픔을 딛고 어둠 속에서 삶의 의미를 찾고 단순한 육체적 성장이 아니라 정신적 성장을 하겠다는 의지를 피력한다. 쟈가는 자신은 배우도 시인도 훌륭한 선생도 될 수 있다고 함으로써 인간의 가능성을 강조한다. 쟈가의 말로부터 주커만은 자신의 삶을 돌이켜 본다.

> 나는 여배우도, 시인도, 훌륭한 선생도 될 수 있다. 나는 적극적이다. 나는 성장하고 있다―내가 [폴란드에서] 자랄 때는 성장하지 못했으나 지금은 성숙되어가고 있다. …… 어떻게 네이션 주커만 같은 남자가 2주 만에 나에게 사랑에 빠지고 나를 버릴 수 있단 말인가? 나는 너무나 착하고, 열정적이며 긍정적이고 재능이 있으며 성장하고 있다.―어떻게 그런 일이 있을 수 있을까? …… 나의 인생을 의미 있게 만들자. 성장하자. …… 내가 가졌던 관계로부터 나는 무언가를 배웠다. 그것은 나의 성장에 도움이 될 것이다. 만약 그것들이 어둠이라 한다면 그것은 좋은 어둠이 될 것이다. (541)

> I can be an actress, I can be a poet, I can be a good teacher. I'm positive, I'm growing―I hadn't been growing when I was growing, but now I'm growing. ... How can a man like Nathan Zuckerman fall in love with me for two weeks, and then abandon me? I am so good and energetic

and positive and talented and growing—how can that be? ... Make my life meaningful. Growth. ... The relationship I had, I learned something from it. It's good for my growth. If they have a darkness, it's a nice darkness.

또한 주커만은 다이애너로부터 충고를 받는다. 다이애너는 주커만이 할 일이 꼭 하나 있는데, 그 일이란 또 하나의 소설 창작이라고 말한다. 그녀는 『카노프스키』가 소설의 전부는 아니며, 대성공을 거둔 소설 때문에 삶이 비참해져서는 안 된다고 역설한다. 유대인들의 쓸데없는 비난과 공박을 받지 않으려면, 유대인을 등장인물로 하는 소설을 쓰지 않으면 될 것이고, 아버지의 굴레에서 벗어나는 것만이 자기 자질과 능력을 발휘할 수 있는 첩경이라고 충고한다. 그리고 비평가들의 공격을 받으면, 반격도 하라고 충고한다.

> 당신이 해야 할 일이 꼭 하나 있어요. 창작활동을 계속하는 것. 소설을 또 하나 쓰세요. 『카노프스키』가 세상의 끝은 아니에요. 당신은 한때 요란한 성공을 거둔 소설 하나 때문에 비참한 삶을 살 수는 없어요. 그것이 이처럼 당신의 과업을 중단시킬 수 없어요. 일어나 머리를 빗고 목을 똑바로 하고 유대인이 아닌 사람들에 대한 소설을 쓰세요. 그러면 유대인들은 당신을 괴롭히지 않을 거예요. …… 당신은 언제나 아버지와 싸우나요? …… 그가 뉴역의 가장 위대한 발 치료 전문의였을 망정, 확실히 어떤 도전적 인물로는 들리지 않아요. [그가] 당신의 광범위한 지식과 총체적인 자유를 지닌 사람이라고는. …… [그런데도] 이것이 당신을 타도하고, 당신이 이런 유대인들로 말미암아 쓰러지다니. 당신은 이 비평가 아플을 증오하나요? 그를 증오하기를 그만두고 싶지 않아요? 그가 당신에게 그렇게 엄청난 손해를 끼쳤다구요? 좋아요, 이 이상한 네 쪽짜리 편지를 없애버려요—가서 그의 코에 펀치를 날려주어요. (510-11)

> There's only one thing for you to do and *that's to get on with it.*

WRITE ANOTHER BOOK. *Carnovsky* is not the end of the world. You cannot make yourself a life of misery out of a book that just happened to have been a roaring success. It cannot stop you in your tracts like this. Get up off the floor, get your hair back, straighten out your neck, and write a book that isn't about these Jews. *And then the Jews won't bug you.* ... Are you *always* fighting your father? ... He may have been Newark's greatest chiropodist, but he sure doesn't sound like much of a challenge otherwise. That a man of your breadth of intelligence and your total freedom in the world ... that *this* should beat you down. That you should be so broken down from these *Jews.* You hate this critic Appel? You don't ever want to stop hating him? He's done you such a grievous injury? Okay, the hell with this crazy little four-page letter—go bonk him on the nose.

우연히, 주커만은 은행에서 의사 찰스 코틀러(Charles Kotler), 인간의 슬픔과 고통을 치료해 주려는 의사, 마치 동화 속의 도사와 같은 고령의 의사를 만난다. 이 의사도 뉴억 출신으로 그곳에서 개업의를 하다가 지금은 은퇴해서 뉴욕에 살고 있다. 그는 자기가 그처럼 사랑했던 고향이 1969년의 인종폭동으로 파괴된 것을 제2차 세계대전과 같은 대참사라고 개탄한다. 그는 여든 살이지만 매일 성경을 읽으며, 렘브란트(Rembrandt)의 그림을 더 깊이 음미하고 감상하기 위해 뉴욕시립 박물관(Metropolitan Museum)을 찾아가곤 한다. 게다가, 그는 정신과 육체 사이에는 유기적 관계가 있다는 확신을 바탕으로 인간의 슬픔과 고통을 치료하려고 한다. 그는 목대를 목에 감고 있는 주인공에게 보통 베개는 신경을 자극해 통증을 일으키는데, 자기가 과학적으로 고안한 베개를 사용하면 어깨와 목의 통증이 줄어든다고 설명하면서, 그 베개를 사용해보라고 권유한다. 주인공은 그 베개를 사용하더니 등의 통증이 일시적으로 사라짐을 느낀다.

이 의사와의 만남이 계기가 되어, 주커만은 작가 생활을 일시적으로 포기하고, 40세의 나이에 의사가 되기로 결심한다. 자기 모교인 시카고대학교의 의과대학에 입학원서를 제출한다. 그는 20년 만에 시카고에 왔지만, 옛 기분을 그대로 느낄 수 있다. 그는 자신에게 이제 삶의 새로운 출발을 하자고 다짐한다. 그는 지금까지의 주저, 실망, 그리고 무력함의 삶을 청산하고, 자신감과 패기에 넘치는 결단력과 도전의 삶을 살려고 결심한다. 그는 대학 시절의 가장 막역한 친구였으며 지금은 마취학교수이고 빌링고(Billingo)병원 의사인 바비 프리테그(Bobby Freytag)에게 앞으로 의사가 되겠다는 자신의 결심을 털어놓는다. 그 교수는 친구가 40세의 나이에 그 과정이 가장 어렵고 지루한 의사직을 택하는 것에 이의를 제기한다. 그러자 주인공은 그에게 "나는 이곳에 치료를 받기 위해 온 것이 아니라 다른 사람들을 치료해 주는 것을 배우러 왔네. 나는 또한 통증에 또다시 시달리기 위해서가 아니라 내가 몰입할 수 있는 새로운 세계를 창조하기 위해서, 더욱이 피동적으로 다른 사람의 진단과 치료를 받기 위해서가 아니라 다른 사람들을 진단하고 치료하는 직업을 배워 익히기 위해 왔네"(602)라고 말한다. 그는 자기가 의사가 되려는 목적을 이렇게 부연한다.

이봐요. 그것은 매우 간단합니다. 나는 기억을 회상하면서 과거에 의존하는 삶에 싫증이 났다. 나의 시각으로는 더 이상 볼 것이 없다. 과거의 회상이 나의 장기였지만, 지금은 그렇지 않다. 나는 삶과의 적극적인 관계를 원한다. 지금 나는 그 관계를 찾고 있다. 나는 또한 나 자신과의 적극적인 관계를 원한다. 나는 모든 것을 소설화하는 일에 싫증이 났다. 나는 있는 그대로의 사실, 자연 그대로의 사실을 갈망한다. 나는 그런 사실을 그 자체 때문이지 결코 소설을 쓰려는 의도 때문에 갈망하지 않는다. 나는 자신의 삶의 굴레 속에 오래 매여 있었으나, 이제는 무수히 많은 다른 이유들을 가지고 삶을 살고 싶다. (610)

Look, it's simple: I'm sick of raiding my memory and feeding on the past. There's nothing more to see from my angle; if it ever was the thing I did best, it isn't anymore. I want an active connection to life and I want it now. I want an active connection to myself. I'm sick of channeling everything into writing. I want the real thing, the thing in the raw, and not for the writing but for itself. Too long living out of the suitcase of myself. I want to start again for ten hundred different reasons.

그러나 자신의 삶의 굴레에서 벗어나 다시 새로운 삶을 시작하려고 했던 한 주커만은 자신의 이런 큰 뜻을 이루지 못한다. 그는 얼마 전에 작고한 프리테그 교수 모친의 묘지에 가게 되는데, 프리테그(Mr. Freytag)씨와 말다툼을 하다가 눈 속에 넘어지면서 얼굴을 비석에 부딪쳐 턱에 큰 부상을 입는다. 프리테그씨와 싸우게 된 원인은 프리테그씨가 지나치게 아내의 죽음에 대해서 감상적으로 눈물지으면서 가족의 유대관계 즉 아들과 손자 그리고 자신과의 친밀한 유대관계를 강조했기 때문이다. 물론 주커만의 아버지는 숨을 거두면서 주커만을 저주함으로써 아들과의 관계를 끊지만, 아버지의 장례식이 끝난 후 아버지가 주커만의 꿈속에 거꾸로 매달려 있는 뭇솔리니(Mussolini)로 등장했던 것만큼 주커만의 아버지는 주커만을 억압해 왔다. 가족과의 극심한 불화의 상태에 있는 주커만에게 가족의 유대를 강조하면서 아내의 죽음에 지나치게 슬퍼하는 프리테그씨의 모습은 위선으로 보이고, 주커만에게 큰 모욕감과 분노를 자아내게 한다.

주커만은 턱 부상 때문에, 이제 그는 자기의 팔, 목, 어깨에 느꼈던 지금까지의 아픔과는 비교가 안 되는 큰 통증을 입에서도 느끼게 되고 거의 말도 제대로 할 수 없는 지경이 된다. 그러나 이상하게도 육체적 고통이 심하면 심할수록 깊은 명상을 할 수 있게 된다. 이제 주커만은 대부분의 인간들이 만나는 고통의 의미를 좀 더 심오하게 명상한다. 주커만은 고통은 모든 인간에게 필연적으로 있기 마련이지만, 인간은 자신이 갇혀 있는 육체 (corpus)로부터 해방될 수 있다고 생각한다. 여기서 육체는 그가 쓴 작품일 수도 있고 그 자신의 몸일 수도 있다. 그의 턱이 부러졌을 때의 극심한 고통은 작가로서 말할 수 없는 강박관념의 정신적 상태를 나타낸다고 할 수 있다. 그가 육체와 자신의 작품의 한계를 직면하고 나서야 그는 새로운 변화의 삶을 시작할 준비를 하게 된다고 말할 수 있다.

> 네이선의 명상이 대부분의 사람들이 직면하는 고통의 의미를 스스로 깨닫도록 해준다. 그는 자신의 새로운 통찰력을 직시하면서도 그 통찰력을 회피하려고 한다. …… 여기서 작품은 그가 쓴 소설과 의미의 터전으로서의 자신의 육체를 뜻한다. 소설의 풍자는 궁극적으로 주커만을 그 대상으로 삼고 있다. 주커만이 자신의 강박적 습관을 직면하기 시작할 수 있는 것은 오로지 그의 턱이 부러졌을 때인데, 턱이 부러짐은 그의 말 못하는 정신적 상황을 병행, 표현하는 육체적 고통을 더욱 가중시킨다. 오직 이때 그는 비로소 육체와 창작의 궁극적 한계를 직시한다. 아마 이제 그는 자신의 삶을 변화시킬 조치를 [강구], 착수할 수 있다.43)

Nathan's meditations lead him to discover the meaning of the pain most human beings encounter. He faces his new vision, hoping as well to avoid it. ... Here corpus refers both to the body of his written work and to his own body as the site of meaning. The satire of the novel ultimately directs itself at Zuckerman: it is only when his jaw is broken, resulting in excruciating physical pain that parallels and expresses his spiritual condition of being unable to speak, that Zuckerman can begin to confront his obsessive habits. Only then does he face the ultimate limitations of his body and his writing. Perhaps then he can begin the process of changing his life.

---

43) Baumgarten and Gottfried, 191.

병원에 입원한 주커만은 낮에는 병원 복도를 거닐면서 자신의 장래에 대한 계획을 세워보기도 하고, 밤에는 수련의들의 회진을 따라다녀 본다. "한 독립된 인간으로서 자기 자신을 미래로부터 해방시켜, 자신의 모든 것 즉 그가 지금까지 쓴 작품과 자신의 육체로부터 도피할 수 있을 것이라고 믿는 것처럼"(697) 어느 정도 여유로움을 가지고 복도를 거닐고 있다. 『해부학 수업』에서 주커만은 보다 짙은 어둠의 바다 속에서 화려한 진주를 캐낼 수 있는 것처럼 보다 넓은 상상력 속으로 잠수해, 자기 자신에 대한 정신적 각성과 육체적 건강함을 추구하고 있다. 겉으로 보기에는 주커만이 현실의 고통을 잊고 무의식의 세계로 들어갈 수 있는 길이 마약과 성적 행위로 제시되고 있는 것은 사실이지만, 주커만은 이제 더 이상 로노프적인 현실의 도피가 아니라 작가로서의 직업, 삶의 고통, 자기 자신이 현재 처한 상황과 위치 등에 깊은 사고와 검토를 한다.

5_정치권력의 억압: 『프라하의 야단법석』

로스는 삼부작에다 에필로그로 『프라하의 야단법석』(*The Prague Orgy*)을 첨가한다. 3부작을 통해 나타났던 것처럼 주커만은 유대인으로서, 작가로서, 자기존립의 극한상황에서 고민하고 정신적 방황을 계속해 왔다. 극단적으로 마약과 육체적 방탕에 빠져보아도 억압적인 현실은 마치 악마처럼 엄존한다. 『프라하의 야단법석』에서도 주커만은 또다시 그런 삶의 도전을 받는다. 그 삶은 부정할 수도 없고 도피할 수도 없는 엄연한 사실이다. 주커만은 자신이 속해 있는 사회적 제약과 한계 속에서 삶을 영위해야만 한다. 조나단 브렌트(Jonathan Brent)는 주커만이 뉴욕에서처럼 체코슬로바키아(Czechoslovakia)에서도 사회의 규율과 통제를 경험하고 있음을 지적한다.

네이선은 그가 뉴억에 남겨두려고 했던 것들을 체코슬로바키아에서도 직면한다. 아버지의 관점의 그 나라의 관점이 된다. …… 네이선은 체코슬로바키아에 가도, 의사가 되려고 해도, 가장 나쁜 육체의 방탕과 가장 극단적인 영혼의 모독을 상상해 보아도 자신을 초월할 수 없다. 네이선의 상상력은 사회적·문화적·정치적 환경을 무시하고 자체의 진리만을 강조한다. 도피의 개념은 정확한 위치의 개념을 전제로 한다. 네이선의 자아는 그의 환경, 다른 사람들의 강압적 철학, 그리고 자신의 내적 힘에 의해 끊임없이 재구성된다. 그의 자아는 자기 내부가 아니라 자신과 자기 주위에서 이상스럽게 변형되고 있는 세계 사이에 존재한다. 로스는 바로 이것을 주커만이 다른 사람들의 관능적 장난에 매우 솔직한 인간이 되는 『프라하의 야단법석』에서 그처럼 분명히 밝히고 있다. 드디어, 네이선은 어디로부터도 도망칠 수 없다. 심지어 지옥이 다른 사람들이라면, 악마는 지옥에 살고 있다. 네이선의 본성의 천재적 자질은 그렇게 한정될 만한 구역을 갖지 않는다.44)

What Nathan hopes to leave behind in Newark confronts him in Czechoslovakia. His father's point of view has become that of the state. ... Nathan cannot get outside himself—even by going to Czechoslovakia, even by wanting to become a doctor, even through imagining the worst debauchery of the flesh and most extreme violation of the soul. Nathan's imagination enforces its own reality regardless of social, cultural, or political circumstances. ... Nathan's self is constantly reconstituted by his circumstances, the projections of others, and his own inner energies; it does not exist within him but between himself and the strangely transmogrifying world around him. This is what Roth makes so abundantly clear in *The Prague Orgy* where Zuckerman becomes the straight man to the carnal shenanigans of others. There is, finally, nowhere for Nathan to escape

44) Jonathan Brent, "The Unspeakable Self: Philip Roth and the Imagination," in *Reading Philip Roth*, ed. Asher Z. Milbauer & Donald G. Watson (New York: St. Martin's, 1988), 196.

from. The Devil resides in Hell, even if Hell is other people. The demonic quality of Nathan's interior has no such definable zone.

주커만은 억압적인 삶의 현실을 단순히 도피만 할 수 없으므로 그는 삶의 현실 속에서 자신의 진정한 가치를 발견하고 존재 의의를 규명해내는 노력을 하지 않으면 안 된다. 『프라하의 야단법석』은 주커만의 프라하에서의 경험을 다룬다. 프라하에 살고 있는 모든 이들은 소외되고, 공산주의 사회제도가 강요하는 억압의 생활을 하고 있다. 문학은 사회 이데올로기에 종속되고 공산주의 사회제도가 민주주의보다 더 인류의 행복에 더 도움이 된다는 선전의 도구로, 정치적 홍보의 도구로 전락하고 있다. 주커만에 있어 프라하는 "동부 유럽에서의 유대인 과거의 저장고"45)처럼 보였다. 왜냐하면 구소련(Soviet Union)에 의한 동유럽의 중요한 문화적 파괴는 1940년대의 나치에 의한 유대인 "대학살"과 동일한 것으로 그는 생각했기 때문이다. 프라하의 억압적인 사회 분위기는 자신이 처한 정신적 상황, 즉 "그의 삶의 내적 상태"46)와 비슷한 것이다. 주커만 자신도 주체성, 독립성, 그리고 진실성을 빼앗아 버리는 억압과 탄압의 현실 속에서 갈등과 소외로 가득 찬 삶을 살고 있기 때문이다. 프라하에서의 경험으로 주커만은 자기 삶의 현실에 대해 다시 한 번 생각해 보는 하나의 계기가 되고 "우리는 우리의 삶을 변화시켜야만 한다"는 사실을 뼈저리게 느끼게 되는 계기가 된다.

주커만이 프라하에 가게 된 것은 1976년 1월 11일 뉴욕에서 30대의 프라하 망명작가 즈데넥 시소프스키(Zdenek Sisovsky)를 만나게 된 일에서 기인한다. 시소프스키는 주커만에게 『카노프스키』는 자기 삶에 가장 큰 영향을 끼쳤던 대여섯 권 소설 중의 하나라고 격찬한다. 시소프스키는 1967

---

45) Baumgarten and Gottfried, 196.
46) 같은 책, 198.

년에 한 풍자소설을 출판했는데, 1968년에 소련이 밀려온 후로는 프라하에
서는 소설을 다시는 발표할 수 없게 되었다고 고백한다. 시소프스키는 자
기 조국이 소련의 지배를 받게 되어 사상과 표현의 자유가 유린당하고 국
민들은 주체성을 상실한 채 감시와 통제 속에 삶을 영위하고 있다고 진술
한다. 시소프스키는 자신이 체코슬로바키아에 머물러 있게 되면 억압적인
사회 분위기 때문에 소설을 쓸 수 없고, 서구세계로 망명하여 망명 작가가
되면 자신은 조국이 없는 국민이 될 수밖에 없는 난처한 상황에 처해 있다
고 토로한다. 자기 존재에 대한 회의와 고민을 주커만에게 이렇게 하소연
한다.

> 정확히 말하면, 나는 **전적으로** 불확실하다. 체코슬로바키아에 머물면,
> 그렇다, 나는 어떤 일을 찾고, 적어도 내 조국에 살며, 그것으로부터 상당
> 한 힘을 얻을 수 있다. 그 곳에서 나는 적어도 체코 사람은 될 수 있으나,
> 작가가 될 수는 없다. 서구세계에 있으면, 나는 작가가 될 수는 있어도 체
> 코 사람은 될 수 없다. 작가로서 전혀 가치 없는 서구세계에서, 나는 작가
> 일 뿐이다. 더 이상 삶에 의미를 부여하는 모든 다른 것들—조국, 언어, 친
> 구들, 가족, 추억 등등—을 갖지 못하므로, 서구세계에서 내게 가장 중요한
> 일은 문학창작이다. 그러나 내가 창작할 수 있는 유일한 문학은 전적으로
> 조국의 삶에 대한 것이므로, 오로지 그 곳에서만 내가 원하는 효과를 가질
> 수 있다. (707-08)

> Exactly—I am *totally* in doubt. In Czechoslovakia, if I stay there, yes,
> I can find some kind of work and at least live in my own country and
> derive some strength from that. There I can at least be a Czech—but I
> cannot be a writer. While in the West, I can be a writer, but not a Czech.
> Here, where as a writer I am totally negligible, I am only a writer. As I
> no longer have all the other things that gave meaning to life—my country,
> my language, friends, family, memories, et cetera—here for me making

literature is everything. But the only literature I can make is so much about
life there that only there can it have the effect I desire.

시소프스키는 주커만에게 여자친구 에바 칼리노바(Eva Kalinova)가 프
라하에서 당한 어처구니없는 비극적 실화를 이야기한다. 에바는 체코슬로
바키아 사람들이 가장 사랑하는 뛰어난 여배우였다. 그녀는 열아홉 살 때
10명의 경쟁자를 물리치고 『안네 프랑크의 일기』의 안네 프랑크 역을 맡았
던 출중한 유대인 여성이다. 그런데 그녀는 유대인 폴록(Polak)과 사랑에
빠져 체코슬로바키아에서 인민훈장까지 받은 화가인 남편, 피트르 칼리나
(Petr Kalina)를 버린다. 그러자 체코슬로바키아 사람들은 에바를 유대인 창
녀이며 훌륭한 남편을 버린 부도덕한 여자라고 비난한다. 체코슬로바키아
사람들은 에바와 같은 부도덕한 여자는 결코 신성한 안네 프랑크의 역할을
할 수 없다고 주장한다. 마침내 소련 정부가 압력을 행사해 체코 정부 당국
이 그녀를 국립극장 무대에서 추방한다. 그녀를 추방하는 데 주도적 역할을
한 문화부 차관도 나중에 결국 해임당하지만, 그녀는 무대에 영원히 복귀하
지 못한다. 왜냐하면 그녀는 반유대주의의 공격 목표가 되어 있기 때문이
다.

> 에바는 폴록에게 반해서 남편을 버렸다. …… 에바 칼리노바는 체코슬
> 로바키아 인민훈장 화가와 결혼했으나, 유대 민족주의자의 앞잡이고 인
> 민의 적인 자본가와의 교제를 위해 남편을 버린다. 이것이 극장의 바깥 벽
> 에 '유대인의 창녀'란 문구가 씌어지고, 그녀의 부도덕성에 대한 시들과 커
> 다란 유대인 코를 가진 폴록의 초상화들이 그녀에게 우편 배달된 이유이
> 다. 이것이 또한 문화부장관에게 그녀를 비난하고, 그녀가 무대에서 추방
> 되기를 요구하는 무수한 편지들이 보내진 이유이다. 이것 때문에, 그녀는
> 소환되어 문화부차관과 면담하게 되었다. 파벨 폴록과 같은 유대인 아첨꾼

을 위해 위대한 인민훈장 화가인 피트르 칼리나와 같은 따분하고 감상적인
병적 자기중심주의자를 버렸기에, 그녀 자신도 유대인에 불과하다. (711)

Eva fell in love with a Mr. Polak and left her husband for him. ... Eva
Kalinova is married to a Czechoslovak Artist of Merit, but she leaves him
to take up with a Zionist agent and bourgeois enemy of the people. And
this is why they write 'the Jew's whore' on the wall outside the theater,
and send poems to her in the mail about her immorality, and drawings of
Polak with a big Jewish nose. This is why they write letters to the Minister
of Culture denouncing her and demanding that she be removed from the
stage. This is why she is called in to see the Vice-Minister of Culture.
Leaving a great Artist of Merit and a boring, sentimental egomaniac like
Petr Kalina for a Jew and a parasite like Pavel Polak, she is no better than
a Jew herself.

주커만은 에바 칼리노바를 자신과 동일시한다. 그가 『유령 작가』에서
로노프의 집에서 만난 에이미 벨레트, 그리고 『무책임한 주커만』에서 세자
라 오쉐이를 자신과 동일하게 생각한 것처럼 주커만은 에바 칼리노바도 자
신과 동일한 입장에 있다고 생각한다. 에이미가 위대한 유대인 작가가 되기
위해서는 늙은 아버지에게도 죽은 것으로 되어 있어야만 하듯이 주커만은
아버지와 갈등이 심해 더 이상 아버지를 찾지 않고 있다. 주커만은 에이미
를 안네 프랑크로 둔갑시켜 자신의 미래의 아내로까지 생각한다. 세자라 오
쉐이는 아일랜드 출신의 여배우로 안네 프랑크역을 해 더블린 시민 절반
이상을 울린 여인인데, 그녀가 유명세로 인생의 위기를 느끼고 있던 것처럼
주커만도 『카노프스키』로 일반대중에게 시달려야 했다. 에바 칼리노바가
반유대주의 공격 목표가 된 것처럼 주커만도 비평가들로부터 반유대주의자
라고 비난을 받고 있다. 싱클레어(Sinclair)는 주커만이 "이들 여성들을 자신

과 마찬가지로 예기치 않은 예술의 결과에 희생당한 사람들로 생각한다"[47]
고 주장한다.

에바 칼리노바에 대해 이야기한 시소프스키는 계속해서 주커만에게 나치 당국에 의해 살해당한 선친은 이디시어로 200여 편의 단편소설을 썼다고 말한다. 그의 선친은 이 단편소설들을 무척 발표하고 싶었지만, 그럴 수 없었다는 것이다. 시소프스키는 이 단편들이 미국에서 출판되기를 희망한다고 주커만에게 호소한다. 또한 시소프스키는 이 단편들을 지금은 술주정뱅이가 된 전 아내 올가(Olga)가 보관하고 있거나 그것들이 어디에 있는지 알 것이라고 부언한다.

체코에서의 삶에 대한 시소프스키의 말은 주커만으로 하여금 말할 권리와 출판의 자유마저 없는 사회의 폐쇄성을 실감케 한다. 주커만은 정치적 억압으로 인한 개인의 불행은 그 어떤 억압보다 큰 것이며 그 억압적인 분위기는 세상 어디에서나 보편적으로 존재할 위험성이 있고 그 상황에서 창작활동을 하게 되는 작가의 작품 경향에 영향을 미칠 수 있음을 시소프스키와의 만남을 통해서 인식하게 된다. 비록 공산정권은 아니라 하더라도 그리고 정도의 차이는 있을지라도 우리가 『우리 패거리』에서 살펴보았듯이 ―닉슨 행정부의 정치적 공작이나 정권유지의 권모술수는 사회 전체뿐만 아니라 국민 개개인의 삶을 통제하고 규제한다―정치적 억압의 상황은 우리의 모든 삶에 존재할 개연성은 있는 것이며, 예술가의 창작활동에도 제약을 가할 수 있다.

실제로 주커만이 시소프스키의 에바 칼리노바에 대한 증언을 믿는 것은 그가 프라하 출신이라는 단순한 사실 때문이다. 주커만이 프라하에서 만난

---

47) Clive Sinclair, "The Son is Father to the Man," in *Reading Philip Roth*, ed. Asher Z. Milbauer & Donald G. Watson (New York: St. Martin's, 1988), 172.

시소프스키의 전 아내 올가는 시소프스키를 믿지 않으며 에바 칼리노바에 대해서는 심한 욕을 하기도 한다. 주커만에게 있어 프라하는 오래전부터 해왔던 억압에 대한 투쟁이 단지 피상적으로 이루어지는 것이 아니라 카페나 거리, 그리고 감옥에서 이루어지고 있어 실제적인 삶의 투쟁이 이루어지고 있는 현장이다. 프라하는 주커만의 사고와 행동을 제약했던 억압의 상황이 상존하는 곳이다.

실제로 주커만의 관점에서 시소프스키와 칼리노바에게 신빙성을 부여한 것은 프라하가 한 때 그들의 집이었다는 단순한 사실 때문이다. 프라하는 예언적 도시이다. 주커만이 그 오래 전부터 싸워왔던 것처럼, 억압에 대항해 자유를 얻기 위한 인간의 투쟁이 단지 머릿속이나 오그라든 소파에서 이루어지는 것이 아니라 카페나 거리 그리고 감옥에서 이루어지는 도시이다. 주커만의 양심을 괴롭히는 그 모든 악마들이 살아 활동하는 곳이다. 예술의 결과가 심리적인 것이나 모호한 것이 아니라 유리그릇처럼 선명한 거대 도시이다.48)

Actually what gives Sisovsky and Kalinova most credibility in Zuckerman's eyes is the mere detail that Prague was once their home. Prague is a revelatory city; a city in which the human struggle for freedom against repression, long waged by Zuckerman, is played out not in the head or on the shrink's couch but in cafes, streets and prisons. It is a place where all the demons that plague Zuckerman's conscience are alive and kicking. It is metropolis where the consequences of art are neither psychological nor ambiguous but crystal clear.

주커만은 1976년 2월 4일에 시소프스키가 말한 단편소설들을 미국으로

---

48) Sinclair, 172.

가져오기 위해 프라하에 간다. 그는 그곳에서 올가를 만난다. 올가는 주커만을 성적으로 유혹하려고 한다. 그녀는 주인공이 자신과 결혼해서 자기를 미국으로 데리고 가야 된다고 주장한다. 그녀는 국제적으로 저명한 작가나 학자들이 공산주의정권의 탄압 상을 보기 위해 이 곳에 와서도 자기가 그렇게 조르면서 갖자는 성관계를 거부한다고 푸념한다. 주커만이 성관계를 요구하는 올가의 요구를 받아들이지 않자, 올가는 성이 체코슬로바키아에 남은 유일한 자유이며, 성행위는 우리가 마음껏 누릴 수 있으나 당국자들이 도저히 유린할 수 없는 우리의 전부라고 이렇게 주장한다.

> 당신은 저에게 돈을 줄 필요가 없습니다. 당신이 나의 남편이 되기 위해 동성애자를 저에게 찾아 줄 필요도 없습니다. (울면서) 만약 제가 그렇게 매력 없는 여성이라면 당신은 저와 성관계를 가질 필요는 없습니다. 이 나라에서 성행위만이 유일하게 남아 있는 자유입니다. 성행위는 그들이 막을 수 없는, 우리가 가지고 있는 전부입니다. 하지만 제가 미국 여자들과 비교해 매력이 없는 여성이라면 저와 성관계를 가질 필요는 없습니다. (771)

> You don't have to give me money. You don't have to find me a queer to be my husband. (Beginning to cry) You don't even have to fuck me, if I am such an unattractive woman. To be fucked is the only freedom left in this country. To fuck and to be fucked is all we have left that they cannot stop, but you do not have to fuck me, if I am such an unattractive woman compared to the American girls.

성적 관심과 쾌락이 세계 도처에 있지만, 프라하에서만은 그 자체뿐만이 아니라 모든 것을 대변한다. 이 도시에서 철저히 억압, 금기시된 정치가 성욕 발산으로 대치된다. 『포트노이의 불평』에서 포트노이가 억압적인 유대인의 금기와 전통, 그리고 어머니에 대한 반항으로 자위행위와 여러 여성들을 정복하는 성적 편력을 보이는 것과 마찬가지로 체코에서 살아가야 되는 사람들이 할 수 있는 것은 바로 성행위뿐이다.

삼부작을 통해 나타났지만, 주커만을 압박한 현대생활의 소외와 정치적·사회적 모순들이 다른 척도로 『프라하의 야단법석』에서도 재등장하고 있다. 주커만은 인간의 욕망에는 정치적 차원이 있음을 깨닫는다. 그는 정치와 성은 매우 밀접한 관련이 있으며 정치적 탄압이 극심한 사회에서는 성행위가 하나의 정치적 표현이라는 사실을 깨닫는다. 다시 말해 주커만은 철저한 감시와 통제가 이루어지는 프라하와 같은 전체주의 사회에서는 개인이 자유롭게 할 수 있는 것은 성행위뿐이고, 그것이 전체주의 사회에 대한 개인의 유일한 정치적 행위임을 목격한다.

> 삼부작을 통해 네이선을 줄곧 괴롭힌 현대생활의 정치적이고 심리적인 모순이 다른 척도로 다시 나타난다. 『프라하의 야단법석』에서 『카노프스키』의 저자, 네이선 주커만은 욕망에는 정치적 차원이 있음을 깨닫는다. …… 『프라하의 야단법석』에서 성욕은 마치 푸줏간의 고깃덩어리처럼 다루어지는 생식기관의 측정으로 정의된다. 케퍼쉬는 그의 세계를 성적으로 보는데, 성행위의 기회가 무척 많은 듯한 네이선의 현실은 사실상 성적이 아니라 정치적이다. 숨김없는 정치활동이 금지된 프라하의 전체주의사회에서 성행위는 사실상 정치적 표현임을 주커만은 깨닫는다. 정치가 성행위로 탈바꿈해 버렸다.[49)]

> The political and psychological contradictions of modern life that have obsessed Nathan throughout the trilogy reappear on a different scale. In "The Prague Orgy" Nathan Zuckerman, author of *Carnovsky*, discovers that desire has a political dimension. ... In the world of "The Prague Orgy"

---

49) Baumgarten and Gottfried, 192-93.

sexuality is defined by measuring the sexual organs, which are handled as if they were meat in a butcher shop. Kepesh sexualizes his world, while Nathan's reality, full of seemingly sexual encounters, is not in fact sexual but political. In the totalitarian society of Prague, where explicit political life is forbidden, erotic acts, Zuckerman discovers, are in fact political expressions. Politics has been driven into the erotic zone.

프라하에서의 일반 시민들의 생활은 비참하다. 모든 것이 통제되고 감시되는 사회 속에서 개개인은 삶을 영위해야만 한다. 이 점은 주커만과 올가가 호텔에서 경험한 사실에 잘 나타나 있다. 외국인은 호텔에 묵을 때 여권으로 반드시 호텔 숙박부를 정확하게 기재해야 하고, 체코 시민들은 항상 신분증을 휴대하고 다녀야만 한다. 호텔 직원은 올가의 신분증의 제시를 요구하며 그것은 하나의 규정이라고 강조한다. 또한 신분증의 제시를 요구하는 호텔 직원도 자기에게 주어진 임무가 바로 그것이기 때문에, 설령 올가가 누구인지 알고 있다 하더라도 자신이 혹시 처벌받지 않을까라는 두려움 때문에 어쩔 수 없이 신분증 제시를 고집한다. 이 어처구니없는 현장에서 올가는 자신들이 평화롭게 생활할 수 있도록 놔두기를 바란다.

　"영어로 말해요 …… 나는 그가 영어로 이 모욕적인 언사를 듣기를 원해요"라고 그녀는 요구한다.
　…… 직원은 그녀의 분노에는 아랑곳하지 않고, 무뚝뚝하게 계속 체코어로 말한다. ……
　"선생님, 여자는 신분증을 제시해야 합니다. 그것이 규정입니다."
　"왜 그것이 규정이오? 그에게 말해요!" 하고 그녀가 요구한다.
　"외국인은 여권으로 숙박부를 기재해야 하고, 체코 시민들은 외국인을 만나러 방에 가려면 신분증을 제시해야 합니다."
　"창녀의 경우만 빼고는. 그 경우, 그녀는 돈만 제시하면 되지. 자 여기

—나는 창녀예요. 여기에 당신이 챙길 50크로너가 있어요. 우리를 조용히
놔두어요."

그는 그녀가 그의 얼굴에 밀어부치는 돈을 뿌리쳐 버린다.

……

"나는 부인의 신분증이 필요합니다."

"당신은 내가 누구인지 알잖아요. 이 나라의 모든 사람이 내가 누군지
알아요"하고 그녀는 소리지른다. (746-47)

"Speak English!" She[Olga] demands. "... I want him to hear this insult
in English!"

... he[clerk] continues unemotionally in Czech. ...

"Sir, the lady must show her identity card. It is a regulation." ...

"Foreign guests must register with a passport. Czech citizens must show
an identity card if they go up to the rooms to make a call."

"Except if the Czech is a prostitute! Then she does not have to show
anything but money! Here—I am a prostitute. Here is your fifty kroner—
leave us in peace!"

He turns away from the money she is sticking into his face.

...

"I need an identity card for Madame, please."

"You know who I am," she snarls, "everybody in this country knows
who I am."

마침내 주커만은 자신이 프라하에 온 목적을 올가에게 밝힌다. 주커만
은 올가에게 뉴욕에서 시소프스키를 만났다는 말을 하면서, 그는 시소프스
키가 이디시어로 씌어진 단편소설들을 영어로 번역하여 출판하려 하므로,
그것들을 미국으로 가지고 가고 싶다는 의사를 밝힌다. 그러자, 올가는 그
못된 남자[시소프스키]는 아버지의 이름이 아니라 자신의 이름으로 그 단편

소설들을 출판하여 돈을 벌 것이고, 그 망할 여자[에바 칼리노바]에게 보석을 사주려고 할 것이라고 하면서 시소프스키에게 심한 욕설을 퍼붓는다. 올가는 시소프스키의 선친은 나치 당국에 의해 살해당한 것이 아니라 버스 사고로 작고했다고 말한다. 게다가, 그녀는 주커만을 이상주의자이며, 만약 주커만이 나치에 의해 살해당한 것으로 소문이 난 작가의 출판되지 못한 200여 편의 단편소설을 서방세계로 가져간다면, 주커만은 문단뿐 아니라 유대 사회와 자유세계의 영웅이 될 것이라고 비꼰다.

> 그것은 당신의 이상주의예요! 놀라운 주커만은 철의 장막으로부터 나치 당국에 의해 살해당한 작가가 이디시어로 써서 출판하지 못한 200여 편의 단편소설을 가져간다. [그렇게 된다면] 당신은 유대인들, 문학, 그리고 자유세계의 영웅이 될 것이다. 당신은 수백만 달러의 재산과 무수한 여성들의 사랑에다 문학에 대한 미국의 이상주의 상패를 받을 것이오. 그러면 저는 어떻게 될까요? 저는 원고를 자유세계로 밀반출한 것으로 감옥에 갈 것입니다. (770)

> That's your idealism! The marvelous Zuckerman brings from behind the Iron Curtain two hundred unpublished Yiddish stories written by a victim of a Nazi bullet. You will be a hero to the Jews and to literature and to all of the Free World. On top of all your millions of dollars and millions of girls, you will win the American Prize for Idealism about Literature. And what will happen to me? I will go to prison for smuggling a manuscript to the West.

사실 올가의 입장에서 단편소설의 원고를 주커만에게 건네준 사실이 발각된다면 그녀는 희생을 치러야만 한다. 설령 자신이 희생을 감수한다 하더라도 시소프스키에 대한 인간적 믿음이 없기에, 단편소설의 원고가 시소프스키의 개인의 성공과 부의 원천으로 가치가 하락되는 것을 원치 않는다. 비록 올가는 문학을 사랑하긴 하지만, 문학의 보존을 위한 낭만적 희생은 생각하지 않는다. 주커만은 올가로부터 단편소설의 원고를 넘겨받기 위해 "그녀가 미국으로 가기를 원한다면 적절한 사람을 소개해 그 사람과 결혼하여 미국으로 갈 수 있도록 해 주고, 만약 그 남자와 미국에서 이혼이라도 한다면 만 달러를 주겠다"(771)고 설득한다. 하지만 올가는 그 모든 것을 거부하고 오로지 주커만에게 한 여자로서의 행복과 사랑을 원한다.

올가는 혹시 시소프스키가 주커만에게 "당신은 [원고를 받기 위해] 그녀[올가]에게 얼마나 많은 것을 주어야 했고, 얼마나 많은 돈 그리고 얼마나 많은 횟수의 성관계를 가졌느냐고 묻는다면 올가에게 아무것도 줄 필요가 없었다"(771)라고 말해달라고 한다. 그리고 올가는 주커만에게 단편소설들이 들어 있는 초콜릿상자를 건네준다. 그런데 주커만이 그 상자를 들고 호텔방으로 돌아온 지 15분도 안 되어, 두 사복경찰관이 들어와 방을 뒤지더니 그 상자를 압수해 버린다. 주커만과 인터뷰를 원했던 문학 비평가는 비밀경찰로 밝혀진다. 올가의 말, 즉 "모든 사람이 소유하고 있는 물건의 모든 목록을 그들[비밀경찰]은 가지고 있다"(770)는 주장이 입증된다. 주커만은 그들에게 미국 대사관에 전화를 걸 수 있도록 해달라고 요구하면서, 그들이 자신이 소유한 물건을 압수할 권한은 없다고 주장한다. 그러나 오히려 그들은 그가 지금 당장 가방을 챙겨 공항으로 가서 프라하를 출발하는 비행기를 타지 않으면 그를 체포해서 구금하겠다고 협박한다. 주커만은 이런 협박에 속수무책으로 강제추방당할 수밖에 없는 입장이다.

주인공을 공항까지 호송하는 차에는 문공부장관 노박(Novak)이 탑승하고 있다. 그는 주커만에게 자기 임무와 책임은 문학의 궁극적 목적과 공산주의사회가 지향하는 목표를 일치시키는 일이라고 설명한다. 노박은 문학을 문학 자체를 위한 순수한 목적으로서가 아니라 공산주의 사회가 지향하는 목표를 성취하기 위한 수단으로 생각하고 있다. 그는 또한 자기는 사회적 입장에서 사회의 안정과 존속을 위해서 문학을 통제할 수 있으며 문학이 독자에게 미치는 영향을 감소시킬 수 있다고 주장한다. 그러면서 그는 카프카(Kafka)를 정신적 미숙아이고 고립주의자라고 신랄하게 비난한다. 그는 주커만에게 여기는 미국이 아니므로 그가 저지른 과오로 20년의 교도소 생활을 해야 마땅하다고 말하면서, 자기 아버지에게서 배웠다면서 여기서의 현명한 생활방식을 일러준다.

당신은 나의 아버지가 평생 동안 그의 조국애를 어떻게 표현했는지 아십니까? 1937년, 그는 마사릭과 공화국을, 특히 마사릭을 조국의 위대한 영웅이며 구세주로 찬양했습니다. 히틀러가 침공해오자, 그는 히틀러를 찬양했습니다. 전후에는 베네쉬가 국무총리로 선출되자, 그를 찬양했습니다. 스탈린이 베네쉬를 축출하자, 그는 스탈린과 우리의 위대한 영도자 고트발트를 찬양했습니다. 두브첵이 집권했을 때도, 그는 몇 분 동안이지만 두브첵을 찬양했습니다. 그러나 두브첵과 그의 위대한 개혁정부가 사라졌을 때, 그는 그들을 찬양할 꿈도 꾸지 않았을 겁니다. …… 그는 나에게 "아들아, 누군가가 얀 후스가 추잡한 유대인에 지나지 않는다고 주장하면, 나도 동의할 거야"라고 말합니다. 이들이 진정한 체코 정신을 대변하는 우리의 인민들입니다―이들이 우리의 현실주의자들입니다! 필요가 뭔지 이해하는 사람들, 질서를 냉소하지 않고 모든 일에서 최악의 경우만을 보는 사람들, 우리나라처럼 작은 나라에서 가능성 있는 것과 어리석고 광적이며 망상적인 것을 구별할 줄 아는 사람들―그들의 역사적 불행에 품위 있게 순종할 줄 아는 사람들입니다. (780)

Do you know how my father has expressed his love of country all his life? In 1937 he praised Masaryk and the Republic, praised Masaryk as our great national hero and saviour. When Hitler came in he praised Hitler.

After the war he praised Beneš when he was elected prime minister. When Stalin threw Beneš out, he praised Stalin and our great leader Gottwald. Even when Dubček came in, for a few minutes he praised Dubček. But now that Dubček and his great reform government are gone, he would not dream of praising them. ... He says to me, 'Son, if someone called Jan Hus nothing but a dirty Jew, I would agree.' These are our people who represent the true Czech spirit—*these are our realists!* People who understand what *necessity* is. People who do not sneer at order and see only the worst in everything. People who know to distinguish between what remains possible in a little country like ours and what is a stupid, maniacal delusion—*people who know how to submit decently to their historical misfortune!*

노박이 말하는 현명한 생활방식은 극히 현실적이고 오로지 개인의 생존만을 생각하는 의식에서 비롯된 것이라 할 수 있다. 노박은 어떤 사회체제나 정권이 개인에게 무엇을 요구하고 있는가를 잘 파악하여 그 사회체제나 정권에 순종하여 질서를 유지하는 차원에서의 삶을 선전하고 있다.

주커만은 "유대 민족주의자의 앞잡이 주커만"(784)이라는 체코 정부의 혐의를 받고 제네바(Geneva)행 스위스 항공기에 강제로 탑승한다. 시소프스키의 선친이 이디시어로 썼다는 200여 편의 단편소설을 서방세계로 가져와 재출판하려는 주커만의 노력은 허사로 끝난다. 또한 그 단편소설도 사회주의 체제의 정부요원들에 의해 압수당했기 때문에 그 작품들의 흔적은 물론 의미마저 상실해 버린다. 하지만 주커만은 프라하에서의 경험을 통해 많은 것을 깨닫는다. 개인의 의사를 표현할 수 있는 자유가 얼마나 소중한가, 그리고 모든 소설은 우리의 경험이 투영된 것이며, 독자는 그 경험을 작가와 공유할 수 있기 때문에 소설을 통한 삶의 각성이 가능함을 주커만은 깨닫는다.

출판될 수 있는 이야기가 확실하게 분실되었고, 그리고 원고와 그 원고의 의미마저도 상실되었다는 사실을 제외하고 아무것도 성취된 것이 없다. 왜냐하면 사회주의 관료 정치가 자신들의 목적에 부합되게 그 상황을 합리화해 버릴 것이기 때문이다.

하지만 주커만은 무언가를 깨달았다. 글을 쓸 수 있는 자유에 대한 얄팍한 교훈보다는 표현하려고 하는 창조적 충동의 의미와 경험을 공유하려고 하는 인간의 욕구를 인식했다. 작가인 주커만은 모든 이야기는 우리가 우리 자신을 투영시키는 허구이고, 모든 허구는 우리가 우리 자신을 발견하는 것으로부터 나온 것임을 깨닫는다.50)

Nothing has been accomplished except that the stories are definitively lost for publication, and perhaps all trace of their script and meaning as well, for the bureaucracy of state socialism will rationalize the situation into whatever purpose it decides.

Yet Zuckerman has learned something—not a glib lesson in freedom to write but something of the meaning of the creative urge to expression and the human need to share experience. All stories are fictions into which we pour ourselves; all fictions are stories out of which we find ourselves, Zuckerman the writer realize.

주커만은 체코슬로바키아사람들이 공산주의 사회제도가 강요하는 감시와 처벌의 생활을 하고 있음을 실감한다. 주커만이 목격한 체코사람들은 주체성, 독립성, 그리고 진실성을 빼앗아버리는 억압과 탄압의 현실 속에서 갈등과 소외로 가득 찬 삶을 살고 있다. 주커만은 그들의 억압적인 삶의 양태를 보면서 자신의 현재 미국에서의 삶을 다시 한 번 고찰하는 기회를 갖

---

50) Martin Tucker, "The Shape of Exile in Philip Roth, or the Part is Always Apart," in *Reading Philip Roth*, ed. Asher Z. Milbauer & Donald G. Watson (New York: St. Martin's, 1988), 48.

는다. 주커만은 "자신들의 입을 봉해버린 것[사회체제에 무조건 복종하는 것]의 대가가 생존이 되는 절망적인 사회를 경험함으로써 비평가들의 비난과 편협한 유대인들의 자신[주커만]에 대한 공격이 아주 사소한 것임"[51]을 깨닫는다.

주커만이 프라하에서의 경험을 통해 절대적인 마음의 평화, 도덕적 각성, 행복, 그리고 궁극적인 자기인식의 상태에 도달했다고 보는 것은 조금 성급한 면이 있다. 하지만 주커만은 자기 삶을 변화시키려는 노력이 필요하다는 것을 절실히 깨닫는다. 그래서 주커만은 억압과 갈등의 현실을 초월할 수 있는 상상적 자아를 창조한다. 주커만이 어떤 건설적인 목적이나 활동을 발견할 수 있는 것은 오로지 이러한 소설적 자아들을 통해서 일 뿐이다. 그의 이런 상상적 자아창조가 그의 삶을 변화시키는 원동력이 된다.

> 주커만이 자기 삶을 지배하는 모순들을 의식한다 할지라도, 평화, 도덕적 각성이나 행복, 또는 그렇게 소중한 얻음, 즉 자기 앎의 상태에 이르지 못한다. 그의 상상력―자신과 다른 사람들에 대한 소설들을 창작하는 마음의 활력―이 이런 모순들을 인정하고 순화하도록 그를 이끄는 동안, 그 상상력은 또한 그에게 그 모순들로부터 벗어나라고, 즉 의사나 밀턴 아플 혹은 사명감을 가진 호색문학의 황제가 되라고 역설한다. 주커만은 오로지 이런 소설적 자아들을 바탕으로 어떤 건설적 목적이나 활동을 발견할 수 있을 뿐이다.[52]

Zuckerman's consciousness of the contradictions ruling his life brings neither peace nor moral awakening nor happiness nor even that one prized possession, self-knowledge. While his imagination―that power of mind out of which he constructs the texts of himself and others―leads him to

---

51) Cooper, 205.
52) Brent, 197.

recognize and purify these contradictions, it also urges him to escape from them: to become a doctor or Milton Appel, porno tzar with a mission. It is only as these fictional selves that Zuckerman can find any constructive purpose or activity.

요컨대, 주커만은 언제나 주체적 자아를 탐구하려고 하지만, 그런 탐구 정신을 억압, 말살하려는 현실이 엄존함을 숙지한다. 그는 프라하에서의 경험을 통해 프라하와 같은 감시와 통제가 심하고 권력기관에 의한 억압이 팽배한 사회 속에서 인간이 사회적 존재로서 구체적 삶을 영위할 때 갖게 되는 고통을 좀 더 깊게 이해해 볼 수 있는 기회를 가졌다고 말할 수 있다. 감시와 통제, 그리고 정치적 억압이 있는 사회 속에서는 상대적으로 힘이 없는 개인은 생명의 위협을 느낄 수밖에 없고, 외부로 향한 저항이나 체제 전복과 같은 극단적 행동을 취한다는 것은 불가능할 것이다. 그래서 주커만은 자신의 삶의 변화는 오로지 자신의 소설 속에서 그리고 현실의 억압과 갈등을 초극할 수 있는 상상력에 있음을 깨닫는다.

작가인 주커만에게 상상력은 단순한 도피가 아니라, 자신의 현재 삶의 모순들을 극복하고 삶을 변화시킬 수 있는 유일한 수단이 된다. 주커만은 상상력을 바탕으로 소설 창작을 함으로써 그리고 그 소설 속에서 상상적 자아를 창조함으로써 자신의 삶의 변화를 가져보려고 한다. 이런 측면에서 주커만은 억압적 현실에 단지 방황하고 고뇌하는 수동적 입장이 아니라 삶의 변화 의지를 보이는 능동적인 입장에 선다고 할 수 있다. 주커만은 이제 삶의 문제를 제기하는 소설을 바탕으로 상상적 자아를 창조함으로써 어느 정도 현실을 있는 그대로 인정할 수 있는 여유로움과 현실을 초극할 수 있는 가능성을 발견했다는 결론을 내릴 수 있다.

제4장

이성과 본능의 충돌: 『유방』과 『욕망의 교수』

1_인간의 내면세계와 생존 여건

로스의 『유방』(*The Breast*, 1972)은 뉴욕주립대학의 문학 교수인 데이비드 알랜 케페쉬(David Alan Kepesh)가 길이 6피트, 무게 155파운드나 되는 여자의 유방으로 변신한 내용을 담고 있으며, 있을 수 없는 사건에 대한 주인공 케페쉬의 놀람과 원인 규명, 그리고 자기 자신에 대한 존재 증명이 다루어진다. 『욕망의 교수』(*The Professor of Desire*, 1977)에서도 『유방』과 동일한 주인공이 등장한다. 하지만 『욕망의 교수』의 케페쉬는 『유방』과 달리 육체적 변형을 경험한다기보다는 정신적 측면에서 변형을 경험한다.

『욕망의 교수』에서 케페쉬는 학문과 여자관계라는 두 영역에서 혼란을 느낀다. 대학교수로서 이성적이고 합리적인 삶과 보통 사람으로서의 관능적인 삶을 조화시킬 수 있는 길을 문학을 통해 찾아보려고 발버둥 친다. 『유방』과 『욕망의 교수』는 인간의 이원론적인 측면, 즉 욕망과 이성에 대한 면밀한 고찰이고, 욕망과 이성 사이에서 생긴 갈등을 문학적으로 승화시킨 작품들이다. 케페쉬는 유대인으로서, 미국인으로서, 그리고 한 남자로서 자신의 정체성을 찾으려고 한다. 로스는 이 두 작품을 통해, 관능과 이성, 외부세계와 자아의 균형이 인간의 삶에 중요하며, 삶을 변화시키려는 개인의 의지가 필요함을 역설한다.

로스의 『유방』과 『욕망의 교수』에서 주인공 케페쉬는 유대성을 초월해 모든 인간에게 해당되는 이성과 성적 욕망의 갈등이라는 보편적인 문제에 직면한다. 케페쉬는 이성과 육체적 욕망의 부조화로 심한 갈등을 겪으며 사물의 본질과 핵심을 볼 수 있는 균형감각을 상실한다. 하지만 그는 자신의 내적 혼란을 극복하고 삶의 의미를 찾으려고 한다. 그는 자신의 삶을 변화시키고 자신의 잠재력과 가능성을 확대하려고 최선을 다한다. 그는 자아도피적인 태도에서 벗어나 객관적 시야를 가지고 인간의 본성과 처지를 탐색하고 나와 타인의 관계 속에서 새롭게 변모된 자아를 찾으려고 한다. 케페쉬는 단지 유대인으로서의 정체성이 아닌 보편적인 한 인간으로서의 자기 정체성을 탐구한다. 이 점에 있어 케페쉬는 이전의 소설의 주인공들보다 성숙된 면모를 갖는다.[1]

로스 소설의 대부분의 주인공들은 극한 상황에서 보편적이고 도덕적인 양식을 벗어난 행동을 보여 준다. 「유대인의 개종」("The Conversion of Jews")[2]에서 13세의 소년인 프리드먼(Freedman)은 자기 선생의 편협한 종교관, 즉 유대인만이 선민이며 예수는 역사상의 인물일 뿐이라는 주장에 반발하여 유대교 회당의 지붕으로 뛰어 올라가 폐쇄적인 유대인 사회와 그 낡은 신조에 도전한다. 『그녀가 좋았을 때』(When She Was Good, 1967)의 루시 넬슨(Lucy Nelson)은 경제적 능력이 부족한 아버지를 증오하고 그 아

---

1) Judith P. Jones and Guinevera A. Nance, *Philip Roth* (New York: Ungar, 1981), 118.
2) 『컬럼버스여, 안녕』(*Goodbye, Columbus*, 1959)에 들어 있는 단편이다.

버지의 행패에 인내하는 어머니를 경멸하며, 마침내 아버지를 경찰에 고발한다. 『포트노이의 불평』의 알렉스 포트노이는 유대인들이 그들의 결속을 다지기 위해 전통적으로 지켜 오고 있는 금기(taboo), 즉 돼지고기나 비늘이 없는 물고기 또는 조개류를 먹지 않고, 유대인 혈통을 지키기 위해 이교도 여성과의 결혼을 금지하는 것 등을 의도적으로 파괴한다. 뿐만 아니라 유대인들의 고유 종교인 유대교를 거부한다. 사춘기에는 자위행위에 몰두하고, 성인이 되었을 때는 이교도 백인 여자에 대한 병적인 성적 욕망을 드러낸다. 프리드먼, 루시, 그리고 포트노이는 분명히 그들의 일상적인 자아나 가족 그리고 친구들과 왜곡된 관계를 가지며, 심리적, 도덕적 중용의 한계를 초월해서 사는 인물들이다.

『유방』은 케페쉬가 유방으로 변신된 이후, 광적일 정도의 관능적 욕망과 대학교수로서 그 성적 욕망과 싸워 나가는 자제의 노력이 서술된다. 독자는 이 소설을 읽고 왜 주인공이 하필 유방으로 변신했는가 하는 의문을 풀어 보려는 유혹을 받는다. 그러나 이 소설의 어디서도 이 의문을 풀 수 있는 단서는 발견할 수가 없다. 하지만 주목하지 않을 수 없는 점은 케페쉬에 의한 자기분석의 심각성이다. 동료와의 관계를 회복하고, 옛날의 자아를 되찾고 다시 한 번 사람의 몸이 되고 싶은 케페쉬의 갈망은 『그녀가 좋았을 때』의 루시 넬슨이나 『포트노이의 불평』의 포트노이보다 훨씬 쓰라리고 처참하며, 자신의 상황을 극복하려는 의지는 영웅적이라 아니할 수 없다.

『유방』과 마찬가지로 『욕망의 교수』는 인간의 이원론적인 측면, 즉 이성과 성적 욕망에 대한 면밀한 고찰이고, 이성과 성적 욕망 사이에서 생긴 갈등을 문학적으로 승화시킨 작품이다. 하지만 로저스는 "『욕망의 교수』는 케페쉬의 좌절과 심리학적 무능력의 입증으로 끝나고 있다"[3]고 주장한다.

---

3) Bernard F. Rodgers, Jr., *Philip Roth* (Boston, Mass.: G. K. Hall, 1978), 165.

로저스가 이렇게 주장하는 근거는 케페쉬가 아내 클레어 옆에 누워 그녀와의 사이에 정열이 사라지는 것을 걱정하고, 그가 죽음에 대한 불안에 쌓이게 되는 『욕망의 교수』의 결말 때문이다. 그러나 필자는 이성과 관능의 균열을 경험한 케페쉬가 문학의 장을 통해 그것의 새로운 조화를 찾으려고 했다는 점과 케페쉬가 클레어와의 관계를 통해 인간의 속성을 다시 한 번 생각하고, 죽음으로 끝날 수밖에 없는 인간 삶의 유한성을 깨닫고 있다는 점에 주목할 필요가 있다고 본다.

『욕망의 교수』가 로스의 작품 중에서 비중이 있는 작품으로 평가받고 있는 주된 이유 중의 하나는 주인공 케페쉬의 의식이 단순히 인간의 애욕의 갈등 문제에만 머무르지 않고 시간과 영원에 대한 관심을 드러내고 있기 때문이다. 케페쉬가 고민해 왔고 갈등을 겪었던 이성과 성적 욕망의 문제는 인간의 현 상황과 숙명적인 죽음에 대한 명상으로 변화된다. 존스와 낸시는 "『욕망의 교수』는 순진에서 경험으로, 이상주의에서 환멸로 변형되는 인간의 상황을 그린 소설이고 …… 로스는 케페쉬의 고통을 극대화시키고 또한 그에게 보다 큰 위안을 제공하고 있다"4)라고 평가한다. 케페쉬가 겪는 이성과 성적 욕망과의 갈등은 모든 인류가 공통적으로 겪는 갈등인 것이다. 핼리오(Halio)도 케페쉬의 갈등이 단순한 허구적 구성이 아닌 실제적 갈등, 즉 인간 본연의 갈등이라는 점을 지적한다.5)

『유방』과 『욕망의 교수』에서 케페쉬가 삶의 진실을 추구해 가는 여로는 우리의 삶의 여정과 동일하며 그런 측면에서 이 두 작품은 결코 종결될 수 없는 삶의 의의에 대한 문제 제기이다. 남과 여가 서로 끌리는 본능적 욕구의 충족만이 삶의 의미를 채워 줄 수 있는 전부가 될 수 없다. 케페쉬

---

4) Judith P. Jones and Guinevera A. Nance, 118-19.
5) Jay L. Halio, *Philip Roth Revisited*, (New York: Twayne, 1992), 150.

가 인간 상황에 대한 새로운 인식을 갖는 것처럼, 성적 욕망의 충족을 넘어선 그 무엇이 인간의 삶을 풍족하게 할 수 있는 것이다. 인간의 삶을 풍족하게 하는 것은 창조적인 활동, 예술과 미의 추구, 신의 추구 등이 될 것이다. 로스는 작가로서 자신의 소설 창작을 통해 인간이 갖는 갈등의 문제를 문학적으로 승화시켜 보려고 한다. 인간이 갖는 모든 갈등의 완전한 해결은 불가능하지만 문학을 통해 정신적 위안을 얻을 수 있고, 아니 그러한 갈등을 표현할 수 있고 그 갈등이 감소될 수 있음을 로스는 피력한다. 로스는 『유방』과 『욕망의 교수』를 통해 인간의 내면적 세계와 인간이 처한 기본적인 생존 여건에 대한 깊은 작가적 통찰력을 보여 준다. 바로 이 점이 로스가 유대작가라는 좁은 틀을 뛰어넘었다고 할 수 있는 근거가 된다.

2_문학적 장치로서의 변신

로스는 『유방』에서 변신이라는 문학적 장치를 사용함으로써 사실과 상상력의 결합을 시도한다. 물론 '변신'이라는 문학적 장치는 이미 조나단 스위프트(Jonathan Swift, 1667~1745)의 『걸리버 여행기』(*Gulliver's Travellers*, 1726), 니콜라이 고글리(Nikolay Gogol, 1809-1852)의 「코」("The Nose," 1836), 프란츠 카프카(Franz Kafka, 1883-1924)의 「변신」("The Metamorphosis," 1915) 등에서도 취급된 바 있으므로 결코 로스의 독창적 산물만은 아니다. 그러나 『걸리버 여행기』의 경우를 보면 걸리버 자신은 어디까지나 인간이고 다른 인간들이 동물로 변하는 경우이고, 「코」에서의 뛰어다니는 코는 코발레프(Kovalev)의 것이며, 고글리 자신은 그의 불행을 희극적으로, 그리고 풍자적으로 그리고 있다. 그리고 카프카의 『변신』에서는 주인공 잠자(Samsa)가 갑충으로 변신한다. 잠자의 변신은 "가족, 직장, 상사, 금전 등이 엄존하는 지극히 현실적이며, 실지로 일어날 수 있는 일"6)이다. 하지만 『유방』은 한 남자가 여성의 커다란 유방으로 변하게 된다는 도저히 현실적으로 있을 수 없는 일이 발생한다. 『유방』에는 "[삶의] 비극, 도덕적 갈등, 현실과 문학의 상호 관계, 그리고 주체성 확립 문제가 익살맞게 결합되어 있다."7)

『유방』에 대한 비평가들의 견해는 다양하다. 산포드 핀스커(Sanford Pinsker)는 『유방』은 "피학성애"(masochistic)8)적인 묘사로 이루어져 있다고 했고, 루이스 해럽(Louis Harap)는 "로스는 섹스에 사로 잡혀 있고 『유방』은 풍자적인 측면이 약화되어 있다"9)고 논평한다. 『유방』에 대한 부정적 평가를 내리는 비평가들은 로스의 지나친 외설적 묘사와 왜 하필이면 여자의 유방인가라는 식의 사고에서 비롯된 것으로 판단된다. 하지만 『유방』에서 중요한 점은 한 남자가 여자의 유방으로 변형될 수 있느냐의 문제가 아니라 유방으로 변한 한 남자가 자신의 인생에서 삶의 의미를 찾느냐 못 찾느냐에 있다.10) 그래서 필자는 『유방』은 케페쉬라는 인물의 심리에 대한 묘사가 직접적이고 사실적으로 이루어져 작품의 현실감을 더해 준다는 점에 주목하고 싶다. 필자는 『유방』은 정교하게 잘 씌어졌고, 충격적이며, 그리고 독창적이라고 생각한다. 존 맥다니엘(John McDaniel)도 "로스의 『유방』은 가장 혁신적이고 정교한 문학적 노력의 산물이며 로스의 예술적 관심이 잘 표현된 작품이라 평한다."11) 스티픈 웨이드(Stephen Wade)도 "로

---

6) Philip Roth, *Reading Myself and Others* (New York: Farrar, 1975), 67.
7) Kai Mikkonen, "The Metamorphosed Parodical Body in Philip Roth's *The Breast*," *Critique* 41. 1 (1999), 23.
8) Sanford Pinsker, ed., *Critical Essays on Philip Roth* (Boston, Mass.: G. K. Hall, 1982), 11.
9) Louis Harap, *In the Mainstream: The Jewish Presence in Twentieth-Century American Literature 1950s-1980s* (New York: Greenwood, 1987), 143.
10) Alan Cooper, *Philip Roth and the Jews* (Albany, N.Y.: SUNY Press, 1996), 129.
11) John N. McDaniel, *The Fiction of Philip Roth* (Haddenfield, N.J.: Haddenfield House,

스는『유방』에서 작가의 상상력, 인간의 잠재성 그리고 환상에 대한 새로운 패러다임을 제시하고 있다"12)고 논평한다.

서술의 방식에서『유방』은 독특하다. 로스는『유방』에서『포트노이의 불평』처럼 독백 기법을 사용한다.『포트노이의 불평』에서 포트노이는 자기의 성불능을 치료하기 위해 환자의 의자에 누워 정신분석 의사인 스필보겔 박사(Dr. Spielvogel)에게 현재의 고난의 원인이 된 과거 사실을 조리 없이 이야기한다. 케페쉬도 자신의 심정을 솔직하게 정신과의사 클링거 박사(Dr. Klinger)에게 고백한다. 로스가『유방』에서 독백 기법을 사용하는 첫 번째 이유는 일반 문장에서 용납될 수 없는 성적 언어와 이미지들을 마음대로 사용할 수 있기 때문이다. 두 번째 이유는 유방으로 변해 버린 케페쉬의 심리상태에 대한 보다 생생한 현장감을 주기 위한 것으로 판단된다.

『유방』의 주인공 케페쉬는 전에 큰 병에 걸린 경력도 없고 38세가 될 때까지 별 탈 없이 문학교수로 조용한 삶을 살아왔다. 머리카락과 이빨도 전혀 빠지지 않았고, 체격도 당당한 6피트였으며 식욕과 정력도 좋은 편이었다. 하지만 갑자기 자신의 몸의 변화를 감지한다.

그것은 서혜부에서 돌발적으로 일어나는 가벼운 아픔과 함께 기묘하게 시작되었다. 최초의 일주일간 나는 인문학부 교수동의 연구실 옆에 있는 남자 변소에 하루 몇 번씩 들어가 바지를 내려 보았다. 몸을 조사해 보았지만 보통 때와 다른 점은 어떤 것도 찾아 낼 수 없었다. 나는 어쩔 수 없이 반신반의하면서 그 아픔을 무시하기로 결심했다. 나는 심기증(心氣症)이 있어 자그마한 체온의 변화나 조그마한 신체리듬의 흐트러짐에 대해 지나치게 신경을 써왔다. 그래서 나는 합리적인 인간으로서 모든 몸의 징조

1974.), 168.

12) Stephen Wade, *The Imagination in Transit: The Fiction of Philip Roth* (Sheffield: Sheffield Academic Press, 1996), 59.

들을 심각하게 대하는 것이 문제가 있다고 생각해 왔다. …… 비록 나는 서혜부의 이 아픔을 대상포진과 같은 뭔가 신경계의 병쯤으로 생각하고 있었는데, ―이보다는 나쁘지는 않겠지―동시에 나는 언제나 그랬던 것처럼 아무렇지도 않게 생각했다.13)

It began oddly ―a mild, sporadic tingling in the groin. During that first week I would retire several times a day to the men's room adjacent to my office in the humanities building to take down my trousers, but upon examining myself, 1 saw nothing out of the ordinary, assiduous as was my search. 1 decided, halfheartedly, to ignore it. 1 had been so devout a hypochondriac all my life, so alert to every change in body temperature and systemic regularity, that the reasonable man I also was had long found it impossible to take seriously all my telltale symptoms. ... Though I might rush to identify this tingling in my groin with some neurological disease on the order of shingles ―if not worse ―I simultaneously understood that it was undoubtedly, as always nothing.

케페쉬는 자신의 몸에 일어난 변화에 대해서 처음엔 그렇게 심각하게 생각하지 않는다. 하지만 최초의 증후가 보인 뒤 일주일 정도가 지나자 머리 밑의 피부가 약간 핑크색으로 변하고 또 일주일 후에는 성기 주변의 서혜부가 붉은 색으로 변한다. 마침내 케페쉬는 한 개의 유방이 되 버린다. "'호르몬의 대량유입,' '내분비선의 병적 대변동' 혹은 '염색체의 수용동체적 파열'등 여러 가지로 설명될 수 있는 현상"(B 13)이 케페쉬의 몸속에서 일어난 것이다. 키는 6피트 그대로이고 체중은 155파운드로 그전보다 약간 줄어들었다(그 전에는 162파운드였다). 심장 혈관조직, 중추 신경조직, 원시적이고 약간 축소된 배설조직, 호흡기 조직 등은 마치 덮개가 달린 배꼽에

---

13) Philip Roth, *The Breast* (New York: Vintage Books, 1972), 4. 이하 이 작품에서의 인용문은 괄호 안에, 작품은 B로 약칭하고 쪽수만 표시함.

그대로 있다. 모양은 수박이나 축구공처럼 둥글다. 그리고 한쪽에는 5인치 정도 돌출한 유두가 있다. 인간이 갖는 특징은 변형되어 묻혀 있지만, 그 기본적 구조는 포유동물의 암컷이 갖는 유방의 구조이다. 한 개의 유방으로 변신한 케페쉬는 보지는 못하지만 의식이 있고 말도 할 수 있고 귀도 들을 수 있다. 그러나 움직이는 것은 불가능하다. 케페쉬는 자신에게 일어난 일에 경악하지 않을 수 없었다.

케페쉬는 레녹스힐(Lenox Hill) 병원 7층 독실에 입원하게 된다. 주치의인 고든박사(Dr. Gordon)에 의해 이루어진 조치였다. 케페쉬는 정신과 의사 클링거 박사에게 자신이 유방으로 변한 뒤 주체할 수 없을 정도로 성적 욕망이 강렬해졌다고 호소한다. 케페쉬는 피부 감각이 이상하리만큼 민감해짐을 느낀다. 병원 간호사들이 매일 세수를 시켜 주고 유두와 그 테두리를 기름칠해 주면 강한 성적 흥분을 느낀다. 사랑하는 클레어(Claire)와 해변에서 사랑의 유희를 즐겼던 그때의 쾌락과 같은 것이었다. 케페쉬는 차라리 "클레어가 거대한 남근이라도 되어 버리면"(B 32) 자신과의 성적 결합이 가능하지 않을까라고 생각한다.

병원에 입원해 있는 케페쉬는 극도의 소외감과 단절감을 느낀다. 병원 의사들과 과학자들은 단지 케페쉬를 실험과 관찰의 대상으로 여긴다. 심지어 어떤 사람은 유두를 아플 정도로 잡아 당겨보기도 하고 자로 길이를 측정해 보기도 한다. 병원 직원들은 단지 사무적인 일만 처리할 뿐이다. 아버지는 일주일에 한 번 정도 병원에 와서 케페쉬의 유두 바로 옆에 있는 의자에 앉아 일가친척들과 주변 사람들의 근황을 이야기하고 돌아 갈 뿐이다. 뉴욕 주립 대학의 문리대 학장이고 케페쉬의 은사이며 선배인 아더 숀브룬(Arthur Schonbrunn)은 병원에 찾아와 유방으로 변해 버린 케페쉬의 모습을 보고 배꼽을 잡고 웃어댄다. 케페쉬는 자존심은 물론 인간으로서 존엄성마저도 상실한다.

난처한 상황에 처해있는 케페쉬는 자신이 유방으로 변한 사건의 원인과 이유를 찾으려한다. 케페쉬는 자신이 카프카의 「변신」이나 고글리의 「코」 등을 대학 강단에서 계속 가르쳐 왔기 때문에 카프카식, 아니면 고글리식의 육체적 변신을 당한 것이 아닌가라고 생각한다. 또 그는 전처 헬렌(Helen)과 현재 만나고 있는 여인 클레어를 생각한다. 이혼 후 그는 클레어를 만나 행복한 나날을 보낸대 반해 헬렌은 한층 불행해진다. 혹시 신이 케페쉬로 하여금 헬렌에 대한 죄책감을 유발하여 자신을 벌주기 위한 한 방법으로 자신을 유방으로 만든 것은 아닌가는 생각도 한다. 하지만 케페쉬가 유방으로 변화된 명확한 이유는 작품 속 어디에도 나타나 있지 않는다.

3_정신적 위기와 혼란

앞 장에서는 육체적 변형을 겪게 됨으로써 자신의 모습을 잃어버린 케페쉬의 곤경에 대해 살펴보았다. 이 장에서는 『욕망의 교수』를 중심으로, 이성과 성적 욕망의 갈등에서 파생된 케페쉬의 정신적 위기와 혼란을 살펴보도록 한다. 방법에 있어, 케페쉬의 성장 과정에서 겪게 되는 경험과 성인이 되었을 때의 여성 관계를 통해 케페쉬의 내적 갈등 양상을 고찰해 본다.

『욕망의 교수』에서 [청년기의] 케페쉬는 『포트노이의 불평』의 포트노이 못지않게 성적으로 방탕함을 보인다. 그러나 그는 자아성찰을 시도함으로써 로스의 이전 소설의 어느 주인공보다도 성숙된 모습을 보인다. 로스는 『욕망의 교수』에서 주인공 케페쉬의 정신적 · 도덕적 성숙 과정을 통해 주인공의 정체성 확립의 전망을 밝게 하고 있다. 버나드 로저스(Bernard Rodgers)도 『욕망의 교수』가 로스의 이전 어떤 소설들보다 성숙되었다고 평한다.

비록 로스의 소설이 모든 비평가들의 열성적인 평가는 이끌어내지는 못했다 하더라도, 『뉴욕 타임스』(New York Times) 편집자들이 1977년에 가장 중요한 소설 중의 하나로 선정했다는 사실이 반영해 주듯이 그의 열 번째 소설은 최고의 찬사를 받았다. 비평가들은 이 작품의 기막힌 소설 전개, 우아한 문체를 예로 들어 로스가 쓴 어떤 소설보다 성숙된 작품이라 평가한다. "올해[1977]의 최고의 소설," "최근 10년간 가장 뛰어난 책 중의 하나," 그리고 "우리 시대의 중요한 문학적 업적들 중의 하나"로 비평가들은 극찬한다.14)

Though Roth's fiction has never elicited unanimously enthusiastic reviews, the initial responses to his tenth book, which were reflected in the *Time*'s choice [one of the most important books in 1977], were genuinely staggering in their use of superlatives. Calling it everything from "the year's best novel" to "one of the most distinguished books of the decade" and "among the major achievements of the literature of our time," reviewers praised it as brilliantly moving, stylistically elegant, and more mature than anything he had written before.

케페쉬는 「컬럼버스여, 안녕」의 닐(Neil)과 포트노이와는 달리 자신의 문제를 똑바로 파악한다. 닐은 전통적인 유대 가치관을 무시한 채 경제적 부만을 추구하는 정신적 미숙함을 보이고, 포트노이는 자기반성과 현실 인식 없이 무조건적인 반항과 미국성으로의 동화 추구 때문에 정체성의 위기를 느낀다. 케페쉬는 계속적인 자아 성찰과 자기반성으로 닐과 포트노이와 같은 미숙아도, 방탕아도 아닌, 성숙한 인물이 되어간다. 케페쉬는 이성과 성적욕망의 이원적 갈등을 문학을 통해 극복하려고 한다.

케페쉬의 이중성은 『욕망의 교수』라는 책 제목 자체에도 암시되어 있

---

14) Rodgers, 157.

다. 즉 'Professor'와 'Desire'라는 대조적인 말은 학자와 탕아, 이성과 욕망 등을 나타내며, 이것은 인간의 이성과 본능이라는 이원적인 면을 암시한다. 또한 이 작품의 등장인물에서도 이성을 대표하는 인물들과 욕망을 대표하는 인물들로 구별된다. 아버지 에이브(Abe)를 비롯해 런던에서 만난 엘리자베스(Elizabeth), 대학교수인 숀브룬(Schonbrunn), 정신과 의사인 클링거 박사(Dr. Klinger), 교사인 클레어(Claire) 등은 이성을 나타내는 사람이고, 배우인 브레태스키를 비롯해 대학 동창생인 루이스 젤잉크(Louis Jelinek), 런던에서 엘리자베스(Elizabeth)와 함께 만난 버지타(Birgitta), 첫 번째 부인인 헬렌(Helen), 대학교수이자 시인인 바움가르텐(Baumgarten) 등은 욕망을 대표하는 인물들이다.

로스의 『유방』과 『욕망의 교수』에서 주인공 케페쉬는 유대성을 초월해 모든 인간에게 해당되는 이성과 성적 욕망의 갈등이라는 보편적인 문제에 직면한다. 케페쉬는 이성과 육체적 욕망의 부조화로 심한 갈등을 겪으며 사물의 본질과 핵심을 볼 수 있는 균형감각을 상실한다. 하지만 그는 자신의 내적 혼란을 극복하고 삶의 의미를 찾으려고 한다. 그는 자신의 삶을 변화시키고 자신의 잠재력과 가능성을 확대하려고 최선을 다한다. 그는 자아도피적인 태도에서 벗어나 객관적 시야를 가지고 인간의 본성과 처지를 탐색하고 나와 타인의 관계 속에서 새롭게 변모된 자아를 갖고자 한다. 케페쉬는 단지 유대인으로서의 정체성이 아닌 보편적인 한 인간으로서의 자기 정체성을 탐구한다.

케페쉬는 33세의 유태인으로 현재의 직업은 비교문학을 가르치는 대학교수이지만 그가 지나온 삶은 혼돈된 애정의 편력으로 얼룩져 있다. 그의 관능적인 호기심은 어린 시절 부모가 경영한 호텔에서 배우 겸 사회자였던 허비 브레태스키(Herbie Bratasky)의 육감적인 모습에 매혹된 기억에서 비롯된다. 아직 남녀의 사랑이 무엇인지도 모르고 꿈 많았던 어린 시절부터 케페쉬의 의식은 그의 부모의 질서 있고 평화로운 삶과 브레태스키의 매혹적인 관능의 세계로 분열되고 있다. 브레태스키가 갖가지 음란한 행동과 소리를 흉내 내는 연기는 호기심 많은 어린 케페쉬의 정신적 우상이 되기에 충분했다. 그 후 케페쉬는 고등학교 시절 주위의 여학생들의 육체를 보면서 성에 눈을 뜨게 되고, 대학교에 들어가서 본격적으로 자기의 이중성, 즉 본능적인 욕망을 따르려고 하는 욕구와 문학에 정진하려고 하는 학자적 속성이 숨어 있음을 깨닫는다.

케페쉬는 바이런의 경구 "낮에는 공부하고 밤에는 방종한다"[15]와 머콜레이(Macaulay)가 스틸(Steele)을 묘사한 대목 "학자들 가운데 탕아, 탕아 가운데 학자"(P 17)를 읽고 자신의 "높은 학점과 속된 욕망"(P 17)을 정당화시켜 주는 좌우명으로 삼는다. 로저스(Rodgers)는 "케페쉬가 휴식을 갖지 못하고 어느 한 곳에서 만족을 못 느끼는 이방인이기 때문에 이 경구는 케페쉬에게 완벽히 들어맞는다"[16]고 주장한다. 케페쉬는 학문에 대한 이성적 관심과 여성에 대한 육욕적 관심을 동시에 지니게 되고 그 갈등 속에서 도덕적 딜레마를 느낀다.

케페쉬가 나름대로 설정한 생활 규범의 틀 속에서도 관능적인 욕망은 절제와 균형을 유지하지 못하고 아무 때나 솟아오른다. 그는 농구 경기장에서 뉴욕주 플라츠버그(Plattsburg) 출신의 실키 월쉬(Silky Walsh)라는 응원단 아가씨를 보고 심한 욕정에 사로잡힌다. 그는 실키의 "천천히 솟아오르는 아랫배에서 열띠고도 무의식적이며, 너무나 분명히 채워지기를 애원하는 정욕의 이글거리는 몸짓"(P 25)에 사로잡혀 버린다. 케페쉬가 대학 졸업

---

15) Philip Roth, *The Professor of Desire* (New York: Bantam Books, 1977), 17. 이하 이 작품에서의 인용문은 괄호 안에, 작품을 P로 약칭하고 쪽수만 표시한다.
16) Rodgers, 162.

후 풀브라이트 장학금을 받아 런던으로 유학길에 오르기 전에 하고 있는 다음의 독백은 억제하기 어려운 욕망으로 혼란스런 그의 모습을 극명하게 보여 준다.

　　그래서 내 열망과 온갖 욕정의 대상 사이에 내 세계[이성]가 논쟁과 장애물을 삽입했다. 아버지는 나를 이해하지 못했다. FBI도 나를 이해하지 못했고 실키 월쉬도 나를 이해하지 못했으며, 여학생들도, 그 보헤미안들(bohemians)도 나를 이해하지 못했다. …… 아무도 나를 이해하지 못했다. 심지어 나도 내 자신을 이해하지 못했다. (P 26)

　　So, between the yearnings and the myriad object of desire, my world interposes its arguments and obstructions. My father doesn's understand me, the F.B.I. doesn't understand me, Silky Walsh doesn't understand me, neither sorority girls nor the bohemians understand me. ... No, nobody understand me, not even I myself.

　　케페쉬의 방황은 육욕적인 욕망을 자제하는 도덕적 가치관과 욕망을 따라 살아가는 방탕아적 기질이 균형을 유지하지 못한 것이다. 이 점은 엘리자베스(Elizabeth), 브리지타(Birgitta), 헬렌(Helen), 클레어(Claire)로 이어지는 그의 여성관계에 잘 나타나 있다. 엘리자베스와 브리지타는 스웨덴 출신의 아가씨들로 케페쉬가 런던에서 만난 아가씨들이다. 케페쉬는 조용하고 심성이 선한 엘리자베스에게 마음이 끌리지만 그의 성적 갈망은 즉흥적인 브리지타를 향하게 된다. 하지만 케페쉬는 엘리자베스의 착한 마음을 이용하여 자신의 욕망을 채우기 위해 엘리자베스를 브리지타와의 삼각 섹스로 이끌고 만다.

　　케페쉬는 자살을 시도했던 엘리자베스에 대해 죄의식을 갖기도 하지만,

그는 죄의식보다 성적 욕망에 사로잡혀 브리지타와 함께 유럽을 여행한다. 브리지타와의 여행에서 어느 정도 성적 욕망이 충족되자 갑자기 학자적 이성이 그에게 각성을 요구한다. 그래서 그는 브리지타와 완전히 결별한다. 케페쉬의 여성 편력은 바로 이 같은 양상을 띤다. 다시 말해 케페쉬가 성적 욕구에 사로 잡혀 그 욕망을 추구하여 성취하면 이성이 그에게 절제를 요구하고, 성적 욕구를 절제하면 심한 정신적 공허함이 그의 정신세계를 지배해 버린다. 케페쉬는 자신의 이중성, 즉 이성과 성적 욕망의 조화가 불가능함을 실감한다.

런던에서 케페쉬의 성적 편력이 동물적인 욕망의 발산에 지나지 않았다고 한다면, 미국에 돌아온 후 헬렌 버드(Helen Baird)와의 결혼은 서로 고독에서 벗어나려는 방책이었다. 미국에서 케페쉬는 런던에서의 방탕한 생활을 청산한 후 스탠포드(Stanford)대학에서 박사과정을 하면서 학자로서 성실하고 냉정한 모습을 되찾아 연구에 몰두한다. 하지만 성적으로 방탕한 생활을 해 온 그는 정신적 허탈감을 쉽게 느낀다. 이러한 케페쉬에게 "헬렌은 구원자의 이미지로 다가온다."17)

하지만 그녀는 『남자로서의 내 인생』에 나오는 모울린(Maureen)처럼 온갖 풍상을 다 겪은 여자이다. 헬렌은 18세 때 유부남과 홍콩으로 도망가 여러 나라를 여행하고 모험한 후 돌아온 여자로, 현실 감각이 부족한 여자이다. 케페쉬는 헬렌이 어머니처럼 알뜰히 집안 살림을 하면서 남편의 욕구를 받들어 주는 여성이 되기를 바랐고, 헬렌은 반대로 남편이 자신의 낭만적인 꿈을 충족시켜 주는 남자가 되어 주기를 바란다. 그러나 헬렌은 결혼생활에 적응하지 못하고 자신만의 환상의 성을 쌓아 나가면서 스스로를 고립시킨다. 케페쉬는 교수지만 창의적인 작업을 전혀 하지 못한 채 집안일을

---

17) Jay L Halio, 146.

도맡게 된다. 헬렌이 케페쉬에게 이제는 더 이상 구원자가 아니며 케페쉬는 남편도 연인도 아닌 그리스 신화에 나오는 트로이(Troy)의 헬렌의 시종이 되고 만다.[18] 상대방에게 대한 경멸과 무시로 가득 찬 결혼생활은 헬렌의 가출로 3년 만에 끝을 맺는다.

헬렌과의 이혼은 케페쉬에게 정신적으로 크나큰 아픔이 된다. 더구나 "케페쉬는 헬렌의 뇌쇄적인 미에 의한 자극을 받았기에, 그녀와 이별 후 그의 남성다움을 상실한다."[19] 케페쉬가 헬렌과 이별 후 일시적으로 성불구가 된다는 점은 『유방』에서 케페쉬가 여자 유방으로 변해버린 난처한 상황과 유사하다. 케페쉬는 헬렌과의 이별로 정신적 · 육체적 황폐감으로 인해 심한 고독에 빠진다.

> 내가 가장 외로운 밤, 내가 나와 이야기를 시작하는 밤, 눈앞에 없는 사람들에게 말을 하는 밤이면 때로 인터폰(intercom)에 대고 사람 살리라고 고함치고 싶은 충동을 억눌러야 했다. …… 내가 두려워 한 것은 내가 받게 될 도움이 무엇인지 모른다는 사실이다. …… 그래서 나는 욕실에 들어가 문을 잠그고 거울을 들여다보며 소리쳤다. "누가 있어야겠어! 누가 있어야겠어! 누가 있어야겠어!" 나는 가끔 몇 분 동안 이렇게 기를 쓰면서 와락 울어버렸다. 그러면 힘이 쭉 빠지고, 적어도 얼마동안은 삶에 대한 그리움이 사라졌다. (P 105)

> Night when I am at my loneliest, nights when I start talking to myself and to people who are not present, I sometimes have to suppress a powerful urge to call for help into the intercom ... what I fear is the kind of help I might get ... So I go into the bathroom instead, close the door behind me, and leaning over the mirror to look at my own drawn face, I

---

18) 같은 책, 146.
19) Murray Baumgarten and Barbara Gottfried, 150.

let it out. "I want somebody! I want somebody! I want somebody! Sometimes I can go on like this for minutes at a time in an attempt to bring on a fit of weeping that will leave me limp and, for a while at least, empty of longing for another.

케페쉬는 자신의 고통을 참을 수 없어 정신과 치료를 받게 되는데, 정신과의사 프레드릭 클링거(Frederick Klinger)박사는 현재 삶에 절망한 케페쉬에게 헬렌을 잊을 것과 학자로서의 삶을 살 것을 충고한다. 클링거 박사와의 상담은 케페쉬에게 자신의 내면의 문제를 객관적으로 냉정히 살피는 기회가 된다.

케페쉬가 만난 24살의 클레어 오빙턴(Claire Ovington)은 성적 매력과 지성을 겸비한 여인이다. 그녀는 코넬대학에서 실험심리학 박사학위를, 컬럼비아대학에서 교육학 석사학위를 받았고 지금 맨하탄(Manhattan)에 있는 사립학교 교원으로 11, 12세의 학생들을 가르치고 있다. 다음 학기에는 교과검토위원회(Curriculum-review Committee)의 책임을 맡게 되어 있다. "전문 직위가 발산하는 절제, 차분하고 냉철하며 의젓한 자세"(P 151)가 그녀의 몸에 배어 있었고 자신의 사생활에 있어서는 놀랄 만큼 천진하고 꾸밈이 없었다. 케페쉬는 클레어의 아름다움과 총명함에 매혹된다. 케페쉬는 자신의 과거의 여자와 클레어를 비교해 다음과 같이 얘기한다.

나는 클링거 박사(절대로 잊어서는 안 될 사람)에게 말했다. "헬렌이 성급했던 것과는 달리 클레어는 변함이 없어요. 그녀가 상식을 지키는 데 반해 브리지타는 분별력이 없었거든요. 일상적인 생활의 평범한 일에 그처럼 헌신적인 사람을 일찍이 본 적이 없었습니다. 날마다 일을 처리하는 자세, 일각일각 사물에 집중하는 그 관심, 정말 놀랍기 짝이 없어요. 거기에는 허황된 꿈이 없고, 지속적이고 헌신적인 삶이 있을 뿐이에요." (P 158)

"She is to steadiness," I tell Klinger (and Kepesh, who must never, never, never forget), "what Helen was to impetuosity, She is to common sense what Birgitta was to indiscretion. I have never seen such devotion to the ordinary business of daily life. It's awesome, really, the way she deals with each day as it comes, the attention she pays minute by minute. There's no dreaming going on there-just steady, dedicated living."

브리지타는 케페쉬의 탕아적 기질에 완전히 부합된 인물이고, 헬렌은 학자적 이성보다 탕아적 기질에 더 근접한 인물이다. 반면 클레어는 케페쉬의 두 본성, 즉 이성과 성적 욕망 모두에 충족감을 주는 인물이다. "클레어는 고독, 성불능, 무질서의 케페쉬에게 하나의 피난처가 되고"[20] 케페쉬는 정신과 치료도 그만두게 된다.

여러 명의 여성을 걸친 케페쉬는 캐스킬(Catskill) 근처의 시골집에서 클레어와 함께 지내게 됨으로써 일시적으로 무절제한 성적 욕구가 사라짐을 느끼고 안정을 되찾는다. 하지만 케페쉬는 방탕아적인 기질이 다시 자신에게 찾아 올 것이라는 불길한 예감을 갖는다. 그 불안한 전조는 케페쉬의 꿈에 잘 나타나 있다. 케페쉬는 카프카의 창녀를 찾아간 꿈을 꾼다. 케페쉬를 창녀에게 데려다 준 뚜쟁이는 바로 유년기 때 케페쉬의 첫 유혹자였던 브레태스키였다. 그리고 카프카의 창녀는 아름다움과 젊음을 상실한 노파로 등장한다. 케페쉬가 창녀의 꿈을 꾼 것에 대해 로저스는 "케페쉬의 성적 욕망이 완전히 사라진 것이 아니라 오히려 억압당한 상태로 언제든지 다시 분출될 수 있는 잠재성을 가진 것으로 본다."[21] 로저스의 지적처럼 케페쉬의 꿈은 그의 내부에서 이성과 성적 욕망이 다시 갈등을 일으키기 시작했다는 것을 암시한다.

---

20) Halio, 148.
21) Rodgers, 163.

이성과 성적 욕망의 갈등으로 고민해 온 케페쉬에게 숙명적인 존재로서 인간이 누리는 행복도 궁극적으로는 영속적이지 못한다는 비애감이 스며든 다. 케페쉬는 인간의 삶에 있어 아름다움이나 행복, 그리고 젊음의 열정도 영원 속에 묻힐 수밖에 없음을 인식한다. 케페쉬는 지나간 젊은 시절을 다 시 기억해 보지만 모든 것이 허무하다는 생각뿐이다. 이러한 감정은 이태리 북부 여행 때 클레어가 아름다운 시골 풍경을 카메라로 찍는 소리를 듣고 죽음의 상념으로 바뀐다. 그는 카메라의 찰칵거리는 소리를 시체를 넣는 관 에 못질하는 소리로 여긴다. 케페쉬는 "놀라운 무엇으로 자신이 감싸지는 것"(being sealed up into something wonderful)(P 164) 같은 느낌을 갖는다. 케페쉬는 자신의 삶이 관 속에 갇혀 끝나버리고 말 것 같은 두려움을 갖는 다.

케페쉬는 클레어에 대한 자신의 정열이 이제 식어 감을 깨닫는다. 케페 쉬는 과거의 여자인 헬렌의 임신 사실은 알았으나 정작 현재 아내인 클레 어가 임신했다는 사실은 몰랐던 것이다. 케페쉬는 "[아내에 대한]신뢰와 드 러난 비밀[아내가 임신 사실을 숨긴 것]의 밑바닥에 참으로 슬픈 무엇이 깔 려 있음"(P 222)을 깨닫고 혼란에 빠진다. 케페쉬는 클레어와의 관계가 지 속되지 않을 것임을 안다. 하지만 그는 자신이 언제나 남들이 바라고 기대 하는 인간이 되지 못했다는 사실을 깨닫는다.

다 끝났고 이제 잘 시간이예요[클레어의 말]. 아, 이 천진한 내 사랑, 당 신은 이해를 못하고 나는 당신에게 말을 할 수가 없소. 나는 말 할 수 없 소, 오늘밤에는. 내 정열은 일 년 뒤면 죽어버릴 것이오 이미 죽어가고 있 으며, 그것을 막을 방법이 없다는 사실이 두렵소 …… 내가 하나로 접합 되고 나에게 내 인생을 휘어잡을 힘을 준 그 육체에 대해서 나는 아무런 욕망을 느끼지 않을 것이오 아, 이 어리석음! 이 천치! 이 불공정! 당신을 이같이 강탈하다니! 내가 미처 알기도 전에 내 사랑하는 인생을 빼앗겨 버리다니! 그런데 누구에게? 언제나 나 자신이 아닌가? (P 261)

It's time for bed, that's all. Oh, innocent beloved, you fail to understand and I can't tell you. I can't say it, not tonight, but within a year my passion will be dead. Already it is dying and I am afraid that there is nothing I can do to save it. ... Toward the flesh upon which I have been grafted and nurtured back toward something like mastery over my life, I will be without desire. Oh, it's stupid! Idiotic! Unfair! To be robbed like this of you! And of this life I love and have hardly gotten to know! And robbed by whom? It always comes down to myself!

여기서 모든 문제가 자기 자신에게서 비롯되었다는 그의 각성은 매우 중요한 의미를 갖는다. 「컬럼버스여, 안녕」의 닐(Neil)과 『포트노이의 불평』의 포트노이가 그들의 불안과 실패를 남의 탓으로 돌리고 다른 사람을 비방했다면, 케페쉬는 자신이 모든 문제의 원천이라 생각한다. 닐은 전통적인 유대인의 가치관을 무시한 채 경제적 부만을 추구하는 정신적 미숙함을 보이고, 포트노이는 자기반성과 현실 인식 없이 무조건적인 반항과 이교도 백인 여자에 대한 추구 때문에 정체성의 위기를 느낀다. 케페쉬는 계속적인 자아 성찰과 자기반성으로 닐과 포트노이와 같은 미숙아도, 방탕아도 아닌, 성숙한 인물이 되어간다.

4_탈출구로서의 문학

『유방』과 『욕망의 교수』에서 케페쉬의 자아 인식과 삶에 대한 깨달음의 과정은 케페쉬가 문학에 대한 믿음과 열정을 갖는다는 측면에서 동일하다. 케페쉬는 "단순히 문학을 도피로서가 아니라 삶을 대면하고 현실의 고통을 이겨내는 한 방법"22)으로 활용한다. 케페쉬는 이성과 성적 욕망의 이원적 갈등을 문학을 통해 승화시키려고 한다.

『유방』에서 케페쉬는 자아를 찾으려는 욕구를 가지며, 외부세계와 분리된 주관과 여성으로부터 남성성을 확립하려고 한다.23) 그는 비록 현실적으로 옛날 자신의 모습으로 돌아가는 것이 불가능하겠지만, 현실 극복 의지와 강렬한 생존 의지를 불태운다.

> 클링거 박사님! 제 말 좀 들어보세요. 전 그것이[자신이 유방이 되 버린 현실] 절 미치게 만들지 않도록 하겠어요. 저는 제 자신의 자유를 위해서 싸우겠어요. 그 반대되는 얘기는 듣지 않을 것입니다. 앞으로 당신이 말씀하시는 것만 듣겠어요. …… 이제 더 이상 환상 속에 갇혀 있지 않겠어요. …… 저는 이 난관을 타개해 제 자신이 되고 싶습니다. 저는 단호해요. 모든 힘을 다해 생존하겠어요. (B 64)

> Dr. Klinger! Listen to me—I won't let it drive me crazy any more! I will fight myself free! I will stop hearing the opposite! I will start hearing what you are all saying! ... I will not participate any longer in this delusion! ... I will break through and be myself again! I am determined! With all my strength—with all my will to live!

케페쉬는 진지한 태도로 생과 대면하려고 한다. 그는 셰익스피어 (Shakespeare)의 비극 공연을 극적으로 기록해 둔 음반에 귀를 기울인다. 매일 아침 몇 시간씩 올리비에(Olivier)가 햄릿(Hamlet)과 오셀로(Othello)의 역할을 한 것, 폴 스코필드(Paul Scofield)가 리어왕의 역을 한 것, 그리고

---

22) Jones and Nance, 121.

23) Debra Shostak, "Return to The Breast: The Body, the Masculine Subject, and Philip Roth," *Twenty Century Literature* 45. 3 (1999), 324.

『멕베스』(*Macbeth*)의 장중한 줄거리에 귀를 기울인다. 그는 음반에 나오는 대사들을 마치 연극이라도 하듯이 억양과 리듬까지 맞추어 그대로 따라 해 본다. 이것은 케페쉬에게 있어 외계와 자신을 청각기관인 유두를 통해 일치시킬 수 있는 자기증명의 귀중한 수단이 된다.

케페쉬는 이제 자신이 유방이 되어 버린 엄연한 현실을 부정할 수 없고 벗어날 수 없다. 그래서 그는 유방으로의 삶, 즉 유방으로서의 정체성을 가지려고 한다. 미국은 기회의 땅이고 자신의 꿈을 실현시킬 수 있는 나라이다. 이런 미국사회에서 케페쉬는 커다란 유방으로서 자신을 사람의 구경거리로 삼아 몇 십만 달러의 돈을 벌어 보겠다는 생각을 한다. 그 돈으로 그가 가장 원하는 것, 여자를 사서 자신의 욕망을 채워 보려고 생각한다. 비록 이러한 것들은 부정적이고 세속적인 욕망이지만 케페쉬가 절망적인 상황에서 나름대로 자신의 한계를 인식하고 자신의 삶을 변화시키려고 하는 긍정적·도전적 삶의 의지로 받아들여질 수 있다.

『유방』은 독일 시인 라이너 마리아 릴케(Rainer Maria Rike, 1875~1926)의 시 「아폴로의 고대 흉상」("Archaic Torso of Apollo," 1908)에서의 인용으로 마무리된다. 케페쉬는 마치 대학 강단에서 수업을 마치는 것처럼, 자신의 경험담을 마무리한다. 케페쉬가 유방으로 변하게 됨으로써 겪었던 시련으로부터 인식했던 삶의 깨달음, 즉 "너의 삶을 변화시켜야 한다"(You must change your life)는 명제는 릴케의 위대한 시심(詩心)을 통해 보다 생생한 인상을 심어주고 보다 고조된 감상을 불러일으킨다.

『유방』에서 케페쉬가 셰익스피어의 비극 공연을 기록해 둔 음반을 청취하고 따라하면서 자신을 지탱하려고 했던 것처럼, 『욕망의 교수』에서도 그는 문학 연구를 통해 자신의 삶의 출구를 찾으려고 한다. 하지만 케페쉬가 문학 연구를 시작하기 전 자신의 무의미한 삶을 깊이 사색하게 된 계기는 따로 있다. 그것은 어머니의 죽음과 아버지 에이브(Abe)의 친구인 바배트니크(Barbatnik)씨와의 만남이다.

『욕망의 교수』에서 케페쉬는 정신과 치료를 받는 동안 어머니가 암으로 회복될 가능성이 없다는 사실을 알게 된다. 그의 어머니는 아버지와 결혼하기 전에는 법률사무소에서 근무했고, 결혼 후에는 가족경영의 휴양지 호텔에 매달려 끊임없이 닥치는 대로 일을 했다. 어머니가 그렇게 힘든 일을 하지 않아도 되셨더라면, "어머니는 깔끔하고 질서를 좋아하는 자기취향을 살리면서 살았을 것이다"(108)라고 케페쉬는 생각한다. 맹목적이고 무의미한 삶을 영위하고 있는 케페쉬로서는 어머니가 곧 죽게 된다는 사실을 도저히 받아들일 수 없다. 케페쉬는 마지막으로 자기를 방문한 부모님의 침대로 기어 들어가고 싶은 충동을 느낀다. 『포트노이의 불평』의 포트노이 어머니가 지나친 애정과 간섭으로 자식을 숨 막히게 했다면, 케페쉬의 어머니는 자식에게 부담감을 주지 않고, 애정을 베풀 줄 아는 어머니이다. 부모에 대한 주인공의 태도에 있어서도 포트노이는 반항으로 일관하지만, 케페쉬는 부모에 대한 증오, 반감 등이 없으며 존경과 사랑으로 부모를 대한다.

어머니의 죽음뿐만 아니라, 케페쉬는 바배트니크씨의 인생 경험담을 듣고 현실의 가혹함을 더 깊이 인식한다. 바배트니크씨는 독일의 강제수용소에서 부모형제 그리고 아내와 3살이던 딸마저 잃어버렸지만, 끈질긴 생명력으로 살아남아 미국에 정착해 20년 동안 택시운전을 하면서 살아온 사람이다. 그는 미국에서 강제수용소에서 살아나온 여자와 재혼하지만, 그의 아내는 3년 전에 케페쉬의 어머니처럼 암으로 사망한다. 케페쉬는 바배트니크씨의 삶의 여정에 동정을 느낀다. 케페쉬는 "우리들이 어떻게 살고 있는가를 보고 이해할 수 있는 사람, 현실이 어떠한가를 알고 거짓말로 자신을 흐리지 않은 인간이 되려고 했다"(P 257)는 바배트니크씨의 말을 통해 방황하고 있는 자신의 모습을 돌이켜본다.

『욕망의 교수』에서 케페쉬에게 학자로서 자신의 모습을 찾을 수 있는 유일한 길은 문학 연구이다. 케페쉬는 2년 동안 손을 놓았던 체홉(Chekhov, 1860~1904)에 대한 연구를 시작한다. 가혹한 인간 상황에 직면하여 억압과 굴레를 벗어나려고 하는 체홉의 작품 연구를 통해 케페쉬는 자신의 이중성을 조화 시키려고 한다. 케페쉬는 제약과 관습의 껍질에서 탈출하려는 인간에게 닥치는 수모와 패배, 그중에서도 가장 무서운 파괴력을 체홉은 자신의 작품 속에서 그려주고 있다고 판단한다. 케페쉬는 체홉의 작품에 인간의 내부에 깊숙이 배어든 권태와 숨 막히는 절망, 고통스러운 결혼생활과 그 사회의 위선적인 풍토에 탈출하여 감동적이고 소망스런 삶으로 뛰어들려는 인간의 의지가 그려지고 있다고 생각한다. 케페쉬는 체홉의 작품에 방종과 억압이라는 딜레마가 있다는 것을 알고 체홉 연구서인, 『조개껍질 속의 인간』(*Man in a Shell*)을 내놓는다.

> 「격투」("The Duel")[체홉의 작품]에 이처럼 잠겨 들어감으로써 나[케페쉬]는 비로소 체홉에 대한 비평적 저술을 시작하게 되었다. 그 일을 시작한지 4개월 만이었다. 낭만적 환멸에 대한 미완성의 5페이지 초고가 약 5만 단어의 저서가 되어 『조개껍질 속의 인간』이라는 표제를 달고 출판되었다. 체홉의 문학세계에 있어 방종과 절제를 주제로 한 논문─욕구가 충족되고 쾌락이 거부되며, 그 두 가지로 인해 발생되는 고통의 세계. 본질적으로 이 저서는 체홉의 세계에 철저하게 배어 있는 비관론의 정체가 무엇인가를 파헤친다. 당대의 남편과 여자가 헛되이 성취하려고 하는 '개인적 자유의식'─그것을 성취하는 신중하고, 역겨우며, 고상하고, 불투명한 방법에 체홉은 비관론을 폈다. 그러나 체홉 자신은 "개인적 자유의식"에 헌신적인 인물이었다. (157-58)

It is this immersion in "The Duel" that finally gets me writing, and within four months the five pages extracted from the old unfinished rehash of my thesis on romantic disillusionment are transformed into some forty thousand words entitled Man in a Shell, an essay on license and restraint in Chekhov's world-longings fulfilled, pleasures denied, and the pain occasioned by both: a study, at bottom, of what makes for Chekhov's pervasive pessimism about the methods- scrupulous, odious, noble, dubious- by which the men and women of his time try in vain to achieve "that sense of personal freedom" to which Chekhov himself is so devoted.

이 논문 연구는 케페쉬가 자신의 상황을 이해하는 데 도움이 될 뿐더러 독자가 케페쉬를 이해하도록 안내하는 두 가지 목적을 갖는다.[24] 체홉 연구에서 인간의 존재 상황에 대한 탐구는 케페쉬를 크게 성숙시킨다.

『욕망의 교수』에서 케페쉬는 카프카(Kafka)의 영향도 많이 받는다. 체코의 프라하에서 만난 소스카(Soska) 교수와의 대담은 문학과 현실 그리고 본능과 이성의 조화에 대한 새로운 시각을 케페쉬에게 제공해 준다. 소스카 교수는 소련군이 체코슬로바키아를 침공하여 프라하의 봄에 종지부를 찍자, 독재 정부에 의해 교수직에서 면직된 사람이다. 그의 아내도 과학자였지만 역시 정치적인 이유로 해고당하여 네식구의 생계를 위해 고기 포장공장에서 타이피스트로 일 년째 일하고 있다. 소스카 교수는 독재 정부의 통제된 생활 속에서 카프카의 삶을 기억하면서 생의 원기를 얻고 있다. 최근에 소스카 교수는 출판되기 어렵다는 것을 알면서도 멜빌(Melville)의 『백경』(Moby-Dick)을 체코어로 번역하고 있는데, 학자로서 힘든 번역 일은 그에게 개인의 자유가 박탈당한 현실에 대한 타오르는 분노를 식히는 한 방법이 된다.

---

24) Jones and Nance, 119.

소스카 교수의 문제가 외부의 전제주의 체제와 개인의 자유와의 갈등인 반면에 케페쉬의 문제는 성적욕구가 그의 정신을 지배해 버렸다는 사실에서 오는 절망이다. 같은 유대인이면서도 미국에 동화된 케페쉬의 성적 문제는 일견 사치스런 고뇌로, 소스카 교수의 정치적인 문제와는 전혀 관계가 없는 것 같다. 그러나 두 사람이 안고 있는 문제의 공통점은 모두 출구가 막힌 상황에 처해 있다는 사실인데, 이 문제를 두 사람은 유대인 선배작가 카프카의 『성』(*The Castle*)을 중심으로 논의한다. 『성』의 주인공 K가 보이지 않는 벽 앞에서 느낀 좌절감을 소스카 교수는 외부의 부당한 힘 앞에 서 있는 개인의 문제로 받아들이고, 케페쉬는 억제하기 힘든 애욕의 힘 앞에 절제력을 잃은 인간의 문제로 생각한다. 이처럼 두 사람이 당면한 문제가 다르지만 그 해결책을 문학 속에서 찾고 있는 점은 비슷하다.

 "나[케페쉬]는 가끔 이런 의문을 갖고는 하죠—작품, 『성』은 실제로 카프카 자신의 성적인 좌절과 연결되어 있지 않을까—절정에 도달하지 못하는 그 상태와 연관된 작품이 아니냐고." 내 생각에 그[소스카]는 웃었다. 그러나 여전히 점잖게 그리고 조금도 변함없이 온화하게 웃었다. 그렇다. 이 은퇴한 교수는 깊이 타협했고, 압착 롤러에 들어간 것 마냥, 양심과 정권—양심과 살을 에는 복통 사이에 끼어 있었다. 그는 친절하고도 어버이 같은 자세로 한 손을 내 팔에 얹으면서 입을 열었다. "글쎄, 좌절당한 시민 한 사람에게야 그 나름의 카프카가 있는 게 아니겠소?" "그리고 분노하는 사람에게는 그 나름의 멜빌이 있고." 내가 맞장구를 쳤다. (173)

 "I sometimes wonder if *The Castle* isn't in fact Kafka's own erotic blockage a book engaged at every level with not reaching a climax." He laughed at my speculation. Yes, just so profoundly compromised is the retired professor, caught as in a mangle, between coscience and the regime —between conscience and searing abdominal pain. "Well" he says, putting a hand on my arm in a kind and fatherly way, "to each obstructed citiazen his own Kafka."

"And to each angry man his own Melville," I reply.

비록 사정은 다르지만 소스카 교수와 케페쉬는 카프카의 단편, 「학술원에 대한 보고서」("Report to the Academy")에 나오는 원숭이처럼 출구가 막힌 상황에서 나름대로 적응 양식을 배워 나간다. 아프리카의 해안에서 사로잡혀 인간으로 변신한 원숭이의 환상적인 이야기는 소스카와 케페쉬가 당면한 자유의 문제에 대해 많은 것을 함축하고 있다. 판자로 된 우리에 갇혀 문명의 세계로 끌려온 원숭이는 그 옛날 숲 속에서 누리던 자유를 박탈당하고 이제는 오직 출구만을 염원하고 있다. 그러나 사방이 바다인 배위에 갇혀 있는 신세라 탈출한다고 해도 바다에 떠돌다 빠져 죽을 것이 뻔하다. 그래서 유일한 출구는 사람의 흉내를 내어 인간세계로 들어가는 길이다. 싫든 좋든 원숭이로서의 동물적 본성을 억제하고 인간의 행동양식을 열심히 배워 나간다. 마침내 이 원숭이는 과거의 추억에 매달리지 않고 온갖 동물적 본성을 단념했기에 판자로 만든 우리를 나와 인간 앞에 설 수 있었다고 고백한다.

「학술원에 대한 보고서」의 원숭이가 인간의 행동양식을 배우는 과정에서 가장 어려운 갈등이 동물적 본성을 억제하고 싸우는 일이었던 것처럼 케페쉬가 정신적 혼란으로부터 벗어날 수 있는 출구는 본능을 방임적으로 분출시키는 데 있지 않고 이를 인간의 생태적 조건으로 받아들여 승화시킬 수 있는 방법을 찾는 데 있다. 케페쉬에게 그것은 문학이었다. 케페쉬는 자신의 내부 속에 잠재된 욕망과 이성의 갈등 해결이 불가능할지라도, 문학을 통해 이 갈등이 이해되고 최소한 표현될 수 있음을 인식한다. 체홉의 문학은 케페쉬에게 그의 인생론적인 문제를 인식하는 데에 영향을 주었고, 카프카의 문학은 이런 갈등을 견디어 나갈 수 있는 가능성, 그리고 문학이 인간의 고뇌를 완화시키는 한 가지 방안이 될 수 있다는 것을 깨닫는 데 영향을 주었다.

『욕망의 교수』에서, 욕망과 이성의 갈등은 문학 안에서 이해되고 승화될 수 있다는 케페쉬의 인식의 결과는 케페쉬가 다음 학기를 위해 준비한 비교문학 강의 내용에 드러난다. 케페쉬는 밤늦게 호텔 밖으로 나와 옛날 카프카가 갔을 법한 사창가 앞에서 마치 카프카의 소설 주인공인 원숭이가 학술원에 보고를 하듯 다음 학기 강의를 예행 연습한다. "문학 341 강좌를 수강하는 학생 여러분"(181)로 시작되는 강의는 그가 겪어온 애욕적인 삶을 살풀이하는 효과를 준다. 그는 욕망을 다룬 소설을 가르칠 것이고 자신의 성적 경험을 얘기하겠다고 다짐한다. 그렇게 함으로써 자신의 혼돈스런 내면세계와 직면해 보려고 한다. 이제는 "최소한 학자적인 성격과 방탕아적인 기질의 갈등이 비록 잠정적일지라도 조화와 균형을 보여 주고 있다."25) 케페쉬는 자신의 문제를 강의실에서 객관적으로 드러내 놓을 만큼 성숙하게 된다. 그는 다음과 같이 강의를 끝낸다.

오! 학생 여러분, 저는 금년 거대한 격정의 노도를 타고 있었습니다. 그것 역시 언급하겠습니다. 가능하다면 포용력이 큰 것처럼 행동하는 저의 자세를 너그럽게 받아들이기 바랍니다. 솔직히 말해서 저는 문학 341 과목의 교수 신임장을 여러분에게 제시하고 싶을 뿐입니다. 발표 내용의 일부가 몇몇 학생들에게는 분명히 경솔하고 비전문적이며 구미에 맞지 않을 수도 있을 것입니다. 그러나 여러분의 허락을 받아 지금 이 작업을 그대로 밀고 나감으로써 제가 인간으로서 지금까지 이끌어온 인생을 여러분에게 공개하려고 합니다. 저는 문학에 헌신했으며, 때가 되면 문학에 관해서 알고 있는 모든 것을 여러분에게 이야기해 주기로 하겠습니다. 그런데 진실

---

25) 같은 책, 122.

로 저의 내부에 살고 있는 것 가운데서 저의 인생과 겨룰 수 있는 것은 단지 하나도 없습니다. (185)

Class, oh, student, I have been riding the swell of a very large emotion this year. I'll get to that too. In the meantime, if possible, bear with my mood of capaciousness. Really, I only wish to present you with my credentials far teaching Literature 341. Indiscreet, unprofessional unsavory as portions of these disclosures will surely strike some of you, I nonetheless would like, with your permission, to go ahead now and give an open account to you of the life I formerly led as a human being. I am devoted to fiction, and I assure you that in time I will tell you whatever I may know about it, but in truth nothing lives in me like my life.

이전 소설의 주인공 닐과 포트노이가 의지 상실의 인물들로 자아 성찰과 정체성 확립의 면에서 혼란과 불안을 보였다면, 『욕망의 교수』의 케페쉬는 비교문학 강의의 개강 원고를 통해서 자신의 내부에서 일고 있는 이성과 성적 욕망의 조화를 꾀한다. 케페쉬의 이런 측면은 케페쉬가 문학을 통해 삶에 대한 비판적 안목을 갖게 되고 균형 잡힌 인간으로 성숙하리라는 기대를 불러일으킨다. 다니엘 월든(Daniel Walden)도 "케페쉬는 마침내 삶에 대한 두려움을 갖지 않으며 자신의 본연의 모습을 찾아 인간 부류에 합류하고 있다"[26]고 평한다.

---

26) Daniel Walden, "*The Professor of Desire*: The Two Plums or the Reawakening?" *Critical Essays on Philip Roth*, ed. Sanford Pinsker (Boston, Mass.: Hall, 1982), 82.

제5장

변신과 확장: 『카운터라이프』

1_서술 기법상의 특징: 반복과 역전

로스의 열네 번째 소설 『카운터라이프』(*The Counterlife*, 1986)의 가장 큰 특징은 중심 플롯이 없고, 어떻게 보면 "이야기의 새로운 시작만 있을 뿐이다."[1] 이 소설은 5장으로 구성되어 있는데, 사건들이 겹쳐 기술되고, 더욱이 서로 다른 관점에서 서술된다. 1인칭 서술이 주를 이루고 있지만 때로는 3인칭으로 서술되다가 다시 1인칭으로 재 서술되는 양상을 띤다. 또 어떤 사건이 서술되고 난 후 그 사건과 완전히 상반된 서술이 이루어지기도 한다. 도대체 어떤 이야기가 주된 이야기인지 알기가 어렵고, '카운터라이프'(counterlife)의 의미를 분류해 내는 일 또한 쉽지가 않다.

이 소설의 결말에서도 이 문제는 결코 해결되지 않는 채, 열린 상태로 종결된다. 이 소설의 주된 대상은 제목 자체에서 내포하고 있는 것처럼, 서로 상반되면서도 간접적인 영향을 미치는 삶이다. 로스는 이야기의 내용을

---

1) Jay L. Halio, *Philip Roth Revisited* (New York: Twayne, 1992), 181.

정리하고 기술되는 사건을 파악하고 최종적인 가치 판단을 내리는 것은 독자에게 전적으로 남겨둔다. 열려진 다양한 가능한 삶을 상상할 수 있도록 독자를 유도하고, 심지어 그 선택한 삶의 질적 가치에 대한 판단마저도 독자에게 유보한다. 독자는 이 소설에서 무슨 일이 일어났는가에 의문을 제시하면서, 또 앞으로 일어날 수도 있는 사건을 상상하면서 독서 행위를 하게 된다. 그래서 "소설의 기본적인 틀 자체가 이 소설의 내용을 표현한다."[2]

『카운터라이프』의 서술은 반복과 역전으로 이루어진다. 화자가 전달한 이야기 속에서 죽었던 사람이 다음 장에서 다시 살아나 앞의 내용을 뒤집는 이야기하기도 하고, 화자 자신도 죽었다가 다시 살아나 자기주장을 펴기도 한다. 또 다른 등장인물들은 하나의 성역화를 시도하면서 자신들이 가지고 있는 견해만을 써 달라고 주인공이자 소설가인 네이선 주커만(Nathan Zuckerman)에게 압력을 행사하기도 한다. 그리하여 등장인물들은 만약 주커만을 확신시킬 수만 있다면 주커만이 그들의 견해를 퍼뜨려 줄 것을 확신한다.

『카운터라이프』 전체를 통해 주커만은 동일한 사건을 전혀 달리 해석하는 상황에 직면한다. 서로 다른 등장인물들은 그들이 경험한 것들이 역사적으로 진정 의미가 있다고 주장하고 있으며, 또 그 주장은 다른 사람의 주장과는 전혀 상반된 내용이 된다. 이때 다른 등장인물들이 주장하는 의견이나 견해는 하나의 이데올로기로 형성된다. 언어학적으로 풍부한 지식을 가지고 있는 주커만은 언술을 지배하려고 하는 각각의 등장인물들의 귀가 되기도 하고 입이 되기도 하면서 그들의 주장을 있는 그대로 전달해 준다. 이렇게 해서 하나의 이야기가 구성되는 것이다. 각각의 등장인물들이 영향력을

---

2) Murray Baumgarten and Barbara Gottfried, *Understanding Philip Roth* (Columbia, S.C.: South Carolina UP, 1990), 202.

행사하는 것은 주커만의 비전이고, 모든 사람들이 수정과 개작을 원하는 것은 주커만의 책이다. 이런 점들은 『카운터라이프』가 작가의 창작 과정을 솔직하게 드러내 주는 소설임을 입증한다.

『카운터라이프』는 주커만이 자기 동생 헨리(Henry)를 명상하면서 시작된다. 헨리는 심장병을 치료하기 위해 먹은 약 때문에 성불능에 빠진다. 주커만은 헨리가 자신의 성불능 상태에서 벗어나기 위해 몸부림치는 정신적 갈등을 세세하게 묘사한다. 이 묘사는 이태릭체로 10페이지 정도 계속되는데, 헨리가 바로 그때 주커만에게 전화를 하게 돼 그 명상은 종료된다. 헨리가 주커만에게 전화를 할 때까지의 서술은 주커만의 의식에 대한 묘사이지만, 이후 전화를 했던 헨리의 목소리는 사라지고 갑자기 헨리의 장례식에 대한 묘사가 이루어진다. 이처럼 『카운터라이프』의 서술은 주로 등장인물들의 내면세계에 대한 묘사로 이루어지고, 의식의 흐름에 따른 서술이기에 상황의 급전이나 변화가 심하게 이루어진다.

『카운터라이프』에서 헨리는 주커만이 자신의 사적인 생활을 변형, 왜곡하여 소설을 써 작가로서 성공을 했다고 확신한다. 하지만 4장인 글로스터셔(Gloucestershire) 장에서 죽은 주커만의 날카로운 비평가로서 재등장하는 헨리는 1장인 바젤(Basel) 장에서는 주커만을 통제하지 못한다. 왜냐하면 1장의 화자는 주커만이고 이곳에서는 주커만의 생각과 주커만의 입장만 서술되기 때문이다. 헨리가 심장 수술을 받느냐, 받지 않느냐는 선택의 기로에 서 있을 때 주커만이 서술을 떠맡았던 것처럼, 주커만이 사망하자 헨리가 서술을 떠맡는다. 이제 헨리를 변형, 왜곡하여 그려내고 있는 소설가 주커만에 대한 생각 없이 더 이상 생활할 수 없는 헨리의 사고와 느낌이 서술된다.

『카운터라이프』는 끊임없는 싸움과 화해할 수 없는 등장인물들의 관점을 보여 준다. 로스는 어떤 결론적인 언급이나, 서술적 끝맺음, 그리고 해결책을 제시하지 않는다. 주커만, 헨리, 케롤(Carol), 그리고 마리아(Maria)는 각각 자신의 이야기 장에서 이 소설의 서술을 담당하고, 그들은 또한 다른 사람들의 언급에 대해 상반된 서술을 하거나 그들의 견해에 대해 재해석을 한다. 그들은 어떤 사건이 발생했거나 발생하지 않았거나 상관없이 그 사건의 의미에 대해 은밀한 비밀을 드러내거나 서로를 비난하기도 한다. 자신들이 사랑하는 사람들의 죽음이나 자기 자신의 죽음에 직면했을 때 각각의 등장인물들은 최종적인 결론을 찾으려고 한다.

네 명의 주된 등장인물들을 제외한 다른 인물들이 중간에 끼어들어, 자신들의 개인적인 삶의 역사뿐만 아니라 현대 유대인의 상황에 대한 견해를 노출시키기도 한다. 각각의 등장인물들은 자신만의 독특한 어법이나 억양으로 자신들이 즐겨 사용하는 용어들로 자신들의 얘기를 서술한다. 단 하나의 지배적인 설명이나 서술이 아니라 다양한 목소리들이 자신의 입장을 피력하고 권위를 요구한다. 그리하여 등장인물들 각각의 서술들은 나름대로 설득력을 갖지만, 그들의 서로 상반된 자질들은 이 소설을 홀 안의 여러 개의 거울처럼 서로 반영하고 있다.[3] 이 소설의 구조와 내용들은 이 소설의 목적이 도대체 무엇인가에 대한 물음으로 이끌게 된다. 독자는 각각의 목소리들이 하나의 이야기로서, 또는 소설로서 독자의 관심을 요구할 때 어떤 설명이 진실된 것인가를 끊임없이 요구하게 된다.

『카운터라이프』의 이러한 서술 기법은 미하일 바흐친(Mikhail Bakhtin)이 『도스토예프스키 시학의 문제점』(*Problems of Dostoevsky's Poetics*)에서 제시하고 있는 다성성(polyphony)의 이론으로 설명해 볼 수 있다고 필자는 생각한다. 다성성이란 둘 이상의 다양한 목소리와 의식들이 작가에게 종속

---

3) Baumgarten & Gottfried, 204.

되지 않은 채 완전히 독립된 실체로 존재하는 문학을 가리키는데, 바흐친은 소설에서 이러한 다성성의 새로운 유형을 만들어낸 도스토예프스키를 극찬한다.

> 독립되어 있고 함몰되지 않는 다양한 목소리와 의식들, 완벽하게 타당한 목소리들의 다성성은 도스토예프스키 소설의 주된 특징이다. 그의 작품에서 드러나는 것은 단일한 객관적 세계에서 작가의 의식 내에서 조명된 등장인물이나 운명들이 아니다. 오히려 다양한 의식들은 작가와 동등한 자격을 가지며 독자적인 세계를 유지하면서 결합된다. 하지만 그 의식들은 결코 단일한 사건 속으로 함몰되지 않는다.4)

> A plurality of independent and unmerged voices and consciousnesses, a genuine polyphony of fully valid voices is in fact the chief characteristic of Dostoevsky's novels. What unfolds in his works is not a multitude of characters and fates in a single objective world, illuminated by a single authorial consciousness; rather a plurality of consciousnesses, with equal rights and each with its own world, combine but are not merged in the unity of the event.

다성성의 소설에서 작중 인물은 단순하게 작가의 의도에 따라 수동적으로 움직이는 꼭두각시가 아니라 작가와 대등한 위치를 차지하는 능동적인 주체이다. 다성성의 소설에서 소설적 담화는 공식 언어와 같은 획일적인 힘인 구심력과, 그리고 민중언어나 사육제의 언어와 같은 전복적인 힘인 원심력의 끊임없는 대립에 의해 지속된다. 이러한 대립적인 힘들의 대화가 가장 잘 드러난 텍스트가 다성성의 소설이다.5) 다양한 목소리로 구성되는 다성

---

4) Mikhail Bakhtin, *Problems of Dostoevsky's Poetics*, trans. Caryl Emerson (Minneapolis, Minn.: Minnesota UP, 1993), 6.
5) 같은 책, 40.

성의 소설에서 작가는 자신의 최후의 말을 유보한 채 지배언술과 반언술(지배적인 언술에 상반되고 대립되는 언술)을 대화의 장으로 이끌어 넘으로써 독자 스스로가 모든 사건을 판단케 한다. 바흐친의 논리에 따르면, 『카운터라이프』는 전지적 작가 시점이나 특정 화자의 한정된 시점에 의한 단성적 서술이 아니라 다양한 등장인물의 목소리가 교묘하게 얽혀 있는 다성적인 소설이라 할 수 있다.

『카운터라이프』는 등장인물들 사이의 관계가 모호하고 서술하는 화자 사이의 관계가 희미해 독자를 괴롭게 만든다. 마리아의 경우, 그녀가 헨리의 이전 정부인가 아니면 현재 주커만의 정부인가? 그리고 과연 그녀가 주커만의 아내가 될 수 있을 것인가? 왜냐하면 주커만이 자신의 성불능을 해결하기 위해, 그리고 마리아와의 뜨거운 정사를 위해 자신의 가슴을 여는 위험한 수술을 받는 모험을 감수하기 때문이다. 그렇지 않으면 그녀는 주커만 자신이 쓰고 있는 소설에 등장하는 환상 속의 여인에 불과한가? 또 헨리의 경우, 그가 자신의 모습을 찾아 이스라엘에서 시온주의자로 활동하면서 자신의 남성성을 회복하는가? 아니면 수술대 위에서 수술을 받다가 깨어나지 못하고 죽어 버리게 되는가? 수술대 위에서 죽지도 않았고 이스라엘에도 있지 않았으며 실제로 뉴저지(New Jersey)에서 살고 있는가? 한편 이 소설의 주인공인 주커만의 경우에 있어서도 그가 죽었는지 살았는지 명확하게 밝혀져 있지 않다. 주커만이 마리아와 결혼을 했는지 하지 않았는지, 또 반유대주의자는 아닐지라도 영국의 지배를 분석해 내는 투쟁적인 리포터(reporter)인지, 아니면 단지 상상속의 인물에 불과한지 명확하지가 않다. 이것은 바로 로스가 현실과 환상의 경계를 무너뜨리면서 소설을 쓰고 있다는 증거이다.

로스는 한 인터뷰에서 『카운터라이프』의 내용 중 도대체 무엇이 진실이고 무엇이 거짓인가에 대한 질문에 다음과 같이 대답한 바 있다.

주로 사람들이 소설에서 원하는 것은 그들이 믿을 수 있도록 신빙성을 갖는 이야기의 서술이다. 신빙성이 있는 이야기가 아니면 그들은 애써 그 내용을 파악하려고 하지도 않는다. 작가는 그럴 수도 있겠다는 이야기를 독자에서 전달함으로써, 독자는 작가의 이야기와 의도를 파악할 수 있게 된다. 그것은 작가와 독자가 갖는 하나의 계약이다. 그런데 『카운터라이프』에서는 서로 상반되고 모순적인 이야기가 전개된다. "나는 현재 일어나고 있는 일에만 관심이 있다. 그런데 현재, 그리고 갑자기 두 가지 일이 또는 세 가지 일이 동시에 일어난다. 어떤 일이 진짜이고 어떤 일이 가짜인가? 도대체 나로 하여금 어떤 것을 믿으라는 것인가? 왜 나를 이렇게 괴롭히는 것인가?"라고 독자는 말한다. …… 그 모든 것은 똑같이 진실일 수 있고 거짓일 수 있다. …… 전부 다 믿을 수 있고 믿지 않을 수도 있다.6)

Primarily what they want is a story in which they can be made to believe; otherwise they don't want to be bothered. They agree, in accordance with the standard author-reader contract, to believe in the story they are being told—and then in *The Counterlife* they are being told a contradictory story. "I'm interested in what's going on," says the reader— "only now, suddenly, there are two things going on, three things going on. Which is real and which is false? Which are you asking me to believe in? Why do you bother me like this!" ... All are equally real or equally false. ... All/none.

로스는 인간 삶의 현실을 복합적인 시각으로 다루려고 한다. 로스는 "인생은 일정하게 정해진 코스가 있다거나, 간단한 결론이 도출될 수 있고 예측 가능한 패턴이 존재하는 것은 아니다"7)라고 단언한다. 『카운터라이프』

---

6) Asher Z. Milbauer & Donald G. Watson, eds., *Reading Philip Roth* (New York: St. Martin's, 1988), 11.

가 복잡하고 난해한 구조를 갖는다는 것은 바로 이러한 삶의 현실을 반영한다고 할 수 있다. 로스는 기존의 사실주의나 모더니즘적 소설과는 달리 유일한 중심, 유일한 질서를 거부하고, 우연과 혼돈의 상황 속에 놓인 우리 삶의 현실을 다양한 가능성으로 탐구한다.

『카운터라이프』는 세상의 불변의 진리가 되는 '마스터 텍스트'가 없다는 점과 모든 문제에 대한 판단을 독자에게 유보한다는 점에서 포스트모던 소설이라는 특징을 갖는다. 헨리는 이미 독자가 읽은 『카운터라이프』의 쥬디어(Judea), 어로프트(Aloft), 그리고 글로스터셔 장을 읽어 내리고 독자가 읽지 못한 크리슨듬(Christendom) 장을 읽어 간다. 누구의 원고가 진정한 소설인가? 헨리가 읽어 가는 원고인가, 아니면 독자가 지금까지 읽어온 원고인가? 『카운터라이프』는 주커만 형제에 관한 필립 로스의 소설인가 아니면 주커만의 소설인가? 만약 주커만의 소설이라면 독자는 주커만의 죽음을 어떻게 읽어 내야 하는가? 독자는 이런 의문을 가지지 않을 수 없다.

4장인 글로스터셔 장의 마지막 페이지는 마리아의 인터뷰로 이루어져 있다. 하지만 그녀가 얘기하고 있는 상대가 주커만인지, 그렇지 않으면 주커만의 유령인지는 확실하게 드러나 있지 않다. 독자의 관점에 따라 차이가 있을 수 있지만, 헨리의 경우에서처럼 그녀의 목소리는 주커만에 의해 걸러지지도, 또 주커만의 예술적 기교에 의해 왜곡되거나 변형되지도 않는다. 헨리와 마찬가지로 그녀는 주커만의 작품인 『카운터라이프』에 대해 비판을 할 수 있는 기회를 갖는다. 이런 측면에서 토머스 퓨(Thomas Pughe)는 헨리와 마리아가 로스의 독자가 아니라 소설 속의 작가인 주커만의 독자이자 아주 집요한 비평가라고 주장한다.8) 다시 말해 헨리는 주커만의 원고인 『카

---

7) 같은 책, 12.
8) Thomas Pughe, *Comic Sense: Reading Robert Cooper, Stanley Elkin, Philip Roth* (Boston, Mass.: Birkhauser Verlag, 1994), 112.

운터라이프』를 읽다가 쓸모없는 소설이라 생각하여 쓰레기통에 던져 버릴 정도로 아주 혹독한 독자이자 비평가이다. 이에 비해 마리아는 복잡한 예술가의 욕망을 감지할 수 있는 뛰어난 감각을 소유한 독자이면서 자기 자신의 견해와 입장만을 밝히는 비평가이다. 로스는 이 두 명의 독자를 통해 분노하고 상처받은 독자에 의한 자신의 책에 대한 파괴와 공격을 상상하고 있다 하겠다.

『카운터라이프』에서 서로 반대되는 상황이 설정되지 않고 한 가지 상황이 계속되는 경우는 없다. 주커만의 작가로서의 자기몰입은 자기 자신을 잃게 만들어 버리며, 심장의 부담을 덜어 주기 위해 반드시 그가 먹어야만 하는 약은 그를 성불능 상태에 빠지게 한다. 뉴저지에서 치과의사로서 무기력한 삶을 영위했던 헨리는 이스라엘에서 시온주의자로서의 삶을 추구한다. 각각의 상황들은 서로 상반된 삶을 선택하기 위한 전제로서 그 기능을 하게 된다. 이 점은 로스가 현실을 다층성의 공간으로 인식한다는 것이다.

마음의 무거운 짐은 다양한 가능성 가운데 오로지 이것 아니면 저것 (either/or)만을 의식적으로 선택하는 것은 아니다. 삶은 끊임없는 연속선상에 있는 것이다—우연적이면서도 불변적인 것이고, 도피적인 것이면서도 움켜쥘 수 있는 것이고, 이상야릇한 것이면서도 예측 가능한 것이고, 실제적인 것이면서도 비실재적인 것이다. 모든 복합적인 현실은 서로 얽혀 있고 겹쳐 있으며 서로 일치하지 않으면서도 결합되어 있는 것이다—게다가 복합적인 환상까지도!9)

The burden isn't either/or, consciously choosing from possibilities equally difficult and regrettable—it's and/and/and/and/and as well. Life is

---

9) Philip Roth, *The Counterlife* (New York: Vintage, 1986), 306. 이하 이 작품에서의 인용문은 괄호 안에 쪽수만 표시함.

and: the accidental and the immutable, the elusive and the graspable, the bizarre and the predictable, the actual and the potential, all the multiplying realities, entangles, overlapping, colliding, conjoined－plus the multiplying illusions!

다원적인 삶과 현실은 동시에 존재하는 것이다. 로스는 한 방향의 관점만을 제시하는 폐쇄적인 인생관보다는 끝이 열려 있고, 무한한 가능성이 존재하는 잠재 상태로서의 인생관을 갖는다.

2_동생, 시오니즘, 그리고 반유대주의와의 갈등

앞 장에서 『카운터라이프』가 갖는 서술 기법상의 특징들을 살펴보았다. 그렇다면 로스는 독특한 서술 기법을 통해 어떤 문제들을 해결해 보려고 한 것일까? 『카운터라이프』는 난해하고 복잡해, 한마디로 어떤 문제들을 다루고 있다고 단정할 수 없다. 그러나 로스가 주로 다루려고 한 것은 주커만과 헨리의 갈등 문제, 그리고 이스라엘에서의 시오니즘과 영국에서의 반유대주의 문제라 할 수 있다.

『카운터라이프』에는 동생 헨리와 주커만의 갈등이 첨예하게 드러나 있다. 어떻게 보면 이것은 『카운터라이프』의 주된 출발점이 된다. 헨리가 자신의 카운터라이프로 시온주의자로서의 삶을 선택해 이스라엘로 이주했을 때 주커만은 극단적이고 과격한 시오니즘을 경험하고 그것을 거부하는 입장을 취한다. 또한 주커만은 자신의 '카운터라이프'로서 영국에서 마리아의 결혼생활을 통해 영국 귀족 사회에 만연해 있는 반유대주의의 분위기를 실감한다. 비록 주커만이 로스 자신이라고까지 얘기 할 수는 없다 할지라도, 로스는 유대 출신 작가로서 유대적 전통과 관습만을 고집하는 가족과 선민주의 사상에 사로잡혀 있는 유대 민족, 그리고 획일화되고 특권화된 귀족 사회의 반유대주의 문제를 생각하지 않을 수 없었을 것이다.

『카운터라이프』에서 모든 것들은 선택에 달려 있다. 각각의 선택은 서로 상반된 삶으로 이끈다. 또한 어떤 한 사람의 순간의 선택은 다른 사람들의 삶에 결정적인 영향을 미친다. 어떤 한 사람이 강하고 이기적인 인물이 될 것인가 그렇지 않으면 선한 인간이 될 것인가? 또 어떤 한 인간이 모든 위험을 받아 들릴 것인가? 아니면 안전 위주로 생활할 것인가? 그리고 우리 개개인이 삶을 변화시킬 수 있는 기회를 얼마나 많이 가질 것인가? 이러한 선택은 단지 사람이 할 수 있는 것이 아니며, 동일한 사건에 대해 서로 상반된 해석을 함으로써 파생되는 삶인 것이다. 즉 이 소설의 등장인물들은 열려진 상황 속에서 어떤 한 가지 사건에 대해 서로 다른 해석을 함으로써, 그리고 그러한 삶을 선택함으로써 서로 상반된 삶을 살게 된다.

주커만의 동생 헨리도 현재 아내와 아이들과 지내고 있는데, 오랜 동안의 성불능 상태에서 무기력한 삶을 영위하느냐, 그렇지 않으면 죽을 수도 있지만 만약 성공하게 되면 자신을 성불능 상태로 빠뜨린 지긋지긋한 심장약을 먹지 않아도 되고 자신의 조수이자 정부인 웬디(Wendy)와 매일 오랄 섹스도 할 수 있는 삶에 대한 선택의 기로에 서 있다. 헨리는 남성으로서 활기찬 삶을 살기 위해 수술을 선택하지만 결국 사망을 하게 된다. 헨리가 자신의 무기력한 삶에서 벗어나기 위한 한 방법으로 심장 수술을 받았다 한다면 그의 죽음은 그가 선택한 삶의 결과인 것이다.

주커만과 헨리의 관계는 서로의 장례식에서 고인의 명복을 비는 송덕문을 읽는 일을 거절할 정도로 사이가 멀어져 있다. 주커만이 죽은 후, 주커만의 아파트에서 『카운터라이프』의 초안을 발견한 헨리는 "내가 아니라 주커만은 성적 쾌락을 위해 죽은 바보다. 한 여자를 눕히기 위해 15살 때의 어리석은 죽음을 택한 사람은 치과의사가 아니라 웃기는 예술가 주커만이다 (227)"라고 주장한다. 헨리는 주커만의 소설 『카운터라이프』에 자신의 극히 사적인 문제, 즉 10년 전 마리아와의 애정 행각이 하나의 소설 소재로 활용 되고 있는 것을 직접 목격한다. 주커만의 소설에 의한 이 애정 행각의 폭로 는 헨리와 케롤(Carol)과의 결혼생활을 파괴시키는 것은 물론 죽어서까지 가장으로서의 명예를 떨어뜨려 버릴 것이다. 헨리는 이미 죽어 버린 형인 주커만에 대한 작가로서, 그리고 형으로서의 배신감을 느낀다. 『무책임한 주커만』에서 헨리가 주커만에게 "형은 아버지를 죽인 개자식 같은 놈"10)이 며 양심도 없는 철면피라고 공박하듯이 두 형제는 서로 왜곡된 선입견을 가지고 있다.

로스는 헨리가 수술을 선택하지 않고 이스라엘로 이주하여 시온주의자 로서의 삶을 선택했을 때의 상황을 2장인 쥬디어(Judea) 장에 배치하고 있 다. 헨리에게 있어 이스라엘로의 이주는 활기차고 생명력이 있는 자아를 제 공해 준다. 헨리에게 쥬디어는 처음으로 자기 자신의 땅임을 주장하고 자신 을 찾을 수 있는 천국인 셈이다. 이스라엘에서의 시온주의자로서의 헨리의 삶은 분명 뉴저지에서의 성불능, 그리고 무기력한 삶과 대비되는 헨리의 카 운터라이프이다. 이스라엘에서의 헨리의 삶은 "모든 것이 대문자로 씌어지 는 삶이다."11) 이곳에서는 "모든 것이 분명하고, 모든 사람이 자신의 목소 리를 낼 수 있는 곳이다"(64). 어떻게 보면 "헨리는 [유대인] 역사 속으로 자신이 흡수되기를 원했고 …… 자신의 유대적 자아를 밝히고 규정해 보기 위해서 유대 역사의 근원지인 쥬디어를 찾았다"12)고 할 수 있다. 로스는 이

---

10) Philip Roth, *Zuckerman Bound: A Trilogy & Epilogue* (New York: Farrar, Straus, and Giroux, 1985), 397.

11) Baumgarten & Gottfried, 216.

12) Debra Shostak, "'This Obsessive Reinvention of the Real': *Speculative Narrative in Philip Roth's The Counterlife.*" *Modern Fiction Studies* 37. 2 (Summer 1991): 204.

스라엘에서의 헨리의 삶을 통해, 힘없이 흩어지고 성불능의 상태가 되어 버린 이산한(Diaspora) 유대인들이 하나의 국민으로 회복할 수 있는 가능성을 타진해 본다.

로스는 주커만이라는 등장인물의 가면을 쓰고 "유대인의 과거 수난의 역사, 현대 미국에서 유대인의 삶, 그리고 유대인에게 반복적으로 적용되는 일련의 이데올로기, 즉 이스라엘에서의 시오니즘을 조명한다."13) 그래서 로스는 헨리를 찾아 나선 주커만으로 하여금 이스라엘에서 애국주의자이자 시온주의자인 슈키 엘카난(Shuki Elchanan)과 모르데카이 리프만(Mordecai Lippman)를 만나게 하며, 비행기 납치범 지미 루스티히(Jimmy Lustig)와 관련된 에피소드를 서술하게 한다. 유대 집안 출신인 로스에게 시오니즘은 결코 간과할 수 없는 문제였을 것이다. 이제 주커만 형제의 갈등 문제는 시오니즘에 대한 재조명으로 확대되는데, 『카운터라이프』에서 시오니즘을 대표하는 인물들에 대해 살펴보도록 한다.

엘카난은 이스라엘의 국회의원이고 하이파(Haifa) 출신의 용접공이다. 그는 이스라엘만이 유대인 자신의 집과 안식처를 만들 수 있는 유일한 곳이라고 역설한다. 그는 미국의 유대인은 유대 역사에 죄를 범한 유대인이며, 지성인이고 작가인 주커만은 미국의 개인적인 삶을 청산하고 이스라엘에서 유대인으로서의 역사적 책임을 떠맡아야 한다고 주장한다. 이에 주커만은 미국에 살고 있는 유대인에게 있어 시오니즘은 이스라엘이라는 땅에 사는 것이 아니고, 다른 사람이 아닌 자신의 모습을 찾아 유대인으로서 생존하는 것이라고 반박한다. 주커만은 이스라엘에서의 집단적 시오니즘보다는 미국 유대인으로서 개인의 자아를 성취함으로써 유대 민족 전체의 해방

---

13) Stephen Wade, *The Imagination in Transit: The Fiction of Philip Roth* (Sheffield: Sheffield Academic Press, 1996), 113.

을 꾀하는 새로운 시오니즘도 가치 있고 실용성과 타당성이 있다고 주장한다. 이처럼 주커만은 미국 유대인의 가능성을 주장했지만 결국 그는 반유대주의자라고 공격 받는다. 이 장면은 『유령 작가』에서 예술 세계와 현실 세계를 구별하지 못하고 주커만의 작품 속에 드러난 유대인에 대한 묘사만 가지고 유대인 배척주의를 선동, 조장할 구실을 만들어 낼 수 있다고 비난하는 주커만의 아버지와 랍비를 상기시킨다.

리프만은 『카운터라이프』에서 가장 과격한 시온주의자이자, 유대/이스라엘의 운명을 옹호하는 정치 운동가이다. 엘카난이 지성적이라면 리프만은 극단적인 행동파 시온주의자이다. 그는 이스라엘은 위대한 땅으로의 이주라는 역사적 사실로부터 생성된 국가이며, 현재 반유대주의가 너무나 팽배해 있기 때문에, 유대인은 생존을 위해 물리적 힘과 독자적인 주체성을 가져야만 한다고 역설한다. 그는 미래의 예언자처럼 미국에서 살고 있는 유대인들은 머지않아 반유대주의자인 백인 지배 계급으로부터의 인종적 박해를 피해 이스라엘로 이주하게 될 것이라고 예언한다. 그는 미국에서 태어났거나 성장한 유대인들이 현재 헨리와 자신이 살고 있는 웨스트 뱅크(West Bank) 정착지로 이주하고 있으며, 그것은 하나의 정치적 선택에 의한 것임을 주장한다. 헨리를 포함하여 리프만을 추종하는 이들은 주커만을 유대인에 대한 회의론자로 규정하고, 그 회의주의가 유대인 스스로를 증오하는 사회 분위기를 조성하고 있다고 본다.

웨스트 뱅크와 가자(Gaza)가 리프만에게 성서적 의미를 갖는 곳이라면 주커만에게는 아랍적인 이름을 갖는 단지 유대인들이 정착한 한 지역일 뿐이다. 주커만에게 이곳은 싸움만 이루어지고 있는 곳이다. 그래서 그는 전쟁과 총이 마침내 문화적으로 풍부한 이스라엘을 대체하게 되지는 않을까 우려한다. 주커만은 시온주의자들의 행동은 너무 과격하고 무모하다는 느낌을 갖는다. 다시 말해 주커만은 헨리의 '카운터라이프'로서의 삶을 합법 화시켜 주고 정당화해 주는 시오니즘의 삶을 반대하면서, 시온주의자들의 시도가 오히려 반유대주의를 낳을 수 있다는 점을 지적한다. 그는 과격한 시온주의자들에 대해 인간으로서 사고와 감정까지도 잠식해 버린 국수주의 라는 바이러스에 감염되었다고 생각한다.

주커만은 헨리가 진정 그렇게 열성적으로 시오니즘을 받아들이는 주된 동기는 위험한 수술을 받도록 했던 최근의 성적인 좌절 때문이라고 본다. 즉 주커만은 헨리가 스위스계 독일 출신의 마리아(Maria)와 뜨거운 사랑을 나누고 싶음에도 불구하고 성불능이 되었고, 케롤과의 결혼에 대한 의무감 때문에 가정을 버릴 수도 없는 상황에서 과거와의 급격한 단절을 꾀하고 자신의 인생을 바꾸려고 한 것으로 판단한다. 주커만은 헨리의 시오니즘의 참여는 단지 헨리가 장벽에 부딪친 자신의 삶으로부터 도피라고 밖에 생각 할 수 없었다. 주커만은 헨리가 자신의 정체성과 인종적·종교적·국가적 정체성과 구별하지 못하는 오류를 범하고 있음을 지적한다. 하지만 주커만 은 갑자기 헨리가 이스라엘에서는 리프만과 같은 삶을 살 수밖에 없겠다는 생각이 든다. 왜냐하면 주커만 자신도 현재 미국에서 좌절과 혼돈 속에서 살고 있는 유대인이기 때문이다. 주커만은 그의 존재 반대편에 존재하는 동 생이 또 다른 그의 '카운터라이프'임을 인정하지 않을 수 없었다. 이스라엘 에서의 극단적이고 충만한 유대인적 삶이 헨리의 '카운터라이프'이듯이, 헨 리의 삶이 주커만 자신의 '카운터라이프'처럼 느껴져 헨리가 전혀 이상하게 보이지 않았다. 유대적 정체성의 문제는 끊임없이 모순적으로 주커만 내부 의 정신적 갈등으로 등장한다.

엘카난과 리프만이 주커만이 헨리를 찾아 이스라엘에 갔을 때 만난 인물이라 한다면, 루스티히는 주커만이 헨리를 뉴저지 가정으로 데려 오는 일을 포기하고 이스라엘을 떠나면서 비행기 안에서 만난 인물이다. 루스티히는 비행기를 납치할 계획으로 랍비로 위장하여 주커만이 타고 있는 비행기에 탑승한다. 그는 주커만에게 비행기를 납치하는 일에 유대인으로서 도움을 달라고 요청한다. 루스티히는 이스라엘 정부에 유대인 "대학살"의 기념물이 전시되어 있는 야드 바셈(Yad Vashem) 박물관의 폐쇄를 요구하고 싶었다. 그는 새롭게 변화된 사회 속에서 유대인이 생존해 나가기 위해서는 더 이상 "대학살"의 과거 유산을 상기해서는 안 된다고 주장한다.

비행기를 납치하려는 시도는 두 명의 이스라엘 요원에 의해 밝혀져 실패로 끝나게 되지만, 루스티히의 주장은 시사하는 바가 있다. 즉 이방인들이 유대인을 증오하는 것은 지나치게 유대인들이 자아를 주장했기 때문이고, 그 증오를 벗어나기 위해서는 하루 빨리 과거 유대인의 고난의 역사를 잊고 유대인만이 선민이라는 지나치게 편협한 사고를 버려야 한다는 것이다. 주커만은 루스티히와의 만남을 통해 자신의 유대성에 대해 다시 한 번 생각하게 된다.

주커만은 유대 집안 출신의 작가이면서 현재 미국에서 살고 있는 작가이기 때문에 유대인의 슬픈 과거와 현재 미국에서의 삶, 그리고 그 유기적 연관 관계를 자신의 소설에서 탐색해야만 한다. 어떻게 보면 "지난날 수용소에서 비인간적인 생활을 해야만 했던 유대인들의 삶은 비록 시간과 인간 운명의 운에 의해 분리되어 있지만, 현재 미국에서 살고 있는 주커만에게는 또 다른 '카운터라이프'인 셈이다."14)

하지만 유대인에 대한 "대학살"을 직접 경험하지 못한 주커만에게는 유대인의 과거보다는 현재 자신의 삶이 보다 중요하게 생각된다. 작가로서 자

---

14) Steven Milowitz, *Philip Roth Considered: The Concentrationary Universe of the American Writer* (New York: Garland, 2000), 150.

유로운 사고를 가지고 있는 주커만으로서는 유대인의 전통과 역사를 고수하고 옹호하는 입장을 취해야만 된다는 사회의 요구는 하나의 정신적 억압이 아닐 수 없다. 주커만은 부모 세대들이 유대인으로서 박해받았던 슬픈 과거의 기억과 현대를 살아가는 유대인 작가로서 심리적 갈등을 느끼지 않을 수 없다. 물론 이것은 로스 자신의 문제이다. 왜냐 하면 그도 역시 주커만처럼 현재 미국에서 살고 있는 유대 작가이기 때문이다. 로스는 작가의 대리인이라고 볼 수 있는 주커만의 내적 갈등을 통해 로스 자신의 유대성과의 갈등을 조명해 보고, 유대인으로서 박해받은 과거의 기억에 사로잡힌 삶이 아니라, 현재 미국에서 주체적이고 역동적인 삶, 그리고 그 삶을 이끌 수 있는 문학의 힘을 열망한다.

이스라엘에서 극단적, 공격적 시오니즘을 경험하고 난 뒤, 주커만은 헨리처럼 주커만 자신이 성불구로 살아가야 되느냐, 그렇지 않으면 자신의 생명을 담보로 해서 심장 수술을 받고 마리아(Maria)와 행복하고도 성적 쾌락을 만끽하는 삶을 사느냐의 선택 문제에 봉착한다. 주커만보다 17살이나 아래인 마리아는 어린 딸과 함께 맨하탄(Manhattan)에 있는 주커만의 집 위층에 살고 있다. 그녀의 남편은 영국 외교관으로 부와 사회적 명성을 누리고 있지만 마리아를 전혀 사랑하지 않는다. 마리아와 주커만이 처음으로 만난 곳은 엘리베이터 안이었다. 주커만은 수동적이고 섬세하며 영국적인 영어 억양으로 이국적이고 미묘한 분위기를 자아내는 마리아에게 사로잡혀 버린다. 각각에게 있어 서로 카운터러브(counterlove)로서 현재 남편과 아내에게서는 결코 느낄 수 없는 그런 사랑이었다. 수년간 주변의 사건들을 글로 옮기면서 자신의 삶으로부터 자신이 벗어나 있다는 두려움을 느꼈던 주커만은 수술을 하기로 결심한다. 수술을 받음으로써 주커만은 그들의 순결한 사랑을 유지시켜 주었던 한가한 오후에 그녀의 아파트에서 나눴던 대화 이상의 그 무언가를 마리아에게 줄 수 있을 것이라고 생각한다. 하지만 그도 역시 헨리처럼 사망하고 만다.

『카운터라이프』의 마지막 장인 크리슨듬 장에서 갑자기 죽었던 주커만이 재등장하여 헨리와 마리아가 전장에서 얘기했던 사건들을 재서술하고 그들과는 다른 가치 판단을 내린다. 작가인 주커만에게 비평가와 그를 험담했던 사람들과의 습관이 되어 버린 싸움은 이제 더 이상 작품의 소재가 되지 못한다. 주커만은 자신의 끊임없는 투쟁에서 벗어나 휴식을 취하기 위해 영국으로 향하는데, 이는 헨리가 미국에서 이스라엘로 새로운 삶을 찾아 떠난 것과 대응된다. 주커만은 마리아의 남편으로 삶의 활기를 회복하여 템즈(Thames) 강변에서 행복한 삶을 누리기를 기대한다. 하지만 주커만은 영국의 상류층 가족에게서, 특히 마리아의 동생 새라(Sarah)에게서, 그리고 심지어 그의 아내에게서까지 반유대주의의 한 속성을 발견한다. 결국 마리아의 표현에 따르면 주커만은 반유대주의가 팽배한 "어둠의 유대인 심장"(the Jewish heart of darkness)(263)으로의 여행을 하게 된 셈이다.

로스는 주커만과 마리아와의 관계를 통해 영국에서의 반유대주의 문제를 제시한다. 주커만이 반유대주의를 느끼게 된 첫 번째 계기는 영국에서 마리아와 함께 크리스마스 예배에 참석했을 때이다. 유대 집안에서 유대교적 전통 규범의 교육을 받고 자라난 주커만은 "처녀에 의한 예수의 탄생은 하나의 저속한 조작이며, 성모 마리아와 그리스도의 부활은 가장 어리석은 어린이의 발상에 지나지 않는다"(259)고 생각한다. 왜냐 하면 유대교는 예수의 존재 자체마저도 부정하기 때문이다. 두 번째 계기는 아직 태어나지 않은 주커만의 아들을 놓고 할례를 할 것인가 말 것인가의 문제로 마리아와 그녀의 가족들과 갈등을 겪었던 때이다. 주커만의 입장에서 본다면 "자신의 아들 할례는 자신과 동일한 피를 나눈 가족과 유대인의 역사를 묶어 주는 [성스러운] 행위"15)로 당연한 것이지만, 아내와 그녀의 가족들은 극구 반대하면서 야만적인 행위로까지 생각한다. 위선과 편견으로 가득한 영국 귀족 사회의 뿌리 깊고 극단적인 반유대주의는 주커만의 의식에 제약을 가하는 억압이 아닐 수 없다.

헨리가 주커만이 자신의 왜곡된 강박 관념을 투사하여 바젤 장과 쥬디어 장에서 자신을 변형하여 소설 소재로 활용했다고 보는 것처럼, 크리슨듬 장을 읽던 마리아는 동생 새라에 대해 표현되고 있는 증오와 혐오는 배신한 기독교 여인에 대한 주커만 자신의 감정일 뿐이라고 일축한다. 마리아는 "주커만 당신은 한 명의 인간일 뿐이오. 저는 당신이 유대인이라는 사실에 전혀 상관하지 않습니다"(305)라고 말하고, 오히려 주커만이 피해 의식에 사로잡혀 무조건적으로 주변 사람들이 반유대적인 감정을 가지고 있다고 오해한다고 주장한다. 마리아는 주커만이 의도적으로 아름답고 평화로운 전원생활을 즐길 수 있는 기회를 파괴해 버렸다고 주장한다.

마리아의 이런 주장은 주커만이 반유대주의를 느끼게 된 것은 주커만이 눈에 보이는 것만으로 판단한 것일 수도 있다는 가능성을 남겨 둔다. 다시 말해 주커만에게 주변에서 단지 반유대주의만을 보고 듣는 유대적 망상 (Jewish paranoia)의 측면이 있을 수 있고, 주커만의 주장대로 영국의 귀족 문화 속에 녹아 있는 반유대주의가 정말로 존재할 수도 있다는 것이다. 이렇게 되면 주커만의 삶마저도 하나의 상상력에 의해 창작된 것일 수도 있고, 실제로 존재하는 삶일 수도 있는 것이다. 이는 현실도 픽션일 가능성이 있고, 픽션도 현실일 가능성이 있다는 로스의 실재관이 드러난 것이라 할 수 있다.

---

15) Matthew Wilson, "Fathers and Sons in History: Philip Roth's *The Counterlife*," *Prooftexts* 11. 1 (1991), 53.

3_다원적인 자아

주커만이『남자로서의 내 인생』과『책임 있는 주커만: 삼부작과 끝맺는 글』과 같은 이전의 소설에서보다『카운터라이프』에서 가장 크게 달라진 점은 그가 자아 변신과 확장을 꾀하고 있다는 점이다. 다시 말해 그는 폐쇄적이고 독단적인 자아를 버리고 삶의 다양한 가능성을 탐구하는 다원화된 자아의 모습을 추구함으로써 인간 사고의 편협함과 이기심을 버리려고 한다.

이전 소설에서 주커만은 편협한 도덕의식과 형식에 치우친 전통과 관습에 사로잡힌 가족과 유대 사회가 주는 무언의 압력 때문에 작가로서의 한계에 직면해 정체성의 혼란을 느끼고 있었다. 물론 이러한 측면은『카운터라이프』에도 드러나지만『카운터라이프』에서 주커만은 작가로서 정체성의 혼란 상태에 함몰되지 않고, 현재 자기의 삶에 대응되는 삶, 혹은 가상의 삶을 생각해 삶의 출구를 찾으려고 한다. 그는 "자유로운 영혼의 소유자이고,"[16] 상상력이 풍부한 인물이다. 어떻게 보면 사실 인간은 항상 자신의 허구적인 삶을 가정하면서 살아간다. 때로는 그런 가정이 현실적 삶과는 거리가 있음에도 불구하고 인간의 잠재의식이 그 상반된 삶을 지향하고 있기 때문에 우리는 그 상반된 삶을 상상하지 않을 수 없는 것이다.『카운터라이프』에서 주커만은 인간과 세계에 대한 인식을 감각적으로 보고 듣는 일차원적 방식뿐만 아니라 우리가 상상하는 세계와 인간, 다시 말해서 우리가 마음속에서 염원하는 관점에서 외부 세계에 대한 이해와 인식을 시도한다.[17]

『남자로서의 내 인생』에서 유대 작가 트라노폴이 결혼생활에 실패한 후

---

16) Leo Schneiderman, "Philip Roth: The Exploration of the Self and the Writing of Fiction," *Imagination, Cognition and Personality* 11. 4 (1991-92), 328.
17) Shostak, 213.

자신의 삶의 위기를 극복하기 위해 활용했던 유용한 소설들(useful fictions), 즉 현실의 고통을 잊는 데 도움이 되는 소설들은 『카운터라이프』에서 서로 교차하면서도 모순되고 겹치게 되지만, 서로 결코 취소될 수 없는 이야기들로 바뀌게 된다. 삶으로부터 소외되었고, 한편으로 쾌락주의와 자기중심주의에 빠진 로스의 주인공들은 그들 스스로의 삶을 개척해야만 한다. 『카운터라이프』의 등장인물들은 가능한 최대로 '카운터라이프'를 투사하려고 한다. 오랄 섹스에 사로잡혀 있으나 시온주의자로 다시 태어난 뉴저지의 치과의사 헨리, 유대인이며 작가인 주커만, 활발한 성격의 야구선수이자 하시디즘(Hasidism, 1750년 경 폴란드에서 일어난 유대교 신비주의의 한 종파)적인 비행기 납치자 루스티히, 미국에서 추방당한 유대인 정치 활동가 리프만, 냉소주의적 지성인이자 유대인 애국자 엘카난—이 모든 등장인물들은 어떻게 보면 주커만이 선택할 수 있는 삶의 가능성의 한 부분이다. 여기서 로스는 고정되고 편협한 사고에 의한 자기 정의가 불가능함을 시사한다. 왜냐 하면 로스는 삶을 불확정적이고 찰나적인 것으로 보기 때문이다.

　『유령 작가』에서 아버지와의 갈등으로 작가로서의 정체성의 위기에 처한 젊은 주커만은 은둔 작가이자 대가인 로노프에게 유대인 작가는 "항상 발기가 준비된"(Blood in his penis)[18] 지성인이라고 얘기한다. 이것은 주커만이 유대인 출신의 미국 작가로서 혼돈과 좌절의 삶으로부터 도전적인 삶을 살겠다는 의지를 표명한 것이다. 『카운터라이프』에서 이 말은 함축적인 출발점이 되고 개인적인 문제에서 유대인 전체의 정체성 문제로, 그리고 인간 삶의 근본 문제로 확대된다. 남성에게 성불능은 여성과의 관계에 있어 좌절과 무기력을 나타내듯이, 성불능의 삶이 상징하는 것은 생명력이 없고

---

18) Roth, *Zuckerman Bound: A Trilogy & Epilogue* (New York: Farrar, Straus, and Giroux, 1985), 49.

활기가 없는 소외된 삶을 상징한다. 성불능과 삶의 비전에 대한 명상인『카운터라이프』는 재비전의 가능성이다. 다시 말해 작가는 자신의 작품을 수정하고, 등장인물은 자신의 삶을 수정하며, 국민들은 그들의 국가적 삶을 재창조하여 충만한 삶을 추구하는 것이다. 마리아는 상상 속에서 주커만과의 인터뷰에서 "그가 내게 말했어요 …… 하지만 제 생각에는 그를 가장 놀라게 한 것은 죽는다는 것이 아닌 것 같네요. 가장 무서운 것은 남아 있는 삶 동안 성불능에 빠지는 것이오"(246)라고 얘기한다. 여기에서 드러나는 것처럼 주커만은 성불능의 삶이 아니라 발기를 이루는 삶의 충만함을 원한다.

『카운터라이프』에서 주커만의 상상력은 현재 자신의 삶과 '카운터라이프'를 만들어 낼 수 있는 힘이다. 카운터라이프로 제시된 삶은 그 모든 것을 역전시켜 버린다. 어떤 삶이 진정한 삶이고 완벽한 삶인가에 대한 관점은 다양하며, 독자는 결코 축소할 수 없는 다원성을 인식하게 된다. 로스는 자전적 에세이인『사실: 소설가의 자서전』(*The Fact: A Novelist's Autobiography*, 1988)에서 이 작품의 주인공 주커만에게 보낸 가상의 편지에, "나라고 하는 존재를 철저히 분석해 자아의 진술한 모습을 직시하려는 것"[19]이 자신의 창작 의도라고 쓰고 있다. 로스는 주커만이라는 가상의 인물을 내세워 한 인간이 자신을 냉엄하게 성찰해 가는 과정을 보인 것이다.[20] 로스의 이런 시도는 자아가 분열되고 혼동의 세계로 떨어져 버린 현 상황에서 개인의 주체성을 찾고, 새로운 변화의 삶을 향한 욕구로 볼 수 있다.

주커만이『카운터라이프』에서 보여 주는 것은 더 이상 쪼갤 수 없는 본

---

19) Roth, *The Facts: A Novelist's Autobiography* (New York: Farrar, Straus and Giroux, 1988), 7.
20) 이향만,「Philip Roth의 *The Counterlife*: 자아 변형의 미학」,『호서대학교 논문집』12 (1993): 148.

능적인 자아, 즉 성적인 욕망, 죽음에 대한 두려움, 자신의 본 모습을 찾으려는 욕구 등을 견지하면서 예술적 상상력의 도움으로 마치 연기자가 자신에게 맡겨진 역을 무대 위에서 재현하는 것처럼 여러 사람의 삶을 대응적으로 구현하는 것이다.

주커만은 자기 자신의 성적 욕망, 죽음, 그리고 자아 분열을 실험하기 위해 '대응되는 이야기'(counterstories)를 만들어 낸다. 동시에 주커만의 '대응되는 이야기'의 전개는 그의 자아를 단일한 자아가 아니라 복수적인 자아로 확장시켜 준다. 자서전적 글쓰기 행위는 단순한 전기적 사실에 대한 보고가 아니라 하나의 삶을 창조해 낸다. …… 그[주커만]의 죽음을 초월하려는 욕망은 그가 자신의 서술을 마치고 바람직한 주체로서 그가 죽었을 때 역설적으로 이루어진다. 반복되는 진술과 그 진술에 대한 번복으로 이루어지는 '대응되는 이야기'는 종결을 유보하고 『카운터라이프』의 전체 틀을 구성한다.21)

Nathan invents his counterstories to test his erotic desires, his death, and the decentering of his self. At the same time, Nathan's enactment of counterstories *prolongs* his self (or, rather, plurality of selves), the act of writing autobiography *creating* a life, not reporting it. ... the satisfaction of his thanatic desire occurs when he "dies" as a desiring subject, at the point that he comes to the end of his own narrative. The counterstories themselves, by their repetitions and inversions of a handful of propositions, defer the end, to become the whole cloth of the narrative.

주커만이 지향하는 것은 다원적 세계관이다. 이것은 세계와 나를 깨달음에 있어서 자아에서 출발해서 자기반성으로 끝나는 것이 아니라 '내 속에 있는 타자'를 인식하는 방법이다. 이는 자아를 객관화시키는 것이다. 한 개

---

21) Shostak, 201.

인의 바른 모습은 자신의 생각으로만 규정되는 것이 아니라, 풍부한 상상력을 가지고 유일한 자아를 비우고, 그 자리에 다원적인 자아를 채워 넣어 봄으로써 가능한 것이다.22) 우리가 어떤 한 세계에 머무르지 않고 남의 세계에 처해 봄으로써 그 사람의 입장에 대한 보다 나은 이해를 도모해 볼 수 있고, 또 자아를 변모시켜 나갈 능력을 갖게 되는 것이다. 정신적 자유는 우리가 어떤 사실에 '대응되는 이야기'를 생각해 낼 수 있고, 자기와 대응되는 또 하나의 다른 자아(counterselves)를 생각해 낼 수 있었을 때 성취되는 것이다. 주커만이 그의 약혼녀 마리아에게 보내는 가상의 편지에서 다음과 같이 쓰고 있는데, 이는 바로 『카운터라이프』가 주는 메시지라 할 수 있다.

모든 것은 비인격화입니다ー자아가 비어 있었을 때 사람들은 새로운 자아를 만듭니다. 어떤 한 사람이 얻을 수 있는 최상의 자아를 상상하는 것이죠. …… 제가 확실히 말씀드릴 수 있는 것은 저는 개인적으로 어떤 자아도 갖고 있지 않다는 점입니다. 그리고 저는 자아라는 우스운 말을 저 자신에게 부여하고 싶지도 않고 할 수도 없습니다. 저에게는 분명 나의 자아라는 말이 농담으로 들립니다. 대신 제가 가지고 있는 것은 제게 가능하고 다양한 비인격화 과정입니다. 제 자신 뿐 아니라, 제가 내면화 시킨 극단들, 자아가 요구 될 때 제가 회상할 수 있는 영구적인 배우들, 나의 연극의 레퍼토리(repertoire) 등 그 모든 것이 변형되어 있습니다. 하지만 저는 [제가] 예술적 성과를 얻었다는 자긍심을 갖고 있지 않습니다. 그러고 싶지도 않고요. 저 자신은 하나의 연극이 올려지는 극장인 셈이고 극장 이상의 아무 것도 아닙니다. (320-21)

It's all impersonation ー in the absence of a self, one impersonates selves, and after a while impersonates best the self that best gets one through. ... All I can tell you with certainty is that I, for one, have no self,

---

22) Shostak, 208.

and that I am unwilling or unable to perpetrate upon myself the joke of a self. It certainly does strike me as a joke about ms self. What I have instead is a variety of impersonations I can do, and not only of myself—a troupe of players that I have internalized, a permanent company of actors that I can call upon when a self is required, an ever-evolving stock of pieces and parts that forms my repertoire. But I certainly have no self independent of my imposturing, artistic efforts to have one. Nor would I want one. I am a theater and nothing more than a theater.

주커만은 자아에 대한 집착을 버리려는 태도를 보인다. 다시 말해 주커만은 인식의 출발점을 폐쇄된 자아가 아니라 열린 자아로, 타자에 대한 고려와 배려를 담보하려고 한다. 이는 자아를 고정적인 것으로 보지 않고 변화 가능한 유동적인 것으로 파악하는 태도이다.

4_현재 삶과 대립되는 가상의 삶

앞에서 살펴본 것처럼, 『카운터라이프』는 포스트모던 소설 기법이 십분 활용되어 창작된 소설이라 할 수 있다. 로스는 이 작품을 통해 그 어떤 작가보다도 뛰어난 상상력을 활용해서 독자를 당혹시킬 만큼 주인공 주커만과 다른 등장인물들의 현재 삶, 그리고 그 현재 삶과 상반되고 대립되는 가상의 삶을 그려냄으로써, 자아 변신과 확장을 시도한다.

로스 소설에 등장하는 인물들에게 가장 중요한 문제는 수난의 역사를 이겨 내고 생존한 유대인으로서 자신들의 민족적 정체성을 유지하면서 현대를 살아가는 한 개인으로서, 그리고 한 남자로서 건강하고 온전한 삶을 영위하느냐, 못하느냐라는 개인의 정체성 문제이다. 로스 소설의 주인공들은 억압적인 현실, 즉 유대교적 전통과 의식만을 강요하는 가정, 그리고 편협하고 경직된 사고가 팽배한 사회와 직면해 갈등하고 고뇌한다. 『카운터라이프』의 화자를 겸하는 주인공 주커만은 작가로서 개인의 정체성 문제뿐만 아니라 이스라엘에서의 시오니즘, 그리고 미국을 비롯한 비유대계 지역에서의 반유대주의 문제를 탐구해 봄으로써 유대인으로서, 그리고 현재 미국에서 살고 있는 한 인간으로서의 균형 잡힌 삶을 추구한다. 주커만은 자신의 작가적 상상력을 통해 '카운터라이프'를 구성하고 상상해 봄으로써 삶의 가능성을 타진해 본다. 그래서 『카운터라이프』는 어떤 단일한 확실성보다는 상상력의 위대한 힘을 확인하고 삶의 다양한 가능성을 구가하는 소설이라 할 수 있다.

로스의 『카운터라이프』는 자아 변모 과정을 추적하는 하나의 문학적 시도이다. 이 작품에서 주커만은 주변 사람들의 삶을 마치 실제 자신이 경험한 것처럼 묘사한다. 그래서 '카운터라이프'는 실제 삶과 상반되거나, 대응되는 가상의 삶, 또는 현실에서 이루지 못한 욕망을 타인의 삶을 통해 거꾸로 비춰 보는 삶이다. 주커만은 자기 자신의 성적 욕망, 죽음 그리고 자아 붕괴의 혼돈을 이겨내기 위해 '카운터라이프'를 만들어 낸다. 주커만이 만들어 내는 이야기는 자아를 확대시켜 주고, 단순한 보고서가 아닌 자신의 체험을 쓰는 행위로 하나의 새로운 삶을 창조해 내는 수단이 된다. 주커만이 자신의 욕구를 미래에 대해 투사하여 가상의 삶을 만들어 내게 될 때, 그는 주체로서 존재하게 된다.23) 하지만 자아의식과 현존재로서의 자신의 모습이 일치되지 않을 때는 그는 끊임없이 새로운 가상의 삶을 상상한다. 그래서 '카운터라이프'는 종결을 유보하며 끊임없는 삶의 가능성으로 남아 있게 된다. 『카운터라이프』가 주는 미학은 시간적 공간적 유한성을 뛰어넘어 가능한 여러 유형의 삶을 간접적으로 체험하고 상상할 수 있다는 데 있다.

---

23) Debra Shostak, 201.

『카운터라이프』에서 작가가 의도하는 바는 자아를 새롭게 변모시키는
방안을 탐색하기 위한 시도라 할 수 있다. 로스는, 유대인 수난의 역사는 결
코 재구성하거나 간과할 수 없는 역사적 사실이지만 복잡하고 다원화된 현
대 사회에서 삶을 영위해야 되는 이산한 유대인[모든 인간]은 충만한 삶을
살기 위해 자아를 재창조할 필요성이 절실함을 주장한다.24) 그래서 그는
이 작품에 "등장하는 사람들로 하여금 모두가 어떤 방식으로든 자기 갱생
과 변형의 드라마에 참여하게 한다."25) 나를 새롭게 변화시키는 방법은 한
사람의 삶에 가능한 여러 가지 대안들을 상상하고 철저하게 탐색해 보는
것이다. 그렇기 때문에 이 작품에서는 있는 그대로의 사실보다는 일어났을
지도 모를 일에 더 비중을 두고 있다. 『카운터라이프』의 주커만은 자신의
삶뿐만 아니라 다른 사람들의 삶을 가정해서 써 보인다. 로스는 이 작품을
가정법적인 삶, 즉 현재 상황에서 가능하고 현재 상황에서 벗어날 수 있는
삶을 그려 보는 하나의 실험실로 활용한다.

　『카운터라이프』의 수사학적 탁월성은 로스가 극히 사적인 개인의 문제
에 대한 작가의 활용과 변용 및 왜곡에서부터 시오니즘과 반유대주의와 같
은 보다 넓은 영역의 문제에 이르기까지 많은 문제들을 다양하고도 모순적
인 관점에서 서술하고 있다는 점에 있다. 주커만이 자신의 작가적 상상력을
발휘해 한 개인의 애정 문제나 성불능 문제를 언급하고 나면 다른 인물들
도 역시 자신의 입장에서 주커만과는 서로 상반되는 서술을 거침없이 행한
다. 이러한 것은 시오니즘과 반유대주의 문제에 있어서도 마찬가지이다. 즉
엘카난과 리프만의 과격한 시온주의자로서의 삶이 제시되고 나면 주커만의

---

24) Jeffrey Rubin-Dorsky, "Philip Roth and American Jewish Identity: The Question of
Authenticity," *American Literary History* 13. 1 (2001), 93.
25) Geroge J., Searles, ed., *Conversations with Philip Roth* (Jackson, Miss.: Mississippi UP,
1992.), 210.

시오니즘에 대한 비판적인 사고가 서술된다. 또한 루스티히와 같은 시오니즘 내에서의 반성과 각성의 목소리도 동시에 제공된다. 반유대주의 문제에 있어서도 서로 상반된 주장과 견해가 동시에 제공된다. 주커만은 영국 귀족 사회에 만연된 반유대적 감정을 느끼고 있다. 그러나 이것에 대해 마리아는 주커만 자신의 피해 의식에서 나온 것이라고 강력히 주장한다. 동일한 사건에 대한 다른 해석, 그리고 하나의 견해와 주장에 극히 상반되는 진술이 동시에 병치된다. 이는 로스가 '이것 아니면 저것'(either/or)이라는 이분법이 아니라 동일한 사건에 대한 다양한 견해가 있을 수 있다는 다원성을 인정하고 있다는 것을 의미한다. 그래서 등장인물들에게 '만약 ～ 한다면 어떻게 되었을까'(if/then)라는 가능성으로서의 삶이 열린 상태로 남게 된다.

요컨대, 『카운터라이프』에서 로스는 헨리와 주커만 형제 사이의 갈등에서 출발하여, 현재 미국에서 삶을 영위해야만 하는 유대인에게 있어서 시오니즘과 반유대주의 문제는 어떠한 의미를 갖는가라는 보다 강도 높은 정치적 질문을 제기한다. 하지만 로스는 정치가나 사회개혁가가 아닌 작가이기 때문에, 자신의 정치적 소신과 견해만을 피력하지는 않는다. 로스는 마치 많은 사람들이 서로 중첩되는 사건을 경험하고, 그 사건에 대해 나름대로의 판단을 하는 것과 같은 양상을 만들어 낸다. 다시 말해 로스는 시오니즘과 반유대주의 문제에 대한 등장인물들 사이의 모순적인 언급과 의견 충돌을 있는 그대로 제시한다. 그리고 모든 판단과 최종적인 결론의 도출은 독자에게 유보하는 서술 전략을 취하고 있다. 『카운터라이프』에서 로스는 독자의 예상을 뒤엎는 기발한 구성과 서술을 통해, 현실과 환상의 경계를 무너뜨리고 다층화된 공간을 다양성과 가능성으로 인식하려는 의지를 보이고 있다.

제6장

포스트모던 주체: 『샤일록 작전』

1_주체 재현의 딜레마

로스의『샤일록 작전』(*Operation Shylock*, 1993)에서는 더 이상 축소될 수 없는 개인적인 자아가 역사와 접촉한 상황, 개인이 갖는 도덕적 의무, 그리고 문화적 정체성의 문제가 보다 강도 있게 다루어진다. 이 작품에서 화자이자 주인공인 '필립 로스'(Philip Roth)[1]는 이스라엘 비밀 단체, 즉 모사드(Mossad)의 스파이로서 유대인의 디아스포라를 옹호하고 조작하는 이를 찾아내는 활동을 한다. 하지만 이 소설의 서술은 결코 스파이 소설처럼 점

---

1) 로스는『샤일록 작전』에서 자신의 이름과 동일한 '필립 로스'를 등장시켜 소설 속 인물 '필립 로스'와 자기 자신을 연결시킨다. 또한 이 소설의 화자이자 주인공인 '필립 로스'의 더블로 '필립 로스'를 등장시킨다. 그래서 이 작품을 쓰고 있는 저자 필립 로스와 이 작품의 화자인 '필립 로스', 그리고 더블로 등장하는 '필립 로스'를 구별하기가 힘들고 도대체 누구의 견해와 주장인가를 식별하기가 결코 쉽지 않다. 필자는 앞으로 혼동을 피하기 위해『샤일록 작전』의 화자인 필립 로스는 '필립'이나 '작중 인물 필립 로스'로, 이 화자의 더블인 필립 로스는 피픽(Pipik)이나 더블로, 그리고 저자인 필립 로스는 로스로 표기하기로 한다.

진적인 내용 전개나 흥미 유발적인 것은 아니다. 하나의 이론이나 주장이 제시되고 나면 거기에 대립되는 주장이나 이론이 제시되고 또한 심한 갈등과 논쟁이 함께 서술된다. 로스는『샤일록 작전』에서 유대인의 정체성 문제, 즉 이산한 유대인으로서 한 개인이 모순적인 욕망을 극복하고, 궁극적으로는 사회와 국가, 그리고 이념의 문제와 관련해서 어떻게 주체성을 찾을 수 있는가의 문제를 그린다.

로스는 이 작품이 자서적인 독백으로 읽혀지기를 원한다. 이것은 이 작품의 부제인 '고백'(*Confession*)이 시사해 주고 있다. 그래서 독자는 단순한 플롯을 정리해 본다는 차원에서 어떤 사건이 과연 일어났는가, 일어나지 않았는가에만 매달리게 된다. 즉 독자는 단지 화자인 필립 로스뿐만 아니라 로스가 정말로 정신적인 분열을 경험했는가, 자신의 이름을 사용하는 똑 같이 생긴 인물을 만났는가, 모사드를 위해 비밀스러운 임무를 수행했는가라는 사실적 측면에 매달린다는 것이다. 하지만 이 소설에 등장하는 필립 로스, 그리고 심지어는 이 책의 겉표지에 쓰인 저자 로스마저도 자신의 상상력에 의해 창조된 인물이다.[2] 비록 저자인 로스 자신마저도 하나의 소설 소재가 되는 전략이나 하나의 내적 분열의 한 형태로서의 더블 등은 포스트모던 소설에서는 결코 새로운 것이라 할 수 없다. 그러나 이들 두 가지의 문학적 기법의 결합은 주체를 논증적으로 구축해 나가는 데 풍부한 사고의 틀을 제공한다.

『샤일록 작전』은 소설과 현실의 경계가 무너진 구조를 가지고 있다. 로스는「서문」에서 "나는 이 작품을 저널에서 가져 왔다. 이 작품은 50대 중반에, 그리고 1988년 초에 내가 실제로 내가 경험했던 일들에 대한 사건의

---

2) Debra Shostak, "The Diaspora Jew and the 'Instinct for Impersonation': Philip Roth's *Operation Shylock*," *Contemporary Literature* 38. 4 (1997), 729.

기록이다"3)라고 서술한다. 이는 『샤일록 작전』이 단순히 하나의 상상력의 산물로만 이루어진 것이 아님을 밝힌 것이다. 하지만 로스는 작품의 끝에 「독자를 위한 메모」(Note to the Reader)를 첨가하여 "이 작품은 소설 작품에 불과하다 …… 이 고백은 모두 거짓이다"라고 말한다. 로스는 이렇게 모순적인 서술을 함으로써 린다 허천(Linda Hutcheon)이 언급한 "혼합되고 복합적이며 모순된 속성이 동시에 존재하는 포스트모던적인 소설"4)을 창조한다. 장 프랑스와 리오타르(Jean-Francois Lyotard)도 "텍스트는 씌어진다. 포스트모던 예술가가 만들어 내는 작품은 이미 설정된 규칙에 의해 통제되지 않고, 텍스트나 작품에 친숙한 카테고리에 의한 결정론에 의해 판단되지는 않는다"5)고 설명한다. 로스의 소설도 허구성과 진실성의 결합과 해체를 지향하며 포스트모던적 속성을 지닌다.

로스의 『샤일록 작전』에는 과거 유대인의 "대학살"에 대한 고통스러운 되새김, 현대를 살아가는 유대인의 정체성에 대한 정의 문제, 아직도 해결되지 않고 분쟁이 끊이지 않고 있는 이스라엘(Israel)과 아랍권 국가들과의 갈등, 그리고 미국과 이스라엘에서의 유대인 책임 문제 등이 다루어진다. 하지만 여기서 주목해야 할 점은 로스는 어떤 한 가지 입장을 취하거나 명확한 주장을 하지 않는다는 점이다. 다시 말해 로스는 끊임없이 서로 완전히 상반되는 견해를 마치 우주 왕복선처럼 왕래한다.

『샤일록 작전』은 필립의 많은 더블적인 행동에 의해 구축되고 건설된다. 즉 자아가 되는 것과 타자가 되는 것, 주체를 건설할 수도 있고 주체 자체를 피할 수도 있고, 피픽을 추구하거나 그를 거부하는 일, 피픽을 명명하

---

3) Philip Roth, *Operation Shylock: A Confession* (New York: Vintage, 1993), 13. 이하 이 작품에서의 인용은 괄호 안에 쪽수만 표기함.

4) Linda Hutcheon, *A Poetics of Postmodernism* (New York: Routledge, 1988), 20.

5) Jean-Francois Lyotard, *The Postmodern Condition*. trans. Geoff Bennington and Brian Massumi (Minneapolis, Minn.: Minnesota UP, 1998), 81.

거나 그를 필립 로스라고 부르는 일, 담론으로서 자아를 유희하거나 그것을 본질로서 하는 일, 단어로서 현실을 열정적으로 묘사하거나 언어를 거부하는 일, 어떤 확고한 의미를 주장하거나 의미의 부재를 밝혀내는 일 등이 그것이다. 로스는 "이곳이나 저곳이 아니라 눈에 띄게 혼돈스런 중심점"(116)에서 자기 자신의 권위를 주장하기도 하고 스스로 거부하기도 하면서 독자가 그 모든 것을 판단할 여지를 그대로 남겨 둔다. 따라서『샤일록 작전』은 포스트모던적 주체 재현 문제를 다루고 있는 작품이다.

『샤일록 작전』이 주체와 서술 문제에 대한 당대의 논쟁에 큰 기여를 하는 것은 본질주의, 재현, 그리고 역사성의 문제를 대화론적인 측면에서 탐구하는 방식에 있다. 로스는 뛰어난 언어 구사를 통해 하나의 서술이 자연스럽게, 그리고 한 가지 입장을 대변할 수 있게 하고 있다. 로스는 마치 아주 심한 수다쟁이처럼 자아를 재현시키는 여러 가지 가능성과 방식을 제시하면서 그 모든 것을 이야기화시켜 버린다. 그래서 이 작품에서 로스가 마치 스마일즈버거가 말하는 것처럼 "너무나 말을 많이 하고, 또 하고, 언제 멈춰야 할지 모르는 유대인"(332)을 닮은 연기자로 변신하는 것도 전혀 이상하지 않다. 로스는 자아와 세계의 경계를 뛰어넘어 해방되고, 아무런 입장을 취하지 않으면서 모든 가능한 입장을 수용하는, 그리고 비슷한 수많은 상들을 다층적인 재현의 가능성으로 포용하는 포스트모던 작가이다. 요컨대 로스는「샤일록 작전」에서 유대인의 수난의 역사, 현재 이스라엘에서 발생한 사건, 그리고 아랍권과의 이념 대립과 무력 충돌 등 유대인 출신의 작가로서 결코 간과할 수 없는 민감한 문제를 재치 있게 다루고 있다. 로스는 이 작품에서 유대성을 점검하고 유대적 자아를 확립하려는 시도를 하고 있다 하겠다.

2_문학적 장치로서의 더블

『샤일록 작전』의 화자이자 주인공인 '필립 로스'는 작가 로스의 전기적 사실과 동일하게 1933년에 뉴저지(New Jersey) 주의 뉴억(Newark)에서 태어났다. 소설 속 '필립 로스'가 쓴 작품도 작가 로스가 쓴 작품과 동일하고, 그의 아내도 실제로 로스가 최근에 이혼한 영국 배우인 클레어 블룸(Claire Bloom)이다. 이처럼 로스는 작가로서, 그리고 유대인으로서 자신의 삶과 자아에 대한 성찰을 시도한다. 『샤일록 작전』은 작중 인물 필립이 자신의 더블이 이스라엘에 존재한다는 것을 인식하는 것으로부터 시작된다.

> 나는 1988년 1월 초에 다른 필립 로스가 존재한다는 사실을 알게 됐다. 나의 사촌 엡터(Apter)가 뉴욕에 있는 나에게 전화를 했다. 내가 이스라엘에서 트리블링카(Treblinka)의 이반(Ivan the Terrible)으로 의심되는 존 뎀젠주크(John Demjanjuk)에 대한 재판에 참석하고 있다는 사실을 라디오에서 보도하고 있다는 것이다. 엡터는 뎀젠주크의 재판 상황이 매일 라디오와 TV에서 하나도 빠짐없이 중계되고 있다고 말한다. …… 엡터는 내가 어디에 있는지 확인 차 전화를 했다는 것이다. 왜냐하면 그는 지난번 나의 편지로부터 내가 이번 달 말에나 소설가 아론 애플필드(Aharon Appelfeld)와 인터뷰를 하기 위해 이스라엘에 갈 것이라는 것을 알고 있었기 때문이다. (17)

> I learned about the other Philip Roth in January 1988, a few days after the New Year, when my cousin Apter telephoned me in New York to say that Israeli had reported that I was in Jerusalem attending the trail of John Demjanjuk, the man alleged to be Ivan the Terrible of Treblinka. Apter told me that the Demjanjuk trial was being broadcast, in its entirety, every day, on radio and TV ... Apter was calling to check on my whereabouts because he had understood from my last letter that I wasn't to be in

Jerusalem until the end of the month, when I planned to interview the novelist Aharon Appelfeld.

화자인 필립은 처음엔 엡터의 말을 믿지 않았다. 하지만 4일 뒤에 예루살렘에서 살고 있는 친구인 애플필드로부터 『예루살렘 포스트』(*The Jerusalem Post*)지에 "필립 로스가 「이산주의: 유대인 문제의 유일한 해결책」이라는 제목으로 킹 데이비드(King David) 호텔에서 강연회가 있다"(18)는 소식을 접하게 된다. 그래서 그는 그 호텔로 전화를 하게 되는데, 놀랍게도 그곳에서 자신과 똑같은 이름을 사용하는 사람이 존재한다는 사실을 직접 확인한다.

그렇다면 로스가 『샤일록 작전』에서 주인공을 자신의 이름과 동일한 사람을 등장시키고, 그리고 그 인물이 또 다른 더블과 직면하게 하는 것은 무엇 때문인가? 비평가 토마스(D. M. Thomas)는 "로스의 더블은 그에게 아무리 용기 있고 독립심이 강한 유대 작가마저도 결코 허용될 수 없는 영역을 탐험케 해 준다. …… 그[필립]는 이스라엘에서 자신의 더블로 하여금 진보적인 여행을 하게 할 정도로 영리하다"6)라고 주장한다. 로스가 이 작품에서 주인공을 자신의 이름과 동일한 사람을 등장시키고, 그리고 그 인물이 또 다른 더블과 직면케 하는 것은 소설 속 등장인물의 창조를 통해 다양한 입장과 견해를 고려해 보고, 자신의 삶의 활기는 물론 자신의 정체성을 되찾으려고 하는 작가의 의도로 볼 수 있다.

그러면 하나의 문학적 장치로서의 더블의 개념을 좀 더 살펴보기로 한다. 더블에 대한 심리학적 정의는 '자아와 관련된 망상적인 잘못된 정체성' (Delusional Misidentification Syndrome involving the Self)이다. 물론 이것

---

6) D. M. Thomas, "Face to Face With His Double," *New York Times Book Review* 7 (March 1993), 20-21.

은 정신질환자들의 사례 연구를 통해서 분석된 결과이다. 더블은 대개 어떤 한 사람의 수용될 수 없는 욕망의 투사이다. 더블은 바로 이 욕망을 가지고 있는 사람에게만 보인다. 더블이 자신의 무의식적인 욕망을 분출시킬 때 그는 점차 편집광(paranoid)적이 된다.[7] 『샤일록 작전』의 필립도 자신의 더블의 정체를 끊임없이 밝히려고 한다.

사실 문학적 주제로서 또는 문학적 장치로서의 더블은 로스의 독창적 산물만은 아니다. 피요도르 도스토예프스키(Fyodor Dostoevsky, 1821~1881)의 「더블」("Double")과 니콜라이 고글리(Nikolay Gogol, 1809~1852)의 「코」("The Nose")와 같은 작품이 이미 존재하기 때문이다. 하지만 『샤일록 작전』에 등장하는 더블은 고글리와 도스토예프스키의 더블과 조금 차이가 있다. 그 차이는 필립이 자신의 더블을 인식하는 방법에 있다. 도스토예프스키와 고글리의 등장인물들은 자신들의 더블을 파괴적이고 공격적인 성애의 재현으로 보지만, 필립은 더블을 자신의 약하고 비이성적인 측면의 재현으로 본다. 필립은 자신의 더블에게서 이상하고 비논리적이며 편견에 사로잡힌 성격, 즉 자신의 아프고 어두운 측면을 보게 된다. 저자 로스는 1987년 무릎 수술로 인한 정신적 좌절을 경험하는데, 더블은 로스가 경험했던 정신적 분열의 산물처럼 보인다.[8] 로스는 이 작품의 화자와 변형된 자아 사이에 지속적인 긴장이 유지되도록 한다. 단어와 어구들, 그리고 장면들이 반복되고 서로 얽히게 된다.

필립의 더블이 필립의 이름을 도용한다는 것은 필립의 자아를 훔친 것이고, 그것은 하나의 위협으로 작용할 수 있다. 그리고 그것은 궁극적으로

---

7) Otto Rank, *The Double: A Psychoanalytic Study*, trans. Harry Tucker (New York: NAL, 1979), 27.
8) Elaine B. Safer, "The Double, Comic Irony, and Postmodernism in Philip Roth's *Operation Shylock*," Melus 21. 4 (1996), 164.

는 필립의 죽음을 의미할 수 있다. 그래서 화자인 필립 로스는 또 다른 필립 로스의 합당성을 거부하는 노력의 일환으로 자신의 더블을 모세 피픽(Moishe Pipik)[9]으로 명명한다. 여기서 우리는 개인의 정체성을 언어학적 시스템 범위 안에서 찾을 수 있다고 주장하는 에밀 벵베니스트(Émile Benveniste)의 견해를 살펴볼 필요가 있다. 그는 대명사 I와 You의 독특한 의미를 연구하면서 I와 You의 상관관계를 구명해 내려고 한다.

> 언어는 …… 주체의 가능성이다. 왜냐하면 언어는 언제나 주체의 표현에 적합한 언어학적인 형식들을 포함하고 있기 때문이다. 그리고 담론(discourse)은 구체적인 사례들로 이루어지기 때문에 주체의 등장을 촉발시킨다. 어떤 면에서 언어는 각각의 화자가 담론을 행사할 때 자기 자신에게 적합하도록 맞추기 때문에 '공허한 형식'을 지향한다. 발화자는 자기 자신을 I로, 파트너를 You로 규정함으로써 그 '공허한 형식'과 자기 자신을 연관시킨다.[10]

> Language is ... the possibility of subjectivity because it always contains the linguistic forms appropriate to the expression of subjectivity, and discourse provokes the emergence of subjectivity because it consists of discrete instances. In some way language puts forth 'empty' forms which each speaker, in the exercise of discourse, appropriates to himself and which he relates to his 'person,' at the same time defining himself as *I* and a partner as *You*.

---

9) 원래 모세 피픽(Moishe Pipik)을 글자 그대로 번역하면 '모세의 배꼽'으로 번역되는데, 이디쉬(Yiddish)어로는 '말썽을 부리는 조그만 아이'의 의미를 갖는다. 피픽에게 힘을 상실한다는 것은 자신의 정체성을 상실한다는 것을 의미하기에 필립은 자신의 더블에게 약간은 조롱 섞인 이름을 붙인 것이다.

10) Emile Benveniste, *Problems in General Linguistics*, trans. Mary Elizabeth Meek, Miami linguistic Ser. 8. Coral Gables (Miami, Fla.: Miami UP, 1971), 227.

벵베니스트는 주체가 언어로 구성된다는 포스트모던적 사고를 갖는다. 자아는 발화(utterance)를 통해 타자와 구별되는 어떤 것이다. 로스가 주목하는 것은 바로 자아가 타자로 타자가 자아로 되어 가는 과정이다. 로스는 연속되는 사건과 경험을 서술함으로써 필립이 되어 가고, 필립은 필연적으로 자신의 더블을 인식하지 않을 수 없다. 다른 이가 되려고 하는 보편적인 충동을 느끼지 않을 수 없다. 『샤일록 작전』의 화자인 필립은 자신이 할 수 있는 유일한 것은 언어의 힘을 행사하는 것이라는 것을 인지한다. 또한 화자인 필립은 자기 자신을 본질적인 것으로 복원시키려고 한다.11)

필립은 자신의 더블에게서 "자신과 신비롭게도 동일한 모습을 본다." (76) 필립이 자신의 더블을 바라보았 때, 그 더블의 자켓 앞부분에는 레이스 장식이 붙어 있었고 가운데 단추가 떨어져 있었다. 필립의 자켓도 역시 레이스 장식이 되어 있었고 가운데 단추가 떨어져 있었다. 그에게 있어 더블은 그의 상처 입은 자아의 겨울 이미지이다.

> 그[더블]의 얼굴은 내가 몇 달 전 정신적 분열을 겪었을 때 겨울에서 봤던 바로 그 얼굴이었다. 그는 안경을 벗었고 나[필립]는 그의 눈에서 요전 여름날의 내 자신의 끔직한 공포를 보았다. 나의 눈은 완전히 공포에 사로잡혀 있었다. 그 당시에 나는 단지 내 자신을 어떻게 죽일 수 있을까 라는 생각만 했고 다른 것은 생각할 여력이 없었다. 그는 내 아내 클레어 (Claire)를 놀라게 한 그 표정을 지었다. 바로 내 자신의 영구적인 슬픔의 표정을. (179)

> His face was the face I remembered seeing in the mirror during the months when I was breaking down. His glasses were off, and I saw in his eyes my own dreadful panic of the summer before, my eyes at their most

---

11) Shostak, 730.

fearful, back when I could think of little other than how to kill myself. He wore on his face what had so terrified Claire: my look of perpetual grief.

필립은 피픽과의 첫 만남에서 피픽이 자신과 전혀 다른 사람이라는 의식을 갖지 못한다. 이 작품에서 피픽은 변화무쌍한 사람이지만 필립은 그렇지 못하다. 피픽은 직접적이고 전혀 거리낌 없이 필립에게 왜 필립이 이스라엘에 있느냐, 이산한 유대인 사업에 대한 필립의 열망은 무엇인가, 그리고 필립이 조국에 있었을 때 필립은 누구인가라고 묻는다. 필립의 관점에서 본다면 피픽은 필립의 의식에 있어 상징적 인물로 하나의 대상이 되기를 거부한다. 피픽은 그 어떤 측정도구로도 측정될 수 없고, 해석을 거부하는 주관성 그 자체가 된다.

소설가로서 행세를 하는 피픽은 중동지역에서의 유대인에 대한 두 번째 "대학살"을 피하기 위해 "서부에서의 유대인의 이산, 특히 제2차 세계대전이 발생하기 전 많은 유대인이 살고 있었던 유럽의 국가에 배경을 둔 이스라엘 유대인의 재정착을 촉진하기 위해"(44) 역사를 거부하는 입장을 취한다. 다시 말해 피픽은 유럽에 근거지를 두고 있는 유대인들로 하여금 이스라엘을 떠나 폴란드나 다른 유럽 지역으로 이주하도록 권장한다. 그래서 그는 미국에 동화된 유대인에 대한 신념과 믿음 역시 유지한다. 다시 말해 피픽은 전적으로 미국의 문화에 동화를 함으로써 새로운 유대적 자아를 창조할 수 있다고 본다. 이것은 전통적 유대인들이 이스라엘을 제외한 다른 지역을 원치 않기 때문에 분명 반유대주의이고 불합리한 것이다.

여기서 우리는 피픽에 대한 필립의 태도를 살펴볼 필요가 있다. 필립은 자신의 더블에 대해 때로는 접근을 시도하기도 하고 때로는 거부의 몸짓을 한다. 이것은 곧 필립의 내적 갈등이고 어떻게 보면 저자인 로스의 내적 갈등이다. 전술한 것처럼 피픽은 결과적으로는 유대인이 아닌 행위를 하는 자, 오늘날 유대인을 만들었고 오늘날 유대인이 현재의 모습으로 존재하게끔 한 특정한 역사를 지우려고 하는 협잡꾼으로서의 모습을 구현한다. 필립은 피픽을 "가장 나쁜 적, 유일한 [인간적] 유대는 바로 증오"(204)라고 말한다. 분명히 피픽은 필립과의 사이가 틀어진, 대립되는 자아로서 등장한다. 그는 또 다른 필립 로스이고, 필립 로스 자신의 자기 정의로부터 파생된 비난을 도출시킨 이차적 정체성이다. 필립과 그의 더블은 인사이더와 아웃사이더로서 결코 합일될 수 없는 위치에 놓여 있다. 작가는 바로 그 중심에서 자아 창조의 언어를 구사하기도 하고, 주변부 유대인으로서 자아 증오에 휩싸이기도 한다.

3_유대적 자아와 역사

『샤일록 작전』에서 소설 속 작가인 필립, 그림자에 해당되는 피픽, 그리고 실존 인물 필립 로스 등은 다면적이고 변화무쌍한 현실을 반영한다. 이 세 인물은 『샤일록 작전』에 있어 어떻게 유대적 자아를 규정할 것인가라는 문제와 직접적으로 연관된다. 또한 이 유대적 자아의 규정 문제는 결코 유대 민족의 역사와 분리될 수 없는 것이다. 다시 말해 유대적 자아는 역사적 위치나 상황에 의해 결정된다. 게리 브로드스키(Garry M. Brodsky)도 "현대의 유대인은 이민자로서 그리고 박해로부터 도망친 이민자들의 후손으로서 역사에 있어 아주 특별한 느낌을 갖는다"[12]고 주장한다. 유대인의 역사는 유대인으로 하여금 실제로 일어났던 사건 자체는 물론 다른 사람이 아닌 바로 자신의 삶에 일어났던 사건에 더욱 민감하게 만들었다. 그래서 한 사

---

12) Garry M. Brodsky, "A Way of Being a Jew: A Way of Being a Person," in *Jewish Identity*, eds. David Theo Goldberg and Michael Krausz (Philadelphia, Pa.: Temple UP, 1993), 251.

람의 삶이 역사의 흐름 속에 놓여 있다는 의식은 로스의 다른 어떤 소설보다도 『샤일록 작전』에 지배적이다.

어떻게 하면 유대인이 되는 것인가의 문제는 수년간 로스의 독자들의 주된 관심이었고 로스 소설의 중심 소재였다. "대학살" 이후 미국의 유대 민족에게는 '유대성'이 가장 논란이 되는 문제였고, 미국 사회에 적응했다는 기쁨은 생존에 대한 죄의식과 유대교와 유대적 전통과의 분리를 더욱 가속화시켰다. 이산주의에 있어 피픽은 이스라엘의 유대인에게 전도된 최종적인 해결책(final solution)을 제공한다. 논리적으로 미국 사회의 동화의 끝은 선택받은 민족으로서의 유대인의 종말을 의미한다. 필립는 미국 사회로의 동화의 함축된 의미에 직면해야만 했다. 이스라엘의 지성인 단체의 한 요원인 스마일즈버거(Smilesburger)는 필립에게 "[당신은] 안전히 변형된 미국 유대인의 호화스러움을 즐기고 있다. 하지만 아주 훌륭한 현상인데 당신은 진정한 자유를 찾은 유대인입니다. 책임질 의무가 없는 유대인 …… 안정된 유대인입니다. 당신은 축복받은 유대인입니다. 우리의 역사적 투쟁에 비난받을 수 없는 유대인입니다."(352)라고 말한다. 하지만 어떤 의미에서 필립이 이스라엘의 피픽을 따라 간다는 것, 역사에 책임을 진다는 것, 그리고 유대인으로서 자신의 본분을 인식한다는 것은 결코 자유롭게 될 수 없다는 것을 의미한다.

로스는 『샤일록 작전』에서 유대인의 자아 분열을 구체화시켰고 객관화시켰다. 이 작품의 말미에서 스마일즈버거는 필립에서 다음과 같이 주장한다.

분리는 단지 유대인과 유대인 사이에서만 이루어지는 것은 아니다― 개별적인 유대인 내부에서 일어나는 것이다. …… 모든 유대인 내부에 유대인의 군중이 들어 있다. 착한 유대인, 나쁜 유대인. 젊은 유대인, 늙은 유대

인. 유대인들을 사랑하는 사람들, 유대인을 증오하는 사람들. 이교도들의
친구, 이교도인들의 적. 무식한 유대인, 상처받은 유대인. 신앙심이 두터운
유대인, 비열한 유대인. 난폭한 유대인, 관대한 유대인. 반항적 유대인, 온
화한 유대인. 유대적 유대인, 탈유대적 유대인. (334)

the divisiveness is not just between Jew and Jew—it is within the
individual Jew. ... inside every Jew there is a mob of Jews. The good Jew,
the bad Jew. The new Jew, the old Jew. The lover of Jews, the hater of
Jews. the friend of the goy, the enemy of the goy. The arrogant Jew, the
wounded Jew. The pious Jew, the rascal Jew. The coarse Jew, the gentle
Jew. The defiant Jew, the appeasing Jew. The Jewish Jew, the de-Jewed
Jew.

스마일즈버거가 명명하는 다양한 유대인은 유대인 자기 자신을 분석하
고, 또는 다른 사람들에 의해 분석되는 서로 다른 방법을 말하는 것이다. 이
것은 곧 근본적으로는 유대성을 어떻게 정의할 것이냐의 문제이다. 또한 일
반적으로 정체성이 무엇이냐의 문제와 복합적으로 연결된다. 포스트모던적
상황에서 만약 본질적인 자아가 결코 존재하지 않는다면 사회적 그리고 인
종적 정체성의 본질이 존재할 수 있겠는가? 지금까지 로스의 소설이 다양
한 시도와 변신의 과정을 통해 개인적 정체성의 탐색이라면,『샤일록 작전』
은 더 이상 환원될 수 없고, 거부할 수 없는 인종적 정체성과 개인적 정체
성의 합일점과 분리점에 대한 타진인 것이다.

『샤일록 작전』에서 가변적인 존재론적 자아, 흐르는 역사에 있어 자아
를 어떻게 규정할 것인가의 문제는 존 뎀젠주크(John Demjanjuk)의 재판에
잘 나타나 있다. 이스라엘 유대인에 의해 제기된 도덕적 문제의 해결, 그리
고 "언젠가 우리는 정의를 실현시킬 수 있을 것이다."(140)라는 유대적 열
망의 충족은 바로 법정 그 자체에 의해 상징화된다. 뎀젠주크 재판은 유대

인의 끔직한 역사, 즉 "대학살"의 재연이다. 이 재판은 유대인 수용소에서 비인간적인 만행을 자행했던 인물, 즉 이반(Ivan the Terrible)에 대한 역사적 심판이기에, 결코 현재 생존하고 있는 유대인의 정체성 문제와 무관하지 않다.

사건의 전말은 다음과 같다. 현재 오하이오(Ohio)의 자동차공장 노동자로 일하고 있는 뎀젠주크는 유대인 수용소였던 트리블링카(Treblinka Death Camp)에서 가스실의 간수로 일을 했던 이반으로 의심을 받는다. 트리블링카의 생존자들은 뎀젠주크가 가스실의 간수로 일을 했고, 수천 명의 유대인들을 죽이기 전에 고문을 했던 이반임을 강력하게 주장한다. 하지만 뎀젠주크의 변호사는 뎀젠주크와 이반은 서로 완전히 다른 인물임을 주장한다. 변호사는 트리블링카 수용소의 생존자들의 증언은 가치가 없으며, 뎀젠주크는 열심히 일하고 교회에도 잘 나가는 노동자로 법도 잘 준수하는 모범적인 미국 시민임을 주장한다. 뎀젠주크 자신도 "나는 당신들이 말하는 그런 끔직한 인물이 아닙니다. 저는 무죄입니다"(50)라고 주장한다. 재판에 대한 현실적 사실들과 수용소의 생존자들의 증언이 이 작품의 주인공과 그 더블 사이에 놓이게 된다. 하지만 『샤일록 작전』에는 뎀젠주크가 진정 이반인가의 진위가 밝혀지지 않고 종결된다.

뎀젠주크의 재판에 대한 로스의 묘사와 범죄 심리학자인 윌럼 와거너(Willem Wagenaar)의 묘사를 비교해 보는 일은 과연 로스의 상상력이 무엇을 소설화시켰는가를 아는 데 도움을 준다. 하지만 그러한 비교는 역사적 사실에 대한 설명이 다르다는 것만을 부각시킬 수 있다. 다시 말해 그 재판에 대한 목격자나 리포터들이 자기 자신들의 내러티브를 만들어 낼 수 있고 사건의 재현에 있어 메타-히스토리(meta-history)를 창조할 수 있다. 와거너는 자신의 뛰어난 저서에서 그 사건에 대한 조사 과정에서 파생된 문제들을 다음과 같이 설명한다. 엘리아후 로젠버그(Eliahu Rosenberg)는 1947과 1948년에 이반의 죽음을 목격했다고 증언한다. 하지만 1988년 재판에서 로젠버그는 자신의 처음의 진술은 거짓이었다고 함으로써 증언을 번복한다. 그는 "그것은 꿈이었어요. 제가 현실이 되기를 강하게 원했던 욕망이 꿈이 된 것뿐입니다. 이제 저는 이반이 여전히 살아 있다는 사실을 알고 있습니다"13)라고 말한다. 로스는 『샤일록 작전』에서 로젠버그의 모순된 증언을 사용함으로써 메타-히스토리적인 현상에 관심을 독자에게 요구한다.

『샤일록 작전』에서도 로젠버그는 1945년에 이반이 두 명의 떠돌이 유대 소년들에 의해 살해당했다고 자신의 회고록에 서술한다. 하지만 1988년 로스의 로젠버그는 자신의 회고록에 쓴 것은 단지 다른 사람들에게서 들었던 사실이고, 자신이 직접 이반의 죽음을 목격한 것은 아니라고 법정에서 증언한다. 나아가 로젠버그는 실존 인물과 동일하게 이반을 죽이려고 하는 욕망이 처음 자신의 진술에 동기가 되었다고 다음과 같이 이야기한다.

> 그것은 우리의 큰 성공을 상징하는 것이었습니다. 도대체 그 사람에게 일어난 일을 듣게 되었을 때 …… 우리는 그 일[살인자가 죽는 일]이 실현 되기를 희망했습니다. …… 당신은 상상하실 수 있겠어요? 사람들이 자신 들의 암살자이자 살인자를 죽이는 일이 실현될 수 있다는 사실을 말입니다. 제가 그 사실을 의심해야 할까요? 저는 진심으로 그러한 일이 일어났다고 믿었습니다. 그런 일이 발생했을 것이라 저는 믿고 싶었습니다. …… 정말 저는 그 일이 사실이기를 바랐습니다. (293)

> It was a symbol of our great success, the very fact that we heard what had been done to those ... for us it was a wish come true. ... Can you imagine, sir, such a success, this wish come true, where people succeeded

---

13) Willem A. Wagenaar, *Identifying Ivan* (Cambridge, Mass.: Harvard UP, 1988), 105.

in killing their assassins, their killers? Did I have to doubt it? I believed it with my whole heart ... I hoped it was true.

실존 인물 로젠버그의 사실적 증언과 『샤일록 작전』의 등장인물 로젠버그의 가상의 진술은 사람이 어떤 현실에 적응하기 위해 서술 구조를 어떻게 만들어 내는가를 보여 준다. 이 재판은 역사와 현실에 대한 다양한 견해가 있을 수 있다는 포스트모더니즘의 기본적인 토대를 반영한다.

뎀젠주크 재판이 이스라엘에서 이루어진다는 것 또한 상징적 의미가 있다. 이스라엘은 이산한 유대인에게 고향으로서의 상징적 힘을 갖는다. 2천여 년 동안 유대인은 자신들의 땅으로부터 추방당해 방랑을 했었다. 그래서 유대적 정체성 문제는 자신들의 잃어버린 땅에 대한 향수적인 정서와 결코 분리될 수 없는 문제였다. 리처드 슈스터만(Richard Shusterman)은 "회귀의 신화는 …… 유대인의 정체성에 있어 본질적인 것"14)이라고 주장한다. 더 나아가 슈스터만은 조국으로 회귀하려고 하는 유대인은 개념적으로, 그리고 역사적으로 추방과 상호의존적이라고 주장한다. 다시 말해 추방당한 자와 이산한 이들의 실제적 삶은 궁극적으로 귀향을 지향하며, 그 귀향은 그들의 삶의 전제 조건이 된다는 것이다.15) 추방과 회귀의 긴장 관계가 『샤일록 작전』의 중심이 된다.

다양한 결과를 낳는 역사, 특히 이산 상태에서 유대인이 유대인으로서의 정체성을 구축하기는 힘들다. 피픽의 이산주의, 그리고 철저한 시오니즘에 의해서도 본질적인 유대인의 모습을 찾을 수는 없는 것이다. 그래서 유

---

14) Richard Shusterman, "Next Year in Jerusalem? Postmodern Jewish Identity and the Myth of Return," in *Jewish Identity*, eds. David Theo Goldberg and Michael Krausz (Philadelphia, Pa.: Temple UP, 1993), 295.
15) 같은 곳, 300.

대인의 주체성을 드러낼 수 있는 자아 재현의 필요성이 요구된다. 로스에게 있어 세속적인 이산한 유대인은 자기 자신과의 동의와 합일에 의해 자기 자신들을 개념화시킨다. 비록 로스가 마지막 장에서 랍비적인 문구, "말들은 일반적으로 사물들을 망칠 뿐이다"를 사용하고는 있지만, 말들은 현실을 거부할 수 있는 우리가 가지고 있는 유일한 무기이고, 우리들의 언어적 활용의 매개체이다. 비록 로스가 유대인의 가능성을 지우고 있다 하더라도 단어는 그로 하여금 소설의 형식으로 유대인이 되는 것을 주장할 수 있게 해 준다. 로스에게 있어 이산한 유대인은 아무리 유동적이라 하더라도 하나의 건축물이다. 결국 로스는 스스로 증오하고 소외되었고 신경질적일지라도 유대인으로서 급변하는 역사 속에서 자신의 소설 창작을 통해서 유대적 자아를 확립하려는 욕구를 보인다.

4_이데올로기적 양극성

앞 장에서 우리는 로스가 『샤일록 작전』을 통해 유대적 자아의 규정문제와 역사의 메타픽션적 측면(metafictional aspects)에 대한 성찰을 하고 있음을 살펴보았다. 이 장에서는 로스가 구체적 사실에 대한 다면적인 포스트모던적 견해를 주장하기위해 인종적 측면에서의 이데올로기적 양극성을 제시하고 있음을 살펴본다. 이 양극성은 느슨해진 시오니즘과 PLO(팔레스타인 해방기구, Palestinian Liberation Organization)의 이스라엘의 근절에 대한 주장이다. 스마일즈버거는 극단적인 극우주의자로 모사드의 회원인데, 그는 이스라엘은 아랍인들을 신뢰할 수 없고 그들을 쫓아내야 된다고 주장한다. 그는 정열적으로 작중인물 필립에게 이스라엘을 보호하기 위해 모사드가 팔레스타인보다 뛰어나야 된다고 역설한다. 스마일즈버거는 유대인들을 이스라엘 밖으로 이송해야 한다고 주장하는 피픽을 옹호하는 반 시온주의자 유대인에 대한 정보를 수집하기 위해 '샤일록 작전'의 필요성을 주장한다. 스마일즈버거는 피픽의 대의명분이 "이스라엘의 안전을 위협한다"(358)고 주장한다.

조지 자이드(George Zaid)는 이와 반대되는 견해를 제시한다. 그는 팔레스타인의 입장을 대변한다. 그의 주장은 유대인에 대한 팔레스타인해방기구의 증오로 규정할 수 있다. 그는 아랍인들이 독립된 국가를 가져야 된다는 필요성을 역설한다. 자이드는 "승리를 거둔 이 유대인은 끔직한 사람들이다. …… 이곳에서 그들은 진정한 사람들이고 유대적 게토(ghetto) 자물쇠를 채우고 머리에서 발끝까지 무장하고 있지 않는가?"(124)라고 주장한다. 변호사 쉬뮤엘(Shmuel)도 "이곳에서 그들[아랍인]은 …… 애완동물 같은 세계의 희생자이다. 과연 그들의 꿈은 무엇인가? 팔레스타인(Palestine)인가 그렇지 않으면 팔레스타인과 이스라엘인가? 종종 그들에게 진실을 당신에게 말할 수 있도록 해라"(144)라고 선언한다.

자이드는 현대 이스라엘 역사의 유대적 성공의 하부 구조를 나타낸다. 그는 "이스라엘의 승리를 거둔 유대인을 끔직한 사람"(124)으로, 유대인으로서의 진정성에 대해 편협하고 거만한 사람으로, 이산한 유대인에 대해 경멸적이고, 스스로 면죄부를 받기 위해 희생의 역사를 착취하는 사람들로 본다. 자이드는 "이스라엘은 힘에 의해 건설되었고 힘에 의해 유지되는 나라, 그리고 자신의 도덕적 정체성을 상실했다. 유대인들은 가혹하게 대학살을 획일화하여 대학살에 대한 자신들의 마땅한 주장을 버렸다"(135)고 주장한다. 로스는 자이드의 강압적인 분위기와 이스라엘 지성인의 요원인 스마일즈버거의 전망을 대조시키고 있다. 잔인한 나라를 위해 후회 없는 일을 하는 사람이라고 스스로 자칭하는 스마일즈버거는 공개적으로 "유대 국가를 만들기 위해 우리는 우리의 역사를 배반했다. 기독교인들이 우리들에게 한 것처럼 우리는 팔레스타인들에게 한 것뿐이다. 구조적으로 그들을 경멸할 수밖에 없었고, 그들을 우리에게 종속된 타자로 만들 수밖에 없었다"(350)는 사실을 인정한다.

자이드 그리고 그와 대립되는 스마일즈버거, 피픽의 이산주의 사이의 은연중에 이루어지는 대화는 필립으로 하여금 자신을 유대인으로서 어떻게 정의할 것인가의 문제와 직면케 한다. 필립은 자기 자신의 운명을 이스라엘 유대인으로서 건강하고 강력한 이미지에 내던질 것인가, 그렇지 않으면 이산한 유대인의 전형적인 특징인 "자기 의심, 자기 증오, 소외, 그리고 신경증적인 측면이 있는"(125) 무모한 사람인 피픽과 함께 머물 것인가의 문제에 직면한다. 필립이 이스라엘에 도착했을 때, 이스라엘 호텔 로비에서 한 고등학교 학생이 필립에게 대담하게 접근하여 "국가와 유대인의 정체성 중······ 무엇이 먼저입니까? 당신의 정체성의 위기에 대해서 말씀해 주십시오"(268)라고 말하는데, 이는 바로 이러한 선택의 문제를 대변하는 것이다.

로스는 디아스포라와 시오니즘, 역사적 이산과 자발적인 재분산, 이스라엘과 아랍의 대조를 통해 한 개인이 자아를 그려낼 수 있는 힘을 어떻게 가질 수 있는가 그리고 한 개인이 문화적 주변인으로서가 아니라 미국인으로, 동유럽인으로, 그리고 이스라엘 시민으로 각각의 독특함과 개성을 가지고 자신을 어떻게 규정할 것인가의 문제를 탐구한다. 스마일즈버거가 유대인의 상태에 대해 평가한 자기 분열은 정체성에 대한 포스트모던적 견해일 뿐만 아니라 전착된 역사적, 도덕적 문제의 결과로 도출된 것이다. 유대인은 자기 자신을 희생자로 아니면 승자로 규정하는 일을 선택할 것인가 그리고 그 선택이 유대 가정에서 아니면 이스라엘에서, 또는 전 세계에서 이루어질 것인가가 문제시 된다.

주체의 유동성을 확인한다는 것은 완전히 파괴되고 결코 취소할 수 없는 자아 상실을 거부하는 것이고, 또한 동화가 유대인의 실패를 함축한다는 사실을 거부하는 것이다. 로스가 모든 존재는 확고부동한 원리에 의해 규정될 수 없다는 포스트모던 존재론에 안주하기를 원하는 것처럼 보이지만, 이 작품의 서술은 그러한 불확정성에 저항을 드러낸다.『샤일록 작전』에서 주체에 대한 포스트모던적인 견해에서 내적 모순을 담보하는 가장 좋은 본보기는 로스가 자신의 친구인 애플필드를 이 작품에 포함시킨 것이다.

비평가들은『샤일록 작전』에서 애플필드가 등장하고 있고 로스가 실제로『뉴욕 타임스』(*New York Times*)와 인터뷰했던 내용의 일부분이 실린 것은 이 작품의 논픽션적인 측면을 부각시키려는 로스의 전략이라 주장한다. 하지만 로스의 애플필드에 대한 재현은 훨씬 복잡하다. "대학살"의 생존자로서 애플필드는 유대 역사의 살아 있는 증거이고, 유대인으로서는 지울 수 없는 사실이며 결코 구성될 수 없는 인물이다. 그래서 그의 자아 또는 그것으로부터 파생된 서술은 역사적 의미가 있는 것이다. 그의 자아는 독자들에게 개방되어 독자가 임의대로 규정할 수 있는 것도 아니고, 미국인 필립이 자기 자신을 해석하는 방식으로는 결코 타자가 될 수 없는 인물이다.

애플필드는 작품 속에 발췌된 인터뷰에서 "자신은 어떤 사건을 발생한 그대로 쓰지 않는다"고 주장하지만 그럼에도 불구하고 그는 "현실은 …… 항상 인간의 상상력보다 언제나 강하다"(85-86)고 주장한다. 애플필드는 소설에서의 현실의 침투를 제공한다.[16] 애플필드의 존재 자체는 현실은 우리가 상상하는 것이 아닌 있는 그대로 존재함을 나타낸다. 스마일즈버거처럼 애플필드는 "로스가 더 이상 바꿀 수 없는 유대인"(54)임을 인식한다. 왜냐하면 애플필드는 자신의 경험으로부터 유대성은 결코 지울 수 없고, 돌이킬

---

16) Shostak, 751.

수도 없는 것임을 인식했기 때문이다. 로스는 다른 인물들과는 달리 애플필드를 왜곡하여 묘사하지 않는다. 그래서 애플필드는 결코 설명할 수 없는 역사에 대한 죄의식을 가지고 있는 이산한 유대인으로서 주관적 이해를 뛰어넘어 현실 자체가 존재함을 증명하는 인물이다. 애플필드의 거부할 수 없는 존재는 로스의 정체성의 문제에 잠재돼 있는 궁극적인 고통을 나타내는 것이기 때문에 그의 존재는 바로 중요한 로스 자신의 카운터셀프(counterself)인 것이다.17)

『샤일록 작전』에서 급격한 극우파 유대인, 아랍인, 반유대주의자, 그리고 미국에서 살고 있는 유대인 모두가 다른 사람들의 생각을 쫓아 버리기 위해 서로 서로 악담한다. 로버트 알터(Robert Alter)는 다음과 같이 이야기한다.

다양한 등장인물들은 자신들의 극단적인 입장을 날카롭게 그리고 결코 협상의 자세를 취하지 않고 표현한다. 비록 종종 웃길지라도 혼돈과 이중성의 혼합체인 화자(narrator)는 서로 상충하는 관점들을 문답체적으로 왔다 갔다 한다.18)

The various characters express their extreme positions shrilly and uncompromisingly, if also sometimes amusingly. The narrator, a bundle of confusions and ambivalences, works back and forth dialectically between clashing perspectives.

문답체적 방식(dialogical method)은 상대방의 모든 얘기를 듣고 그것의 논리적 모순을 지적하여 자신의 주장을 펴는 논증 방식이다. 그래서 그 방

---

17) 같은 곳, 752.
18) Robert Alter, "The Spritzer," *New Republic* 5 (April 1993), 34.

식에는 모순과 텍스트 상의 차이가 그대로 보존된다. 사실 유대인들의 생활 규범인 탈무드(Talmud) 역시 이러한 문답체적 방식을 따른다. 하지만 로스는 실천 율법에 대한 가르침인 미시나(mishna)와 주석인 게마라(gemarrah)를 포함하는 탈무드에 대한 해석이 끊임없이 율법학자들에 의해 달리 해석되어짐에 주목한다. 그래서 긴급한 정치적 상황과 정체성의 문제를 다룸에 있어 로스는 유대인식 유머(Jewish joke)를 사용해서 현실에 대한 다양한 판단과 해석의 장을 열어 놓는다.

우리는 로스가 이 작품에서 유대성을 어떻게 재현해 내는가를 설명하기 위해 이 소설의 에필로그 부분을 점검해 볼 필요가 있다. 로스는 에필로그를 다음과 같이 시작하고 있다. "고백: 나는 나의 마지막 장을 지우기로 결정했다. 아테네(Athens)에서 내가 소집했던 사람들을 묘사하고 있는 만 이천 단어들, 우리를 함께 하도록 유도했던 상황들, 두 번째 유럽의 수도로의 연속되는 탐험"(357). 이것은 소위 이스라엘 지성인 단체인 모사드를 위해 필립이 행한 작전에 대한 설명이다. 이산을 옹호하는 이를 찾아내는 비밀 임무를 부여받은 필립은 자신이 왜 이러한 임무를 받아들었는지 확신을 갖지 못한다. 하지만 모사드의 대표적인 요원인 스마일즈버거는 이 소설의 마지막 줄에서 "당신의 유대적 의식이 당신의 안내자가 되도록 하십시오"(398)라고 말한다. 스마일즈버거의 이 말은 필립으로 하여금 유대인으로서 자기 증오를 뛰어 넘어 유대적 정체성 문제를 탐구하는 방향으로 선회하도록 유도한다. 왜냐하면 필립은 작가로서 자신의 책에 무엇을 포함시키고 무엇을 배제할 것인가를 결정해야 하기 때문이다.

이스라엘 비밀경찰의 요원이면서 희귀한 책을 판매하는 사람으로 등장하는 서포즈닉(Supposnik)은 주인공 필립에게 유대인의 특징이 바로 셰익스피어의 샤일록(Shylock)에 의해 규정되고 있다고 다음과 같이 말한다.

지금부터 400여 년 동안 유대인들은 샤일록의 그림자 속에서 살아왔다. 현대에 와서 유대인은 끊임없는 재판을 받고 있다. 오늘날 유대인은 이스라엘의 국민으로서 재판을 받고 있는 것이다. 유대인에 대한 근대의 재판, 결코 끝나지 않은 재판은 샤일록에 대한 재판으로 시작되었다. 세상의 청중들에게 샤일록은 마치 엉클 톰(Uncle Tom)이 미국의 자유정신의 화신인 것처럼 유대인의 화신이다. (274)

for hundred years now, Jewish people have lived in the shadow of this Shylock. In the modern world, the Jew has been perpetually on trial; still today the Jew is on trial, in the person of the Israeli—and this modern trial of the Jew, this trial which never ends, begins with the trial of Shylock. To the audiences of the world Shylock is the embodiment of the Jew in the way that Uncle Sam embodies for them the spirit of the United States.

『베니스의 상인』(The Merchant of Venice)에서 샤일록은 돈의 노예로 비인간적이고 혐오스런 모습으로 그려진다. 어떻게 보면 이 작품에서의 유대인의 이미지는 유대인에 대한 증오를 조장할 가능성이 있다. 비평가 실비아 피쉬맨(Sylvia B. Fishman)은 나치인들(Nazis)이 『베니스의 상인』을 그 어떤 연극보다 좋아했다는 점을 지적한다. 더 나아가 그는 "로스가 반유대주의가 지배적인 사회에서 유대인은 샤일록일 수밖에 없다고 주장하는 것처럼 보인다"19)고 말한다.

그렇다면 왜 로스는 자신의 텍스트에서 필립으로 하여금 샤일록 작전을 행하도록 하고 있는가? 이것의 답은 이 소설에 은연중에 함축된 재현의 문제에 달려 있다. 만약 서구의 담론에서 샤일록이 유대인을 나타내는 인물이라 한다면 샤일록 작전은 어떤 측면에서는 유대인을 재현시키는 작전

---

19) Shlvia Barack Fishman, "Success in Circuit Lies: Philip Roth's Recent Explorations of American Jewish Identity," *Jewish Social Studies* 3. 3 (1997), 144.

(Operation Represent the Jew)으로 표현될 수 있다. 이것은 스마일즈버거가 팔레스타인의 유대인 후원자를 알아내기 위해 필립으로 하여금 비밀스런 임무를 통해 유대인을 재현시키라고 요구했을 때 이미 나타나 있다. 또한 이 점은 필립이 자신의 유대적 양심을 충동적으로 규명해 내려고 했을 때에도 드러난다. 자기 자신과 독자를 위해 필립은 이스라엘 에피소드에서 중심 문제였던 유대적 주체성의 문제를 언어로 재현시켜 내야 된다. 절정의 아이러니는 우리가 읽고 있는 소설이 그렇게 될 수 있는 가능성마저도 부정하고 있다는 점이다. 잃어버린 서술의 작전, 의도적인 행동을 기술함에 있어 유대인의 정체성을 고착화시켜 쓰고 있는 마지막 장, 그리고 그 틈을 채우고 있는 재현은 자아 부재(absence of self)와 함께 유동적이고 변화하기 쉬운 자아로 남게 된다.

샤일록은 유대적 자아의 혐오스러운 이미지이다. 물론 그것은 다른 사람에 의해 유대인에 가해져 만들어진 이미지다. 블룸이 제안하는 것처럼 "만약 필립의 진짜 더블이 피픽이라기보다는 유대적 자아 증오의 구현체인 샤일록이라 한다면, 유대인을 표현하려고 하는 많은 시도에 있어 그 작전은 유대인의 자기증오에 대항하는 임무인 것이다."[20] 물론 여기서 우리는 로스 자신도 자기증오에 빠진 작가로 비난을 받았다는 사실도 상기할 필요가 있다. 스마일즈버거가 인식하고 있는 것처럼 필립의 유대성은 "그의 가장 비밀스런 악이고 작가로서 그의 중심 문제이다. 또한 그에게 있어 유대성은 작품의 원천이 된다."(388) 유대성은 다름이 아니라 남성의 리비도처럼 필립에게 머물게 된다. 필립은 유대적 양심에 따라 샤일록에 대한 저항으로써 다양한 자아-변신의 작전을 행한다. 작가이자 동화된 미국 유대인으로서 자

---

20) Harold Bloom, "Operation Roth," Rev. of Operation Shylock, by Philip Roth. *New York Review of Books* 22 (Apr 1993), 48.

신의 본능과는 상반되게 필립은 포스트모던 존재론의 불확정성, 즉 모든 것은 확고부동하게 규명하고 규정할 수 없는 상황으로 이 소설을 종결시킨다.

"유대인은 샤일록이 아니다"라고 말하는 것은 여전히 "유대인이 어떤 사람이다"라고 확실하게 말하는 것은 아니다. 유대인은 셰익스피어에 등장하는 유대인도 아니고, 자이드, 그리고 피픽의 유대인도 아니다. 로스의 마음속에 머무는 유대인은 명백한 현실을 가지고 있다. 그래서 그는 양가적인 방법으로 유대성을 갖고자 한다. 즉 로스는 때로는 유대성을 노출시켜 그것을 표현하기도 하고, 유대성을 억눌러 재현 자체가 불가능함을 주장하기도 한다.

제7장

인종과 계층: 『인간의 오점』

1_위선과 인종적 편견

『인간의 오점』(*The Human Stain*, 2000)에서는 빌 클린턴(Bill Clinton) 대통령과 모니카 르윈스키(Monica Lewinsky)의 섹스 스캔들을 배경으로 아테나대학 고전문학 교수인 콜먼 실크 (Coleman Silk)에 대한 사회의 도덕적 규탄이 다루어진다. 『인간의 오점』은 편협한 가치관, 획일적인 규범만을 강조하는 사회와 자율적인 삶을 살기를 원하는 개인과의 갈등 문제, 더 나아가 인종과 사회계층의 구조적 갈등 문제에 초점을 맞추고 있다.

유대인으로서는 미국 역사상 처음으로 학장에 오른 실크 교수는 개강 뒤 한 달 넘게 수업에 들어오지 않는 학생을 무심코 '유령(spook)'이라 칭한다. 그러나 'spook'의 의미가 흑인을 경멸하는 뜻의 속어이기도 한 탓에 대학에서 그를 비난하는 파장이 거세게 일어나게 되고, 대학에서는 그를 징계하기에 이른다. 오랜 세월 학문을 같이 한 동료 교수들도 대세를 좇아 등을 돌리고 만다. 충격을 받은 부인마저 심장마비로 세상을 떠나자 실크는 하루

아침에 모든 것을 잃어버리게 된다. 몇 년 뒤 70대의 실크는 글자도 모르는 대학 관리인인 젊은 여자, 파니아 팔리(Faunia Farley)와 사랑에 빠진다. 인종차별주의자로 몰려 불명예스럽게 대학에서 사임해야만 했던 때에 아내마저 세상을 떠나 더욱 외로웠던 실크는 젊은 여자와의 사랑으로 생의 활기를 되찾는다. 실크와 파니아는 서로를 삶의 구원자로 생각하여 깊은 사랑을 하지만, 주변 사람들은 이들의 만남을 파렴치한과 부도덕한 계집의 추문으로 생각한다. 그래서 『인간의 오점』은 나이와 신분을 초월한 두 남녀의 사랑 이야기이자 사회 집단에 의해 난도질당한 개인의 편린이며, 또 인종과 계층 차별에 대한 아픔의 기록이자 인간의 숨겨진 욕망과 위선을 다룬 작품이다.

『인간의 오점』에서 로스는 클린턴 대통령의 섹스 스캔들로 떠들썩했던 1998년 미국의 정치 · 사회적 현실을 다음과 같이 묘사한다.

> 메스꺼움이 미국에 되돌아 온 것은 [1998년] 여름이었다. …… 어른들의 생활에 대해 아이들에게 설명할 도덕적 의무가 사라져 버린 시기였다. 어른들의 생활에 관한 모든 환영을 아이들이 그 냥 있는 그대로 받아들이기만을 바라는 마음뿐이었다. 왜소한 인간이 완전히 망가진 때, 어떤 악마적 존재가 속박에서 풀려나 미국에서 본격적인 활동을 시작한 때 …… 매머드(mammoth)처럼 거대한 휘장이 …… 백악관을 감싸고, 인간이 바로 여기에 살고 있다는 전설을 담고 있다. 무질서와 무차별적인 폭력, 그리고 대혼란이 개인의 이데올로기나 개인의 도덕을 뛰어넘어 미묘하게 얽혀 있는 …… 여름이었다. 대통령의 성기가 모든 사람의 마음을 사로잡았고 수치를 모르는 파렴치한 삶이 미국을 다시 한 번 대혼란에 빠뜨린 여름이었다.[1]

> It was the summer in America when the nausea returned ... when the

---

1) Philip Roth, *The Human Stain* (New York: Houghton Mifflin, 2000), 3. 이하 이 작품에서의 인용문은 괄호 안에 쪽수만 표시함.

moral obligation to explain to one's children about adult life was abrogated
in favor of maintaining in them every illusion about adult life, when the
smallness of people was simply crushing, when some kind of demon had
been unleased in the nation, ... a mammoth banner, ... wrapping from one
end of the White House to the other and bearing the legend A HUMAN
BEING LIVES HERE. It was the summer when ... the jumble, the
mayhem, the mess proved itself more subtle than this one's ideology and
that one's morality. It was the summer when a president's penis was on
everyone's mind, and life, in all its shameless impurity, once again
confounded America.

로스는 클린턴 대통령의 섹스 스캔들을 "전후 미국인들의 삶에 가장 큰
충격을 주었던 역사적 사건 중의 하나"2)로 보면서, 1998년을 "미국인이 인
내해야 했던 가장 사악한 시기이자 미국의 정신적 죽음의 시기"(154)였다고
본다. 다시 말해 그는 이 시기를 수백만 명의 보통 사람들은 폭력적인 행동
에 의해 착취당했으며, 개인의 구체적인 삶은 파멸에 이를 수밖에 없었던
시기라고 규정한다.

『인간의 오점』에는 대통령의 섹스 스캔들에 분노한 미국인의 도덕적 판
단과 아테나대학의 독선적인 태도와 위선이 대비된다. 이 작품의 배경은 클
린턴의 백악관에서 뉴잉글랜드(New England)의 조그마한 대학인 아테나대
학으로 옮겨진다. 아테나 대학은 정치적 정화의 열기에 대한 하나의 소우주
가 된다. 클린턴의 백악관을 정화시키려는 분주한 움직임과 실크의 사임을
요구하는 광란의 압력이 하나의 평행을 이룬다. 로스는 이 작품을 통해 나
이가 절반밖에 안 되는 르윈스키와의 관계 때문에 클린턴을 탄핵하려고 하

---

2) Charles McGrath, Interview with Philip Roth, "Zuckerman's Alter Brain." *New York Times Book Review* (May 7, 2000), 8.

는 정치인들의 주장과 34세인 파니아와 71세의 실크와의 관계에 대해 도덕적 질타를 가하는 아테나대학 관계자들의 주장이 유사함을 제시한다.

일부 정치인들과 아테니 대학 관계자들이 주장하는 것은 정치적 공정성(political correctness)이다. 물론 사회 질서를 유지하기 위해 정치적 공정성을 요구할 수는 있겠지만, 문제는 바로 정치적 공정성이 편협한 사고와 도덕에 사로 잡혀 있는 이들에 의해 악 이용된다는 점이다. 정치인들은 권력을 쟁취하기 위해, 그리고 아테나대학 관계자들은 대학에서의 자신들의 입지를 견고하게 하기위해 정치적 공정성을 내세워 일반 대중들의 여론을 조작한다. 이러한 행위는 개인적인 삶을 무시한 채 일방적인 희생만을 강요하는 일이다.

『인간의 오점』의 화자인 네이선 주커만(Nathan Zuckerman)은 실크의 시련의 삶을 기록한 비망록과 실크의 여동생, 어네스틴(Ernestine)의 증언, 그리고 자신이 직접 실크와의 인간적 유대 관계에 의해 알게 된 사실을 바탕으로 해서 실크에 대한 얘기를 독자에게 들려 준다. 작품의 초반에 실크와 파니아는 자동차 사고로 사망하게 되고, 실크와 친분이 있었던 주커만은 그 사고의 원인을 규명해 내려고 한다. 주커만은 실크의 사고의 원인을 규명하는 과정에서 실크의 새롭게 드러난 과거 비밀을 알게 된다. 이 비밀은 바로 실크가 비교적 밝은 색의 피부색을 가진 아프리카계 미국인이라는 사실이다. 지난 50년 동안 세상 사람들에게 그는 유대인으로 받아들여졌던 것뿐이다. 아프리카계 미국인이 흑인이라는 단어를 사용한 것은 결코 인종차별주의라고 할 수 없는데, 그는 인종차별주의자라는 오명을 받고 대학에서 물러나야만 했던 것이다. 아이러니컬한 상황이라 아니 할 수 없다.

실크의 원래 목표는 "인종의 대표로서가 아니라 단순히 한 인간으로서의 조용한 삶이었다."3) 실크는 "세상의 규범과 틀을 벗어나려고 했던 미국적 개인주의자이다."4) 다시 말해 실크는 개인을 사회에서 요구하는 또는 문화적으로 규정된 규범에 따라 행동하는 사회의 산물이 아니라, 자기의 주관에 따라 대상과 상황을 규정하고 거기에 의미를 부여함으로써 세계를 능동적으로 이끌어 가는 주체가 되고 싶어 했다. 실크의 잘못이 있다면 자신의 뿌리를 거부하는 삶을 산 것뿐이었다. 로스는『인간의 오점』에서 자유와 평등, 그리고 민주주의를 표방하는 미국 사회에 아직도 인종차별 문제가 잔재하며, 그 인종차별에 의해 개인의 삶이 파괴되는 현실을 고발한다.

그렇다면 왜 실크는 백인으로서의 삶을 선택했는가? 실크의 심리적 동기를 보다 더 잘 이해하기 위해 우리는 실존 인물 아나톨 브로야드(Anatole Broyard)에 관심을 기울일 필요가 있다. 물론 로스가 브로야드를 근거로 해서 실크를 창조했는가에는 논란이 있다. 하지만 브로야드의『뉴욕 타임스』(New York Times)의 친구인 존 레너드(John Leonard)는 "브로야드와 로스가 코네티컷(Connecticut)에서 가까운 이웃에서 살았다는 이야기를 들었다고"5)함으로써, 로스가 실크라는 인물을 구상해 낸 것은 브로야드의 개인적인 역사로부터 영감을 받았다는 사실에 보다 신빙성을 더해 준다.

브로야드의 여동생 셜리(Shirley)는『인간의 오점』에서 실크의 장례식에서 주커만과 얘기를 나누던 실크의 여동생 어네스틴을 상기시킨다. 셜리는 자신의 가족적인 배경을 자식들에게마저 숨긴 오빠의 결정에 당황하지만, 그녀는 로스가 창조한 어네스틴처럼 오빠의 입장과 행동을 이해한다.6) 브

---

3) Ross Posnock, "Purity and Danger: On Philip Roth," *Raritan-A Quarterly Review* 21. 2 (2001), 95.

4) James Wood, "The Cost of Clarity: *The Human Stain by Philip Roth*," *The New Republic* 222. 16/17 (2000), 74.

5) John Leonard, "A Child of the Age: *The Human Stain*," *New York Review of Books* (June 15, 2000), 8.

6) Henry Louis Gates Jr., *Thirteen Ways of Looking at a Black Man* (New York: Random House, 1997), 213.

로야드의 아내는 실크의 아내 아이리스 기텔맨(Iris Gittelman)과는 달리 그가 백인으로 위장하고 있다는 사실을 알고 있었고, 걱정이 되어 자신의 남편으로 하여금 아이들에게는 진실을 얘기하라고 여러 번 얘기했다 한다.7) 이렇듯 로스는 실존 인물의 직접적인 사실을 토대로 자신의 작가적 상상력을 활용하여 소설 속 인물에 대한 심리적 성향을 포착해 구체화시켰다고 할 수 있다.

실존 인물 브로야드가 흑인이 아니라 작가로서 자신의 길을 가기 위해 백인으로서의 삶을 선택했듯이 실크도 자유로운 생활을 하기 위해 백인으로서의 삶을 선택한다. 사실 실크는 자식들의 교육에 있어 엄격하지만 자식들에 대해 많은 애정을 가지고 있는 부모 밑에서 별다른 문제없이 성장한다. 하지만 7학년이 되던 해 유치원 때부터 알고 지내온 친구 디키 왓킨(Dicky Watkin)으로부터 그가 흑인이라는 것 때문에 생일 파티에 초대받지 못하는 일이 발생한다. 실크는 그때까지는 결코 실망하거나 좌절하지 않았다. 왜냐하면 자신의 친구가 아니라 "멍청한 디키 왓킨의 부모들이 자신을 거부한 것"(104)으로 생각했기 때문이다. 고등학교 시절 실크는 체육부에서 권투를 하게 되는데, 우연히 체육부 소속의 선수 중 한명이 자동차 사고로 급히 수혈을 필요로 하게 된다. 실크는 자진해서 팀 동료에게 수혈을 해 주려고 하지만, 부상을 입은 학생의 부모는 실크의 피를 흑인의 피라 하여 거절한다. 이와 같은 흑인으로서 받게 된 차별 대우는 실크로서는 한 때 좌절의 원인이었지만 결코 내적으로 수용할 수 없는 것은 아니었다. 왜냐하면 실크는 실크의 친구들이 아니라 친구들의 부모가 자신에 대해 차별을 한 것뿐이라고 생각했기 때문이다.

---

7) Elaine B. Safer, "Tragedy and Farce in Roth's *The Human Stain*," *Critique* 43. 3 (Spring 2002), 214.

실크가 백인으로서의 삶을 선택할 수밖에 없었던 보다 직접적인 일이 발생한다. 그 첫 번째는 실크가 아버지의 결정에 따라 흑인 대학인 하워드 (Howard)대학에 의사가 되기 위해 입학을 했을 때 일어난다. 하워드대학에 입학한 지 일주일도 못돼서 그는 워싱턴의 유적지를 보고 싶어 룸메이트 (roommate)인 친구와 함께 핫도그 가게에 들르게 되는데, 그곳에서 생전 처음으로 "흑인 자식"(102)이라는 말을 듣는다. 그는 큰 충격을 받아 하워드대학을 포기하고 만다.

두 번째 일은 아버지의 죽음이다. 실크의 아버지는 대학 교육까지 받았지만, 흑인이라는 사실 때문에 좋은 직업을 구하지 못하고 안경점을 하게 된다. 하지만 그 안경점도 경기 침체로 제대로 운영할 수 없게 되어, 그의 아버지는 기차 식당 칸의 웨이터로 전락해 버린다. 그의 아버지는 웨이터로 일을 하다가 발을 헛디뎌 어처구니없는 죽음을 맞이한다. 아버지의 죽음은 실크에게 뿌리의 상실을 의미하는 것이었다. 실크는 자신이 믿고 따랐던 형 와트(Walt)마저도 히틀러와 싸우기 위해 이태리로 떠나가 버려 더욱더 외로움과 좌절을 느낀다. 세 번째는 GI법안에 의해 뉴욕대학에 입학을 했을 때, 아름다운 백인 여자 스테나 팔선(Steena Palsson)과의 관계 때문이다. 실크와 스테나는 서로 뜨거운 사랑을 하게 돼 결혼까지 하기로 결심한다. 하지만 백인인 스테나는 실크의 가족들과 저녁식사를 하고 난 뒤 실크와의 결혼은 물론 만나는 것조차 거부한다. 이처럼 자신이 흑인이기 때문에 겪어야 했던 수모와 좌절은 선천적으로 비교적 흰 피부를 갖고 태어난 실크로 하여금 백인으로서의 위장된 삶을 살 수밖에 없게 만들어 버린다.

실크는 사회의 편견의 대상으로부터 벗어나기 위해 위장된 삶을 영위하지만, 그것은 가족들과 완전히 결별하는 계기가 된다. 실크가 26살 때 백인으로서 살아갈 것을 결정하자, 그의 어머니는 그에게 "너는 눈처럼 희지만 생각은 노예처럼 하는구나"(139-40)라고 비난하면서 자신은 결코 손자들을 보지 않을 것이라고 한다. 그녀에게 있어 실크의 결정은 잘못된 것이고 비극적인 것이었다. 하지만 슬프게도 실크의 어머니는 그녀가 기차역의 벤치나 공원의 의자에 앉아 있을 때 실크의 가족들이 그녀를 지나가도록 미리시간을 마춰줄 수 있냐고 요구하기도 하고, 베이비 시트(Baby-sit)로서 자신을 브라운(Brown) 부인으로 고용해 주기를 요구하기도 한다.

실크가 백인 여자인 아이리스와 결혼을 선택하게 된 것은 그녀가 자신의 앞으로 태어날 아이들의 머리 결을 설명해 줄 수 있는 수단이 될 수 있을 것이라고 생각했기 때문이다. 그녀의 꾸불꾸불하게 얽힌 머리는 실크보다도 훨씬 흑인에 가까웠기 때문이다. 실크는 흑인이라는 사실을 숨긴 채유대인으로 행세한다. 실크는 단 한군데 발꿈치만 빼놓고는 불사신이었던 신화속의 아킬레스(Achilles)이다. 실크가 무덤으로 가져간 비밀의 아킬레스건(Achilles tendon)은 성공을 위해 자신의 피부색과 뿌리를 지운 데 있고, 권력의 정점에 있던 클린턴의 경우엔 르윈스키와의 성관계였다. 실크는 흑인 가계의 돌연변이로서 가족을 버리고 유대계 행세를 하며 성공했지만 스스로 마음의 감옥에 갇힌 삶을 살아간다.

미국의 흑백 갈등은 오래 전부터 앓아 온 종기처럼 흔적이 남아 있다. 겉으로는 더 이상 인종차별이 없는 것처럼 보이지만 미국 사회 곳곳에는 아직도 피부색이 다른 사람에 대한 편견이 남아 있다. 『인간의 오점』은 미국인이라면 겉으로 드러내 놓고 말하기에 조심스러운 미국의 인종차별을 정면으로 응시하고 있다.

그 중심에 서 있는 존재는 역설적이게도 백인이 되고 싶은 흑인 실크이다. 그는 마치 피부를 표백했다는 마이클 잭슨(Michael Jackson)처럼 흰 피부를 갖고 태어나 백인사회의 주류로 편입하여 대학의 학장까지 지낼 수 있었다. 실크는 아직까지 남아 있는 흑인에 대한 편견을 뼈저리게 체험했기 때문에 검은 뿌리가 자신에게 치명적인 오점(stain)으로 작용할 수 있다는 것을 누구보다 잘 알고 있었다. 그러기에 강의 도중 실수로 내뱉은 속어가 백인의 입장에서 흑인을 경멸한 인종차별적 발언이라는 비난을 받으며 실직하게 된 마당에도 결코 자신이 흑인이라는 사실을 철저히 숨긴다. 실크에게 있어 피부색은 인생의 오점이 되고, 숨겼다는 사실이 또 다른 오점이 되기 때문에 인종차별주의자란 오해를 받으면서까지 자신의 비밀을 말하지 않는 것이다. 그는 자신의 비밀로부터 파생된 고통을 묵묵히 끌어안을 뿐이다. 자신의 고통을 드러내지 못하는 그 앞에 대학 청소부로 일하는 관능적인 여인 파니아가 나타나자 둘은 나이와 신분을 떠나 서로의 상처를 보듬으며 열정적인 사랑을 하게 된다.

로스는 『인간의 오점』의 제사(題詞)로 소포클레스(Sophocles)의 『오이디푸스 왕』(Oedipus the King)을 제시한다. 오이디푸스의 "정화 의식이란 무엇인가? 그것은 어떻게 이루어지는가?"라는 물음에 크레온(Creon)은 "한 사람을 추방함으로써 또는 피에 의한 속죄로" 가능하다고 한다. 『오이디푸스 왕』에서 오이디푸스는 자기 아버지를 죽이고 어머니와 결혼하는 대재앙을 피하려 하지만, 그는 자신도 모르게 자신의 운명에 의해 이미 그런 재앙이 발생했다는 사실을 깨닫는다. 그는 스스로 자신의 눈을 송곳으로 찌르고 테베(Thebes)가 정화될 수 있도록 그 도시를 떠난다. 정화의 수단으로서 추방과 피에 대한 크레온의 설명은 실크와 파니아의 죽음과 연결된다.

실크는 마치 오이디푸스가 자신의 어머니와 결혼하고 아버지를 죽이는 운명으로부터 도망할 수 있다고 믿는 것처럼 백인으로서 삶을 영위함으로써 자신의 흑인으로서의 운명을 피할 수 있다고 생각한다. 실크는 백인 여자와 결혼하고 백인의 자식을 낳아 키움으로써 그가 자유와 정화를 획득했다고 생각한다. 그래서 실크는 오이디푸스처럼 자신의 부모를 떠나 백인 사회에서 새로운 삶을 시작했던 것이다. 하지만 실크는 편견이 심한 사회의 냉대로부터, 그리고 인종차별주의에 사로잡힌 백인계 대학교수 사회로부터 추방당하고 만다.

실크에 대한 아테나대학의 반응은 호손의 헤스터 프린(Hester Prynne)이 가슴에 주홍글씨(scarlet letter)를 달고 감옥에서 나와 마을 사람들과 대면했을 때의 장면을 상기시킨다. 감옥 밖에서 한 여자는 "적어도 우리는 헤스터의 이마에 뜨거운 쇳물을 퍼부어야 된다"고 주장하고, 헤스터의 아름다움에 질투심을 느낀 또 다른 부인은 "이 여자는 우리 모두를 부끄럽게 만들었기 때문에 반드시 죽어야 한다"[8]고 주장한다. 호손처럼 로스도 "오점 없는 사람들"의 위선과 분노를 지적한다. 주커만이 "버크셔(Berkshire) 지방에서 자신의 집에서 멀지 않은 곳에서 호손이 한 때 산 적이 있었다"(2)는 점을 서술하고 있다는 점을 고려할 때 헤스터를 비난했던 마을 사람들과 실크를 비난하고 있는 사람들의 위선과 도덕에 대한 맹종이 유사함을 알 수 있다. 아테나대학의 위선적인 사람들은 인간의 오점을 인간 존재의 보편적인 속성임을 깨닫지 못하고 겉으로 보이는 것만 가지고 도덕적 판단을 할 뿐이다.

『인간의 오점』에서 대통령인 클린턴을 탄핵하려는 욕망과 실크를 대학에서 추방하려는 광란적 행동은 근본적으로는 퓨리턴(Puritan)적 윤리 의식에서 나온 것이다. 클린턴을 조롱하려고 했던 국회의원들은 자신들의 허점을 숨기면서 정치적 이득을 취하기 위해 르윈스키와의 스캔들을 더욱 확대해 정치적으로 이용한다. 아테나대학의 교수들도 자신들의 위선을 숨기고

---

8) Nathaniel Hawthorne, *The Scarlet Letter*, 2nd Edition, ed. Seymour Gross (New York: Norton, 1962), 42.

대학에서의 자신들의 위치를 확고히 하기 위해 비난의 목소리를 높인다. 로스는 이 소설의 말미에서 상원이 클린턴을 탄핵하지 않기로 결정했다는 점을 지적함으로써, 사회의 혼란과 무질서는 어떻게 보면 도덕적 편협함과 이기심에 사로잡힌 이들에게 있음을 간접적으로 드러낸다.

하지만 여기서 주의해야 할 점은 클린턴의 경우와 실크의 경우엔 분명한 차이가 엄존함을 로스는 주장한다. 클린턴의 경우엔 단지 성적 욕망 때문에 르윈스키와의 스캔들이 일어난 것이고, 실크와 파니아와의 사랑은 개인의 자유와 삶의 활기를 찾는 한 방안이었음을 로스는 분명히 한다. 로스는 빌 클린턴의 도덕성에 의문을 제기한다. 하지만 실크의 경우엔 그가 단지 편협한 대학교수 사회의 희생양이라는 측면을 좀 더 부각시키고 있다.

2_계층을 초월한 사랑

『인간의 오점』에서 화자인 주커만은 "실크의 삶은 내 자신의 삶에 가깝다"(344)고 말한다. 이 말은 주커만이 실크의 고난의 삶을 이해하고 있다는 뜻으로, 이 두 사람이 정신적 교감을 가졌다는 사실을 확인해 주는 진술일 것이다. 주커만 자신도 실크의 입장이었다면 실크와 동일한 선택을 했을 것이고, 어떻게 보면 동일하게 사회의 위선과 편견에 의해 희생을 당할 수도 있다는 의미일 것이다. 사실 주커만이 실크의 삶에 관심을 가졌던 일차적인 이유는 자신이 전립선 수술로 성불구가 됐기 때문이다. 주커만은 "실크의 성생활에 대해 호기심을 갖지 않을 수 없었다."[9] 하지만 점차 주커만은 실크의 삶에 보다 복잡하고 난해한 인종 문제, 계층간의 갈등 문제, 그리고 사회의 위선과 편견 등의 문제가 얽혀 있는 것을 알게 된다.[10] 그래서『인간

---

9) Tim Adams, "Clinton's Complaint," *New Statesman* 129 (May 2000), 56.
10) William G. Tierney, "Interpreting Academic Identities: Reality and Fiction on Campus,"

의 오점』은 바로 주커만이 실크의 삶을 통해 직·간접적으로 체험한 내용과 자신의 상상력의 결합으로 이루어진다.

여기서 주목하지 않을 수 없는 부분은 주커만의 상상력이다. 그는 반복적으로 자신의 상상력이 관심의 주 대상이 되고 있음을 지적한다. 예를 들면 실크의 침실에서 일어난 낭만적 사랑의 행위는 결코 실크의 비망록에 쓰어질 수 없는 내용이다. 어떻게 보면 성불능이 된 주커만은 자신의 상상력을 발휘하여 실크와 파니아가 사랑을 나누는 장면을 독자에게 전하면서 대리만족을 하고 있다 할 수 있다. 또한 주커만의 상상력이 발휘된 부분은 야생동물 보호구역에서의 파니아의 절망적인 사고이다. 작품 전체를 통해 주커만이 야생동물 보호구역에서의 파니아와 접할 수 있는 통로는 제시돼 있지 않다. 또 하나의 독자라 말할 수 있는 주커만은 실크의 창조된 삶과 소설 창작 과정에서 갖게 된 자신의 경험을 비교하여 서술하고 있는 것이다.

주커만의 상상력이 발휘된 장면 중, 먼저 실크의 침실에서 일어난 낭만적 행위를 살펴보도록 한다. 나이 많은 노교수 실크는 비아그라의 도움으로 대학의 젊은 청소부인 파니아와 뜨거운 사랑을 나눈다. 주커만은 실크와 파니아의 사랑을 마치 만화 주인공들처럼 낭만적으로, 그리고 유머 있게 묘사한다. 파니아는 침대 가장자리 옆에서 거의 최면 상태에서 실크의 성적 흥분을 위해 춤을 춘다. 주커만은 리듬 있는 시적 언어로 파니아의 육체적 매력을 묘사한다.

그녀는 움직이기 시작했다. 마치 구겨진 옷의 주름을 펴는 것처럼 그녀는 피부를 쓰다듬는다. 모든 것이 있어야 할 곳에 있는 균형 잡힌 몸매이

The Journal of Higher Education 73. 1 (2002), 169.

다. …… 그녀는 머리를 …… 해초처럼 움직인다. …… 해초에서 물방울이 떨어지는 것 같았다. …… 그는 그녀를 본다. 날씬한 몸이 리듬 있게 움직이는 것을 본다. 그녀의 몸은 겉으로 보이는 것보다 훨씬 탄력이 있었다. 놀랍게도 그녀의 풍만한 가슴이 …… 그를 향해 뻗은 그녀의 긴 다리 사이에 잠기곤 했다. (226-27)

She starts moving, smoothing her skin as though it's a rumpled dress, seeing to it that everything is where it should be ... her hair ... plays with like seaweed ... a great trickling sweep of seaweed saturated with brine ... now he's seeing her, seeing this elongated body rhythmically moving, this slender body that is so much stronger than it looks and surprisingly so heavy-breasted dipping ... on the long, straight handles of her legs stooping toward him.

독자는 실크 앞에서 춤추는 파니아의 이미지에 매혹 당하고, 파니아의 새로운 삶의 에너지를 느낄 수 있는 활기 넘치는 단어들을 접하게 된다. 반복된 리듬의 언어는 우리의 청각적 상상력에 호소하고 독자로 하여금 감정적으로 이 텍스트를 읽도록 유도한다.

어떻게 보면 실크는 초서(Chaucer)의 「물방앗간 주인 이야기」("Miller's Tale")의 나이 많은 목수처럼 젊은 여자를 탐하는 흔한 노인처럼 보인다. 하지만 실크와 파니아는 지금까지 로스가 창조한 그 어떤 인물보다도 원만한 성격의 소유자들이고 비극적인 인물들이다. 외형만을 보고 그 모든 것을 판단해 버리는 아테나대학 사람들은 실크와 파니아의 관계를 대학교수와 청소부의 관계로, 늙은이와 젊은 여자의 관계로만 보고 더럽고 추잡한 것으로 여긴다. 하지만 실크와 파니아는 사회적 신분과 나이 차이를 뛰어넘어 자신들의 삶에 대한 탈출구로서 서로를 사랑하게 된다.

파니아는 실크를 사랑함에도 불구하고 사회적 신분의 차이가 엄존함을 의식하지 않을 수 없기 때문에, 춤을 추면서 실크가 당했던 끔직한 일에 대해 다음과 같이 얘기한다.

당신은 모든 것을 잃었어요. …… 춤을 추는 저를 제외하고 …… 죽는 것보다, 아니 죽어가는 것보다 더욱 나쁜 것은 당신을 공격한 놈들이에요. 그들은 당신에게서 모든 것을 빼앗아 가버렸어요. 실크, 저는 당신에게서 볼 수 있어요. …… 일순간에 모든 것을 바꿔버린 놈들. 그들은 당신의 생명을 빼앗아 당신을 씹어 버릴 거예요. …… 그들은 쓰레기가 무엇인가를 [자기들 마음대로] 규정하고, 당신을 바로 그 쓰레기로 분류를 해버린 것이에요. 모든 사람들이 말도 안 된다는 것을 알고 있는 [극히 개인적인] 문제를 가지고 굴욕감을 주고 한 사람을 파멸시켜 버렸어요. (233)

You've lost everything ... Everything except me dancing ... what's worse even than the dying, what's worse even than the being dead, are the fucking bastards who did this to you. Took it all away from you. I see that in you, Coleman. ... The fucking bastards who changed everything within the blink of an eye. Took your life and threw it away. ... They decided what is garbage, and they decided you're garbage. Humiliated and humbled and destroyed a man over an issue everyone knew was bullshit.

파니아는 실크가 자신을 받아들임으로써 모욕적이고 굴욕적인 고난을 겪게 된 것을 얘기하고 있다. 하지만 실크는 "당신과 같은 여자는 그 어디에도 없습니다. 트로이(Troy)의 헬렌(Helen)이여"(232)라고 말한다. 그에게 있어 파니아는 삶의 원동력이자 존재 이유가 돼버린 셈이다. 이에 파니아는 "헬렌은 어디에도 없고 저는 결코 헬렌이 아니라고 부정"(232)하지만, 실크는 춤을 멈추지 말라고 요구한다. 이는 실크가 자신의 사회적 신분과 위선적인 태도를 버리고 파니아의 사랑을 원초적으로 받아들이겠다는 뜻으로 읽을 수 있다.

　실크의 난처하고 고독한 삶을 이해하고 있는 주커만은 실크의 파니아와
의 사랑을 [실크의] 삶의 활력의 근원으로 해석한다. 주커만은 실크가 파니
아와의 열정적인 사랑을 통해 활기 있는 삶의 가능성을 발견했음을 인지한
다. 실크가 프랭크 시나트라(Frank Sinatra)의 노래를 듣자 주커만에게 춤을
추자고 제안할 정도였다. 야만스러움과 쓰라림, 그리고 끊임없는 싸움 대신
에 실크는 또 다른 영혼을 갖게 된 것이다. 여러 번의 이혼 끝에 남녀 관계
에 대한 환멸을 느끼고 깊은 호숫가에서 혼자 생활하는 주커만으로서도 실
크의 변화를 통해 다시 한 번 사랑과 삶의 가능성을 확인한다. 실크가 죽고
난 뒤, 주커만은 실크와 파니아가 집안에서 40년대 유행했던 음악에 맞춰
춤을 추던 장면을 회상한다. 두 사람의 낭만적 사랑의 공간은 어떻게 보면
현대를 살아가는 모든 이가 꿈꾸는 가상 세계이고, 자유 공간이다. 주커만
은 이러한 사랑의 공간이 사회의 구속과 억압으로 파괴된 현실에 안타까움
을 느끼지 않을 수 없다.

　실크와 파니아의 성관계 장면 이후 화자인 주커만은 템포와 어조를 바
꾸어 파니아가 즐겨 찾는 곳, 즉 오두본 협회(Audubon Society)에 의해 운
영되는 야생동물 보호구역에 대한 묘사로 옮긴다. 전술한 바와 같이 야생동
물 보호구역에서의 파니아의 절망적인 사고는 모두 화자인 주커만의 상상
력에 의한 것이다. 야생동물 보호구역의 장면에서 파니아는 실크 앞에서 매
혹적인 춤을 추는 여인이 아니라 절망하고 고통당하는 여인의 모습으로 조
명된다. 그녀는 인간들에게 너무나 혐오감이 들어 단지 새와 파충류와 함께
있었을 때만 마음의 안정을 찾을 수 있다. 왜냐하면 "이것들[야생동물들]은
그녀에게 아무것도 가르치려 들지 않기 때문이다"(240). 또한 "매일 아침에
실크가 파니아에게 읽어 주던 『뉴욕 타임스』(New York Times) [클린턴과

르윈스키의 스캔들을 다루고 있는 기사를 그 어떤 이도 그녀에게 읽어 주지 않아."(234) 세상으로부터 벗어날 수 있는 시간이기 때문이다.

주커만은 파니아의 현재의 절망의 원인이 과거의 상실된 삶에서 기인한 것임을 지속적으로 이 작품 내에서 설명하려 한다. 미모의 30대 여성 파니아는 어린 시절 의부의 성추행과 이를 부정하는 친모의 방기를 피해 가출한 이래 평생 가학적인 삶을 살아 왔다. 그녀는 성인이 되어 결혼을 했지만 거의 매일 구타하는 전 남편 레스터 팔리(Lester Farley), 그리고 그 남편에 대한 반항으로 남자 친구와 차안에 있었을 때 집안에 불이 나 자신이 사랑하는 두 아이들이 어처구니없이 죽었을 때 그 죽음에 대한 죄책감에 시달린다.

파니아는 자신의 불행한 과거에도 불구하고 실크를 진심으로 사랑한다. 주커만은 파니아의 실크에 대한 사랑을 까마귀, 프린스(Prince)에 빗대어 설명한다. 까마귀, 프린스는 사람의 손에 키워져 보통 까마귀처럼 울지 못하고 전혀 이상한 소리만 낸다. 그 까마귀는 자신의 목소리를 낼 수 있는 권리를 상실한 것이다. 한 번은 그 까마귀가 새장을 빠져 나와 나뭇가지에 앉았던 일이 있었는데, 몇몇 다른 까마귀들이 날아와 그 까마귀를 둘러싸 공격한다. 이 이야기는 실크에 대한 대중들의 반응을 나타내는 하나의 우화이다.

파니아는 프린스의 배경을 알고 있다. 그 까마귀는 자신의 엄마와 분리된 뒤 사람의 손에 길러졌다. 그리고 그 까마귀는 실리 폴스(Seeley Falls)의 상점들을 전전했다. 그리고 여성의 머리핀과 같은 빛나고 화려한 것들을 물어오기 위해 날아다니곤 했다. 파니아는 그 까마귀에 대한 신문기사가 실렸고 야생동물단체 직원이 오두본 협회의 게시판에 그 신문 기사를 오려 핀으로 꽂아 놓았던 것을 기억했다. 파니아는 그 까마귀가 신문 기사를 물어

뜯은 것을 직원을 통해 알게 된다. 파니아는 미소를 지으며 "그 까마귀는 자신의 과거를 다른 이가 아는 것을 원치 않았던 거야. 자기 자신의 배경을 부끄러워했던 것이지"(240)라고 말한다. 독자는 여기서도 자신의 과거를 완전히 말살한 실크와 이 까마귀와의 연관성을 인식할 수 있다.

야생동물인 까마귀가 사람의 손에 의해 키워졌다는 사실은 까마귀에게는 하나의 오점이 아닐 수 없다. 주커만은 이 점을 좀 더 발전시켜 다음과 같이 이야기한다.

> 우리는 오점을 남긴다. 우리는 흔적을 남긴다. 우리는 우리 자신의 자국을 남길 수밖에 없다. 불결, 잔인성, 남용, 실수, 배설물, 정액 등─존재하기 위해서는 다른 방법이 없다. 이 오점은 아담이 신에 불복종했기 때문에 파생된 것은 아니다. 이 오점은 인간의 구원의 문제와 상관없다. …… 오점은 원래 본질적인 인간의 속성이다. …… 오점은 인간이 신에 불복종하기 전에 이미 존재했고 …… 모든 설명과 이해를 거부하는 것이다. 바로 이것 때문에 모든 것을 깨끗이 씻어 내겠다는 생각은 웃기는 이야기, 그것도 야만스런 이야기다. 순수함에 대한 절대적 맹신은 끔찍하다. 그것은 미친 짓이다. (242)

> We leave a stain, we leave a trail, we leave our imprint. Impurity, cruelty, abuse, error, excrement, semen─there's no other way to be here. Nothing to do with disobedience. Nothing to do with grace or salvation or redemption. ... Indwelling. Inherent. ... The stain that precedes disobedience ... perplexes all explanation and understanding. It's why all the cleansing is a joke. A barbaric joke at that. The fantasy of purity is appalling. It's insane.

여기서 주커만은 인간 실존의 근본적인 속성에 대해 자신의 견해를 피력하면서 실크와 파니아를 비난하는 이들을 공격하고 있다. 인간이 자신의 오점을 가질 수밖에 없다는 사실은 비극이 아닐 수 없다. 하지만 불행하게도 그것은 인간 실존의 증거이다. 주커만은 끔직하고 어쩌면 인간 존재에 있어 필요악인 [인간의] 불완전함에 대한 이해가 요구됨을 주장한다.

『인간의 오점』에서 파니아는 오점이 있는 인간 실크를, 실크는 위험한 과거가 있는 파니아를 사랑할 수밖에 없었다. 파니아는 전 남편 팔리로부터 벗어나기 위해서 거짓말을 해야 했고, 글자를 모르는 문맹자처럼 보여야 했다.[11] 실크는 자유롭게 되기 위해서 백인으로 살아야만 했다. 실크는 인종 차별주의자도 아니고 여자를 능욕한 파렴치한도 아니다. 하지만 그는 자신의 과거를 재구성한 오류를 범한다. 그는 "자신의 모든 흔적이 없어질 때까지 자기 자신을 소멸시켰고 다른 모든 사람들이 자신을 망각하도록 했다."(144) 그는 자기의 부모와 형제에게는 잊혀진 존재였고, 자신의 인종적 정체성과 개인의 역사를 심지어 아내와 아이들에게까지 비밀로 했다. 아이러니컬하게도 실크의 과거 역사와의 단절은 한 인간으로서 자기 자신을 표현할 수 있는 자유를 앗아가 버린 것이다. 어떻게 보면 인종차별과 편견이 만연한 사회가 실크로 하여금 거짓말을 하도록 한 것이고, 실크는 비록 자신이 흑인이지만 유대인으로서 삶을 영위함으로서 흑인차별주의자로 분류된 것이다.

---

11) 주커만은 실크와 파니아의 죽음의 원인을 파헤치는 과정에서 파니아의 유품 중, 권총과 그녀가 쓴 일기장이 파니아의 친아버지에게 전달되었다는 이야기를 우연히 듣게 된다. 주커만은, 권총은 파니아가 전 남편 팔리로부터 자신을 보호하기 위해 소지한 것이고, 일기장은 파니아의 내적 비밀은 물론 파니아가 결코 문맹자는 아니었다는 사실을 증명해 줄 것이라 생각한다. 하지만 주커만은 권총과 일기장을 손에 넣을 수 없었다. 파니아의 계모 실비아(Sylvia)가 일기장의 내용이 주로 남자, 마약, 섹스에 관계된 내용뿐이라고 생각하여 소각해 버렸고, 더 이상 부도덕한 딸로부터 자신의 남편이 괴로워하는 것을 원치 않아 파니아와 관계된 주커만의 모든 질문을 거부하고 만나는 것마저 거부해 버렸기 때문이다.

3_편협한 사고와 도덕관념

실크의 죽음의 원인을 파헤치는 과정에서 주커만은 델펀과 팔리의 존재를 확인한다. 실크의 사회적 몰락에 대한 근본적인 원인이 사회의 편견과 편협한 도덕 관념이라 한다면 그 편견과 도덕 관념을 대표하는 인물은 델펀 렉스이다. 반면에 파니아의 현재 삶의 가장 큰 위협이 되고 있는 인물은 전 남편 팔리이다. 더군다나 팔리는 파니아와 실크의 사랑을 파괴시킨 장본인이다. 델펀의 비융통성은 팔리의 편집광적인 측면과 연결된다. 비록 델펀의 목소리는 대학교수답게 지적이고, 팔리의 목소리는 전쟁 참전 용사로 거칠고 투박하지만 자신들의 욕망을 실현시키는 데 있어서는 동일하다. 그리고 이 두 인물은 자신의 목적을 위해 거침없이 거짓말을 한다. 그러면 이 장에서는 델펀과 팔리를 분석해 보도록 한다. 로스는 이들을 조롱하기 위해 풍자적 유머를 사용하고 그들의 모순된 행동이 직접적으로 드러나는 아이러니컬한 상황을 제시한다.

인간은 모든 면에서 완벽할 수만은 없는 것이기에, 그 부족함을 수용할 수 있는 포용력과 인간 실존에 대한 근본적인 이해가 우리에게 요구된다. 하지만 실크를 공격한 이들은 인간 실존에 대한 근본적인 이해 없이 단지 편협한 사고와 도덕에만 사로잡혀 위선적인 행동만을 보여 준다. 그 대표적 인물이 델펀이다. 델펀은 현대 문학의 최근의 흐름인 페미니즘의 옹호자로서 정치적 쇄신을 주장하는 개혁운동가이다. 언어 문학학과의 학과장인 그녀는 비록 프랑스에서 유학하고 예일대학교에서 박사학위를 받았지만, 정신적으로 불안정하고 혼돈에 빠져 있다. 그녀는 자신의 옷에 대해 지나치게 신경을 쓰며, 외부 사람들에게 노출되는 것을 극히 싫어하는 인물이다. 그녀는 아카데믹한 지적인 측면을 보여 주지만 보통 상식적인 측면에서 결정을 내리지 못하고, 집단에 대해서는 동정적이지만 실크와 같은 힘없는 개인에게는 악의로 가득 차 있는 이중성을 보인다. 이렇게 모순으로 가득한 이 여성은 단지 한 가지 사실에 대해서만은 확신을 갖는다. 그것은 실크는 인종차별주의자이고 부도덕한 인물이라는 사실이다. 그녀는 "실크의 악을 사회에 고발하기 위해 모든 최선을 다한다."(195) 그녀는 "[자신을 제외한] 어떤 누구도 그[실크]를 막을 수 없고 …… 어느 누구도 그[실크]를 동조하지 않을 것"(194)이라고 확신한다.

로스는 "최근 미국 대학의 현실[위선과 편견이 가득한 사회]을 반영하는 인물인"[12] 델편을 조롱함으로써, 현실에 대한 비판적인 입장을 취한다. 외롭고 혼돈된 델편은 신문에 책 리뷰 칼럼을 쓰다가 개인 광고를 쓰게 되는데, 그녀는 대학교수로서 이런 개인적인 광고를 하는 것에 대해 부끄러움을 느낀다. 하지만 개인 광고를 하는 것이 정치적으로 그리고 도덕적으로 전혀 문제가 없다고 확신한 그녀는 "백인만이 응모할 수 있음"(262)이라는 문구를 자신의 개인 광고에 삽입하기를 원한다. 그러나 그녀의 대학 동료 교수들이 혹시나 이 개인적인 광고를 알아보지 않을까 염려가 돼, 그녀는 그 광고를 삭제하기로 결심한다. 그런데 그녀는 정신적으로 몽롱한 상태에서 무의식적으로 삭제키 대신에 센드키를 누르게 된다. 결국 그녀는 그녀 학과의 모든 교수들의 메일에 자신의 개인 광고가 첨부된 것을 알게 된다. 이 개인적인 광고는 델편의 남성에 대한 성적 욕망을 드러내 주는 것이고 델편이 스스로를 속이는 위선자임을 증명하는 것이다.

델편은 자신의 위선적인 모습을 숨기기 위해 모든 책임을 실크에게 돌린다. 그녀는 "실크 학장이 치명적인 자동차 사고가 있기 몇 시간 전에, 자

---

12) Rita D. Jacobs, *The Human Stain* (book review), *World literature Today* 75.1 (Winter 2001), 116.

신[델편]을 골탕 먹이기 위해 매일[개인 광고]을 썼다"(283)고 경찰에 신고까지 한다. 델편의 행동은 독자로 하여금 "순간적인 심장의 마비 상태와도 같은 무엇인가를 느끼게 한다."13) 독자는 "감정의 공백 상태"14)를 갖게 되고, 그녀의 모습에 미소를 짓지 않을 수 없다.

하지만 그녀의 존재는 단지 웃기는 인물 그 이상이다. 그녀는 현대사회를 대변하는, 로스의 문학적 장치의 역할을 수행하는 중요한 인물인 것이다. 다시 말해 그녀는 실크를 아테나대학에서 추방하려고 하는 대중들을 이끄는 리더이다. 그녀는 일반 대중들로 하여금 실크와 파니아의 관계는 더러운 육욕적인 관계로, 실크가 운전을 하고 있을 때 파니아가 그를 성적으로 흥분시켜 그들이 타고 있던 차가 도로를 벗어나 대형 사고가 난 것이라고 믿도록 만드는 능력을 소유한 인물이다. 나중에 주커만이 파니아의 전 남편 팔리가 트럭으로 실크와 파니아가 타고 있던 차를 뒤에서 밀어 강에 빠뜨렸다고 서술하고 있다는 점을 고려할 때, 델편은 스스로 모순을 드러내는 인물이 아닐 수 없다. 델편의 정치적 쇄신과 오점 없는 순수에 대한 위선적인 관심은 오로지 편협한 도덕에만 사로잡혀 개인의 감정과 인간 생활의 구체적인 삶을 거부하는 사회의 일방적인 압력과 유사하다.

여기서 우리는 로스가 페미니즘을 표방하는 델편을 조롱함으로써 간접적으로 페미니즘에 대한 공격을 하고 있는가의 문제를 생각해 볼 필요가 있다. 『인간의 오점』에서 델편은 실크는 파니아를 성적으로 이용한 자라고 비난한다. 하지만 그녀의 본심은 다른데 있었다. 그녀는 실크에 대해 성적 매력을 느끼지 않을 수 없었고, 그래서 실크가 자신보다 글자도 모르는 문맹자이며 학교 청소부인 파니아를 사랑한다는 사실에 질투심과 시기심을

---

13) Henri Bergson, "Laughter," in *Comedy*, ed. Wylie Sypher (Baltimore, Md.: Johns Hopkins UP, (1980), 64.
14) 같은 곳, 63.

느끼지 않을 수 없었다. 이 점을 고려하면 델펀은 여성의 주체성과 권위를 주장하는 페미니즘의 기수가 결코 아니다. 다만 자신의 이기적 욕망을 숨기고 페미니즘을 악용한 것이다. 실제로 로스는 페미니즘에 대해 반대 의사를 표명하거나 거부한 일이 없다. 로스가 관심을 갖는 것은 여성이든 남성이든 성에 상관없이 한 개인으로서의 구체적 삶이다. 로스가 문제시 하는 것은 여권운동가인 델펀이 아니라, 위선과 편협한 사고에 의해 한 인간의 삶이 파괴되는 현실 그 자체이다.

『인간의 오점』에서 또 다른 파괴자는 파니아의 전 남편 팔리이다. 팔리는 비록 파니아와 과거의 아픈 기억(자식의 죽음)을 공유하지만, 아픔 그 자체는 공유하지 못한다. 왜냐하면 파니아와 팔리는 아픔을 표현하고 분출하는 방법이 각각 다르기 때문이다. 파니아는 도피 생활과 억척스러운 삶, 그리고 남편을 떠나 다른 남자와 관계를 맺으면서 아픔을 잊으려 했고, 그녀의 남편은 그런 그녀를 좇아 그녀를 괴롭힘으로써 과거에 대한 보상을 받으려 한다. 비록 파니아는 실크와의 사랑을 통해 과거의 아픈 기억을 어느 정도 치유 받지만, 팔리는 여전히 치유 받지 못하고 어두운 삶을 영위한다.

팔리는 베트남 전쟁 참전 용사로 외상 후 스트레스 장애(PTSD, post-traumatic stress disorder)에 시달린다. 팔리는 식당에서 주문을 받으려고 하는 웨이터를 적군이라 생각하여 "물러서라"(222)고 하는 등, 식사마저도 주문해 먹지 못한다. 극도로 흥분되고 혼돈된 정신 상태로 팔리는 일상생활을 영위하지 못한다. 식당에서 보여 주는 팔리의 사회에 대한 증오심과 전쟁으로 파괴된 그의 성격, 그리고 편집광적인 집착력은 자신의 전 부인 파니아와 그녀의 정부 실크를 추적해 살해할 수 있는 인물임을 보여 준다.15) 어떻

---

15) Safer, 224.

게 보면 필리는 베트남 전쟁에 참전하고 귀국한 후 사회에 적응하지 못하는 인물이라는 점에서 정치·사회적 희생자로 볼 수도 있지만, 그는 근본적으로 악한 인물이다. 그는 끊임없이 전 아내 파니아를 추적해 괴롭힐 뿐만 아니라, 자신은 인종차별주의자임을 단언한다. 팔리는 아시아인을 증오할 뿐만 아니라 유대인도 싫어한다. 백인으로 그리고 유대인으로 조작된 정체성을 가지고 자유를 희구했던 실크가 유대인을 싫어하는 팔리에게 살해당하는 것은 아이러니가 아닐 수 없다. 팔리의 편집광적인 왜곡된 현실 인식은 익살을 넘어 하나의 대재앙을 낳은 것이다.

델편도 역시 실크에 대해 거짓말을 하지만, 팔리는 『인간의 오점』에서 가장 끔직한 거짓말을 한다. 그는 주커만과 독자가 그에 대해 알고 있는 모든 것을 조롱해 버리는 진술을 한다.

> "아, 예. 제[팔리]의 잘못입니다. 백 퍼센트. 그녀[파니아]는 사랑스런 여인입니다. 완전히 비난 받을 수 없는. 전부 저의 잘못입니다. 그녀는 저보다 훨씬 나은 사람입니다."
> "그녀는 어떻게 됐어요?"라고 내[주커만]는 물었다.
> 그는 머리를 저었다. 슬프게, 한숨을 지으며. 하지만 이것은 완전히 말도 안 되는 소리다. 너무나 속이 보이는 거짓말이다. "잘 모르겠습니다. 저로부터 도망갔어요. 제가 그녀를 위협해 도망가도록 한 것이죠 …… 저의 마음은 언제나 그녀가 있는 곳으로 향합니다. [그녀는] 결코 비난 받을 수 없는 여인입니다." (356)

> "Oh yeah. My fault. Hundred percent. She was a lovely woman. Entirely blameless. All me. Always all me. She deserved a helluva lot better than me."
> "What happened to her?" I asked.
> He shook his head. A sad shrug, a sigh—complete bullshit, deliberately

transparent bullshit. "No idea. Ran away, I scared her so. ... My heart goes out to her, wherever she may be. Completely blameless person."

팔리는 파니아와의 결혼생활이 깨진 것은 모두 자신의 책임임을 얘기한다. 하지만 주커만은 팔리가 의식적으로 자신의 과거에 대해 거짓말을 하고 있다고 생각한다. 팔리가 베트남 전쟁 이후 고통으로 인해, 그리고 파니아와 실크를 죽인 후의 고통으로 정신 이상이 된 것인지는 명확하지 않으나, 팔리는 파니아와 실크를 살해했다는 사실을 증명할 그 모든 것을 없애고 자신의 과거의 삶을 재구성한 것처럼 보인다. 독자가 팔리와 파니아의 관계를 잘 알고 있지만, 팔리는 그것과는 반대로 의식적이든 무의식적이든 자신의 과거를 지워버린 것이다.

로스는 팔리와 주커만의 만남을 주커만이 살고 있는 지역의 호수에서 이루어지도록 하고 있다. 이 두 사람이 만나는 장소는 자연 그대로의 청순함이 존재하는 곳이다. 이곳은 인류가 타락하기 이전의 아름다움이 그대로 보존된 곳이다. 얼어붙은 호수 주변에 숲이 우거져 있고 그 숲은 눈으로 덮어져 있다. 외관상 밀튼(Milton)이 『실락원』(*Paradise Lost*) 4장에서 묘사하고 있는 에덴의 모습이다. 주커만은 이곳을 "자연 그대로의 풍경 …… 전혀 파괴되지 않은 평화로운 곳, 뉴잉글랜드에서 물이 땅을 싸고 있는 지역"(346)으로 묘사한다. 평화로운 자연 환경 속에서 호수의 얼음을 뚫어 낚시를 하고 있는 팔리의 모습과 실크와 파니아의 자동차 사고는 단순한 사고가 아니라, 파니아를 계속해서 추적해 온 팔리에 의한 의도적인 살인이라고 확신하고 있는 주커만의 내적 분노가 확연히 대조를 이룬다.

주커만은 그 모든 사실을 밝혀 줄 확실한 증거를 찾기 위해 팔리에게 "혹시 교통사고를 당하지 않으셨습니까?"(354)라고 묻는다. 이에 팔리는 미소 지으며 주커만에게 다음과 같이 이야기한다.

저는 제가 어떤 일을 겪었는지 잘 모릅니다. 사고라고요? 제가 사고를
냈는지 안 냈는지 잘 모르겠어요. 아마 사고를 내지는 않았을 것입니다.
…… 저는 교육을 받은 인간은 아닙니다. …… 사람들은 이것저것 때문에
저를 비웃지만, 그들은 제가 경험한 것을 모르고 심지어 저 자신도 잘 모
릅니다. 이런 것을 잘 아는 교육받은 친구도 없습니다. …… 제가 무엇을
할 수 있겠어요? (354)

I didn't know what I was going through, you know? Accident? In an
accident? I wouldn't know if I did. I suppose I didn't ... I'm not an
educated guy ... People were so pissed at me for this and that, and they
didn't even know what I was going through and I didn't even know—you
know? I don't have educated friends who know these things. ... So what
can I do?

주커만은 실크와 파니아의 죽음에 관계없다는 팔리의 말에 분노한다.
혹시 팔리는 주커만이 실크의 친구라는 것을 이미 알고 있고, 그래서 팔리
가 주커만을 놀리는 것은 아니냐라는 생각을 주커만은 한다. 팔리의 말에
따르면, 설령 자신이 사고를 내 실크와 파니아를 죽게 했다 할지라도 자신
은 모르는 일이고 법적 책임이 없다는 얘기다. 어떻게 보면 실크와 파니아
는 어처구니없는 죽음을 당한 것이라고 생각할 수 있다.

『인간의 오점』 말미에 다시 등장한 팔리는 자연의 창조물로서 인간적인
오점을 가질 수밖에 없는 파니아를 회상시켜 주는 서술을 하면서, 모든 것
들은 신이 창조한 것이며, 그리고 모든 일은 신의 뜻대로 진행된다는 말을
한다. 이 악마적 존재는 "그 어떤 것도 인간은 할 수 없다. 바로 인간이 한
일이 아니기 때문에 이곳이 깨끗하고, 깨끗하기 때문에 내[팔리]가 여기에
온 것이다. …… [자신은] 인간으로부터 멀어져 신에 가까이 있다"(360)고
말한다. 이는 팔리가 부정하고 불결한 세상사에서 벗어나 자연 속의 깨끗

함을 추구한다는 말이 된다. 주커만은 기본적으로 실크와 파니아의 관계를 더러운 것으로 보고 있는 팔리의 깨끗함의 추구는 곧 실크와 파니아의 죽음을 가져온 것이라 생각한다.

지금까지 실크와 파니아를 파괴시킨 장본인인 델편과 팔리에 대해 살펴보았다. 그런데 여기서 주의하지 않을 수 없는 점은 바로 애매모호한 이 소설의 종결 부분이다. 주커만이 생각하는 것과는 달리 실크와 파니아는 단순히 교통사고를 당한 것일까, 그렇지 않으면 복수심에 불타는 팔리에 의해 살해당한 것인가에 대한 명확한 답이 독자에게 제공되지 않는다. 독자가 기대를 했던 주커만과 팔리가 만나는 장면에서도 팔리는 아름다운 자연과 인간의 오점에 대해 얘기하면서 모든 것은 신의 섭리라는 논리를 펴고 있고, 전쟁 참전 이후 자신은 전쟁 증후군에 시달리고 있었기 때문에 자신이 한 일을 기억하지도 못한다는 말을 하기 때문이다. 실크와 파니아의 죽음의 원인에 대해 확실한 증거를 찾지 못한 주커만은 『위대한 개츠비』(*The Great Gatsby*)의 닉(Nick)을 연상시키는 운율적인 어법으로, "이 세기말에 과연 인생이 미국의 목가적인 전원과 같은 …… 순수하고 평화로운 삶의 비전을 제시할 수 있을 까"(361)라고 생각한다. 어떻게 보면 주커만은 과연 미국이 구체적 삶을 살아가야 되는 개인에게 대자연 속에 있는 것과 같은 마음의 평화와 휴식을 가져다 줄 수 있을까라는 회의를 가진다. 그러면서도 이 시대를 살아가는 작가로서 자신은 인간의 위선과 사회적 편견을 뛰어넘는 비전이 담긴 글을 써야 한다는 작가로서의 사명감을 느끼고 있는 것으로 보인다.

4_인간 본연의 삶

로스는 "유대의 과거가 자신의 정신과 상상력을 풍부하게 했듯이 미국의 정치적 · 문화적 과거도 자신에게 똑같이 영향을 미쳤다"16)고 고백한다. 다시 말해 로스는 자신이 유대적 전통뿐만 아니라 미국의 정치 · 문화적 과거로부터 다 같이 영향을 받았기 때문에, 그는 미국적 생활 방식과 유대적 생활 방식에 뚜렷한 차이를 볼 수 없었다. 그래서 그는 미국 사회에 대한 철저한 분석을 시도하면서 인간 본연의 삶의 모습과 진실을 추구하려고 한다. 그의 작품에는 인간의 오점인 위선과 편견으로 인한 인종차별, 가족 관계의 해체, 성에 대한 억압, 계층 간의 격차 등 미국 사회를 반영하는 여러 요소들이 등장한다. 따라서『인간의 오점』은 형식적 측면에서 "미국 사회의 병폐를 낱낱이 파헤치는 치밀한 구성 …… 그리고 중심 인물들 간의 관계 묘사가 뛰어난"17)작품이고, 내용적 측면에서 위선과 편견이 촉발시키는 인종, 그리고 계급간의 갈등이 잘 드러난 작품이다.

　　『인간의 오점』에서 로스는 지금까지의 주커만 연작 소설과는 달리 네이선 주커만을 주인공이 아닌 다른 사람의 이야기를 듣고 그것을 독자에게 전달하는 화자로 등장시킨다. 이것은 곤경에 처한 한 남자에 관한 이야기를 모으는 콘라드(Conrad)의『로드 짐』(Lord Jim)에 등장하는 말로우(Marlow)와 닮은 화자이다.18) 전립선 수술 후 성불능이 된 주커만은 부당하게 형틀에 끼인 실크의 편에 서서 실크와 파니아의 죽음의 원인을 파헤친다.『인간의 오점』에서 주커만이 이야기의 주인공이 아니라 화자의 입장에 처한다는 점은 작품을 읽는 독자에게 흥미를 더해 준다. 다시 말해 로스의 소설 중 주커만이 등장하는 작품은『인간의 오점』이 여덟 번째이다. 이는 독자가 주커만에 대해 싫증을 느낄 수 있는 위험성이 존재한다는 것이 되므로, 로스

---

16) Roth, "Jewishness and Younger Intellectuals," *Commentary* 31. 4 (1961), 350-51.

17) Rita D. Jacobs, 116.

18) Sanford Pinsker, "Climbing Over the Ethnic Fence: Reflections on Stanley Crouch and Philip Roth," *The Virginia Quarterly Review* 78, 3 (2002), 476.

는 서술 기법상의 변화를 꾀하고 싶었을 것이다. 또한 로스는 주커만을 화자로 등장시켜 보다 광범위한 미국 사회 문제에 접근을 시도함으로써, 유대인이라는 인종적 울타리를 뛰어넘으려고 했던 것이다.19)

로스는 「인간의 오점」에서 미국사회에 아직도 잔재해 있는 흑백 간의 갈등과 상하 계층 간의 갈등 문제를 제시하면서 사회의 위선과 편협함을 비판한다. 실크의 죄는 자신의 인종적 뿌리를 자르고 젊은 여자와 뜨거운 사랑에 빠진 것이다. 하지만 실크의 입장에서 본다면 인종적 뿌리를 자른 것은 결코 죄가 아니라 정상적인 삶을 살기 위한 생존 전략이었다. 왜냐하면 실크는 자신의 피부색 때문에 주인으로서의 삶이 아니라 언제나 소외된 상태에서 타자로서의 삶을 살 수밖에 없는 상황이었기 때문이다. 젊은 시절 실크가 흑인이기 때문에 그와의 결혼을 거부했던 스테나는 미국 사회에 깊이 뿌리내려 있는 인종적 편견을 대표한다. 정치적 쇄신만을 옹호하는 "아테나대학 사람들은 자신들의 무의식중의 인종적 편견을 숨기기 위해 실크를 인종주의자라 부른 것이다."20) 아프리카계 미국인과 유대인을 타자로 보는 경향이 아닐 수 없다.

파니아와의 사랑도 마찬가지이다. 아내가 사망한 후 극도의 외로움을 느꼈던 실크에게 파니아는 생의 활기와 생명력이었다. 하지만 실크와 파니아의 사랑에 대해 사람들은 단지 파니아의 사회적·경제적 위치만을 고려하여 그들의 관계는 서로 수준에 맞지 않은 더러운 것으로 판단한다. 옳고 그름에 대한 절대적 광신은 바로 치료될 수 없는 독선과 자기 정의만을 낳은 병폐가 아닐 수 없고, 삶의 비극을 초래하는 것이다. 실크는 "타자에 대해 편견을 가지고 있고 정치적 쇄신만을 옹호하는 사회의 희생양"21)인 것이다.

---

19) 같은 곳, 476.
20) Safer, 216.
21) Norman Podhoretz, "Bellow at 85, Roth at 67," *Commentary* 110. 1 (July/Aug, 2000),

『인간의 오점』에는 경직되고 편협한 사고가 팽배해 있고, 개체성을 무시하고, 허위적인 도덕의식이 가득하고, 이기심과 물질 만능주의가 만연해 있는 사회와의 대면에서 개인의 자유와 정신적 안정, 그리고 자신의 정체성을 찾으려고 하는 실크의 역경의 삶이 묘사된다. 로스는 이 작품을 통해 20세기 후반 미국의 사회적 상황과 문화 그리고 그 속에서 삶을 영위해야만 하는 갈등하고 고뇌하는 개인의 삶에 대한 철학과 방향을 제시한다.

로스는 『인간의 오점』에서 미국 사회에 대한 진단을 시도하면서 결코 선동적이고 정치적인 입장을 취하지는 않는다. 다시 말해 로스는 미국의 사회와 문화에 대해 아주 깊은 결함이 있는 것으로 여기지만, 오염된 사회와 문화를 정화하기 위한, 다시 말해 작가의 사회 개혁의 적극적 참여는 주장하지 않는다는 것이다. 로스는 "정치 그 자체에 대한 관심보다도 사람과 정치적 행동에 대한 동기, 그리고 사랑과 섹스, 죽음 등의 인생 문제에 보다 큰 관심을 갖는다.[22] 다만 그는 문학적 시도로서 인간이 처한 삶의 현실을 작품 속에 투영해 현실과 삶의 문제를 다시 생각해 볼 수 있는 장을 제공한다. 『인간의 오점』에서 그는 편협한 사고와 아집에 사로잡혀 무조건적인 사회, 정치적 쇄신만을 주장하는 이들에 대해 객관적으로 평가하고 있으며, 아울러 그들의 도덕적 위선과 개인에 가해지는 폭력을 고발하고 있다. 요컨대 로스는 그 어떤 미국 작가보다도 인간의 내면세계와 인간이 처한 기본적 생존 여건, 그리고 미국 사회의 본질에 대해 깊은 작가적 통찰력을 보여준다.

39.

22) Andrew Bachman, "America From the Waist Down," *Tikkun* 15. 6 (2000), 64.

I. Primary Sources

Roth, Philip. *Goodbye, Columbus*. New York: Bantam, 1959.

_____. "Jewishness and Younger Intellectuals." *Commentary* 31. 4 (1961): 350-51.

_____. *Letting Go*. New York: Random House, 1962.

_____. "Second Dialogue in Israel," *Congress Bi-Weekly* 30. 16 (September 1963), 4-85. Symposium.

_____. *When She Was Good*. New York: Random House, 1967.

_____. *Portnoy's Complaint*. New York: Bantam Books, 1969.

_____. *Our Gang*. New York: Random House, 1971.

_____. *The Breast*. New York: Vintage Books, 1972.

_____. *The Great American Novel*. New York: Holt, Rinehart and Winston, 1973.

_____. *My Life as a Man*. New York: Holt, Rinehart and Winston, 1974.

_____. *Reading Myself and Others*. New York: Farrar, Straus and Giroux, 1975.

_____. "Writing American Fiction." In *Reading Myself and Others*. New York: Farrar, Straus and Giroux, 1975. 117-135.

_____. *The Professor of Desire*. New York: Bantam Books, 1977.

_____. "The Most Original Book of the Season: Interview with Milan Kundera," *The New York Times Book Review* 30 (November 1980): 77-80.

_____. *A Philip Roth Reader*. London: Penguin Books, 1980.

_____. *Zuckerman Bound: A Trilogy & Epilogue*. New York: Farrar, Straus, and Giroux, 1985.

_____. *The Facts: A Novelist's Autobiography*. New York: Farrar, Straus and Giroux, 1988.

_____. *Deception*. New York: Simon and Schuster, 1990.

_____. *Patrimony: A True Story*. New York: Simon and Schuster, 1991.

_____. *American Pastoral*. New York: Vintage, 1997.

_____. *I Married a Communist*. New York: Vintage, 1998.

_____. *The Human Stain*. New York: Houghton Mifflin Company. 2000.

II. Secondary Sources

고지문. 『최근 미국 소설론과 작품세계』. 서울: 동인, 1994.

김계민. 『현대미국소설의 이해 2』. 서울: 한신문화사, 1991.

김종운. 『현대미국소설론』. 서울: 서울대출판부, 1992.

강준만. 『권력과 언론』. 서울: 학민사, 1993.

방정배 · 김민남 편. 『언론과 현대사회』. 서울: 나남출판, 1995.

이수현. 『Bellow-Malamud-Roth: 유대적 자아의식』. 서울: 한신문화사, 1995.

이종영. 『지배와 그 양식들』. 서울: 새물결, 2001.

이향만. 「Philip Roth의 *The Counterlife*: 자아 변형의 미학」, 『호서대학교 논문집』 12 (1993): 137-51.

장왕록. 「Philip Roth의 Jewishness와 현대성」. 『영어영문학』 33(3) (1970): 107-117.

천승걸. 『미국문학과 그 전통』. 서울: 서울대학교 출판부, 1985.

Adams, Tim. "Clinton's Complaint." *New Statesman* 129 (May. 2000): 56-57.

Allen, Brooke. "Twilight Triumphs." *The New Leader* 83. 2 (2000): 30-32.

Altschull, Herbert. *Agents of Power; the Media and Public Policy*. London:

Longman, 1995.

Alter, Robert. "When He Is Bad." *Commentary* 44 (November 1967): 86-87.

_____. "The Education of David Kepesh." *Partisan Review* 46. 3 (1979): 478-81.

_____. "The Spritzer," *New Republic* 5 (April 1993): 31-34.

Appelfeld, Aharon. "The Artist as a Jewish Writer." In *Reading Philip Roth*. Ed. Asher Z. Milbauer and Donald G. Watson. New York: St. Martin's, 1988. 13-16.

Bachman, Andrew. "America From the Waist Down," *Tikkun* 15.6 (2000): 61-64

Baeck, Leo. *The Essence of Judaism*. New York: Schocken, 1976.

Bakhtin, Mikhail. *Problems of Dostoevsky's Poetics*, trans. Caryl Emerson. Minneapolis, Minn.: Minnesota UP, 1993.

Baumgarten, Murray and Gottfried, Barbara. *Understanding Philip Roth*. Columbia: South Carolina UP, 1990.

Bergson, Henri. "Laughter." In *Comedy*. Ed. Wylie Sypher. Baltimore, Md.: Johns Hopkins UP, 1980: 61-255.

Benveniste, Emile. *Problems in General Linguistics*, trans. Mary Elizabeth Meek, Miami linguistic Ser. 8. Coral Gables. Miami, Fla.: Miami UP, 1971.

Bernstein, Melvin. "Jewishness, Judaism and the American Jewish Novelist." *Chicago Jewish Forum* 23 (Summer 1985): 275-82.

Berryman, Charles "Philip Roth and Nathan Zuckerman: A Portrait of the Artist As a Young Prometheus," *Contemporary Literature* 31. 2 (Summer 1990): 177-90.

Bestler, E. & J. Uebbing, eds. *Philip Roth: Modern Critical Views*. New York: Chelsa House, 1986.

Bloom, Harold. ed. *Modern Critical Views: Philip Roth*. New York: Chelsea House, 1986.

_____. "Operation Roth," Rev. of *Operation Shylock*, by Philip Roth. *New York Review of Books* 22. Apr 1993: 45-48.

Borchers, Hans. "The Novels of Philip Roth: Writing American Fiction?" In *Essays on the Contemporary American Novel*. Ed. Hedwig Bock and Albert Wertheim. München: Max Hueber Verlag, 1986. 59-81.

Bradbury, Malcolm. *The Modern American Novel*. Oxford: Oxford UP, 1984.

Brent, Jonathan. "The Unspeakable Self: Philip Roth and the Imagination," in *Reading Philip Roth*, ed. Asher Z. Milbauer & Donald G. Watson. New York: St. Martin's, 1988. 180-200.

Brodsky, Garry M. "A Way of Being a Jew: A Way of Being a Person," in *Jewish Identity*, eds. David Theo Goldberg and Michael Krausz. Philadelphia, PA: Temple UP, 1993: 245-63.

Brzezinski, Zibgniew. "How the Cold War Was Played." *Foreign Affairs* 51. 1 (October 1972): 195-96.

Buchen, Irving H. "Jewish-American Writers As a Literary Group." *Renascence* 19 (1967): 12-50.

Burton, Robert. *Anatomy of Melancholy*. London: J. M. Dent & Sons Ltd, 1932.

Chase, Jefferson. "Two Sons of 'Jewish Wit': Philip Roth and Rafael Seligmann." *Comparative Literature* 53. 1 (2001): 42-57.

Cohen, Eileen Z. "Alex in Wonderland, or Portnoy's Complaint." *Twentieth Century Literature* 17. 3 (July 1971): 161-68.

Cohen, Sarah Blacher. "Philip Roth's Would-be Patriarchs and their Shikses and Shrews." In *Critical Essays on Philip Roth*. ed. Sanford Pinsker. Boston, Mass.: Hall, 1982. 209-16.

Cooper, Alan. *Philip Roth and the Jews*. Albany: State University of New York, 1996.

Detweiler, Robert. *John Updike*. New York: Twayne, 1972.

Diamont, Max I. *Jews, God and History*. New York: The New American Library of World Literature, Inc., 1964.

Donald, Miles. *The American Novel in the Twentieth Century*. New York: Harper and Row, 1978.

Downie, J. A. *Jonathan Swift: Political Writer*. London: Routledge & Kegan Paul, 1984.

Ellison, Ralph. *Invisible Man*. New York: Random House, 1952.

Fiedler, Lesli. *A Fiedler Reader*. New York: Stein & Day, 1977.

Finkielkraut, Alain. "The Ghosts of Roth: An Interview with Philip Roth," *Esquire* (September 1981): 92-97.

Fisher, Michael J. "Ethnicity and the Postmodern Arts of Memory." In *Writing Culture*. Ed. George Marcus and James E. Clifford. Berkeley, Cal.: California UP, 1986: 194-233.

Fishman, Shlvia Barack. "Success in Circuit Lies: Philip Roth's Recent Explorations of American Jewish Identity." *Jewish Social Studies* 3. 3 (1997): 132-55.

Fried, Lewis, ed. *Handbook of American-Jewish Literature: An Analytic Guide to Topics, Themes, and Sources*. New York: Greenwood, 1988.

Friedman, Alan Warren. "The Jew's Complaint in Recent American Fiction: Beyond Exodus and Still in the Wilderness." In *Critical Essays on Philip Roth*. Ed. Sanford Pinsker. Boston, Mass.: Hall, 1982. 149-63.

Fuchs, Daniel. *Saul Bellow: Vision and Revision*. Durham: Duke UP, 1984.

Galloway, David. *The Absurd Hero in American Fiction*. Austin, Tx.: Texas UP, 1981.

Gardner, John. *On Moral Fiction*. New York: Basic, 1978.

Gates Jr., Henry Louis. *Thirteen Ways of Looking at a Black Man*. New York: Random, 1997.

Girgus, Sam B. *The New Covenant: Jewish Writers and the American Idea*. Chapel Hill, N.C.: North Carolina UP, 1984.

_____. "Portnoy's Prayer: Philip Roth and the American Unconscious." In *Reading Philip Roth*. Ed. Asher Z. Milbauer and Donald G. Watson. New York: St. Martin's, 1988. 126-43.

Glazer, Nathan. *American Judaism*. Chicago: Chicago UP, 1972.

Goldman, L. H. *Saul Bellow's Moral Vision: A Critical Study of Jewish Experience*. New York: Irvington, 1983.

Green, Martin. "Half a Lemon, Half an Egg." In *Reading Philip Roth*. Ed. Asher Z. Milbauer and Donald G. Watson. New York: St. Martin's, 1988. 73-81.

Greenberg, Robert M. "Transgression in the Fiction of Philip Roth," *Twentieth Century Literature* 43. 4 (1997): 487-506.

Guttmann, Allen. *The Jewish Writer in America: Assimilation and the Crisis of Identity*. New York: Oxford UP, 1971.

Halio, Jay L. *Philip Roth Revisited*. New York: Twayne, 1992.

Harap, Louis. *In the Mainstream: The Jewish Presence in Twentieth- Century American Literature 1950s-1980s*. New York: Greenwood, 1987.

Harrison, Gilbert A., ed. *The Critic As Artist: Essays on Books 1920-1970*. New York: Liveright, 1972.

Hassan, Ihab. *Radical Innocence*. Princeton, N.J.: Princeton UP, 1973.

Hawthorne, Nathaniel. *The Scarlet Letter*. 2nd edition. Ed. Seymour Gross. New York: Norton, 1962.

Held, David. *Political Theory and the Modern State: Essays on State, Power and Democracy*. Cambridge: Polity, 1989.

Hicks, Granville. "Literary Horizons." *Saturday Review* 52 (February 22, 1969): 38-39.

Hollander, Paul. "The Human Stain." *Academic Questions* 14. 1 (Winter 2000-01): 85-89.

Horton, Rod and Edwards, Herbert. *Backgrounds of American Literary Thought*. 3rd ed. Upper Saddle River, N.J.: Prentice Hall, 1974.

Howe, Irving. "Philip Roth Reconsidered." *Critical Essays on Philip Roth*. Ed. Sanford Pinsker. Boston, Mass.: Hall, 1982. 229-44.

Hutcheon, Linda. *A Poetics of Postmodernism*. New York: Routledge, 1988.

Jacobs, Rita D. *The Human Stain*(book review). *World Literature Today* 75. 1 (Winter 2001): 116.

Jones, Judith P. & Nance, Guinevera A. *Philip Roth*. New York: Ungar, 1981.

Jospe, Alfred, ed. *Tradition and Contemporary Experience*. New York: Schocken Books, 1970.

Joyce, James. *A Portrait of the Artist as a Young Man*. London: Penguin Books, 1960.

_____. *Ulysses*. London: Penguin Books, 1986.

Karl, Frederic R. *American Fictions: 1940-1980*. New York: Harper & Row, 1983.

Kartiganer, Donald. "Fictions of Metamorphosis: From *Goodbye, Columbus* to *Portnoy's Complaint*." In *Reading Philip Roth*. Ed. Asher Z. Milbauer and Donald G. Watson. New York: St. Martin's, 1988. 82-104.

Kazin, Alfred. "The Earthy City of the Jews." In *Critical Essays on Philip Roth*. Ed. Sanford Pinsker. Boston, Mass.: Hall, 1982. 97-116.

Kertzer, Morris. *Today's American Jew*. London: McGraw-Hill, 1967.

Kissinger, Henry. *White House Years*. Boston, Mass.: Little, Brown & Co., 1979.

Knopp, Josephine Z. *The Trial of Judaism in Contemporary Jewish Writing*. Chicago: University of Illinois Press, 1975.

Lee, Hermione. *Philip Roth*. New York: Methuen, 1982.

_____. "The Act of Fiction LXXXIV: Philip Roth." *Conversations with Philip Roth*, ed. Geroge J. Searles. Jackson, Miss.: Mississippi UP, 1992: 162-87.

Leer, Norman. "Escape and Confrontation in the Short Stories of Philip Roth." *The Christian Scholar* 49. 2 (1966): 132-46.

Lelchuk, Alan. "On Satirizing Presidents." In *Conversations with Philip Roth*. Ed. George J. Searles. Jackson, Miss.: Mississippi UP, 1992. 43-54.

Leonard, John. "A Child of the Age: *The Human Stain*." *New York Review of Books* (June 15, 2000): 6.

Levine, Paul. *E. L. Doctorow*. London: Methuen, 1985.

Liptzin, Sol. *The Jew in American Literature*. New York: Bloch, 1966.

Lyotard, Jean-Francois. *The Postmodern Condition*. trans. Geoff Bennington and Brian Massumi. Minneapolis, Minn.: Minnesota UP, 1998.

MacDonald, Dwight, "Our Gang" in *Critical Essays on Philip Roth*, ed. Sanford Pinsker. Boston, Mass.: Hall, 1982: 61-64.

Malamud, Bernard. *The Fixer*. New York: Penguin Books, 1966.

Malin, Irving, ed. *Contemporary American-Jewish Literature*. Bloomington, Ind.: Indiana UP, 1973.

Mannes, Marya. "A Dissent from Marya Mannes." *Saturday Review* 52, February 22 (1969): 39.

McDaniel, John N. *The Fiction of Philip Roth*. Haddenfield, N.J.: Haddenfield House, 1974.

Meeter, Glenn. *Bernard Malamud and Philip Roth: A Critical Essay.* Grand Rapids, MI: Eerdsmans, 1968.

McGrath, Charles. Interview with Philip Roth. "Zuckerman's Alter Brain." *New York Times Book Review* (May 7, 2000): 8.

Milbauer, Asher Z. and Watson, Donald G. *Reading Philip Roth.* New York: St. Martin's, 1988.

Mikkonen, Kai. "The Metamorphosed Parodical Body in Philip Roth's *The Breast*," *Critique* 41. 1 (1999): 13-44.

Milowitz, Steven. *Philip Roth Considered: The Concentrationary Universe of the American Writer.* New York: Garland, 2000.

Ne, Sik Hung & James Bradac. *Power in Language: Verbal Communication and Social Influence.* London: Sage, 1993.

Nilsen, Helge. "Rebellion against Jewishness: *Portnoy's Complaint.*" *English Studies* 65 (December 1984): 495-503.

Novak, Estelle G. "Strangers in a Strange Land: The Homelessness of Roth's Protagonists." In *Reading Philip Roth.* Ed. Asher Z. Milbauer and Donald G. Watson. New York: St. Martin's, 1988. 50-72.

Orwell, George. "Politics and the English Language." In *20th Century Literary Criticism.* Ed. David Lodge. London: Longman, 1972.

_____. *Nineteen Eighty Four.* New York: Harcourt Brace & World, 1949.

Pinsker, Sanford, ed. *Critical Essays on Philip Roth.* Boston, Mass.: G. K. Hall, 1982.

_____. *The Comedy that "Hoits."* Columbia, Mo.: Missouri UP, 1975.

_____. "Climbing Over the Ethnic Fence: Reflections on Stanley Crouch and Philip Roth," *The Virginia Quarterly Review* 78, 3 (2002): 472-80.

Prescott, Peter S. "Joking in the Square." *Newsweek* (November 8, 1971): 110.

_____. "Climbing Over the Ethnic Fence: Reflections on Stanley Crouch and

Philip Roth." *The Virginia Quarterly Review* 78, 3 (2002): 472-80.

Podhoretz, Norman. "Bellow at 85, Roth at 67." *Commentary* 110. 1 (July/Aug, 2000): 35-43.

Posnock, Ross. "Purity and Danger: On Philip Roth." *Raritan-A Quarterly Review* 21. 2 (2001): 85-101.

Pughe, Thomas. *Comic Sense: Reading Robert Cooper, Stanley Elkin, Philip Roth.* Boston, Mass.: Birkhauser Verlag, 1994.

Quart, Barbara. "The Rapacity of One Nearly Buried Alive: The Novels of Philip Roth." *Massachusetts Review* 24. 3 (Autumn 1983): 590- 608.

Rank, Otto. *The Double: A Psychoanalytic Study.* Trans. Harry Tucker. New York; NAL, 1979.

Rockland, Michael A. "The Jewish Side of Philip Roth." *Studies in American-Jewish Literature* 1 (1975): 29-36.

Rodgers, Bernard F., Jr. *Philip Roth.* Boston, Mass.: G. K. Hall, 1978.

Rodrigues, Eusebio L. Quest for the Human. Lewisburg: Bucknell UP, 1981.

Rosenfeld, Alvin. ed. Jewish Wry: Essays on Jewish Humor. Bloomington: Indiana UP, 1987.

Rubin-Dorsky, Jeffrey. "Philip Roth and American Jewish Identity: The Question of Authenticity." *American Literary History* 13. 1 (2001): 79-107.

Safer, Elaine B. "The Double, Comic Irony, and Postmodernism in Philip Roth's *Operation Shylock,*" *Melus* 21. 4 (1996): 157-72.

_____. "Tragedy and Farce in Roth's *The Human Stain.*" *Critique* 43. 3 (Spring 2002): 211-27.

_____. *Mocking the Age: The Later Novels of Philip Roth.* New York: New York State UP, 2006.

Schneiderman, Leo. "Philip Roth: The Exploration of the Self and the Writing of Fiction," *Imagination, Cognition and Personality* 11. 4 (1991-92): 317-29

Schulzinger, Robert. *American Diplomacy in the Twentieth Century.* New York: Oxford UP, 1984.

Searles, Geroge J., ed. *The Fiction of Philip Roth and John Updike.* Carbondale, Ill.: Southern Illinois UP, 1985.

_____, ed. *Conversations with Philip Roth.* Jackson, Miss.: Mississippi UP, 1992.

Seltzer, Robert M. *Jewish People, Jewish Thought.* New York: Macmillan, 1980.

Shechner, Mark. *After the Revolution: Studies in the Contemporary Jewish American Imagination.* Bloomington, Ind.: Indiana UP, 1987.

_____. "Zuckerman's Travels." In *The Conversion of the Jews and Other Essays.* New York: St. Martin's, 1990. 91-103.

Shostak, Debra. "'This Obsessive Reinvention of the Real': *Speculative Narrative in Philip Roth's The Counterlife.*" *Modern Fiction Studies* 37. 2 (Summer 1991): 197-215.

_____. "The Diaspora Jew and the 'Instinct for Impersonation': Philip Roth's *Operation Shylock,*" *Contemporary Literature* 38.4 (1997): 726-54.

_____. "Return to *The Breast*: The Body, the Masculine Subject, and Philip Roth," *Twenty Century Literature* 45. 3 (1999): 317-35

Shusterman, Richard. "Next Year in Jerusalem? Postmodern Jewish Identity and the Myth of Return," in *Jewish Identity*, eds. David Theo Goldberg and Michael Krausz. Philadelphia, Pa.: Temple UP, 1993: 291-308.

Sinclair, Clive. "The Son is Father to the Man," in *Reading Philip Roth*, ed.

Asher Z. Milbauer & Donald G. Watson. New York: St. Martin's, 1988. 168-79.

Solotaroff, Theodore. "Philip Roth and the Jewish Moralists." *Chicago Review* 13. 4 (1959): 87-99.

Spiller, Robert et al. *Literary History of the United States*. 4th ed. New York: Macmillan, 1974.

Swift, Jonathan. *Gulliver's Travels*. Ed. Robert A. Greenberg. New York: Norton, 1970.

Tanner, Tony. *City of Words*. New York: Harper & Row, 1971.

Thomas, D. M. "Face to Face With His Double," *New York Times Book Review* 7 (March 1993), 20-21.

Tierney, William G. "Interpreting Academic Identities: Reality and Fiction on Campus." *The Journal of Higher Education* 73. 1 (2002): 161-72.

Trenner, Richard, ed. *E. L. Doctorow: Essays and Conversations*. New Jersey City: Ontario Review Books, 1983.

Tucker, Martin. "The Shape of Exile in Philip Roth, or the Part is Always Apart," in *Reading Philip Roth*, ed. Asher Z. Milbauer & Donald G. Watson. New York: St. Martin's, 1988. 33-49.

Volker, Joseph C. "Dedalin Schades: Philip Roth's *The Ghost Writer*," in *Critical Essays on Philip Roth*, ed. Sanford Pinsker. Boston, Mass.: G. K. Hall, 1982: 89-94.

Wade, Stephen. *The Imagination in Transit: The Fiction of Philip Roth*. Sheffield: Sheffield Academic, 1996.

Wagenaar, Willem A. *Identifying Ivan*. Cambridge, Mass.: Harvard UP, 1988.

Walden, Daniel. "*The Professor of Desire*: The Two Plums or the Reawakening?" *Critical Essays on Philip Roth*, ed. Sanford Pinsker. Boston, Mass.: G. K. Hall, 1982. 78-82.

Weinberg, Helen. *The New Novel in America: The Kafkan Mode in Contemporary Fiction*. Ithaca, N.Y.: Cornell UP, 1970.

Wilson, Matthew. "Fathers and Sons in History: Philip Roth's *The Counterlife*," *Prooftexts* 11. 1 (1991): 41-56.

Wirth-Nesher, Hana. "From Newark to Prague: Roth's Place in the American-Jewish Literary Tradition," in *Reading Philip Roth*. ed. Asher Z. Milbauer & Donald G. Watson. New York: St. Martin's, 1988: 17-32.

Wood, James. "The Cost of Clarity: *The Human Stain* by Philip Roth." *The New Republic* 222. 16/17 (2000): 70-78.

장정훈

전남대학교 대학원 영어영문학 박사

전남대학교 영미문화 연구소: 학술연구교수 및 전임연구원

주요논저

- 동화와 차별화의 욕구 사이의 비결정성-『여인 무사』와 『조이럭 클럽』
- 과학 기술과 실존의 위기: 돈 디릴로우의 『하얀 소음』
- 『블라이드데일 로맨스』-이상 사회 건설의 시도와 실패
- 아메리카 원주민 작가-전도된 토박이/ 이방인 의식
- 아프리카계 미국 작가-강요된 이민자 의식/ 파편적 토박이 의식
- 아시아계 미국 작가-이민자 의식의 소멸과 뿌리 없는 토박이 의식
- 『노튼 포스트모던 미국소설』(공저, 도서출판 글월마로니, 2003)
- 『20세기 미국 소설의 이해 II』(공저, 도서출판 동인, 2005)
- 『학문의 의무』(공역, 학이당, 2006) 외 다수

중심에 선 경계인
필립 로스의 소설로 읽는 유대계 미국인의 삶

발행일 • 2011년 9월 30일
지은이 • 장정훈

발행인 • 이성모/ 발행처 • 도서출판 동인/ 등록 • 제1-1599호
주소 • 서울시 종로구 명륜동2가 아남주상복합아파트 118호
TEL • (02) 765-7145, 55/ FAX • (02) 765-7165
E-mail • dongin60@chol.com/ Homepage • donginbook.co.kr

ISBN   978-89-5506-481-0
정가   18,000원